英美文学文化读本

主编 何 宁 王守仁

 南京大学出版社

序　言

　　在日新月异的当今社会,社会对高等教育的要求不仅是培养专业知识扎实的人才,更需要大学教育为促进这些人才将来成为国家栋梁而奠定坚实的文化基础。随着社会的不断对外开放和交流,在加强民族文化教育、弘扬中华传统的同时,人们也需要了解世界各国的文化,提升国际交流的能力。要实现这一点,依靠传统的专业教育可能较难达成,需要通过通识教育来实现。

　　通识教育的概念源于西方传统的博雅教育理念,希望学生对各学科的知识都有所涉猎,能够融会贯通、独立思考,成为教育理想中素质全面、格局广阔、人格完整的人才。通识教育课程旨在培养学生素质和独立能力,需要突出强调各种知识之间的联系,在课程内容中体现古今联系、中外联系和跨学科联系,提升学生的批判思辨的能力,这对课程的知识体系提出了挑战。

　　生活在全球化的当下,高校培养的人才必须对世界各国的文化有一定的了解,而文学文本正是理解文化的基础。在过去几十年中,中国社会对英美文化的了解不断深入。但是,对大部分刚刚完成高中学业、进入大学的青年人来说,他们对英美文化的了解往往来自于视觉媒体。电影、电视和网络视频等视觉媒体的优势在于传播迅速,容易为青年人所接受。然而,由于视觉媒体具有流行文化的特质,受众在一定程度上较难了解和深究文化本源,从而在认识上也比较容易形成刻板和单一的印象。

　　有鉴于此,在南京大学开展通识教育的伊始,我们就开设了通识教育课程"英美文学文化",将文学作为一种观念文化,从英美文学经典文本中选取和提炼出与当下时代相关的主题,让学生通过文学作品对英美文化的根本与核心加以了解,提高对英美文学的认识和评判能力，在深层次上认识跨文化交流的意义，拓展国际视野，提升国际交往的能力。

经过八年的实践，"英美文学文化"课程在授课基础上编写了读本。读本共15个单元，包括英美经典作家和部分当代作家的代表作文本，涉及的主题包括文艺复兴与人文主义、乌托邦与反乌托邦、早期殖民主义文化、人与自然、女性平等、城市与乡村、现代工商文明与传统文化、女性空间、英国特性、清教主义、超验主义、个人主义、社会转型与道德重构、美国梦和多元文化等诸多方面，从时代思潮和社会文化变迁的层面，展现英美文化的发展与流变，通过对文本的解读和思考，帮助学生把握英美文化思想和时代精神的发展轨迹，批判地认识文艺复兴以来西方社会文化的发展。读本从设计上既可供教授课程使用，也可以作为个人的课外阅读材料，以拓展对英美文学文化的认识。

《英美文学文化读本》是集体项目，主编何宁对全书进行统稿，王守仁负责本书的总体设计和编写方案，并参编了部分内容；各章具体分工如下：第1—4章（姚成贺），第5、7、8章（徐蕾），第6、9、14章（何宁），第10—13章（杨金才、周艺），第15章（吴新云）；吴丽娟参与了本书的资料收集工作；南京大学出版社的董颖老师为本书的出版和编辑提供了很多有益的建议；在此一并致谢。本书中的不足之处，欢迎各位批评指正。

何　宁

二零一七年十月

目 录

序 言 …………………………………………………………… 1
第一章　文艺复兴与人文主义:莎士比亚 ……………………… 1
第二章　乌托邦与反乌托邦:《乌托邦》、《格列佛游记》 …… 25
第三章　早期殖民主义文化:《鲁滨孙漂流记》……………… 41
第四章　人与自然:浪漫主义诗歌……………………………… 65
第五章　女性与平等:《曼斯菲尔德庄园》和《简·爱》 …… 88
第六章　城市与乡村:狄更斯的《远大前程》………………… 109
第七章　现代工商文明与传统文化:福斯特的《霍华德庄园》
　　　　……………………………………………………… 126
第八章　女性与空间:《一间自己的房间》和《屋顶丽人》 … 138
第九章　英国特性:《安乐乡》、《法国人与英国人》和《英格
　　　　兰,英格兰》 ……………………………………… 155
第十章　清教主义:《普利茅斯开拓史》、《宗教情感》和《红字》
　　　　……………………………………………………… 175
第十一章　个人主义:《论自立》、《自我之歌》和《论公民的不服从
　　　　　义务》 ………………………………………… 195
第十二章　美国特性:《美国特性》、《美国印象》和《易受攻击时代
　　　　　的"美国信念"》 ……………………………… 221
第十三章　社会转型与道德重构:《街头女郎玛吉》和《嘉莉妹妹》
　　　　　……………………………………………………… 241
第十四章　美国梦:菲茨杰拉德的《了不起的盖茨比》……… 259
第十五章　多元文化:托妮·莫里森 ………………………… 276

第一章
文艺复兴与人文主义：莎士比亚

文化背景

  文艺复兴运动于中世纪晚期发源于佛罗伦萨，16世纪时已扩展至欧洲各国。那时的意大利人重新思考历史，认为文艺复兴重现了古希腊、罗马时期的辉煌，而此前的中世纪则是"黑暗的"。欧洲历史被划分为中世纪史与现代史，文艺复兴被后世认为揭开了现代史的序幕。

  中世纪曾被认为是一个野蛮落后的黑暗时期，其实并不尽然。近年来，许多历史学家指出中世纪并不是"黑暗的"，这一时期的文学艺术与自然科学等领域成果颇丰，为文艺复兴积蓄了力量。中世纪与文艺复兴这两个时期既非一脉相承，也非完全断裂。但不可否认的是，中世纪的神学将人与自然割裂开来，教会宣扬的是人生来有罪，要将一切奉献给上帝，以获得灵魂的救赎，人性在对原罪的无尽忏悔中被长期压抑。这样的神学固定了人世间的一切秩序，它本身的完善且永恒不变使得人只能听命于秩序的安排。

  与这种否定现世、压抑人性的思想相抗争的是文艺复兴时期的人文主义思想。文艺复兴时期的欧洲社会经历了深刻的变化：工商业的发展、王权的巩固、海外的扩张与殖民、地理与科学的新发现等在促进资本主义经济发展的同时，极大地开阔了人们的眼界，鼓励人们探索人存在的价值与现实生活的意义。"人文主义者"一词产生于15世纪中期，学生们称教授人文学科的教师为"人文主义者"。人文主义者首先针对宗教神学中的禁欲主义，强调人不应该听命于神或命运的安排，而应汲取人类文明，在奋发图强精神的感召下掌控自己的命运。他们不重来世，而重现世，强调人通过努力会拥有辉煌的未来、创造伟大的业绩。人文主义者认为人人生来平等，反对以出身、门第来决定个人社会地位的封建等级制度。他们还主张加强对人的研究，以此提升人的价值。人的历史、人的命运、甚至人的身体本身应该成为被关注的中心，正如意大利诗人彼特拉克所说，"人应该成为研究的主题。"此时的人不再是固定秩序中毫无意义的存在，人的价值在于能够工作、创造。他们看不起书斋式的读书人,而推崇能文能武的文艺复兴式"巨人"。

文艺复兴运动在绘画、雕塑、文学等方面都取得了卓越的成就,其中的代表作品包括达·芬奇的壁画与肖像画、拉斐尔的圣母画像、米开朗琪罗举世闻名的巨像雕刻《大卫》。这一时期的文学创作以人文主义思想为主题内容,意大利诗人但丁、彼特拉克,小说家薄伽丘等人是意大利和欧洲早期人文主义文学的杰出代表,他们在文学领域取得的重大成就为近代欧洲文学的发展奠定了基础。法国文艺复兴运动中涌现出来的拉伯雷的小说、七星诗社和蒙田的散文等丰富了法国及欧洲的人文主义文学。16世纪以后,西班牙和英国的资本主义迅速发展,出现了维迦、塞万提斯、斯宾塞、马洛、莎士比亚等一批杰出的人文主义作家,诗歌、小说、戏剧和散文创作在西班牙和英国全面繁荣。

伴随着文艺复兴运动的蓬勃开展,人文主义思想日臻成熟,英国的文学艺术步入了辉煌的时代。伊丽莎白时代的英国戏剧是英国文艺复兴时期所有文学形式中最为辉煌的一种,代表了英国乃至整个欧洲文艺复兴时期文学创作的最高成就。16世纪八九十年代,英国戏剧舞台上出现了一群接受过大学教育,具有较高文化修养和非凡艺术才能的"大学才子派"剧作家。在他们的努力下,此前呆板的道德剧和稚嫩的编年史剧演变成较为成熟的新型戏剧。大学才子派代表人物马洛在其代表作《帖木儿大帝》(Tamburlaine,1587—1588)中描绘了一个叱咤风云却又野心勃勃的征服者,塑造了具有坚强个性和旺盛生命力的"巨人"形象。"巨人"渴望认识一切、征服一切,成为文艺复兴时期朝气蓬勃的时代精神的化身。其后,莎士比亚继承并发扬了马洛的传统,塑造了更多富有人文主义精神的"巨人"形象。正如恩格斯所说,文艺复兴时代"是一次人类从来没有经历过的最伟大的进步的变革,是一个需要巨人而且产生了巨人——在思维能力、热情和性格方面,在多才多艺和学识渊博方面的巨人的时代。"莎士比亚不是朝臣或大学才子,原本只是一个接受正规教育不多的乡下青年,但在人文主义思想的熏陶下却成长为文艺复兴时代的文化巨人。他本人成才的特殊经历恰恰践行了不问出身、注重创造与实践的人文主义思想。莎士比亚以精湛的艺术手法塑造了一系列个性鲜明的人物形象,宣扬了人文主义与个性解放的时代精神。

威廉·莎士比亚

作家简介

威廉·莎士比亚(William Shakespeare,1564—1616),戏剧家、诗人。生于艾冯河畔的斯特拉福德(Stratford-upon-Avon),并在那里度过了童年和青少年时代。1586年左右离开故乡前往伦敦,在剧场做过一段时间杂活,后来开始参与一些次要角色的演出。从1590年至1613年,他共创作戏剧38部(另一说39部),包括喜剧、编年史剧、悲剧、传奇剧等,其中最著名的戏剧包括《罗密欧与朱丽叶》(Romeo and Juliet,1595)、《威尼斯商人》(The Merchant of Venice,1596)、《亨利四世(上篇)》(Henry IV, Part I,1597)、《第十二夜》(Twelfth Night,1600)、《哈姆莱特》(Hamlet,1601)、《奥赛罗》(Othello,1604)、《李尔王》(King Lear,1605)、《麦克白》(Macbeth,1606)、《冬天的故事》(Winter's Tale,1610)、《暴风雨》(The Tempest,1611)等。莎士比亚还创作了154首十四行诗和两首长诗。1613年,莎士比亚返回故乡,3年后与世长辞。他在遗嘱中曾经说过:"我希望并坚定地相信,我的灵魂将成为永恒生命的一部分"。这句话得到了印证——他的辉煌艺术的确与日月同辉,永世长存。

《罗密欧与朱丽叶》内容提要

贵族青年帕里斯向凯普莱特家族的朱丽叶求婚,在为此举行的宴会上,蒙太古家族的罗密欧却与朱丽叶一见钟情。他们不顾一切地相爱了,但因为两个家族是不共戴天的世代仇敌,无法将恋情公开,只能在朱丽叶乳母的帮助下私下会面,互诉衷肠。好心的神父希望二人的爱情能够化解两家的仇恨,便为他们举行了秘密婚礼。可是,罗密欧因失手杀了朱丽叶的堂兄提伯尔特而被驱逐出城,朱丽叶的父母又执意要将她嫁给帕里斯。在神父的帮助下,朱丽叶在婚礼的前一天喝下药酒,佯装死去,以便被送进家族墓穴后与罗密欧见面。然而,这个消息未能及时报知罗密欧。他在墓穴附近杀死帕里斯后进入墓室,以为朱丽叶真已死去,绝望地服毒自杀。醒来的朱丽叶看到罗密欧已死,悲痛中用匕首自杀身亡。年轻恋人的死亡使双方家庭哀痛欲绝,但也终使两个家族的仇恨化解。

选文赏析

《罗密欧与朱丽叶》选篇出自第二幕第二场。罗密欧来到朱丽叶家的花园,看到朱丽叶在窗边的剪影,情不自禁地道出这段独白。朱丽叶听见窗下有人说话,发现正是自己所爱的罗密欧。尽管难以抑制对他的爱恋,朱丽叶却又为他来自世仇家族而颇感无奈。楼台会向来被认为是剧中最美的一幕,莎士比亚以浪漫、诗意的语言,表现了罗密欧对朱丽叶的由衷赞美与无限爱慕之情。在罗密欧眼中,朱丽叶就是那美丽的太阳,离开这爱情的光芒,自己只能伤心孤独,表达了对朱丽叶真挚的爱慕。如果说太阳象征纯真的爱情,那么黑暗的夜色则象征家族怨仇与世俗礼教,光明与黑暗的较量表现出坚贞纯洁的爱情必将战胜家族怨仇与世俗礼教的美好愿望。爱情的力量终将冲破世俗仇恨的阻拦,这样的信念体现了重视人类情感、歌颂自由恋爱的人文主义精神。朱丽叶的名句"我们叫作玫瑰的这一种花,要是换了个名字,它的香味还是同样的芬芳"是对千百年来人们所尊崇的门第观念的批判,同时也揭示了名实之间的指涉关系。选文片段通篇洋溢着文艺复兴时期自由平等的精神与对美丽爱情的憧憬,辞藻华丽,极富诗意。

《罗密欧与朱丽叶》(1595)
第二幕
第二场　同前　凯普莱特家花园

（罗密欧上）

罗密欧　没有受过伤的才会讥笑别人身上的创痕。（朱丽叶自上方出现。她立在窗前）轻声！那边窗子里亮起来的是什么光？那就是东方,朱丽叶就是太阳！起来吧,美丽的太阳！赶走那妒忌的月亮,她因为她的女弟子比她美得多,已经气得面色发白了。既然她这样妒忌着你,你不要皈依她吧;脱下她给你的这一身惨绿色的贞女的道服,它是只配给愚人穿着的。那是我的意中人。啊！那是我的爱。唉,但愿她知道我在爱着她！她欲言又止,可是她的眼睛已经道出了她的心事。待我回答她吧;不,我不要太鲁莽,她不是对我说话。天上两颗最灿烂的星,因为有事离去,请求她的眼睛替代它们在空中闪耀。要是她的眼睛变成了天上的星,天上的星变成了她的眼睛,那便怎样呢？她脸上的光辉会掩盖了星星的明亮,正像灯光在朝阳下黯然失色一样;在天上的她的眼睛,会在太空中大放光明,使鸟儿们误认为黑夜已经过去而唱出它们的歌声。瞧！她用纤手托住了脸庞,那姿态是多么美妙！啊,但愿我是那一只手上的手套,好让我亲一亲她脸上的香泽！

朱丽叶　唉！

罗密欧　她说话了。啊！再说下去吧,光明的天使！因为我在这夜色之中仰视着你,就像一个尘世的凡人,张大了出神的眼睛,瞻望着一个生着翅膀的天使,驾着白云缓缓驶过天空一样。

朱丽叶　罗密欧啊,罗密欧！为什么你偏偏是罗密欧呢？否认你的父亲,抛弃你的姓名吧;也许你不愿意这样做,那么只要你宣誓做我的爱人,我也不愿再姓凯普莱特了。

罗密欧 （旁白）我是继续听下去呢，还是现在就对她说话？

朱丽叶 只有你的姓名才是我的仇敌；你即使不姓蒙太古，仍然是这样的一个你。姓不姓蒙太古又有什么关系呢？它又不是手，又不是脚，又不是手臂，又不是脸，又不是身体上任何其他的部分。啊！换一个姓名吧！姓名本来是没有意义的；我们叫作玫瑰的这一种花，要是换了个名字，它的香味还是同样的芬芳；罗密欧要是换了别的名字，他的可爱的完美也绝不会有丝毫改变。罗密欧，抛弃了你的名字吧；我愿意把我整个的心魂，赔偿你这一个身外的空名。

罗密欧 那么我就听你的话，你只要把我叫作爱，我就有了一个新的名字；从今以后，永远不再叫罗密欧了。

朱丽叶 你是什么人，在黑夜里躲躲闪闪地偷听人家说话？

罗密欧 我没法告诉你我叫什么名字。敬爱的神明，我痛恨我自己的名字，因为它是你的仇敌；要是把它写在纸上，我一定把这几个字撕得粉碎。

朱丽叶 我的耳朵里还没有灌进从你嘴里吐出来的一百个字，可是我认识你的声音；你不就是罗密欧——蒙太古家里的人吗？

罗密欧 不是，美人，要是你不喜欢这两个名字。

朱丽叶 告诉我，你怎么会到这儿来，为什么到这儿来？花园的墙这么高，不是容易爬得上的；要是我家里的人瞧见你在这儿，他们一定不让你活命。

罗密欧 我借着爱的轻翼飞过围墙，因为瓦石的墙垣是不能把爱情阻隔的；爱情的力量所能够做到的事，它都会冒险尝试，所以我不怕你家里人的干涉。

朱丽叶 要是他们瞧见了你，一定会把你杀死的。

罗密欧 唉！你的眼睛比他们20柄刀剑还厉害；只要你用温柔的眼光看着我，他们就不能伤害我的身体。

朱丽叶 我怎么也不愿让他们瞧见你在这儿。

罗密欧 朦胧的夜色可以替我遮过他们的眼睛。只要你爱我，就让他们瞧见我吧；与其因为得不到你的爱情而在这世上挨命，还不如在仇人的刀剑下丧生。

朱丽叶 谁叫你找到这儿来的？

罗密欧 爱情怂恿我探听出这一个地方；他替我出主意，我借给他眼睛。我不会操舟驾舵，可是倘使你在辽远辽远的海滨，我也会踏着风波把你寻访。

朱丽叶 幸亏黑夜替我罩上了一重面幕，否则为了我刚才被你听去的话,你一定可以看见我脸上羞愧的红晕。我真想遵守礼法,否认已经说过的言语,可是这些虚文俗礼,现在也只好把一切置之不顾了!你爱我吗?我知道你一定会说"是的",我也一定会相信你的话;可是也许你起的誓只是一个谎,人家说,对于恋人们的寒盟背信,上苍是一笑置之的。温柔的罗密欧啊!你要是真的爱我,就请你诚意告诉我;你要是嫌我太容易降心相从,我也会堆起怒容,装出倔强的神气,拒绝你的好意,好让你向我宛转求情,否则我是无论如何不会拒绝你的。俊秀的蒙太古啊,我真的太痴心了,所以也许你会觉得我的举动有些轻浮;可是相信我,朋友,总有一天你会知道我的忠心远胜过那些善于矜持作态的人。我必须承认,倘不是你趁我不备的时候偷听去了我的真情的表白,我一定会更加矜持一点的;所以原谅我吧,是黑夜泄漏了我心底的秘密,不要把我的允诺看作了轻狂。

罗密欧　姑娘,凭着这一轮皎洁的月亮,它的银光涂染着这些果树的梢端,我发誓——

朱丽叶　啊!不要指着月亮起誓,它是变化无常的,每个月都有盈亏圆缺;你要是指着它起誓,也许你的爱情也会像它一样无常。

罗密欧　那么我指着什么起誓呢?

朱丽叶　不用起誓吧;或者要是你愿意的话,就凭着你优美的自身起誓,那是我所崇的偶像,我一定会相信你的。

罗密欧　要是我的出自深心的爱情——

朱丽叶　好,别起誓啦。我虽然喜欢你,却不喜欢今天晚上的密约;它是太仓促,太轻率,太出人意料了,正像一闪电光,等不及人家开一声口,已经消隐了下去。好人,再会吧!这一朵爱的蓓蕾,靠着夏天的暖风的吹嘘,也许会在我们下次相见的时候,开出鲜艳的花来。晚安,晚安!但愿恬静的安息同样降临到你我两人的心头!

罗密欧　啊!你就这样离我而去,不给我一点满足吗?

朱丽叶　你今夜还要什么满足呢?

罗密欧　你还没有把你的爱情的忠实的盟誓跟我交换。

朱丽叶　在你没有要求以前,我已经把我的爱给了你了;可是我很愿意再把它重新收回来。

罗密欧　你要把它收回去吗?为什么呢,爱人!

朱丽叶　为了表示我的慷慨,我要把它重新给你。可是这样等于希望得到自己拥有的东西:我的慷慨像海一样浩渺,我的爱情也像海一样深沉;我给你的越多,我自己也越是富有,因为这两者都是没有穷尽的。(乳媪在内呼唤)我听见里面有人在叫;亲爱的,再会吧!——就来了,好奶妈!——

亲爱的蒙太古,愿你不要负心。再等一会儿,我就会来的。(自上方下)

罗密欧　幸福的,幸福的夜啊!我怕我只是在晚上做了一个梦,这样美满的事不会是真实的。

(朱丽叶自上方重上)

朱丽叶　亲爱的罗密欧,再说三句话,我们真的要再会了。要是你的爱情的确是光明正大,你的目的是在于婚姻,那么明天我会叫一个人到你的地方来,请你叫他带一个信给我,告诉我你愿意在什么地方什么时候举行婚礼;我就会把我的整个命运交托给你,把你当作我的主人,跟随你到世界的尽头。

乳媪　(在内)小姐!

朱丽叶　就来——可是你要是没有诚意,那么我请求你——

乳媪　(在内)小姐!

朱丽叶　等一等,我来了。——停止你的求爱,让我一个人独自伤心吧。明天我就叫人来看你。

罗密欧　凭着我的灵魂——

朱丽叶　一千次的晚安!(自上方下)

罗密欧　晚上没有你的光,我只有一千次的心伤!恋爱的人去赴他情人的约会,像一个放学归来的儿童;可是当他和情人分别的时候,却像上学去一般满脸懊丧。(退后)

(朱丽叶自上方重上)

朱丽叶　嘘!罗密欧!嘘!唉!我希望我会发出呼鹰的声音,召这头鹰儿回来。我不能高声说话,否则我要夺取厄科的洞穴[1],让她的无形的喉咙因为反复叫喊着我的罗密欧的名字而变成嘶哑。罗密欧!

罗密欧　那是我的灵魂在叫喊着我的名字。恋人的声音在晚间多么清婉,听上去就像最柔和的音乐!

朱丽叶　罗密欧!

罗密欧　我的小鸟!

朱丽叶　明天我应该在什么时候叫人来看你?

罗密欧　就在九点钟吧。

朱丽叶　我一定不失信!挨到那个时候,该有20年那么长久!我记不

---

[1]　厄科是希腊神话中的仙女,因恋爱美少年那喀索斯不遂而形消体灭,化为山谷中的回声。

起为什么要叫你回来。

罗密欧 让我站在这儿,等你记起来告诉我。

朱丽叶 你这样站在我的面前,我一心想着多么爱跟你在一块儿,一定永远记不起来了。

罗密欧 那么我就永远等在这儿,让你永远记不起来,忘记除了这里以外还有什么家。

朱丽叶 天快要亮了,我希望你快去,可是我就好比一个被惯坏的女孩子,像放松一个囚犯似地让她心爱的鸟儿暂时跳出她的掌心,又用一根丝线把它拉了回来,爱的私心使她不愿意给它自由。

罗密欧 我但愿我是你的鸟儿。

朱丽叶 好人,我也但愿这样;可是我怕你会死在我的过分的爱抚里。晚安!晚安!离别是这样甜蜜的凄清;我真要向你道晚安直到天明!(自上方下)

罗密欧 但愿睡眠合上你的眼睛!
但愿平和安息我的心灵!
我如今要去向神父求教,
把今宵的艳遇诉他知晓。(下)

《哈姆莱特》内容提要

丹麦国王死后不久,在国外求学的王子哈姆莱特回国奔丧,却参加了母后与叔父克劳迪斯的婚礼。先王的鬼魂在夜间出现,告诉哈姆莱特阴谋杀害自己的凶手正是登上王位的克劳迪斯,并嘱他报仇。为了替父报仇,哈姆莱特开始装疯,有意疏远恋人奥菲莉娅。他请来戏班,安排演员们演出王后与情夫合谋杀害国王的故事。在证明克劳迪斯确实犯下了鬼魂所说的罪行后,哈姆莱特出剑,刺中的却是恋人奥菲莉娅的父亲。克劳迪斯唯恐哈姆莱特再生事端,便派人将他送往英国,并指使仆人带信让英王处决哈姆莱特。哈姆莱特改写了信的内容,得以脱险,回国后得知奥菲莉娅因丧父精神失常,溺水而亡。奥菲莉娅的哥哥雷厄提斯愤怒地提出与哈姆莱特决斗,克劳迪斯意欲利用他的愤怒除掉哈姆莱特,便设计让雷厄提斯在击剑比赛中用沾了毒药的剑将哈姆莱特刺死。哈姆莱特被毒剑刺中,雷厄提斯也受了致命伤,王后误喝了克劳迪斯为哈姆莱特准备的毒酒而身亡。雷厄提斯临死前说出真相,哈姆莱特刺死克劳迪斯后也最终死去。

选文赏析

《哈姆莱特》选篇出自第三幕第一场。哈姆莱特得知父亲死因后立志替父报仇,却又不知如何行动,便想到以自杀来了却一切烦恼和痛苦。痛苦与犹豫的哈姆莱特把是否结束自己的生命看作一个复杂深刻的逻辑命题,仔细权衡了生存和死亡的道德利弊,由此道出数百年来剧中最为脍炙人口的独白之一:

> 生存还是毁灭,这是一个值得考虑的问题;默然忍受命运暴虐的毒箭,或是挺身反抗人世无涯的苦难,在奋斗中扫清那一切,这两种行为,哪一种更高贵?

这段独白吸引了一代又一代的读者和观众,因为哈姆莱特的困惑是身处不同时代、不同社会的所有人的困惑。任何处于矛盾之中的人都会感受到这种困惑,尤其是在一个剧烈变革的历史时刻。哈姆莱特能够采取开明的、人文主义的态度处理事情,同时又犹豫、怀疑。他由此及彼,想到了整个人类的处境。面临两难选择的哈姆莱特对于生与死的感喟超越了个人荣辱,具有普遍意义和现代性。

哈姆莱特的犹豫也反映了西方传统观念中人对于死亡的沉思与对未知世界的恐惧。人死后虽如同进入睡眠般忘却烦忧,却会进入一个有去无回的未知世界。哈姆莱特那充满激情的个性混杂着沉稳的逻辑思辨,促使他冷静地思考结束人生磨难的途径。他自问自答,"倘不是因为惧怕不可知的死后,惧怕那从来不曾有一个旅人回来过的神秘王国,没有人会选择活下去"。对死后的恐惧使人沉溺于道德的思虑,从而无法行动,"是它迷惑了我们的意志,使我们宁愿忍受目前的折磨,不敢向我们所不知道的痛苦飞去"。对不可知的死后的畏惧使得人们屈从于生活的磨难,拒绝选择另一种或许更加可怕的存在。

犹豫的另一个原因是,哈姆莱特认为人的生命极为重要。对父亲魂魄所说的话他必须反复求证以辨真伪,而后才能采取行动,因为他的行动将危及他人的生命。剧中另有一段哈姆莱特的台词曾被反复引用,被看作文艺复兴时期人类意识觉醒的典范:"人类是一件多么了不起的杰作!多么高贵的理性!多么伟大的力量!多么优美的仪表!多么文雅的举动!在行为上多么像一个天使!在智慧上多么像一个天神!宇宙的精华!万物的灵长!"表现了哈姆莱特对于世界和人类抱有巨大的热情和美好的希望,以此赞美人性的光辉,体现了莎士比亚的人文理想。这段台词反映了走出中世纪之后,神权压抑下的人性得到解放,也解释了此处哈姆莱特的犹豫不决:人是"了不起的杰作",任何人在意欲结束他人的生命之前,都必须找到充足的理由和证据。但在这段话之后,哈姆莱特紧接着说:"可是在我看来,这一个泥土塑成的生命算得了什么?"可见在内心深处,他并非相信人是"了不起的杰作",至少现实生活中的人并非如此。这正是哈姆莱特的理想与残酷的现实之间的矛盾,也是古往今来所有人不得不面对的矛盾。

《哈姆莱特》(1601)
第三幕
第一场　城堡中一室

哈姆莱特　生存还是毁灭,这是一个值得考虑的问题;默然忍受命运的暴虐的毒箭,或是挺身反抗人世的无涯的苦难,在奋斗中扫清那一切,这两种行为,哪一种更高贵?死了,睡去了,什么都完了。要是在这一种睡眠之中,我们心头的创痛,以及其他无数血肉之躯所不能避免的打击,都可以从此消失,那正是我们求之不得的结局。死了,睡去了;睡去了也许还会做梦。嗯,阻碍就在这儿:因为当我们摆脱了这一具朽腐的皮囊以后,在那死的睡眠里,究竟将要做些什么梦,那不能不使我们踌躇顾虑。人们甘心久困于患难之中,也就是为了这一个缘故。谁愿意忍受人世的鞭挞和讥嘲、压迫者的凌辱、傲慢者的冷眼、被轻蔑的爱情的惨痛、法律的迁延、官吏的横暴和俊杰大才费尽辛勤所换来的得势小人的鄙视,要是他只要用一柄小小的刀子,就可以清算他自己的一生?谁愿意负着这样的重担,在烦劳的生命的压迫下呻吟流汗,倘不是因为惧怕不可知的死后,惧怕那从来不曾有一个旅人回来过的神秘王国,是它迷惑了我们的意志,使我们宁愿忍受目前的折磨,不敢向我们所不知道的痛苦飞去?这样,重重的顾虑使我们全变成了懦夫,决心的炽热的光彩,被审慎的思维盖上了一层灰色,伟大的事业在这一种考虑之下,也会逆流而退,失去了行动的意义。且慢!美丽的奥菲利娅!——女神,在你的祈祷之中,不要忘记替我忏悔我的罪孽。

奥菲利娅　我的好殿下,您这许多天来贵体安好吗?

哈姆莱特　谢谢你,很好,很好,很好。

《李尔王》内容提要

李尔王因年事已高,决定把不列颠的国土分给三个女儿。他要求每个女儿表达自己对父亲的感情,以此作为分封的依据。长女戈纳瑞和次女里甘都用甜言蜜语哄骗李尔王,父亲因此龙颜大悦,而小女儿科迪利娅却出语率直,结果惹怒了李尔。他当即与科迪利娅断绝父女关系,取消她的继承权,并将她远嫁到法兰西。长女、次女分得国土后很快对父亲忘恩负义,她们虐待李尔王直至将其逼疯。李尔王在黑夜里离开宫廷奔至荒野,被迫在暴风雨中流浪。科迪利娅闻讯后从法国兴师前来讨伐两个忤逆的姐姐。父女相见,但李尔王已经神志不清。交战中法军战败,李尔王和科迪利娅被俘。科迪利娅被秘密处死,李尔王也在悲痛疯癫中死去。戈纳瑞和里甘彼此之间因争风吃醋而以刀兵相见,最后也不得善终。

选文赏析

  《李尔王》选篇出自第一幕第一场,围绕国土的分配展开了关于"诚实"的讨论。身为不列颠国王的李尔王尚处权力巅峰,本应深知权力场上争夺的险恶,但在分配国土和指定权力继承方面,却没有表现出一国之君的风范,而更像一位昏庸老朽的国王。李尔王年迈的耳朵已经习惯于颂歌婉转,两个姐姐审时度势,以甜言蜜语博得父王欢心,得到自己的一份国土与权力。科迪利娅的真心话则惹得父王勃然大怒,同时也让两个姐姐颜面扫地,结果被盛怒的父亲断绝父女关系、剥夺继承权并远嫁法兰西。科迪利娅的话语是真心诚实之语,但面对一位昏聩年迈的当政者,面对一个黑白颠倒的世界,这样的直率只能带来伤身之祸。在现实生存的竞争中,科迪利娅这般的"诚实"常常令其处于劣势,因为他们缺乏以变应变的能力。实际上,两位姐姐的虚伪、老父亲的糊涂世人皆知,老人无非希望满足虚荣之心,听些悦耳之语,科迪利娅确实不必将人世间的残酷与真实一语道尽。如果她能够迎合父亲,表达一番对父亲的爱,在不列颠拥有一块领土与一份权力,李尔王也不至于流落荒野。更何况,科迪利娅对父亲深沉而真挚的爱并不需要她说出违心的话语。

  与科迪利娅相映生辉的诚实之人是老臣肯特。他尽忠职守,直言善谏,坚持认为"君主干下愚蠢的事情,直言极谏就是光荣的"。但是在失去理智的李尔王面前,他的明智之言不过是对牛弹琴。肯特的忠变成了愚忠,年迈国王的耳朵无法抵挡颂歌极强的腐蚀力。我们不妨参考儒家思想中的为臣标准——"以道事君,不可则止":用道义侍奉君主,行不通就辞职,即不可为之事不必勉强。儒家的教旨是反对愚忠的,归纳起来就是:"君有过则谏,反复之而不听,则去。"既然君王不义,臣子可不仕,那么国王不义,大臣也不必舍身以保愚忠之名。

《李尔王》(1605)

第一幕

第一场　李尔王宫中大厅

  (肯特、葛罗斯特和埃德蒙上)

  肯特　我原来以为王上对奥本尼公爵比对康华尔公爵更有好感。

  葛罗斯特　我们一向都觉得是这样;可是这次在国土的划分中,却看不出他对这两位公爵中的谁更看重;因为他分配得那么平均,无论他们怎样斤斤较量,都不能说对方比自己占了便宜。

肯特 大人,这位是令郎吗?

葛罗斯特 他的出生要归我负责;我常常不得不红着脸承认他,现在惯了,也就脸皮厚了。

肯特 我不懂您的意思。

葛罗斯特 不瞒您说,这小子的母亲没有嫁人就大了肚子生下他来。您想这应该不应该?

肯特 生下的儿子这样好,我不能但愿这错误不曾发生。

葛罗斯特 我还有一个合法的儿子,年纪比他大一岁,然而我并不更喜欢他。这畜生虽然不等召唤就自己莽莽撞撞来到这世上,可是他的母亲是个迷人的东西,我们在制造他的时候,曾经有过一场销魂的游戏,这孽种我不能不承认他。埃德蒙,你认识这位贵人吗?

埃德蒙 不认识,父亲。

葛罗斯特 肯特勋爵。从此以后,你该记好他是我尊贵的朋友。

埃德蒙 大人,我愿意为您效劳。

肯特 我一定会喜欢你,希望以后能够常常见面。

埃德蒙 大人,我一定尽力不辜负您的垂爱。

葛罗斯特 他已经在国外九年,不久还是要出去的。王上来了。

(喇叭奏花腔。李尔、康华尔、奥本尼、戈纳瑞、里甘、科迪利娅及侍从等上)

李尔 葛罗斯特,你去招待招待法兰西国王和勃艮第公爵。

葛罗斯特 是,陛下。(下)

李尔 现在我要向你们说明我的心事。把那地图给我。告诉你们吧,朕已经把朕的国土划成三部分;朕因为年纪老了,决心摆脱一切公务和操心事的牵累,把责任交卸给年轻力壮之人,好让自己脱去负担,慢慢地走向死亡。康华尔和奥本尼两位贤婿,为了预防他日的争执,我想还是趁现在把我的几个女儿的嫁奁加以公布。法兰西和勃艮第两位君主正在竞争我的小女儿的爱情,他们为了求婚而住在朕的宫廷里已经有好多时候了,现在该得到答复。孩子们,在我即将放弃我的统治权、领土和国事的重任的时候,告诉我,你们中间哪一个最爱我?我要看看谁的天性之爱最值得奖赏,我就给她最大的恩惠。戈纳瑞,我的大女儿,你先说。

戈纳瑞 父亲,我对您的爱,不是言语所能表达;我爱您胜过视力、世界和自由;超越一切可以估价的贵重稀有的事物;不亚于兼有天恩、健康、美貌和荣誉的生命;不曾有一个女儿这样爱过他的父亲,也不曾有一个父亲这样被他的女儿所爱;这种爱使口舌和言辞都无能为力;我对您的爱比所有上述都加起来还要多。

科迪利娅 （旁白）科迪利娅应该怎么说呢？只好默默地爱着吧。

李尔 在这些疆界以内,从这条线到这条线,所有浓密的森林、膏腴的平原、富庶的河流、广大的牧场,都要奉你为女主人;这一块土地永远归你和奥本尼的子孙所有。我的二女儿,最亲爱的里甘,康华尔的夫人,你怎么说？

里甘 我跟姐姐是一样的,您凭着她就可以判断我。在我的真心之中,我觉得她刚才所说的话,正是我爱您的实际的情形,不过她还说得不够:我宣布厌弃敏锐的知觉所能感受到的其他一切快乐,只有您陛下的爱才是我的幸福。

科迪利娅 （旁白）那么,科迪利娅就可怜了！可是也不尽然,因为我深信我的爱心比我的口才更为丰富。

李尔 这一块从朕的美好的王国中划分出来的三分之一的沃壤,将是你和你的子孙永远世袭的产业,和戈纳瑞所得到的一份同样的广大,同样的富庶,也是同样的佳美。现在,我的宝贝,虽然是最后的一个,却并非最不重要的;法兰西的葡萄和勃艮第的牛奶在竞争得到你的青春之爱;你有些什么话,可以换到一份比你两个姐姐更富庶的土地？说吧。

科迪利娅 父亲,我没有话说。

李尔 没有？

科迪利娅 没有。

李尔 没有只能换到没有,重新说过。

科迪利娅 可叹我不会把我的心事从嘴里说出来;我爱您只是按照我的义务,一分不多,一分不少。

李尔 怎么,科迪利娅！把你的话修补一下,否则你要毁了你自己的幸运了。

科迪利娅 父亲,您生我,养我,爱我,我理当尽义务回报,服从您,爱您,敬重您。如果我的姐姐们说要用她们整个的心来爱您,那她们为什么要有丈夫呢？有一天我出嫁了,那接受我的忠诚誓约的丈夫,将要得到我一半的爱、我一半的关心和义务;假如我只爱我的父亲,我一定不会像我的姐姐们一样去嫁人的。

李尔 这些话果然是从你心里说出来的吗？

科迪利娅 是的,好父亲。

李尔 年纪这样轻,却这样没有良心吗？

科迪利娅 父亲,我年纪虽轻,心是忠实的。

李尔 好,那么让你的忠实做你的嫁奁吧。凭着太阳神圣的光辉,凭着黑夜的神秘,凭着主宰人类生死的星球的运行,我在这里宣布和你断绝一切父女之情和血亲的关系,今后永远把你当作一个路人看待。啖食自己儿女的野蛮的生番,比起你,我的旧日的女儿来,也不会更受我的憎恨。

肯特 陛下——

李尔 闭嘴,肯特!不要来批怒龙的逆鳞。我本来最爱她,想要在她的殷勤看护之下终养我的天年。去,不要让我看见你!让坟墓做我安息的眠床,我从此割断对她的父爱了!叫法兰西王来!都是死人吗?叫勃艮第来!康华尔和奥本尼,你们已经分到我的两个女儿的嫁奁,现在把我第三个女儿的那一份也拿去分了吧;让骄傲,她自己称之为坦白的,和她结婚吧。我把我的权力、至高无上的地位和君主一切的尊荣一起给了你们。我自己只保留一百名骑士,在你们两人的地方按月轮流居住,由你们负责供养。我只保留国王的名义和尊号,所有行政的大权、国库的收入和大小事务的处理,完全交在你们手里;为了证实我的话,两位贤婿,我赐给你们这一顶宝冠,归你们分享。

肯特 尊严的李尔,我一向敬重您为国王,爱您如父亲,追随您为主人,我在祈祷中总是祝福您为伟大的恩主——

李尔 弓已经弯好拉满,你留心躲开箭锋吧。

肯特 让它落下来吧,即使箭镞会刺进我的心里。李尔既发了疯,肯特只好不顾礼貌了。你究竟要怎样,老头儿?你以为在权力向谄媚低头的时候,尽忠守职的臣僚就不敢说话了吗?君主干下愚蠢的事情,直言极谏就是光荣的。保留你的权力,仔细考虑一下,停止这一可怕而鲁莽的举措吧。我以生命担保我的判断:你的小女儿并不是爱你最少的一个;微弱的声音也并不反映空虚和假心假意。

李尔 肯特,你要是想活命,赶快住嘴。

肯特 我的生命本来是预备向你的仇敌抛掷的;为了你的安全,我也不怕把它失去。

李尔 走开,不要让我看见你!

肯特 瞧明白些。李尔,还是让我永远留在你的眼前吧。

李尔 凭着阿波罗起誓——

肯特 凭着阿波罗,老王,你向神明发誓也是没用的。

李尔 啊,可恶的奴才!(以手按剑)

奥本尼、康华尔 陛下请息怒。

肯特 好,杀了你的医生,把你的恶病养得一天比一天厉害吧。赶快撤销你的赠予,否则只要我的喉舌尚在,我就要大声疾呼,告诉你做了错事啦。

李尔 听着,逆贼!如果你还是臣子,听我说!你想要使我毁弃我的不容更改的誓言,以你不法的傲慢对我的命令和权力妄加阻挠,这种态度,我的天性和地位都不能容忍;为了维持王命的尊严,不能不给你应得的处分。我现在宽容你五天的时间,让你预备些应用的衣服、食物,以抵御尘世的困苦;在第六天上,你那可憎的身体必须离开我的王国;要是在此后十天之内,我们的领土上再发现了你的踪迹,那时候就要把你当场处死。滚吧!凭着朱庇特发誓,这一判决是无可改变的。

肯特 再会,国王,你既不知悔改,囚笼里也没有自由存在。(向科迪利娅)神明庇护你,善良的女郎!你想得正确,说得十分恰当。(向里甘、戈纳瑞)愿你们照你们的夸口去做,爱的言辞会变成事实。各位王子,肯特从此远去;到新的国土走他的旧路。(下)

(喇叭奏花腔。葛罗斯特带法兰西国王、勃艮第及侍从等重上)

葛罗斯特 陛下,法兰西国王和勃艮第公爵来到。

李尔 勃艮第公爵,现在我先对您说话:您跟这位国王争着要得到我的女儿。您希望她至少要有多少陪嫁的奁资,否则宁愿放弃对她的追求?

勃艮第 最尊敬的陛下,照着您所已经答应的数目,我就很满足了;想来您也不会再吝惜的。

李尔 尊贵的勃艮第,当她为我所宠爱的时候,我是把她看得非常珍重的,可是现在她的价格已经跌落了。公爵,她站在那儿,一个弱小的身躯,要是除了我的憎恶以外,我什么都不给她,而您仍然觉得她有中意的地方,或者整个儿使您满意,那么她就在那儿,您把她带去好了。

勃艮第 我不知道怎样回答。

李尔 她只是纤弱一身,没有亲友的照顾,新近遭到我的憎恨,咒诅是她的嫁奁,我已经发誓和她断绝关系,您还是愿意要她呢,还是把她放弃?

勃艮第 恕我,陛下,在这种条件之下,决定取舍是不可能的事。

李尔 那么放弃她吧,公爵。凭着造物主起誓,我已经告诉您她的全部财富。(向法兰西国王)至于您,伟大的国王,我不愿把一个我所憎恶的人匹配于您而致失去您的友谊;所以请您还是丢开这个几乎为自然所羞于承认的人,另找一个更值得的佳偶吧。

法兰西国王 这太奇怪了,她刚才还是您的眼中的珍宝、您的赞美的题目、您的老年的安慰、您的最心爱的人儿,怎么转瞬间就会干下这么一件罪大恶极的行为,以致丧失了您的深恩厚爱!她所犯的一定是违背天性的恶行，不然一定是您以前公开宣布的爱心变了质；可是除非那是一桩奇迹，我无论如何不相信她会干那样的事。

科迪利娅　我再次请求陛下——如果我缺少油滑的口才，不会讲违心的话，因为凡是我心里想到的事，我总是先做后说——我请求您让世人知道，我所以失去您的欢心，并不是因为我有什么丑恶的污点、淫邪的行动，或是不名誉的举止；而只是因为我缺少像人家那样的一双经常献媚乞求的眼睛，一条我认为可耻的善于逢迎的舌头，虽然没有了这些使我失去您的宠爱，可是唯其如此，却使我格外充实。

李尔　你不能讨我高兴，还不如没有把你生养下来的好。

法兰西国王　只是为了这一个原因吗？一种天生的口齿的迟钝，它常常使想做的事未经说出？勃艮第公爵您对这位公主意下如何？爱情要是掺杂了和它本身不相关涉的考虑，那就不是真的爱情。您愿不愿意娶她？她自己就是一注无价的嫁奁。

勃艮第　尊严的李尔，只要把您原来已经允许过的那一份嫁奁给我，我现在就可以使科迪利娅成为勃艮第公爵的夫人。

李尔　什么都不给；我已经发过誓，我已经决定了。

勃艮第　那么我很遗憾，您失去父亲的方式使您必须再失去一个丈夫了。

科迪利娅　愿勃艮第平安！既然他所爱的只是财产，我也不愿意做他的妻子。

法兰西国王　最美丽的科迪利娅！你因为贫穷，所以是最富有的；因为被遗弃，所以是最可贵的；因为遭轻视，所以最蒙我怜爱。我现在把你和你的美德一起攫在我的手里；人弃我取是合法的。天啊天！想不到他们的冷酷的轻视，却激起我热烈的敬爱；陛下，您的没有嫁奁的女儿由命运摔了给我，现在是我的王后、我全部财产的王后、我们美丽的法兰西的王后了；沼泽之邦的勃艮第所有的公爵都不能从我手里买去这无价之宝的女郎。科迪利娅；向他们告别吧，虽然他们是这样无情；你失去了故土，将要得到一个更好的家乡。

李尔　你带了她去吧，法兰西王，让她归你吧，我没有这样的女儿，也再不要看见她的脸，因此走吧，既没有我的恩宠和爱，也没有我的祝福。来，尊贵的勃艮第。（喇叭奏花腔。）

（李尔、勃艮第、康华尔、奥本尼、葛罗斯特、埃德蒙及侍从等同下）

法兰西国王　向你的姐姐们告别。

科迪利娅 父亲眼中的两颗宝玉,科迪利娅用泪洗过的眼睛向你们告别。我知道你们是怎样的人,因为碍着姊妹的情分,我不愿直言指斥你们的错处。好好对待父亲,你们自己说是孝敬他的,我把他托付给你们了。可是,唉!要是我没有失去他的欢心,我一定给他找一个更好的地方。再会了,两位姐姐。

里甘 用不到你教训我们尽责。

戈纳瑞 你还是去小心伺候你的丈夫吧,他接受你是作为命运的施舍;你自己不愿顺从,今天空手而去也是活该。

科迪利娅 时间将会显示奸诈所包藏的是什么;谁掩饰过错,最后免不了出乖露丑。愿你们繁荣昌盛!

法兰西国王 来,我美丽的科迪利娅。(与科迪利娅同下)

戈纳瑞 二妹,我有许多对我们两人切身有关的事要跟你谈。我想,父亲今晚就要离开此地。

里甘 那当然,他要住到你们那儿去;下个月跟我们住。

戈纳瑞 你瞧他现在老了,脾气多么变化不定;我们已多次注意到这点了。他一向最爱小妹,现在他把她撵走,可见他多么糊涂。

里甘 这是他老年的昏悖,而且他向来缺乏自知之明。

戈纳瑞 他年轻健壮的时候性子就很急躁,现在他老了,我们得准备不仅对付他的长期形成的坏习惯,而且对付身体衰弱加火性给他带来的喜怒无常了。

里甘 他把肯特也放逐了。我们也可能会遇到他这种突如其来的任性行为。

戈纳瑞 法王回国,跟他还有一番辞行的礼节。让我们商量一下;要是父亲凭着他这种脾气滥施威权起来,这一次的让权只会损害我们。

里甘 我们还要仔细考虑一下。

戈纳瑞 我们必须想个办法,而且要趁热打铁。(同下)

《麦克白》内容提要

苏格兰大将和班戈在讨伐叛乱、抵御外敌的战斗中取得胜利。在班师回朝的途中,他们遇见三个女巫,得到麦克白将成为未来君王、班戈将成为君王们祖先的预言。女巫的预言、自己的野心、加上妻子的怂恿,麦克白终于趁邓肯王来他城堡做客的机会,杀死国王并篡夺了王位。邓肯的儿子麦尔康和多拉班分别逃往英格兰和爱尔兰。为了确保王位的巩固,麦克白谋杀了班戈,但班戈之子逃走。在庆祝登基的宴会上,班戈的鬼魂突然出现在宴会桌上。麦克白受到惊吓后又向女巫询问自己未来的命运,女巫要他留意贵族麦克德夫,并告诉他"除非勃南森林移到邓西嫩,他永远不会被击败","凡是妇人所生的男子都不能伤害他"。他立即返回,企图杀害麦克德夫,但后者已经闻讯潜逃。麦克白便连夜突袭麦克德夫的城堡,将他的妻子和儿女全都杀害。此时的麦克白众叛亲离,妻子也发疯身亡。麦克德夫和邓肯的儿子麦尔康在英国组织军队讨伐麦克白,麦尔康的军队伪装成移动的树林,在一番激战之后终于打败了他,麦克白被麦克德夫斩首。在贵族和民众的欢呼拥戴下,麦尔康登上了苏格兰的王位。

选文赏析

《麦克白》选篇出自第一幕第七场。麦克白深得国王邓肯器重,在听得三个预言之后野心开始膨胀,但还是有所犹豫,因为预言实现要以现任国王的死亡为代价。麦克白夫人心肠狠毒,敦促麦克白下定决心杀掉国王。正是麦克白夫人的怂恿促使麦克白伸出了残忍的罪恶之手,从而走上毁灭之路。权力激发了人性中黑暗血腥的一面,诱发了人类的贪婪与欲望、虚荣与愚蠢、野心与嫉妒。在通往权力的道路上,追逐者们不顾道德伦理,处心积虑,不择手段。

实际上,麦克白夫人的性格并不像表面上那般明晰,其复杂性远甚于麦克白。她像催化剂一般把麦克白对权力的欲望激发到了极致:自大、贪婪、冷酷。她看到麦克白犹豫不决,顾虑重重,便毅然打断了丈夫的思虑,嗤笑他缺乏男子汉气概,不敢履行自己的诺言。尽管她以无所畏惧的强悍激励丈夫采取行动,其果敢、坚毅甚至超过了麦克白,但是从生理和心理上来说,她毕竟是女人,依然有其脆弱的一面。正是由于这种脆弱,她难以对熟睡中的邓肯下手,因为他睡着的样子很像自己的父亲。麦克白夫人被罪疚感折磨,被撞见在梦游时尝试洗掉手上实际并不存在的血污。最终,她精神崩溃,负罪自杀。麦克白与其夫人敏锐的想象力与复杂的思想感情使他们带有现代文学作品中某些人物的特质,莎士比亚为自己的创作开辟了新境界。

《麦克白》(1606)
第一幕
第七场　同前　城堡中一室

(高音笛奏乐。室中遍燃火炬。一司膳及若干仆人持有馔食具上,自台前经过。麦克白上)

麦克白　要是干了以后就完了,那么还是快一点干;要是凭着暗杀的手段可以攫取美满的结果;要是这一刀砍下去,就可以完成一切,终结一切;那么,那么……面对时间的激流险滩我们不妨纵身一跃,不去顾忌来世的一切。可是在这种事情上,我们往往可以看见冥冥中的裁判:教唆杀人的人,结果反而自己被人所杀;把毒药投入酒杯里的人,结果也会自己饮鸩而死。他到这儿来是有两重的信任:第一,我是他的亲戚,又是他的臣子,按照名分绝对不能干这样的事;第二,我是他的东道主,应当保障他身体的安全,怎么可以自己持刀行刺?而且,这个邓肯秉性仁慈,处理国政从来没有过失,要是把他杀死了,他生前的美德,将要像天使一般发出喇叭一样清澈的声音,向世人昭告我的弑君重罪;怜悯像一个御气而行的天婴,将要把这可憎的行为揭露在每一个人的眼中,使眼泪淹没了天风。没有一种力量可以鞭策我前进,可是我跃跃欲试的野心,却不顾一切地驱着我去冒颠踬的危险。

(麦克白夫人上)

麦克白 啊!什么消息?

麦克白夫人 他快要吃好了。你为什么跑了出来?

麦克白 他有没有问起我?

麦克白夫人 你不知道他问起过你吗?

麦克白 我们不要进行这一件事情了。他最近给我极大的尊荣;我也好不容易从各种人的嘴里博到了无上的美誉,我的名声现在正在发射最灿烂的光彩,不能这么快就把它丢弃了。

麦克白夫人 难道你把自己沉浸在里面的那种希望,只是醉后的妄想吗?它现在从一场睡梦中醒来,因为追悔自己的孟浪,而吓得脸色这样苍白吗?从这一刻起,我要把你的爱情看作同样靠不住的东西。你不敢让你在行为和勇气上跟你的欲望一致吗?你宁愿像一只畏首畏尾的猫儿,顾全你所认为生命的装饰品的名誉,不惜让你在自己眼中成为一个懦夫,让"我不敢"永远跟随在"我想要"的后面吗?

麦克白 请你不要说了。只要是男子汉做的事,我都敢做;没有人比我有更大的胆量。

麦克白夫人 那么当初是什么畜生使你把这一种企图告诉我呢?是男子汉就应当敢作敢为;要是你敢做比你更伟大的人物,那才更是一个男子汉。那时候,无论时间和地点都不会给你下手的方便,可是你却居然会决意实现你的愿望;现在你有了大好的机会,你又失去勇气了。我曾经哺乳过婴孩,知道一个母亲是怎样怜爱那吮吸她乳汁的子女;可是我会在他看着我的脸微笑的时候,从他柔软的嫩嘴里摘下我的乳头,把他的脑袋砸碎,要是我也像你一样,曾经发誓下这样毒手的话。

麦克白 假如我们失败了——

麦克白夫人 我们失败!只要你鼓足你的全副勇气,我们绝不会失败。邓肯赶了这一天辛苦的路程,一定睡得很熟;我再去陪他那两个侍卫饮酒作乐,灌得他们头脑模糊,记忆化成了一阵烟雾;等他们烂醉如泥,像死猪一样睡去以后,我们不就可以把那毫无防卫的邓肯随意摆布了吗?我们不是可以把这一件重大的谋杀罪案,推在他酒醉的侍卫身上吗?

麦克白 愿你所生育的全是男孩子,因为你无畏的精神,只应该铸造一些刚强的男性。要是我们在那睡在他寝室里的两个人身上涂抹一些血迹,而且就用他们的刀子,人家会不会相信真是他们干下的事?

麦克白夫人 等他的死讯传出以后,我们就假意装出号啕痛哭的样子,这样还有谁敢不相信?

麦克白 我的决心已定,我要用全身的力量,去干这件惊人的举动。去,用最美妙的外表把人们的耳目欺骗;奸诈的心必须罩上虚伪的笑脸。

(同下)

十四行诗内容提要

在欧洲文学史上,最初用十四行诗体创作诗歌的是 14 世纪意大利诗人彼特拉克,其作品以爱情为主要内容,这一主题决定了后人十四行诗的爱情传统。伊丽莎白时代的英国,十四行诗风靡一时。莎士比亚的十四行诗是在彼特拉克式十四行诗的基础上发展而来的,全诗十四行分为四节,前三节均为四行,最后一节由两个对句组成,押尾韵 abab cdcd efef gg,其结构和语言都具有很强的艺术性。这种形式的十四行诗现在被通称为"莎士比亚式十四行诗"。在主题方面,莎士比亚式十四行诗多为感叹人生、歌颂友谊、表达爱情。关于其具体内容,从 18 世纪起形成一个传统的解释,即按不同人物分为两部分:前 126 首写给一位年轻贵族,诗人热烈地歌颂这位青年的美貌和诗人与他的友谊;后 26 首写给一位黑皮肤、黑眼睛的女人,即"黑女郎"。这 154 首十四行诗遵循着一条主线,即友谊和爱情关系的变化和发展,形成一个有机整体,但同时每首诗又自成一体。诗人歌颂友谊和爱情,将二者看做人与人之间和谐关系的象征,特别强调忠诚、谅解以及心灵的契合,坚信美好的事物将永存于世。

选文赏析

选篇为莎士比亚十四行诗的第 18 首、第 46 首、第 91 首和第 105 首,它们的中心主题是爱情和友谊,抒发诗人对爱情、友谊的理解和体会。第 18 首的主题是艺术创作能够令易逝的美与真长存,使青春永驻。诗人首先热情洋溢地赞美了友人如花似玉的美貌和永不凋谢的青春年华,表达了他所憧憬的美常留、诗永恒的理想境界。自然界的夏季纵然美妙,友人的青春纵然瑰丽,然而都不及不朽的艺术创作。唯有反映人类生命之美的艺术才可以战胜时间,永不凋谢,"你借我的诗行便可长寿无疆",诗人希望以自己的诗篇使他爱慕的友人名垂千古。

第46首以别致的方式表达了追求外表与内在统一的爱情观。诗歌以原告喻心,以被告喻眼睛,以法官喻沉思,判决的结果是亮眼与柔心,各得权利如下:"你外表的美由我的眼睛占有,/你内在的爱由我的心儿消受。"眼睛享有外表的仪态,柔心占有内心的爱。美的事物包括外在的形式、内在的内容、将二者统一起来的思想这三方面内容。

第91首讨论了精神财富与物质财富的关系,认为爱远胜过高门显爵、家财万贯、锦衣千柜。有了爱,世界才亮丽而多姿,"我便是王中王";没有了爱,生命变得没有意义,"天下皆乐我独愁"。高官厚禄、荣华富贵不过是过眼云烟,唯有纯真、热烈的相互爱恋,才能使人永沐甜美与幸福。友人的爱"胜过高门大第,/胜过万贯金银,胜过华服奇装"。

第105首歌颂了爱情的千古守恒、坚贞不渝,强调感情的持久性和恒久不变。同时,诗人对于文学艺术永恒的生命力进行了崇高礼赞,有限的个体生命只有通过并借助于无限的艺术生命,才得以进入"永恒"的境界。而文学艺术的创作主体正是人类,此处无疑宣扬了人类的伟大与不朽。此外,就文艺创作与审美观点的关系问题,作者提出了真、善、美的三位一体说。诗人对于艺术作品如何能够具备充沛、感人的力量这一问题提出了自己的见解:"美、善、真,淘尽我胸中诗句,/美、善、真,概括我全部的诗魂";"三题合一,直令人神往心驰"。只有达到真善美的统一才能创造真正的、美好的艺术作品,只有这样的艺术作品才能发散出无穷的魅力,才能在人类历史的长河中芬芳永蕴。

十四行诗

18

或许我可用夏日将你作比方,
但你比夏日更可爱也更温良。
夏风狂作常会摧落五月的娇蕊,
夏季的期限也未免还不太长。
有时候天眼如炬人间酷热难当,
但转瞬又金面如晦常惹云遮雾障。
每一种美都终究会凋残零落,
或见弃于机缘,或受挫于天道无常。

然而你永恒的夏季却不会终止，
你优美的形象也永远不会消亡，
死神难夸口说你在它的罗网中游荡，
只因你借我的诗行便可长寿无疆。
只要人口能呼吸，人眼看得清，
我这诗就长存，使你万世留芳。

46

我的眼睛和心正吵成一团，
争抢着要分享你的芳颜。
眼睛不许心儿亲睹你的倩影，
心儿不许眼睛把你自由观看。
心儿声称你本来就栖居在它的领土，
无人能窥其堂奥，纵有雪亮的眼珠。
然而眼睛全不认心的申诉，
坚持说惟明眸方使你花容长驻。
这一场公案究竟如何定，
起伏心潮，终须断案有主。
左思右想才定出一个判词儿，
使亮眼不亏，柔心不负：
你外表的美由我的眼睛占有，
你内在的爱由我的心儿消受。

91

有人因门第而贵，有人因才智而彰；
有人夸富比大海，有人诩力大无双。
或忘形于华服，不自省其丑陋式样；
或溺志于鹰犬，觉马背上乐也泱泱。
人生各有其癖便自然各有其乐，
人人都认为己之所乐为万乐之王。
可所有这一类快乐都非我的理想，
我将这一切快乐全都汇为一汪！
你的爱对于我远胜过高门大第，
胜过万贯金银，胜过华服奇装，

比起鹰犬、比起马更令我心醉，
只要有了你，我便是王中王。
怕只怕生变故，你一旦出走，
则万事皆休，天下皆乐我独愁。

105

不要说我的爱只是对偶像的崇敬，
也不要把我的爱说成祭坛上的天神
尽管我所有的赞美歌千篇一律，
唱之、颂之、今朝今日、来世未生，
善良是我今日的爱，明日也如斯，
有美轮妙质，越千古亦守恒。
所以我的歌只歌唱坚贞不渝，
长诵一个主题，哪怕千声万声。
美、善、真，淘尽我胸中诗句，
美、善、真，概括我全部的诗魂。
纵横衍变，耗尽我壮采奇思，
三题合一，直令人神往心驰。
美、善、真，从来独立各擅其长，
只在今朝，喜见三长共体同彰。

※ 思考题

1. 莎士比亚的戏剧长演不衰，且跨越国界，为世界各国人民所接受，其原因是什么？
2. 你如何理解人文主义？
3. 试举例比较莎士比亚戏剧与中国戏剧的异同。

※ 网站链接

http://shakespeare.com
关于莎士比亚作品的开放式讨论区。
http://internetshakespeare.uvic.ca

提供莎士比亚作品全集、生平年表、相关评论。
http://www.shakespeareswords.com
提供莎士比亚作品全集、时间年表、索引、主题、人物。

第二章
乌托邦与反乌托邦：
《乌托邦》、《格列佛游记》

文化背景

"乌托邦"这一概念源自16世纪英国人文主义作家莫尔的著作《乌托邦》，虽然他并没有对"乌托邦"一词做出概念性的界定与描述，却将这一理念以文学书写的形式表现在《乌托邦》文本之中。在随后漫长的历史与文学进程中，乌托邦概念的内涵与外延不断扩展与演变，产生了丰富的释义。尽管如此，人们一致认为乌托邦最为一般性的特征是"超越社会现实"。怡然自得、没有压迫、众生平等的乌托邦成为人类思想意识中最美好的社会形态。在此背景下产生的乌托邦文学反映了一种普世性的人类追求，其核心价值是批判现存社会状态、追求美好生存环境的乌托邦精神。作为一种文学表现形式，乌托邦文学的功能侧重于启发性而非实践性，对读者的影响更多表现在精神领域。

莫尔书写《乌托邦》的时代是人类历史上的地理大发现时代。在15—17世纪的航海探险过程中，欧洲人发现了许多当时不为欧洲人知的国家和地区。新的陆地和新的居民随着新航线的开辟一齐涌现在世人面前，使欧洲人认识到范围更为广阔的世界。由此，介绍新世界风土人情、思想文化的文字作品成为当时文学创作的一股热潮。《乌托邦》所描绘的理想岛国正是一次航海探险的发现，岛上建有一个人人从事生产劳动、所有财产平均分配、享有信仰自由和富足生活的美好社会。

事实上，人性的复杂使人类社会很难被统一划分为善或者恶，向善与向恶的不同人性趋向并存于世，使建设人类美好大同世界的理想阻碍重重。如果说《乌托邦》是对人之向善的颂扬，那么《格列佛游记》则是对人性从负面角度的审视。在斯威夫特的文本中，同样存在着对现实的无情揭露和批判。格列佛一路不懈地追寻着心目中的理想社会，并在此过程中经历了对乌托邦认识的嬗变：从最初的满怀憧憬、心怀敬仰,到随后的冷嘲热讽甚至完全颠覆,让读者在笑声中感受到所谓的人类理想社会生活状态的荒谬。斯威夫特确立起的讽喻体小说,可以被视为英国乌托邦文学发展过程中"连结乌托邦与反乌托邦小说的过渡形式,抑或现代反乌托邦小说的早期形式"。它与反乌托邦小说共同质疑人类找寻终极理想社会的可行性,不同的是反乌托邦小说在对未来社会情景的描述与传统理想的景象完全对立。

随着19世纪社会主义思潮的兴起,乌托邦思想逐渐转向关于实现社会主义可能性的辩论。乌托邦文学在其发展过程中也催生了它的对立面——反乌托邦文学,所谓的理想社会并非人间天堂,而是地狱般的"敌托邦"(dystopia)。现代反乌托邦文学在科技进步与中央集权的世界里越走越远,描绘着人类未来世界的可怕图景。赫胥黎(Aldous Huxley)的《美丽新世界》(*Brave New World*, 1932)和奥威尔(George Orwell)的《一九八四》(*Nineteen Eighty-Four*, 1949)是反乌托邦文学的经典之作。当代加拿大女作家阿特伍德(Margaret Atwood)在其反乌托邦小说《羚羊与秧鸡》(*Oryx and Crake*, 2003)中向读者展示了一幅未来人类末日的景象,揭示了科技这把双刃剑对人类造成威胁的可能性。

托马斯·莫尔

作家简介

托马斯·莫尔(Thomas More, 1478—1535)是欧洲文艺复兴时期英国杰出的人文主义者,也是欧洲空想社会主义思想的创始人和空想社会主义小说的奠基者。他14岁进入牛津大学攻读古典文学。在此期间,莫尔大量研读古希腊、古罗马哲学家的著作,其中柏拉图和亚里士多德的思想对他产生了巨大影响。1496年,莫尔与当时的另一位著名人文主义者伊拉斯谟(Desiderious Erasmus,约1466—1536)相识,后成为莫逆之交。他们交流思想,著书立说,共同推动了人文主义运动的发展。1501年,莫尔正式成为律师,并逐步成长为一

个阅历丰富、博闻强识、又颇为关注新事物的政治家和社会活动家。他曾任国会议员、副财务大臣、下议院议长、英国大法官。英国宗教改革时期,国王亨利八世

解除与凯瑟琳的婚姻,1534 年议院通过《至尊法案》,与罗马教廷决裂。由于莫尔对亨利八世的宗教政策提出异议,拒绝承认国王在教会的领袖地位,激怒了国王,被关进伦敦塔,并于 1535 年以"叛国罪"被处以死刑。

《乌托邦》内容提要

《乌托邦》全名原为《关于最完美的国家制度和乌托邦新岛的既有益又有趣的金书》,分为两部。在第一部中,作者借叙述者拉斐尔·希斯拉德之口,对当时英国社会的种种弊端、统治阶级的专权残暴、贪得无厌予以辛辣的嘲讽,批评了英国政府的"圈地运动"政策,指出其造成"羊吃人"的惨剧,深刻揭露了处于社会底层的被压迫群众的悲惨处境和当时不合理的社会现象。在第二部中,拉斐尔叙述了他在"乌托邦"的见闻,为读者描绘了一个没有剥削和压迫的理想世界。作者借此将自己对人类美好国家和社会制度的憧憬投射其中,系统规划了心目中理想社会的政治、经济、科学文化、社会生活、宗教、外交等方面的布局与特征。《乌托邦》第一次提出了消灭私有制、建立公有制的问题,其空想社会主义思想对后世影响深远。

选文赏析

选文出自《乌托邦》第二部,描绘了岛国的风土人情和国家的治理情况,包括城市、官员、职业、社交生活、旅行、奴隶、战争、宗教几个方面。作者提出了当时的社会历史条件所能允许人类憧憬出的最佳社会制度,概括论述了指导社会机构和人们生活的一整套理想原则。在这个虚构的国度里,民主政治代替了专制统治,全民所有代替了财产私有,信仰自由和宽容代替了宗教狂热和偏执;实行全民义务教育,人人都能享受和平与富足的生活。乌托邦的社会制度与作品第一部所描写的英国社会现状形成了鲜明的对照,讽刺与贬斥了英国当时的社会与政治实践。

《乌托邦》也表现出人类思维和认识的历史局限。首先,乌托邦取消了私有制,强调全民所有和平均分配。国民的衣着服饰、行为举止、城市的布局都遵循了相同的标准。但在现实世界中,绝对的公有和均衡是无法企及更是无法维系的,乌托邦的理想因此暗藏着无法实现的根本危机。其次,在个人与社会的关系方面,乌托邦的制度在很大程度上忽略了个人的感受,强调绝对服从和统一,要求个人在生活的各个方面都按部就班、循规蹈矩,很少提及个人的权益和选择的自由。这无疑将导致个体变为国家机器上的螺丝钉,把本应丰富多彩的个性与人生变得如同单调乏味的机械运动,违背了自然法则和人类天性。

《乌托邦》尽管具有明显的理想和虚构色彩,但也不乏现实因素和趣味性。例如乌托邦人在道德的问题上进行着与世人相似的争论,探究灵魂、肉体以及外部才能的善。一方倾向于认为构成人类的全部或主要幸福的是快乐,但同时主张,构成幸福的不是每一种快乐,而只是正当高尚的快乐。另一方将幸福归因于至善,并将至善定义为符合自然的生活,是自然教人留意不要在为自己谋利益的同时损害别人的利益。乌托邦人将快乐定义为人们自然而然喜爱的身或心的活动及状态,其中包括人们的自然爱好。他们主张人们的全部行为甚至道德行为都要将快乐作为最终目标。这些讨论反映了作者重视现世生活的人文主义思想,对今天人们幸福观的形成仍然具有重要意义。

《乌托邦》(1516)
第二部*

> 拉斐尔·希斯拉德关于某一个国家理想盛世的谈话,由伦敦公民和行政司法长官托马斯·莫尔转述。

  乌托邦岛中部最宽,延伸到二百哩,全岛大部分不亚于这样的宽度,只是两头逐渐尖削。从一头到另一头周围五百哩,使全岛呈新月状,两角间有长约十一哩的海峡,展开一片汪洋大水。由于到处陆地环绕,不受风的侵袭,海湾如同一个巨湖,平静无波,使这个岛国的几乎整个腹部变成一个港口,舟舶可以通航各地,居民极为称便。

  港口出入处甚是险要,布满浅滩和暗礁。约当正中,有岩石矗立,清楚可见,因而不造成危险,其上筑有堡垒,由一文卫成部队据守。此外是水底暗礁,因而令人难以提防。只有本国人熟知各条水道。外人不经乌托邦人领航,很难进入海湾。实则,这个出入处即使对乌托邦人自己也不能算是安全的,除非他们依照岸上的明显标志作指引。这些标志一经移位,不管敌人舰队多么壮大,都容易被诱趋于毁灭。

  岛的外侧也是港湾重重。可是到处天然的或工程的防御极佳,少数守兵可以阻遏强敌近岸。

  根据传说以及地势证明,这个岛当初并非四面环海。征服这个岛(在此以前叫作阿布拉克萨岛)而给它命名的乌托普国王使岛上未开化的淳朴居民成为高度有文化和教养的人,今天高出几乎其他所有的人。乌托普一登上本岛,就取得胜利。然后他下令在本岛连接大陆的一面掘开十五哩,让海水流入,将岛围住。他不但要居民干这个活,而为了不使他们觉得这种劳动不光彩,也让自己的兵士

---

* 托马斯·莫尔,《乌托邦》,戴镏龄译,商务印书馆,2008年。

参加进去。既然动手的人多,任务完成得异常快,邻国人民当初讥笑这个工程白费气力,及见大功告成,无不惊讶失色。

岛上有54座城市,无不巨大壮丽,有共同的语言、传统、风俗和法律。各城市的布局也相仿,甚至在地势许可的情况下,其外观无甚差别。城市之间最近的相隔不到24哩,最远的从不超过一天的脚程。每年每个城市有三名富于经验的老年公民到亚马乌罗提集会商讨关系全岛利益的事。亚马乌罗提作为全国中心的一座城,其位置便于各界代表到来。它被看成是主要的城,亦即是首都。

各个城的辖境分配得宜,任何城的每一个方向都至少有12哩区域,甚至更宽些,亦即两城相距较远的一面。每个城都不愿扩张自己的地方,因为乌托邦人认为自己是土地的耕种者,而不是占有者。

农村中到处是间隔适宜的农场住宅,配有充足的农具。市民轮流搬到这儿居住。每个农户男女成员不得少于40人,外加农奴二人,由严肃的老年男女各一人分别担任管理。每30户设长官一人,名飞拉哈。

每户每年有20人返回城市,他们都是在农村住满两年的。其空额由从城市来的另20人填补,这些新来者从已在那儿住过一年因而较熟悉耕作的人接受训练。新来者本身次年又转而训练另一批人。这样,就不发生由于技术缺乏而粮食年产会出问题的危险。如果大家同时都是不懂农业的新来者,这种危险就会不可避免。虽然农业人员的更换是常规,以免有人在不愿意情况下被迫长期一直从事颇为艰苦的工作,然而许多人对农事有天然的爱好,他们获得许可多住几年。

农业人员的职务是耕田,喂牲口,砍伐木材,或经陆路或经水路将木材运到城市,视方便而定。他们用巧妙的方法大规模养鸡。母鸡不用孵蛋。农业人员使大量的蛋保持一样的温度,从而成熟孵化。小鸡一脱壳,就依恋人,视同自己的母亲!

他们饲养少量的马,全是良种,只供青年驰骋锻炼,不作他用。耕犁及驮运是由牛担任。他们深知牛不如马善于奔腾,但是牛比马更吃苦耐劳,又较少生病。此外,牛的饲养更经济省力。超过服役年龄的牛还可以供食用。

他们种谷物,专当粮食。他们喝的是葡萄或苹果或梨子酿成的酒,甚至只是水。他们有时喝清水,但通常水里加上煮过的蜂蜜或当地盛产的甘草。

他们对于本城及附近地区消费粮食的数量虽然心中十分有数,却生产出超过自己需要的谷物及牲畜。他们将剩余分给邻境居民。当他们需用农村无从觅得的物品时,就派人到城市取得全部供应,无须任何实物交换,城市官员发出这些供应时是毫无议价麻烦的。反正每月逢假的那一天,农村中许多人进城度假。

将近收获时,农业飞拉哈通知城市官员应派遣下乡的人数。这批收割大军迅速按指定时间到达后,几乎在一个晴天飞快地全部收割完毕。

关于城市,特别是亚马乌罗提城

我们只要熟悉其中一个城市,也就熟悉全部城市了,因为在地形所许可的范围内,这些城市一模一样。所以我将举一个城市来描写(究竟哪一个城市,无关紧要)但还有什么城比亚马乌罗提更适宜呢?首先,没有别的城市比它地位更高,其余城市都推它为元老院会议所在地。其次,没有别的城市最为我所熟悉,因为它是我住过整整五年的城市。

请听我说下去。亚马乌罗提位于一个不太陡的山坡上,几成正方形。它宽达两哩左右,从近山顶处蜿蜒而下,直达阿尼德罗河。它沿河部分延伸稍微长些。

阿尼德罗河发源于距城 80 哩上游的一小股水,由于若干支流的汇注而河身加宽(其中两条支流水势颇大),使阿尼德罗河在城前流过时达半哩宽。稍远,河水更加浩阔,一泻 60 哩,注入大海。从城到海这一段河道,甚至直到城那边的上游,每隔六小时有海水涨落,潮势凶猛。每当潮起,河水被迫后退,海水侵入河床达 30 哩。这时,连远至 30 哩之外,河水都是咸的。更上,水味渐淡,所以阿尼德罗河在城附近一段是不受海潮污染的。一旦潮退,河中澄清的水又流往下方到河口一带。

该城有桥通河的对岸,桥基不是用木桩而是用巨大的石拱建成。这个桥位置于距海最远的地方,因而船只可无妨碍地沿城的这一面全程航行。

这儿还有一条小河,水流舒缓而怡人心目。它发源于城基所在的那座山,穿过城的中部流入阿尼德罗河。由于这条河的源头在城郊,居民便在该处筑成外围工事,和城连接起来,以防一旦敌人进攻,河流不致被截断或改道,也不致被放毒污染,居民从源头用瓦管将水分流到城中较低各处。凡因地势而不适于安设水管地方,有容积大的雨水池,同样称便。

绕城有高而厚的城墙,其上密布望楼和雉堞。城的三面筑有碉堡,其下周围是既阔且深的干壕,其中荆棘丛生,难以越过。剩下的一面就用那道河作为护城河。

街道的布局利于交通,也免于灾害。建筑是美观的,排成长条,栉比相邻,和街对面的建筑一样。各段建筑的住屋正面相互隔开,中间为 20 呎宽的大路。整段建筑的住屋后面是宽敞的花园,四围为建筑的背部,花园恰在其中,每家前门通街,后门通花园。此外,装的是折门,便于用手推开,然后自动关上,任何人可随意进入。因而,任何地方都没有一样东西是私产。事实上,他们每隔十年用抽签方式调换房屋。

乌托邦人酷爱自己的花园,园中种有葡萄。各种果树及花花草草,栽培得法,郁郁葱葱,果实之多及可口确为生平第一次见到。他们搞好花园的热忱,由于从中得到享乐以及各街区于此争奇斗胜而不断受到鼓励。一见而知,花园是对全城人民最富于实惠及娱乐性的事物。这个城的建立者所最爱护的似乎也是花园。

实际上,乌托邦人宣称,该城的全部设计是最初由乌托普国王本人拟出草图的。至于修饰加工,他看到这不是一个人毕生力量所能完成,就留给后代去做。他们的纪事史长达1760年,写得翔实认真。史书载明,最初住屋低矮,与栅舍无异,随便用任何到手的木料构成,围以泥墙。屋面陡斜,甩草茸成。

今天则各户外观都很美,为三层的楼房。墙面用坚石或涂上泥灰,也有砖砌的,墙心用碎石填充。屋面为平顶,覆盖着一层廉价水泥,调制极精,可以防火,对于抵抗风暴又比铅板优越。他们用玻璃窗防风,玻璃在乌托邦使用极广;也间或用细麻布代玻璃装窗,布上涂透明的油料或琥珀。这个办法具有两个优点,光线较充足,抗风更有效。

关于官员

每30户每年选出官员一人,在他们的古代语言中名叫摄护格朗特,在近代语言中叫飞拉哈。每十名摄护格朗特以及其下所掌管的各户隶属于一个高级的官员,过去称为特朗尼菩尔,现称为首席飞拉哈。

全体摄护格朗特共二百名,他们经过宣誓对他们认为最能胜任的人进行选举,用秘密投票方式公推一个总督,特别是从公民选用的候选人四名当中去推。因为全城四个区,每区提出一名总督候选人,准备提到议事会去。

总督为终身职,除非因有阴谋施行暴政嫌疑而遭废黜。特朗尼菩尔每年选举,但如无充分理由,无须更换。其他官员都是一年一选。

特朗尼菩尔每三天与总督商量公务,倘有必要,可以有时更频繁地接触,他们商讨国事。但如公民私人间发生纠纷,(这种情况是不多的),他们总是及时处理。他们经常让两名摄护格朗特出席议事会,这两名每天不同。他们规定,任何涉及国家的事,在通过一项法令的三天前如未经议事会讨论,就得不到批准。在议事会外或在民众大会外议论公事,以死罪论。这种措施的目的,据他们说,是使总督及特朗尼菩尔不能轻易地共谋对人民进行专制压迫,从而变革国家的制度。因此,凡属认为重要的事都要提交摄护格朗特会议,由摄护格朗特通知各人所管理的住户,开会讨论,将决定报告议事会。有时问题须交全岛大会审议。

此外，议事会照例不在某一问题初次提出的当天讨论，而是留到下次会议上。他们一般这样做，以防止任何成员未经深思，信口议论，往后却是更多地考虑为自己的意见辩护，而不是考虑国家的利益，即宁可危害公共福利，而不愿使自己的名声遭受风险，其原因是出于坚持错误的不适当的面子观点，唯恐别人会认为他一开始缺乏预见——其实他一开始本应充分预见到发言应该慎重而不应轻率。

※ ※ ※ ※ ※ ※

在哲学上论及道德的部分，他们所进行的争论和我们相同，他们探究灵魂上、肉体上以及外部才能的善。他们又提出这样的问题：善这个名称是应用于以上所有三者呢，还是专门应用于灵魂的特性呢？他们讨论德行及快乐，但他们主要的辩论是，构成幸福的是什么，是一件事物，还是几件事物。关于这个问题，他们似乎过分倾向于某一学派，认为构成人类的全部或主要幸福的是快乐。

尤其令人惊讶的是，他们竟援用他们的宗教为这种软弱无力的学说作辩护，而他们的宗教则是认真的，严峻的，几乎是一本正经的，冷酷无情的。他们一讨论幸福问题，总是把哲学的理性和宗教的原则联系上。他们认为，没有这些原则，理性本身就削弱到不足以展开对真正幸福所在这一问题的研究。这些原则可举例如下。灵魂不灭，灵魂由于上帝的仁慈而生来注定享有幸福。我们行善修德，死后有赏；我们为非作恶，死后受罚。这些固然是属于宗教的原则；然而乌托邦人主张，理性使人们承认这些原则。

一旦取消这些原则，乌托邦人便毫不迟疑地主张，一个人如不千方百计追求快乐，便是愚笨的，只不过他须力求不要贪图小的快乐而妨碍大的快乐，也不要贪图会招致痛苦后果的快乐。追求严峻艰苦的德行，不但不尝人生的甜蜜，甚至甘愿忍受不会带来好处的痛苦，乌托邦人认为这是极不明智的行为。因为如果某人一生过的不快乐的日子，即是说，潦倒不堪，而死后并不因此得到任何酬报，这怎能谈得上有好处呢？

实则乌托邦人主张，构成幸福的不是每一种快乐，而只是正当高尚的快乐。德行引导我们的自然本性趋向正当高尚的快乐，如同趋向善一般，相反的一个学派把幸福归因于至善。乌托邦人给至善下的定义是：符合于自然的生活。上帝创造人正是为了使其这样的生活。乌托邦人说，一个人在追求什么和避免什么的问题上如果服从理性的盼咐，那就是遵循自然的指导。

而理性首先是在人们身上燃起对上帝的爱和敬，我们的生存以及能享受幸福都是来自上帝。其次，理性劝告和敦促我们过尽量免除忧虑和尽量充满快乐的生活；并且，从爱吾同胞这个理由出发，帮助其他所有的人也达到上面的目标。从无一个人是那么严峻的德行实践者又兼快乐厌绝者，以至于强迫你工作、值夜、劳累，而不同时劝你尽力减轻别人的贫穷和困苦。他会以人道主义的名义，认为我们照顾到别人的康乐幸福，才是值得赞扬的——如果减轻别人的痛苦，使他们去掉生命中一切悲哀而恢复了享乐，这尤其是合乎人道主义的话（而人道主义是人所最特有的德行）。既然如此，自然为什么不应该要求我们每人也这样对待自己呢？

或者，舒适的亦即快乐的生活是坏事，那么，你不但不该帮助任何人过这种生活，并且要尽量使人人摆脱这种被认为有害的生活。又或者，你不但可以而且应该为别人求得舒适的亦即快乐的生活，认为这种生活是好的，那么，你为什么不应该首先自己过这样的生活呢（你总不能厚于别人而薄于自己）？当自然吩咐你善待别人，它不是反而教你苛待自己。乌托邦人认为，自然指示我们过舒适的亦即快乐的生活，作为我们全部行为的目标。乌托邦人把德行解释为遵循自然的指示而生活。

因此，自然号召人人相互帮助以达到更愉快的生活。（它这样号召无疑有充分理由，因为没有一个人会比任何人都更幸运，成为得到自然照顾的唯一对象。自然对赋予同样形体的一切人们是一视同仁的。）所以自然教你留意，不要在为自己谋利益的同时损害别人的利益。

以此，乌托邦人认为不但私人间合同应该遵守，而且应该遵守关于生活物资亦即取得快乐的物质的分配上的公共法令，这种法令或是贤明国王公正地颁布的，或是免于暴政和欺骗的人民一致通过的。在这种法令不遭破坏情况下照顾个人利益，才是明智的。此外你的义务标志是关心公众的利益。为了自己得到快乐而使他人失去快乐，这当然是有失公平的。相反，取去自己的部分所有，将其转让给他人，这是具有人道主义和仁慈的意义的，由此而获得的回报的实惠是大于施给的实惠的。这从两方面取得酬报：对回报的利益，自己意识到做了好事。当我们回忆起从我们得过好处的人对我们怀有友爱及善意，我们心头所产生的愉快，远非我们放弃了的肉体愉快所能比得上。最后——这是信宗教的人所易于接受的——为了代替短暂的小快乐，上帝给予永恒的大快乐。因此，乌托邦人经过对这个问题的认真的考虑和权衡，主张我们的全部行为，包括甚至道德行为，最后都是把快乐当作目标和幸福。

所谓快乐，乌托邦人指人们自然而然喜爱的身或心的活动及状态。他们把人们的自然爱好包括在内，这是对的。由于官能和正当理性所要达到的是任何天生愉快的事物——即任何事物，追求时未通过不正当手段，未丧失更为愉快的事物，未招致痛苦的后果——因而他们认为，任何事物，如果虽然违反自然，人们却一致不切实际地设想,以为那是使他们感到甜美的(好像他们有权改变事物的性质,如同有权改变事物的名称一样),那末,这种事物不但不能导致幸福,甚至还严重地阻碍幸福。其理由是,这种事物一经在某些人身上生根,在他们心头便会留下牢固的关于快乐的谬见,无接受真正快乐的余地。实际上,许多事物从本身性质说并不甜美,而且大部分还带有不少苦味,可是由于坏欲望的诱骗,这样的事物岂止被看成至上的快乐,简直是生命所以具有价值的一些主要原因。

乔纳森·斯威夫特

作家简介

乔纳森·斯威夫特(Jonathan Swift,1667—1745)出生于爱尔兰首府都柏林,家境清贫,出生前七个月父亲就离开了人世,他由伯父抚养长大。14岁时,斯威夫特进入都柏林大学接受了四年神学教育。毕业后,他担任邓谱尔爵士的私人秘书,这给了他认识出入庄园的学者和作家的机会。在他们的影响下,斯威夫特开始了文学创作。1697年,由邓谱尔爵士授意,斯威夫特写成第一部作品《书的战争》(The Battle of the Books)。翌年,完成另一部讽刺作品《桶的故事》(A Tale of a Tub)。1710年,斯威夫特在爱尔兰一个偏僻的小城里作牧师,开始从事社会政治活动,写下大量政论文章。1710年底至1714年,斯威夫特靠拢托利党,为其内阁大臣服务,主编《观察家》(The Examiner),发表了不少政论作品。1714年托利党失势后,斯威夫特定居爱尔兰,任都柏林的圣佩特里克大教堂教长,直至去世。从1720年开始,斯威夫特以犀利的文笔写下一系列文章和讽刺诗,猛烈抨击英国殖民统治,其中包括《关于普遍使用爱尔兰织物的建议》("A Proposal for the Universal Use of Irish Manufacture",1720)、《一个布商的书信》(Drapier's Letters,1724,共7封)、《谦逊的建议》("A Modest Proposal",1729),以及游记体讽喻作品《格列佛游记》(Gulliver's Travels,1726)。

《格列佛游记》内容提要

《格列佛游记》是斯威夫特的代表作,也是当时英国的一部讽刺杰作。全书分为四卷,叙述英国医生格列佛航海漂泊,来到几个幻想国度的冒险故事。第一卷讲述格列佛在小人国的经历,他看到身长不到六英寸的人,以种种卑鄙手段争权夺利、互相倾轧,借以讽刺英国统治集团内部的党派纠纷、尔虞我诈。第二卷书写格列佛来到大人国,被当作玩物送入宫廷。他向国王夸耀英国的政治、经济、法律、军事等方面的情况,国王对此一一进行质问和抨击,二人的对话谴责了英国腐败的政治和以宗教信仰分歧为借口的掠夺战争。第三卷描写格列佛在飞岛、巴尔尼巴比、巫人国等地的见闻,内容驳杂,讽刺了脱离实际的科学研究和英国的政治制度,也反映了人民反抗压迫的斗争。第四卷叙述格列佛在慧骃国的见闻,马的理性和智慧让格列弗为之折服,他通过对人形的"野胡"(Yahoo)的描写,表达了对人性丑陋一面的憎恶之情。

选文赏析

选文出自《格列佛游记》第四卷,完成于1723年。慧骃国是动物的国度,居住着聪慧而高贵的马"慧骃"和人形的野兽"野胡",这一卷可视为一则动物寓言。

在慧骃国里,野胡丑陋、野蛮、卑鄙,而慧骃却高贵典雅,充满理性观念。野胡的"头和胸部长着长长的毛",他们全身裸露,但是会像敏捷的松鼠一样在树上急奔,代表着人类理性之外的动物本性。慧骃代表了人性中的另一半:他们没有欲望、痛苦和欢乐,是理想的载体。慧骃们"没有自己的文字,所以它们的知识是口耳相传的","它们遵从大自然的教导热爱自己的同类","它们是理性的动物,根本不知道什么叫罪恶",它们对死亡"既不感到高兴也不感到悲伤"。"仁慈和友谊"是慧骃国的主要口号,他们共同遵守的格言是:发扬理性、遵守道德,以理性治国,以德性培养下一代。当作者谈及欧洲君主百年来发动的战争时,慧骃便批评道,这是缺乏理性的行为。作者由衷地感到这群"杰出的四足动物"的美德与人类的腐化堕落相比要高尚、美好得多。他在慧骃国得到一种从未有过的心灵愉悦之感,宁愿和这些马过一辈子也不愿与人类苟且相伴。他借慧骃国中野胡嗜钱如命、尔虞我诈的可憎形象将人性的丑恶面暴露无遗。

慧骃国中作为动物的慧骃马对理性的崇拜达到极致,而具有人型的野胡则追求欲望的满足。慧骃的婚姻以保证后代毛色的完美为目的,每一对公马和母马在生过一个雄性和一个雌性小马之后,就不再生活在一起。由于理智的作用,刻板的价值观撕裂了生活的整体性,否定了情感和本能的力量,将一切事物都置于逻辑、理性和智慧的光环之下,让生活变得像科学实验一样可以预料、单调与乏味。作者在揭示人性恶的同时也表达了对理性的怀疑态度。

《格列佛游记》(1726)
第一章

作者出外航海,当了船长——他的部下图谋不轨,把他长期禁闭在舱里,后又弃他于一块无名陆地——他进入这个国家——关于一种奇怪动物"野胡"的描写——作者遇见两只"慧骃"。

我跟妻子儿女在家快快活活地过了大约五个月的日子。要是我当时懂得怎样才算是我的好日子就好了。我离开我那可怜的妻子时,她的肚子又大了。我接受了一份待遇优厚的邀请,到载重350吨的"冒险号"大商船上当了船长。我这么做是因为我对航海非常熟悉;另外,尽管有时也可以干干本行,但我对在海上做外科医生这样的工作已渐渐地感到厌倦了,于是我就招了一位技术熟练的年轻医生罗伯特·漂尔佛伊到船上来担任外科大夫。1710年8月7日,我们从朴次茅斯扬帆启航;14日,在田纳瑞夫岛遇到了布里斯托尔的坡可克船长,他那时正要到坎披契湾去采伐洋苏木。16日,一场风暴把我们吹散了。以后我回到家才听说他的船沉没了,除一名船舱的服务员之外,无一人幸免。这人很诚实,是位优秀的海员,不过有点固执己见,因此他和另外的一些水手一样毁灭了自己。如果当时他听了我的话,也许这时候同我一样平平安安地和自己的家人在一起了。

我船上有几名水手患热病死了,所以我不得不在巴巴多斯和背风群岛招募新水手;雇我的商人曾经指示我在这两地作短暂停留。可我不久就懊悔不已,因为我事后发现,这些新水手中大部分人都做过海盗。我船上一共有50名水手,雇主的吩咐是,要我到南洋地区同印度人做生意,并尽可能地发现一些新的生意渠道。我招募来的这帮恶棍把我船上的其余水手全部拖下了水,他们一起策划了一个阴谋,要夺下这船,并且把我囚禁起来。一天早上,他们动手了,冲进船舱就把我手脚捆了起来,并威胁说,动一动,就把我扔到海里去。我对他们说,我是他们的俘虏了,愿意听话。他们就强迫我发誓表示就范,然后给我松绑,只用一根链子将我的一条腿拴在床跟前。他们在我的门口设了一个哨,让他枪弹上膛,只要我企图脱身,就开枪把我打死。他们把吃的和喝的给我送到下面的舱里来,自己开始指挥这船上的一切。这些人的计划是去当海盗,抢劫西班牙人,不过他们还得等纠集到更多的人时再干。他们决定先把船上的货物卖掉,然后去马达加斯加招募新手,因为我被囚禁起来之后,他们中已经死了几个。他们航行了好几个星期,同印度人做了一些生意,可是我一直被严严实实地禁闭在船舱里,就不知道他们走的是哪条航线了。他们一再威胁说要我把弄死,我也就认为自己只有死路一条了。

1711年5月9日,一个名叫詹姆斯·威尔契的人来到了我下面的船舱里,说是他奉船长之命来放我上岸。我向他哀告,却毫无结果;他也不肯告诉我他们的新船长是谁。他们让我把最好的一身衣服穿上,那其实是一身新衣服，又让我带了一包内衣，可是除腰刀之外不准我带任何武器；就这样，他们逼我上了一艘长舢板。不过他们还算讲点文明，没有搜查我的口袋；那口袋里放着我所有的钱和其他一些日常用品。他们划了大约有一里格，随后就把我丢到了一片浅滩上。我求他们告诉我这是什么国家，他们却一起发誓，说他们和我一样不知道这是什么地方，只说这是船长（他们这么称呼他）的主意，船上的货卖光，一见有陆地，就把我赶下船去。他们立刻将船划了开去，倒还劝我赶紧走开，要不潮水涌来就要把我吞没。就这样，他们和我告了别。

我在这荒凉的境地朝前走着，一会儿倒也走上了坚实的土地。我在一处堤上坐下来歇歇气，考虑我最好该怎么办。稍稍缓过劲来之后，我就进入了这个国家，决定一碰上什么野人就投降，用些手镯、玻璃戒指以及别的玩具向他们讨买一条性命；这些玩意儿当海员的在那样的航海途中总要带着，而我倒也带了几件在身上。这儿的土地被一长排一长排的树木相隔着；树并非人工种植，天然地长在那儿，没有什么规则。到处是野草，还有几块燕麦田。我十分小心地走着，生怕受到突然袭击，或者突然有一支箭从身后或两边飞来将我射死。我走上了一条由人践踏出来的路，看见上面有不少人的脚印，还有一些是牛蹄印，不过多数是马蹄印。最后我在一块地里看到了几只动物，还有一两只同类的在树上坐着。它们的形状非常奇特、丑陋，让我感觉到几分不安，所以我就在一处灌木丛后面躺下来把它们看个仔细。其中有几只往前一直走到了我躺着的地方，这使我有机会把它们的样子看得清清楚楚。它们的头部和胸脯都覆盖着一层厚厚的毛发，有些卷曲，有些挺直。它们长着山羊一样的胡子，脊背上和腿脚的前面部分都长着长长的一道毛，不过身上其他地方就光光的了，所以我倒能看到它们那浅褐色的皮肤。它们没有尾巴，臀部除了肛门周围以外也都没有毛，我想那是大自然因为它们要坐在地上，才让它们在那儿长些毛以保护肛门的吧。这种坐姿它们常常采用，有时也躺下，还经常性地用后腿站立。它们爬起高树来像松鼠一样敏捷，因为它们的前后脚都长着尖利如钩的长爪。它们时常蹦蹦跳跳，窜来窜去，行动极其灵活。母的没有公的那么大，头上长着长而直的毛发，除了肛门和阴部的周围，身上其他地方就都只有一层茸毛，乳房吊在两条前腿的中间，走路时几乎常常要碰到地面。公兽和母兽的毛发都有褐、红、黑、黄等几种不同的颜色。总之，在我历次的旅行中，我还从未见到过这么让我不舒服的动物，也从来没有一种动物天然地就叫我感到这般厌恶。我想我已经看够了，心中充满了轻蔑和厌恶，就站起身来走到了原先那条人行道上，希望顺这路走去最终能找到一间印第安人的小屋。我还没走多远，就碰上了一只这样的动物实实地挡在路上,并且直冲着我走来。那丑八怪见到我,就做出种种鬼脸,两眼死盯着我,就像看一件它从未见过的东西。接着它走过来靠我更近了,不知是出于好奇还是想伤害我,一下抬起了前爪。我拔出腰刀,用刀背猛击了它一下;我不敢用锋刃的一面砍它,怕当地居民要是知道我砍死或砍伤了他们的牲口会被激怒。那畜生吃了这一记就往后退去,一面狂吼起来;这一下马上就有至少40头这样的怪兽从邻近的地里跑过来将我团团围住,它们又是嗥又是扮鬼脸;我跑到一棵树干底下,背靠着树,一面挥舞着腰刀不让它们靠近我身,有几只该死的畜生抓住了我身后的树枝窜到了树上,从那儿开始往我的头上拉屎。我把身子紧贴在树干上,总算躲了过去,但差点儿被从四周落下来的粪便的臭气闷死。

正当我这么痛苦不堪的时候,我看到这些畜生忽然全都飞快地跑开了,于是我就斗了胆离开那树,继续上路,一面心里在想,会是什么东西把它们吓成这个样子呢?可是我往左边一看,却看到了地里有一匹马在慢悠悠地走着;原来虐待我的那些畜生比我先看到了它,所以全都跑了。这马走近我身边时先是小小地一惊,可很快就镇定了下来,它对着我满脸地看,显然非常地惊奇。它看看我的手,又看看我的脚,围着我走了几圈。我本想继续赶路,它却硬挡在那儿,不过样子倒很温和,丝毫没有要硬来的意思。我们站在那儿互相盯着看了半天,最后我竟壮大胆子,摆出职业骑师驯野马时的架势,吹着口哨,伸手要去抚摸它的脖子。可是这只动物对我的这番好意似乎不屑一顾,它摇摇脑袋皱皱眉,轻轻地抬起右前蹄把我的手推开了。接着它又发出了三四声嘶叫,可每次音调全不一样,我不由得要觉得它那是用自己的什么语言在跟自己说话。

正当我和它这么相持不下的时候,又有一匹马过来了。它很正规地走到第一匹马的跟前,互相轻轻地碰了碰右前蹄,然后轮流嘶叫了几声,声音各不相同,简直像是在说话。它们走开去几步,像是要一起商量什么事;又肩并肩地来回走着,仿佛人在考虑什么重大事件,可是眼睛又不时地转过来朝我这边看,好像要监视我,怕我会逃跑似的。看到没有理性的畜生这种行为举止,我非常惊讶,不由地自己在那儿推断,马都这么有灵性,要是这个国家的居民具有了相应的清醒的头脑,他们一定是世上最聪明的人了。这一想法给了我不少安慰,我因此决定继续往前走,直到我找着房屋或村庄,或者碰到个把当地的居民。那两匹马愿意谈就随它们在那儿谈吧。可是第一匹马(那是匹深灰色斑纹马)见我要悄悄地溜,就在我身后长嘶起来。那声音极富意义,我都觉得我明白了它是什么意思。我于是转过身走到它跟前,看看它还有什么指示,一边却尽量掩饰自己内心的恐惧,因为我已经开始感到有几分痛苦,不知道这场险事到底会怎样收场。读者也不难相信,我是不大喜欢我当时的处境的。

两匹马走到我跟前,非常认真地端详我的脸和手。那匹灰色马用右前蹄把我的礼帽摸了一圈,弄得不成样子,我只得脱下来整理一下后重新再戴上去。它和它的伙伴(一匹栗色马)见此似乎非常惊讶。栗色马摸了摸我的上衣襟,发现那是松松地在我身上挂着时,它俩就露出了更加惊奇的神色。它摸摸我的右手,手的颜色和那柔滑的样子似乎使它十分羡慕。可是它又将我的手使劲地在它的蹄子与蹄骹中间猛夹,弄得我不得不大叫起来;这么一来,它们倒又尽量温存地抚弄我。它们看了我的鞋和袜感到十分困惑,不时地去摸一摸,又互相嘶叫一阵,做出种种姿势,倒像是一位想要解决什么新的难题的哲学家。

总之,这两只动物的举止很有条理,很有理性,观察敏锐而判断正确,所以我到最后都做出了这样的判断:它们一定是什么魔术师,用了某种法术把自己变成现在这个样子,见路上来了个陌生人,就拿定主意同他来寻开心。要么或者真的是吃惊了,见到一个人,无论服装、外形与面貌都和也许是生活在这么遥远的一个地方的人完全不同。我觉得这么推断很有道理,就大着胆子对他们说了以下的话:"先生们,如果你们是会变戏法的人,我想你们一定是的,你们肯定什么语言都能懂,所以我要冒昧地告诉两位阁下,我是一名可怜的英国人,遭遇不幸漂到你们这海岸上来了,我请求你们中哪一位允许我骑到背上,就像是骑真的马一样,把我驮到某个人家或者村庄,那样我就有救了。为了报答你们的恩惠,我把这把刀和手镯当礼物送给你们(说话间我就把它们从口袋里取了出来)。"我说话时,这两只动物一声不响地站在那儿,似乎在极用心地听我说。我说完之后,它们互相嘶叫了好一阵子,仿佛是在进行什么严肃的谈话。我清楚地感觉到它们的语言很能表达感情,那词儿不用费多大的劲就可以用字母拼写下来、比拼写中国话还要容易。

我不时地可以分辨出有一个词是"野胡",它们都把这词儿反复地说了几遍,虽然我猜不出那是什么意思,可当这两匹马忙着在那里交谈的时候,我就试着在嘴里练习起这个词来。它们的交谈一停止,我就壮了胆子高声地叫了一声"野胡",同时还尽量地模仿那种马嘶叫的声音,它俩一听,显然都十分吃惊,那灰色马还又把这词儿重复了两遍,意思好像是要给我正正音。我就尽力跟着它学了几遍,虽然还远谈不上尽善尽美,但发现每一次都有明显的进步。接着那栗色马又试着教我第二个词儿,可是比第一个难发多了;按照英语的拼写法,它可以拼作"Houyhnhnm"(慧骃)。这个词我发得不如前一个成功,可又试了两三次之后,也好多了;见我有这样的才能,它们都显得非常惊讶。

又谈了一些话之后(我当时推想可能与我有关),两位朋友就分手了,同样又行了互相碰碰蹄子的礼节。灰色马示意我在它前头走,我想我在找到更好的向导之前还是依了它好。我一放慢脚步,它就会叫"混,混"。我猜到它是什么意思,就竭力设法让它明白,我累了,再快就走不动了。于是它就停下来站一会儿,让我歇歇脚。

※ 思考题

1. 《乌托邦》中的希斯拉德描述了一个理想社会,但莫尔在书的结尾时说:"我不能同意和赞成他所说的一切。"(I cannot agree and consent to all things that he said.)反乌托邦小说通常对所谓的理想社会进行质疑。基于对人性、社会的认识,你认为理想社会应该是什么样子?

2. 如何理解乌托邦人对幸福的定义?

3. 《乌托邦》与《格列佛游记》采用了相同的文学形式,即讲述到一个陌生岛国去旅行的故事。试分析这一独特文学现象的原因。

※ 网站链接

http://www.goddiscussion.com/11739/utopia-thomas-more
关于乌托邦的在线讨论。

http://theopenutopia.org/full-text/introduction-open-utopia
提供《乌托邦》全文、注释、评价、不同译本、莫尔的书信等。

https://www.marxists.org/archive/kautsky/1888/more/index.htm
提供《乌托邦》全文。

http://www.gutenberg.org/ebooks/17157
提供《格列佛游记》全文。

第三章
早期殖民主义文化：《鲁滨孙漂流记》

文化背景

英国国土位于欧洲西北部的大不列颠群岛，被北海、英吉利海峡、凯尔特海、爱尔兰海和大西洋包围。独特的岛国地理位置使其历史与文学不可避免地与航海、探险、贸易、殖民等内容紧密相连，荒岛文学便成为英国文学中一个独特而重要的主题。以荒岛为背景的文学作品层出不穷，文艺复兴时期莎士比亚的《暴风雨》、17世纪有笛福的《鲁滨孙漂流记》、19世纪有巴兰坦的《珊瑚岛》、直到当代作家戈尔丁的《蝇王》，一个个荒岛意象作为独立于现实世界的封闭空间，逐渐成为具有独特审美意蕴的文学世界。然而，荒岛文学并非仅仅意味着寻求逃避社会的乌托邦或反乌托邦世界，而是表达人与自然的冲突、寻求改良社会的手段、宣传作者政治和哲学观点的不同载体。

17、18世纪，英国的资产阶级革命进入到工业革命阶段，逐渐成为领先于当时其他各国的"世界工厂"。工业上的垄断带来了商业上的霸权，英国先后于16世纪击败西班牙、17世纪击败荷兰、18世纪击败在争夺殖民地方面的主要敌手法国，自此确立了海上霸权与殖民霸权。随着大英帝国的崛起和海上霸权的建立，英国海外殖民扩张的野心日益勃大，重商主义和经济个人主义成为当时社会的主要思潮。在思想意识形态领域，新思维不断涌现的启蒙运动成为一场为资产阶级政治革命鸣锣开道的文化运动。托马斯·霍布斯所推崇的个人至上理论，约翰·洛克"保护个人经济利益，私人财产神圣不可侵犯"的主张，以及马克斯·韦伯提出的"合理谋利"精神等，为英国社会的个人主义、拜金主义思潮提供了丰沃的土壤。

笛福在《鲁滨孙漂流记》中塑造了一个在重商主义、经济个人主义社会背景下不断进取、顽强向上的资产阶级英雄形象。鲁滨孙靠自己辛勤艰苦的劳动、奋发进取的精神、坚韧不拔的毅力以及敢于冒险不惧困难的热情，逐步创造和积累起个人财富。小说使读者形象地认识到资本原始积累时期新兴资产阶级个人不懈奋斗以追求物质财富积累的精神面貌。正是这种资本主义精神,这种向未来世界开拓进取的精神,使得英国在19世纪成为幅员最广阔的"日不落"帝国。笛福笔下的鲁滨孙、辛格顿船长都是18世纪英国个人主义的具体化身,这些人物的言行表达了英国社会在资本主义初级阶段的价值观和人生观。笛福的作品独特而生动地反映了不同形式的个人主义与小说的兴起之间的联系。

然而,笛福荒岛殖民的创作主题却带着种族优越论甚至欧洲中心主义的深深烙印。鲁滨孙代表了欧洲人的高贵、优越、理智和勇敢,是充满征服欲望和开疆拓土野心的殖民代表,而星期五则是西方人眼中的"他者":原始、愚昧、无知和懒惰。鲁滨孙带去了欧洲的文明、先进的社会制度、良好的生活方式和殖民管理。但在这一过程中,他们征服、屠杀、恫吓和威胁当地的居民,掠夺当地的物质财富和自然资源,将他们置于自己的统治之下。在当时的英国,人们的内心意识仍然为教会传统所遗留的道德说教以及从经济变革和革命中逐渐蔓延开来的民主权利观念和新教伦理所主导。克伦威尔的清教徒革命将政治层面中传统君主制的溃败转化为一种更趋于保守的共和意识。于是,传统的特权阶层同中下层的商人、农民、城市自由民在政治利益的瓜分上冲突不断。心怀对权力的深深渴求而出海贩奴的鲁滨孙,在沦落荒岛并远离人类社会之后,并未丧失他对身边事物的"主人意识",相反,与自然的较量恰恰激发了他的统治欲望。暴力强制、圈养、技术强势、宗教教化、建立在契约上的忠诚意识,这一切再现了近代殖民浪潮的征服手段,它们自然而然地表现在鲁滨孙身上。鲁滨孙热烈地支持殖民制度,提出夺取、经营殖民地的办法,提出与落后民族扩大贸易的途径,并且拥护黑奴交易,这一切都体现了他的局限性。

丹尼尔·笛福

作家简介

丹尼尔·笛福(Daniel Defoe,1660—1731),出生于伦敦的一个小工商业者家庭,在一所强调英文写作、数学和理科的学校读书。毕业后曾经商,办工厂,屡次破产后又屡次重新起家。笛福对政治颇感兴趣,早年写过很多政论文章和小册子,常年奔走于英格兰和苏格兰各地了解舆论情况,还因文字遭受两次牢狱之灾。1704年,他创办了英国历史上第一份定期出版的社会和政治刊物——《评论》杂志(*The Review*,1704—1713)。

笛福在59岁时开始创作《鲁滨孙漂流记》,这部小说为他赢得"英国小说之父"的称号。笛福的其他作品包括小说《鲁滨孙漂流续记》(*The Further Adventures of Robinson Crusoe*,1719)、《辛格顿船长》(*Captain Singleton*,1720)、《摩尔·弗兰德斯》(*Moll Flanders*,1722)、《大疫年日记》(*A Journal of the Plague Year*,1722)和《罗克萨娜》(*Roxana*,1724)等,以及国内外旅行游记、人物传记、有关商业贸易的著作等。

《鲁滨孙漂流记》内容提要

《鲁滨孙漂流记》是笛福根据水手亚历山大·赛尔科克的真实经历创作的。鲁滨孙性喜冒险,19岁时离家出海,屡次历险后来到巴西,买下一个种植园并在此定居。但他无法抵制冒险的诱惑,再次出海前往非洲贩卖黑奴。船在海上遇到暴风雨沉没,只有他一人幸存,逃生到一个荒无人烟的孤岛之上。鲁滨孙把沉船上的有用之物统统运到小岛上,开始了长达28年的孤独生活。他在岛上建起了栖身之所、采集野果、捕猎动物、种植庄稼、驯养野羊。他还曾设法救出了一个俘虏,并给他起名为"星期五"。在鲁滨孙的训练下,"星期五"成为一个忠实的仆人和同伴。后来,一艘英国船只在小岛附近的海面上发生叛变,鲁滨孙帮助船长平息了叛乱,并搭乘这艘船回到英国。在《鲁滨孙漂流续记》中,鲁滨孙时隔多年后再度出海。他首先特意去看了看自己生活过的小岛,发现岛上十分繁荣,于是心满意足地离开,然后开始其环球航行。旅程中他途径马达加斯加、孟加拉、中国的南京和北京,后经西伯利亚、俄罗斯、德国回到英国。

选文赏析

选文出自《鲁滨孙漂流记》的第一章、第三章以及《鲁滨孙漂流续记》的第十四章。

选文第一部分突出了鲁滨孙的性格特点与其所处社会的普遍观念之间的冲突。鲁滨孙之父所代表的中产阶级满足于其所处的"中间地位",认为"这是世界上最好的阶层……也最能使人幸福。他们既不必像下层大众从事艰苦的体力劳动而生活依旧无着;也不会像那些上层人物因骄奢淫逸、野心勃勃和相互倾轧而弄得心力交瘁。"他们恪守的信条是"适可而止,中庸克己"。表面看来,这样的生活的确能够使人平静安乐、悠然自得地走完一生,免受劳心劳力之苦,从而获得强烈的幸福感,并且会"越来越深刻地体会到这种幸福"。但是实际上,这样的人生无异于井底之蛙,获得的只是狭隘视野所带来的虚假幸福感。这样的生活态度有悖于18世纪英国的时代精神,即资产阶级原始积累时期资产阶级追求物质财富及个人奋斗的精神风貌。此时现身的渴望冒险、不甘平庸生活的鲁滨孙成为资产阶级上升时期的代表人物。尽管父亲的语重心长、循循善诱曾经令他动容;初次航海的运气欠佳、惊心动魄曾经令他动摇甚至"心如死灰",但是对未知世界的渴望、对财富的向往激励他战胜一切阻碍,迎来了"一生冒险活动中唯一一次成功的航行"。其间他既学得了做水手的基本常识,又体验了经商赚钱带来的快乐,由此踏上了出海探险的不归之路。

  选文第二部分讲述了鲁滨孙沦落荒岛后,依靠自己奋发进取的精神和坚韧不拔的毅力克服了诸多困难。首先,他彻底发掘自己的潜能,努力在不利的环境中为自己创造文明生活的条件:"我终于发现,我什么东西都能做,只要有适当的工具"。没有工具的鲁滨孙甚至凭借毅力将一棵大树做成木板,这既是对资产阶级开拓进取的颂扬,又是对封建贵族不劳而获、懒散怠惰的批判。其次,鲁滨孙以记日记的形式与自己对话,进行精神上的自我鼓舞,以应对岛上难以忍受的孤独。他还按照商业簿记的格式,分"借方"和"贷方",将自己的幸运和不幸、好处和坏处排列出来。鲁滨孙希望世上的人都能吸取他的经验教训,"在万般不幸之中,可以把祸福厉害一一加以比较,找出可以聊以自慰的事情,然后可以归入账目'贷方金额'这一项"。无论是物质上还是精神上,鲁滨孙都积极努力地找寻应对困难的办法。人的一生会经历许多困难,我们又该以怎样的态度去面对它们,以怎样的精神去克服它们,鲁滨孙的经历为我们提供了些许可资借鉴之处。

  选文第三部分选自《鲁滨孙漂流续记》,讲述主人公周游世界时在中国的所见所闻。鲁滨孙既是富有开拓进取精神的资产阶级英雄,也是充满征服欲和开疆拓土野心的殖民代表,他以局外人的眼光讲述了当时的中国。中国的封闭、落后、守旧与处于上升时期欧洲资产阶级的开放、先进、革新形成了鲜明对比。中国的社会结构、生活方式、宗教信仰、政府组织等等都"没有什么值得在这儿写的",人们对"天体运行知识一窍不通"。书中对当时中国官场的黑暗腐败、骄傲自大、爱慕虚荣进行了无情的揭露。面对中国人引以为豪的长城,鲁滨孙对此嗤之以鼻,"如果遇到的是我们英国的一支有两个班的炮兵,你想他抵挡得住吗?"这表现了鲁滨孙的以先进统治落后的殖民倾向,以及使殖民主义合法化的企图。尽管如此,鲁滨孙的蔑视与嘲讽却在19世纪得到了印证,西方殖民者的"炮兵"轻而易举地敲开了腐朽封建帝国的大门。当然,鲁滨孙眼中的中国也并非一无是处,一幢住着全家30口人的瓷房子是"中国超群出众的奇事之一"。他还在南京购买了花缎、上等云锦和茶叶等物进行贩卖,说明他认为这些商品是颇具价值之物。鲁滨孙讲述的中国代表了当时西方世界眼中的中国:贫穷落后、愚昧自大、政治腐败,却又资源丰富、手工艺精湛。这般形象对处于资本原始积累时期、急需扩大市场和原料产地的西方资本主义而言,正是殖民掠夺的最佳对象。而中国也不过是殖民者海外侵略的一个缩影,英国经济学家杰文斯在1865年描述道:"北美和俄国的平原是我们的玉米地,加拿大和波罗的海是我们的林区,澳大利亚是我们的牧场,秘鲁是我们的银矿,南非和澳大利亚是我们的金矿,印度和中国是我们的茶叶种植园,东印度群岛是我们的甘蔗、咖啡、香料种植园,美国南部是我们的棉花种植园。"遍布全球的形同中国的国家被纳入英国的殖民版图,最终在19世纪建立起称霸世界的"日不落帝国"。

《鲁滨孙漂流记》(1719)

  1632年,我生在约克市一个富裕家庭。我们不是本地人。父亲是德国不来梅市人。他移居英国后,先住在赫尔市,经商发家后就收了生意,最后搬到约克市定居,并在那儿娶了我母亲。母亲娘家姓鲁滨孙,是当地的一家名门望族,因而给我取名叫鲁滨孙·克罗伊茨内。由于英国人一读"克罗伊茨内"这个德国姓,发音就走样,结果大家就叫我们"克罗索",以致连我们自己也这么叫,这么写了。所以,我的朋友们都叫我克罗索。

  我有两个哥哥。大哥是驻佛兰德斯的英国步兵团中校。著名的洛克哈特上校曾带领过这支部队。大哥是在敦刻尔克附近与西班牙人作战时阵亡的。至于二哥的下落,我至今一无所知,就像我父母对我后来的境况也全然不知一样。

  我是家里的小儿子,父母亲没让我学谋生的手艺,因此从小只是喜欢胡思乱想,一心想出洋远游。当时,我父亲年事已高,但他还是让我受了相当不错的教育。他曾送我去寄宿学校读书,还让我上免费学校接受乡村义务教育,一心一意想要我将来学法律。但我对什么都没有兴趣,只是想航海。我完全不顾父亲的意愿,甚至违抗父命,也全然不听母亲的恳求和朋友们的劝告。我的这种天性,似乎注定了我未来不幸的命运。

  我父亲头脑聪明,为人慎重。他预见到我的意图必然会给我带来不幸,就时常严肃地开导我,并给了我不少有益的忠告。一天早晨,他把我叫进他的卧室;因为,那时他正好痛风病发作,行动不便。他十分恳切地对我规劝了一番。他问我,除了为满足我自己漫游四海的癖好外,究竟有什么理由要离弃父母,背井离乡呢?在家乡,我可以经人引荐,在社会上立身。如果我自己勤奋努力,将来完全可以发家致富,过上安逸快活的日子。他对我说,一般出洋冒险的人,不是穷得身无分文,就是妄想暴富;他们野心勃勃,想以非凡的事业扬名于世。但对我来说,这样做既不值得,也无必要。就我的社会地位而言,正好介于两者之间,即一般所说的中间地位。从他长期的经验判断,这是世界上最好的阶层,这种中间地位也最能使人幸福。他们既不必像下层大众从事艰苦的体力劳动而生活依旧无着;也不会像那些上层人物因骄奢淫逸、野心勃勃和相互倾轧而弄得心力交瘁。他说,我自己可以从下面的事实中认识到,中间地位的生活确实幸福无比;这就是,人人羡慕这种地位,许多帝王都感叹其高贵的出身给他们带来的不幸后果,恨不得自己出生于贫贱与高贵之间的中间阶层。明智的人也证明,中间阶层的人能获得真正的幸福。《圣经》中的智者也曾祈祷:"使我既不贫穷,也不富裕"。

　　他提醒我,只要用心观察,就会发现上层社会和下层社会的人都多灾多难,惟中间阶层灾祸最少。中间阶层的生活,不会像上层社会和下层社会的人那样盛衰荣辱,瞬息万变。而且,中间地位不会像阔佬那样因挥霍无度、腐化堕落而弄得身心俱毁;也不会像穷人那样因终日操劳、缺吃少穿而搞得憔悴不堪。唯有中间地位的人可享尽人间的幸福和安乐。中等人常年过着安定富足的生活。适可而止,中庸克已,健康安宁,交友娱乐,以及生活中的种种乐趣,都是中等人的福分。这种生活方式,使人平静安乐,悠然自得地过完一辈子,不受劳心劳力之苦。他们既不必为每日生计劳作,或为窘境所迫,以致伤身烦神;也不会因妒火攻心,或利欲熏心而狂躁不安。中间阶层的人可以平静地度过一生,尽情地品味人生的甜美,没有任何艰难困苦;他们感到幸福,并随着时日的过去,会越来越深刻地体会到这种幸福。

　　接着,他态度诚挚、充满慈爱地劝我不要耍孩子气,不要急于自讨苦吃。因为,不论从人之常情来说,还是从我的家庭出身而言,都不会让我吃苦。他说,我不必为每日生计去操劳,他会为我做好一切安排,并将尽力让我过上前面所说的中间阶层的生活。如果我不能在世上过上安逸幸福的生活,那完全是我的命运或我自己的过错所致,而他已尽了自己的责任。因为他看到我将要采取的行动必然会给我自己带来苦难,因此向我提出了忠告。总而言之,他答应,如果我听他的话,安心留在家里,他一定尽力为我做出安排。他从不同意我离家远游。如果我将来遭遇到什么不幸,那就不要怪他。谈话结束时,他又说,我应以大哥为前车之鉴。他也曾经同样恳切地规劝过大哥不要去佛兰德打仗,但大哥没听从他的劝告。当时他年轻气盛,血气方刚,决意去部队服役,结果在战场上丧了命。他还对我说,他当然会永远为我祈祷,但我如果执意采取这种愚蠢的行动,那么,他敢说,上帝一定不会保佑我的。当我将来呼援无门时,我会后悔自己没有听从他的忠告。

　　事后想起来,我父亲最后这几句话,后来竟成了我遭际的预言;当然我相信我父亲自己当时未必意识到他自己会有这种先见之明。我注意到,当我父亲说这些话的时候,老泪纵横,尤其是他讲到我大哥陈尸战场,讲到我将来呼援无门而后悔时,更是悲不自胜,不得不中断了他的谈话。最后,他对我说,他忧心如焚,现在连话也说不下去了。

我为这次谈话深受感动。真的,谁听了这样的话会无动于衷呢?我决心不再想出洋的事了,而是听从父亲的意愿,安心留在家里。可是,天哪!只过了几天,我就把自己的决心抛到九霄云外去了。简单地说,为了不让我父亲再纠缠我,在那次谈话后的好几个星期里,我一直远远躲开他。但是,我并不仓促行事,不像以前那样头脑发热时想干就干,而是等我母亲心情较好的时候去找了她。我对她说,我一心想到外面去见见世面,除此之外我什么事也不想干。父亲最好答应我,免得逼我私自出走。我说,我已经18岁了,无论去当学徒,或是去做律师的助手都太晚了。而且,我绝对相信,即使自己去当学徒或做助手,也必定不等满师就会从师傅那儿逃出来去航海的。如果她能去父亲那儿为我说情,让他答应我乘船出洋一次,如果我回家后觉得自己并不喜欢航海,那我就会加倍努力弥补我所浪费的时间。

我母亲听了我的话就大发脾气。她对我说,她知道去对父亲说这种事毫无用处。父亲非常清楚这事对我的利害关系,决不会答应我去做任何伤害我自己的事情。她还说,父亲和我的谈话那样语重心长、循循善诱,而我竟然还想离家远游,这实在使她难以理解。她说,总而言之,如果我执意自寻绝路,那谁也不会来帮助我的。她要我相信,无论是母亲,还是父亲,都不会同意我出洋远航,所以我如果自己想找死,与她也无关,免得我将来说,当时我父亲是不同意的,但我母亲却同意了。

尽管我母亲当面拒绝了我的请求,表示不愿意向父亲转达我的话,但事后我听说,她还是把我们的谈话原原本本地告诉了父亲。父亲听了深为忧虑。他对母亲叹息说,这孩子要是能留在家里,也许会很幸福的;但如果他要到海外去,就会成为世界上最不幸的人,因此,说什么他也不能同意我出去。

只过了一年光景,我终于离家出走了。而在这一年里,尽管家里人多次建议我去干点正事,但我就是冥顽不化,一概不听,反而老是与父母亲纠缠,要他们不要那样反对自己孩子的心愿。有一天,我偶然来到赫尔市。当时,我还没有私自出走的念头。但在那里,我碰到了一个朋友。他说他将乘他父亲的船去伦敦,并怂恿我与他们一起去。他用水手们常用的诱人航海的办法对我说,我不必付船费。这时,我既不同父母商量,也不给他们捎个话,我想我走了以后他们迟早会听到消息的。同时,我既不向上帝祈祷,也没有要父亲为我祝福,甚至都不考虑当时的情况和将来的后果,就登上了一艘开往伦敦的船。时间是1651年9月1日。谁知道这是一个恶时辰啊!我相信,没有一个外出冒险的年轻人会像我这样一出门就倒霉,一倒霉就这么久久难以摆脱。我们的船一驶出恒比尔河就刮起了大风,风助浪势,煞是吓人。因为我第一次出海,人感到难过得要命,心里又怕得要死。这时,我开始对我的所作所为感到后悔了。我这个不孝之子,背弃父母,不尽天职,老天就这么快惩罚我了,真是天公地道啊!这时,我父母的忠告,父亲的眼泪和母亲的乞求,都涌进了我的脑海。我良心终究尚未丧尽,不禁谴责起自己来:我不应该不听别人的忠告,背弃对上帝和父亲的天职。

这时风暴越刮越猛,大海汹涌澎湃,波浪滔天。我以前从未见过这种情景。但比起我后来多次见到过的咆哮的大海,那真是小巫见大巫了;就是与我过几天后见到的情景,也不能相比。可是,在当时,对我这个初次航海的年轻人来说,足以令我胆颤心惊了,因为我对航海的事一无所知。我感到,海浪随时会将我们吞没。每次我们的船跌入浪涡时,我想我们的船会随时倾覆沉入海底再也浮不起来了。在这种惶恐不安的心情下,我一次又一次地发誓,下了无数次决心,说如果上帝在这次航行中留我一命,只要让我双脚一踏上陆地,我就马上回到我父亲身边,今生今世再也不乘船出海了。我将听从父亲的劝告,再也不自寻烦恼了。同时,我也醒悟到,我父亲关于中间阶层生活的看法,确实句句在理。就拿我父亲来说吧,他一生平安舒适,既没有遇到过海上的狂风恶浪,也没有遭到过陆上的艰难困苦。我决心,我要像一个真正回头的浪子,回到家里,回到我父亲的身边。

这些明智而清醒的思想,在暴风雨肆虐期间,乃至停止后的短时间内,一直在我脑子里盘旋。到了第二天,暴风雨过去了,海面平静多了,我对海上生活也开始有点习惯了。但我整天仍是愁眉苦脸的;再加上有些晕船,更是打不起精神来。到了傍晚,天空完全放晴了,风也完全停了,继之而来的是一个美丽可爱的黄昏。当晚和第二天清晨天气晴朗,日落和日出显得异常清丽。此时,阳光照在风平浪静的海面上,令人心旷神怡。那是我以前从未见过的美景。

那天晚上我睡得很香,所以第二天也不再晕船了,精神也为之一爽。望着前天还奔腾咆哮的大海,一下子竟这么平静柔和,真是令人感到不可思议。那位引诱我上船的朋友唯恐我真的下定决心不再航海,就过来看我。"喂,鲍勃,"他拍拍我的肩膀说,"你现在觉得怎样?我说,那天晚上只吹起了一点微风,就把你吓坏了吧?""你说那是一点微风?"我说,"那是一场可怕的风暴啊!""风暴?你这傻瓜,"他回答说,"你把那也叫风暴?那算得了什么!只要船稳固,海面宽阔,像这样的一点风我们根本不放在眼里。当然,你初次出海,也难怪你,鲍勃。来吧,我们弄碗甜酒喝喝,把那些事统统忘掉吧!你看,天气多好啊!"我不想详细叙述这段伤心事。简单一句话,我们按照一般水手的生活方式,调制了甜酒,我被灌得酩酊大醉。那天晚上,我与其他人一起尽情喝酒胡闹,把对自己过去行为的忏悔与反省,以及对未来下的决心,统统丢到九霄云外去了。简而言之,风暴一过,大海又平静如镜,我头脑里纷乱的思绪也随之一扫而光,怕被大海吞没的恐惧也消失殆尽,我热衷航海的愿望又重新涌上心头。我把自己在危难中下的决心和发的誓言一概丢之脑后。有时,我也发现,那些忏悔和决心也不时地会回到自己的脑海里来。但我却竭力摆脱它们,并使自己振作起来,就好像自己要从某种坏情绪中振作起来似的。因此,我就和水手们一起照旧喝酒胡闹。不久,我就控制了自己,不再让那些正经的念头死灰复燃。不到五六天,我就像那些想摆脱良心谴责的年轻人那样,完全战胜了良心。为此,我必定会遭受新的灾难。上帝见我不思悔改,就决定毫不宽恕地惩罚我,并且,这完全是我自作自受,无可推诿。既然我自己没有把平安渡过第一次灾难看作是上帝对我的拯救,下一次大祸临头就会变本加厉;那时,就连船上那些最凶残阴险、最胆大包天的水手,也都要害怕,都要求饶。

出海第六天,我们到达雅茅斯锚地。在大风暴之后,我们的船没有走多少路,因为尽管天气晴朗,但却一直刮着逆风,因此,我们不得不在这海中停泊处抛锚。逆风吹了七八天,风是从西南方向吹来的。在此期间,许多从纽卡斯尔来的船只也都到这一开放锚地停泊,因为这儿是海上来往必经的港口,船只都在这儿等候顺风,驶入耶尔河。

我们本来不该在此停泊太久,而是应该趁着潮水驶入河口。无奈风刮得大紧,而停了四五天之后,风势更猛。但这块锚地素来被认为是个良港,加上我们的锚十分牢固,船上的锚索、辗轳、缆篷等一应设备均十分结实,因此水手们对大风都满不在乎,而且一点也不害怕,照旧按他们的生活方式休息作乐。到第八天早晨,风势骤然增大。于是全体船员都动员起来,一齐动手落下了中帆,并把船上的一切物件都安顿好,使船能顶住狂风,安然停泊。到了中午,大海掀起了狂澜。我们的船头好几次钻入水中,打进了很多水。有一两次,我们以为脱了船锚,因此,船长下令放下备用大锚。这样,我们在船头下了两个锚,并把锚索放到最长的限度。

这时,风暴来势大得可怕,我看到,连水手们的脸上也显出惊恐的神色。船长虽然小心谨慎,力图保牢自己的船,但当他出入自己的舱房而从我的舱房边经过时,我好几次听到他低声自语:"上帝啊,可怜我们吧!我们都活不了啦!我们都要完蛋了!"他说了不少这一类的话。在最初的一阵纷乱中,我不知所措,只是一动不动地躺在自己的船舱里——我的舱房在船头,我无法形容我当时的心情。最初,我没有像第一次那样忏悔,而是变得麻木不仁了。我原以为死亡的痛苦已经过去,这次的风暴与上次一样也会过去。但我前面说过,当船长从我舱房边经过,并说我们都要完蛋了时,可把我吓坏了。我走出自己的舱房向外一看,只见海面上满目凄凉;这种惨景我以前从未见过:海上巨浪滔天,每隔三四分钟就向我们扑来。再向四面一望,境况更是悲惨。我们发现,原来停泊在我们附近的两艘船,因为载货重,已经把船侧的桅杆都砍掉了。突然,我们船上的人惊呼起来。原来停在我们前面约一海里远的一艘船已沉没了。另外两艘船被狂风吹得脱了锚,只得冒险离开锚地驶向大海,连船上的桅杆也一根不剩了。小船的境况要算最好了,因为在海上小船容易行驶。但也有两三只小船被风刮得从我们船旁飞驰而过,船上只剩下角帆而向外海飘去。

到了傍晚,大副和水手长恳求船长砍掉前桅;此事船长当然是绝不愿意干的。但水手长抗议说,如果船长不同意砍掉前桅,船就会沉没。这样,船长也只好答应了。但船上的前桅一砍下来,主桅就随风摇摆失去了控制,船也随着剧烈摇晃,于是他们又只得把主桅也砍掉。这样就只剩下一个空荡荡的甲板了。

谁都可以想象我当时的心情。因为我只是一个初次航海的小青年,不久前那次小风浪已把我吓得半死,更何况这次真的遇上了大风暴。此时此刻,当我执笔记述我那时的心情时,我还感到,那时我固然也害怕死,但我更害怕的是想到自己违背了自己不久前所做的忏悔,并且又像在前次危难中那样重新下定种种决心,这种恐惧感比我害怕死更甚。当时的心情既然如此,再加上对风暴的恐怖,那种心理状态即使现在我也无法用笔墨描述。但当时的情景还不算是最糟的呢!更糟的是风暴越刮越猛,就连水手们自己也都承认,他们平生从未遇到过这么厉害的大风暴。我们的船虽然坚固,但因载货太重,吃水很深,一直在水中剧烈地摇摆颠簸。只听见水手们不时地喊叫着船要沉了。当时我还不知道"沉船"是什么意思,这于我倒也是件好事。后来我问过别人后才明白究竟。这时风浪更加凶猛了,我看到了平时很少见到的情况:船长、水手长,以及其他一些比较有头脑的人都不断地祈祷,他们都感到船随时有沉没的危险。到了半夜,更是灾上加灾。当时,有些人到船舱底下去看情况。忽然有一个人跑上来喊道:船底漏水了;接着又有一个水手跑上来说,底舱里已有四英尺深的水了。于是全船的人都被叫去抽水。我听到船底漏水时,感到我的心就好像突然停止了跳动;我当时正坐在自己的舱房的床边,一下子感到再也支持不住了,就倒在了船舱里。这时有人把我叫醒,说我以前什么事也不会干,现在至少可以去帮着抽水吧。听了这话我立即打起精神,来到抽水机旁,十分卖力地干起活来。正当大家全力抽水时,船长发现有几艘小煤船因经不起风浪,不得不随风向海上飘去;当他们从我们附近经过时,船长就下令放一枪,作为求救的信号。我当时不知道为什么要放枪,听到枪声大吃一惊,以为船破了,或是发生了什么可怕的事情。一句话,我吓得晕倒在抽水机旁。这种时候,人人都只顾自己的生命,哪里还会有人来管我死活,也没有人会看一下我到底发生了什么事。另一个人立刻上来接替我抽水;他上来时把我一脚踢到一边,由我躺在那。他一定以为我已经死了。过了好一会儿我才苏醒过来。

我们继续不断地抽水,但底舱里进水越来越多。我们的船显然不久就会沉没。这时,尽管风势略小了些,但船是肯定不可能驶进港湾了。船长只得不断鸣枪求救。有一艘轻量级的船顺风从我们前面飘过,就冒险放下一只小艇来救我们。小艇上的人冒着极大的危险才划近我们的大船,但我们无法下到他们的小艇,他们也无法靠拢我们的大船。最后,小艇上的人拼命划桨,舍生相救;我们则从船尾抛下一根带有浮筒的绳子,并尽量把绳子放长。小艇上的人几经努力,终于抓住了绳子。我们就慢慢把小艇拖近船尾,全体船员才得以下了小艇。此时此刻,我们已无法再回到他们的大船上去了,大家一致同意任凭小艇随波逐流,并努力向岸边划去。我们的船长许诺,万一小艇在岸边触礁,他将给他们船长照价赔偿。这样,小艇半划着,半随浪漂流,逐渐向北方的岸边漂去,最后靠近了温特顿岬角。

离开我们自己的大船不到一刻钟,我们就看到它沉下去了。这时,我才平生第一次懂得大海沉船是怎么回事。说实在话,当水手们告诉我大船正在下沉时,我几乎不敢抬头看一眼。当时,与其说是我自己爬下了小艇,还不如说是水手们把我丢进小艇的。从下那小艇一刻起,我已心如死灰;一方面这是由于受风暴的惊吓,另一方面由于想到此行凶吉未卜,内心万分恐惧。

尽管我们处境危难,水手们还是奋力向岸边划去。当小艇被冲上浪尖时,我们已能看到海岸了,并见到岸上有许多人奔来奔去,想等我们的小艇靠岸时救助我们。但小艇前进速度极慢,而且怎么也靠不了岸。最后,我们竟划过了温特顿灯塔。海岸由此向西凹进,并向克罗默延伸。这样,陆地挡住了一点风势,我们费了九牛二虎之力终于靠了岸。全体人员安全上岸后,即步行至雅茅斯。我们这些受难的人受到了当地官员、富商和船主们的热情款待;他们妥善安置我们住宿,还为我们筹足了旅费。我们可以按自己的意愿或去伦敦,或回赫尔。

当时,我要是还有点头脑,就应回到赫尔,并回到家里。我一定会非常幸福。我父亲也会像耶稣讲道中所说的那个寓言中的父亲,杀肥牛迎接我这回头的浪子。因为,家里人听说我搭乘的那条船在雅茅斯锚地遇难沉没,之后又过了好久才得知我并没有葬身鱼腹。

但我厄运未尽,它以一种不可抗拒的力量迫使我不思悔改。有好几次,在我头脑冷静时,理智也曾向我大声疾呼,要我回家,但我却没有勇气听从理智的召唤。我不知道,也不想知道该怎么称呼这种驱使自己冥顽不化的力量,但这是一种神秘而无法逃避的定数;它往往会驱使我们自寻绝路,明知大祸临头,还是自投罗网。很显然,正是这种劫数使我命中注定无法摆脱厄运。也正是这种劫数的驱使,我才违背理智的召唤,甚至不愿从初次航海所遭遇的两次灾难中接受教训。

我的朋友,即船长的儿子,正是他使我铁下心来上了他父亲的船,现在胆子反而比我小了。当时,我们在雅茅斯市被分别安置在好几个地方住宿,所以两三天之后他才碰到我。我刚才说了,这是我们上岸分开后第一次见面。我们一交谈,我就发现他的口气变了。他看上去精神沮丧,且不时地摇头。他问了我的近况,并把我介绍给他父亲。他对他父亲说,我这是第一次航海,只是试试罢了,以后想出洋远游。听了这话,他父亲用十分严肃和关切的口吻对我说:"年轻人,你不应该再航海了。这次的灾难是一个凶兆,说明你不能当水手。""怎么啦,先生,"我问,"难道你也不再航海了吗?""那是两码事,"他说,"航海是我的职业,因此也是我的职责。你这次出海,虽然只是一种尝试,老天爷已给你点滋味尝尝了;你若再一意孤行,必无好结果的。也许,我们这次大难临头,正是由于你上了我们的船的缘故,就像约拿上了开往他施的船一样。请问,"船长接着说,"你是什么人?你为什么要坐我们的船出海?"于是,我简略地向他谈了谈自己的身世。他听我讲完后,忽然怒气冲天,令人莫可名状。他说:"我作了什么孽,竟会让你这样的灾星上船。我以后绝不再和你坐同一条船,给我一千镑我也不干!"我觉得,这是因为沉船的损失使他心烦意乱,想在我身上泄愤罢了。其实,他根本没有权利对我大发脾气。可是,后来他又郑重其事与我谈了一番,敦促我回到父亲身边,不要再惹怒老天爷来毁掉自己。他说,我应该看到,老天爷是不会放过我的。"年轻人,"他说,"相信我的话,你若不回家,不论你上哪儿,你只会受难和失望。到那时,你父亲的话就会在你身上应验了。"

我对他的话不置可否,很快就跟他分手了。从此我再也没有见到过他,对他的下落也一无所知。至于我自己,口袋里有了点钱,就从陆路去伦敦。在赴伦敦途中,以及到了伦敦以后,我一直在作剧烈的思想斗争,不知道该选择什么样的生活道路:是回家呢,还是去航海?

一想到回家,羞耻之心使我归心顿消。我立即想到街坊邻居会怎样讥笑我;我自己也不仅羞见双亲,也羞见别人。这件事使我以后时常想起,一般人的心情是多么荒诞可笑,且又是那样莫名其妙;尤其是年轻人,照例在这种时刻,应听从理智的指导。然而,他们不以犯罪为耻,反而以悔罪为耻;他们不以干傻事为耻,反而以改过自新为耻。而实际上他们若能觉悟,别人才会把他们看作聪明人呢。

我就这样过了好几天,内心十分矛盾,不知何去何从,如何才好。但一想到回家,一种厌恶感油然升起,难以抑制。这样过了一些日子,对灾祸的记忆逐渐淡忘,原来动摇不定的归家念头也随之日趋淡薄,最后甚至丢到了九霄云外。这样,我又重新向往起航海生活来了。

不久之前,那种邪恶的力量驱使我离家出走。我年幼无知,想入非非,妄想发财。这种念头,根深蒂固,竟使我对一切忠告充耳不闻,对父亲的恳求和严命置若罔闻。我是说,现在,又正是这同一种邪恶的力量——不管这是一种什么力量,使我开始了一种最不幸的冒险事业。我踏上了一艘驶往非洲海岸的船。用水手们的俗话说,到几内亚去!

在以往的冒险活动中,我在船上从未当过水手。这是我的不幸。本来,我可以稍微过得艰苦些,学会做一些普通水手们做的工作。到一定时候,即使做不了船长,说不定也能当上个大副或船长助手什么的。可是,命中注定我每次都会做出最坏的选择,这一次也不例外。口袋里装了几个钱,身上穿着体面的衣服,我就像往常一样,以绅士的身份上了船。船上的一切事务,我从不参与,也从不学着去做。

在伦敦,我交上了好朋友。这又是我命里注定的。这种好事通常不会落到像我这样一个放荡不羁、误入歧途的年轻人身上。魔鬼总是早早给他们设下了陷阱。但对我却不然。一开始,我就认识了一位船长。他曾到过几内亚沿岸,在那儿,他做了一笔不错的买卖,所以决定再走一趟。他对我的谈话很感兴趣,因为那时我的谈吐也许不怎么令人讨厌。他听我说要出去见见世面,就对我说,假如我愿意和他一起去,可以免费搭他的船,并可做他的伙伴,和他一起用餐。如果我想顺便带点货,他将告诉我带什么东西最能赚钱,这样也许我能赚点钱。

对船长的盛情,我正是求之不得,并和船长成了莫逆之交。船长为人真诚朴实,我便上了他的船,并捎带了点货物。由于我这位船长朋友的正直无私,我赚了一笔不少的钱。因为,我听他的话,带了一批玩具和其他小玩意儿,大约值四十英镑。这些钱我是靠一些亲戚的帮助搞来的。我写信给他们;我相信,他们就会告诉我父亲,或至少告诉了我母亲,由父亲或母亲出钱,再由亲戚寄给我,作为我第一次做生意的本钱。

可以说,这是我一生冒险活动中唯一一次成功的航行。这完全应归功于我那船长朋友的正直无私。在他的指导下,我还学会了一些航海的数学知识和方法,学会了记航海日志和观察天文。一句话,懂得了一些做水手的基本常识。他乐于教我,我也乐于跟他学。总之,这次航行使我既成了水手,又成了商人。这次航行,我带回了五磅零九盎司金沙;回到伦敦后,我换回了约300英镑,赚了不少钱。这更使我踌躇满志,因而也由此断送了我的一生。

* * * * * *

我开始认真地考虑自己所处的境遇和环境,并把每天的经历用笔详细地记录下来。我这样做,并不是为了留给后人看,因为我相信,在我之后,不会有多少人上这荒岛来;我这样做,只是为了抒发胸中的心事,每日可以浏览,聊以自慰。现在,我已开始振作起来,不再灰心丧气,因此,我尽量自勉自慰。我把当前的祸福利害一一加以比较,以使自己知足安命。我按照商业簿记的格式,分"借方"和"贷方",把我的幸运和不幸,好处和坏处公允地排列出来:

祸与害	福与利
我流落荒岛,摆脱困境已属无望。	唯我独生,船上同伴皆葬身海底。
唯我独存,孤苦伶仃,困苦万状。	在全体船员中,我独免一死。上帝既然以其神力救我一命,也必然会救我脱离目前的困境。
我与世隔绝,仿佛是一个隐士,一个流放者。	小岛虽荒凉,但我尚有粮食,不致饿死。
我没有衣服穿。	我地处热带,即使有衣服也穿不住。
我无法持抵御人类或野兽的袭击。	在我所流落的孤岛上,没有我在非洲看到的那些猛兽。假如我在非洲沿岸覆舟,那又会怎么呢?
我没有人可以交谈,也没有人能解救我。	但上帝神奇地把船送到海岸附近,使我可以从船上取下许多有用的东西,让我终身受用不尽。

总而言之,从上述情况看,我目前的悲惨处境在世界上是绝无仅有的。但是,即使在这样的处境中,也祸福相济,有令人值得庆幸之处。我希望世

上的人都能从我不幸的遭遇中取得经验和教训。那就是,在万般不幸之中,可以把祸福利害一一加以比较,找出可以聊以自慰的事情,然后可以归入账目的"贷方金额"这一项。

现在,我对自己的处境稍感宽慰,就不再对着海面望眼欲穿,希求有什么船只经过了。我已把这些事丢在一边,开始筹划度日之计,并尽可能地改善自己的生活。

前面我已描述过自己的住所。那是一个搭在山岩下的帐篷,四周用木桩和缆索做成坚固的木栅环绕着。现在,我可以把木栅叫作围墙了,因为我在木栅外面用草皮堆成了一道两英尺来厚的墙,并在大约一年半的时间里,在围墙和岩壁之间搭了一些屋椽,上面盖些树枝或其他可以弄到的东西用来挡雨。因为我发现,一年之中总有一段时间大雨如注。

前面我也说过,我把一切东西都搬进了这个围墙,搬进了我在帐篷后面打的山洞。现在我必须补充说一下,就是那些东西起初都杂乱无章地堆在那里,以致占满了住所,弄得我连转身的余地都没有。于是我开始扩大和挖深山洞。好在岩石质地是一种很松的沙石,很容易挖。当我觉得围墙已加固得足以防御猛兽的袭击时,我便向岩壁右边挖去,然后再转向右面,直至把岩壁挖穿,通到围墙外面,做成了一个可供出入的门。

这样,我不但有了一个出入口,成了我帐篷和贮藏室的后门,而且有了更多的地方贮藏我的财富。

现在,我开始着手制造日常生活应用的一些必需家具了。譬如说椅子和桌子,没有这两样家具,我连世上一些最起码的生活乐趣都无法享受。没有桌子,我写字吃饭无以为凭,其他不少事也无法做,生活就毫无乐趣可言。

于是,我就开始工作。说到这里,我必须先说明一下。推理乃是数学之本质和原理,因此,如果我们能对一切事物都加以分析比较,精思明断,则人人都可掌握任何工艺。我一生从未使用过任何工具,但久而久之,以我的劳动、勤勉和发明设计的才能,我终于发现,我什么东西都能做,只要有适当的工具。然而,尽管我没有工具,也制造了许多东西,有些东西我制造时,仅用一把手斧和一把斧头。我想没有人会用我的方法制造东西,也没有人会像我这样付出无穷的劳力。譬如说,为了做块木板,我得先砍倒一棵树,把树横放在我面前,再用斧头把两面削平,削成一块板的模样,然后再用手斧刮光。确实,用这种方法,一棵树只能做一块木板,但这是没有办法的办法,我唯有用耐心才能完成。只有花费大量的时间和劳力才能做一块板,反正我的时间和劳动力都已不值钱了,怎么用都无所谓。

上面讲了,我先给自己做了一张桌子和一把椅子,这些是用我从船上运回来的几块短木板做材料制成的;后来,我用上面提到的办法,做了一些木板,沿着山洞的岩壁搭了几层一英尺半宽的大木架,把工具,钉子和铁器等东西分门别类地放在上面,以便取用。我又在墙上钉了许多小木钉,用来挂枪和其他可以挂的东西。

假如有人看到我的山洞,一定会以为是一个军火库,里面枪支弹药应有尽有,一应物品,安置得井然有序,取用方便。我看到样样东西都放得井井有条,而且收藏丰富,心里感到无限的宽慰。

现在,我开始记日记了,把每天做的事都记下来。在这之前,我天天匆匆忙忙,辛苦劳累,且心绪不宁。即便记日记,也必定索然无味。例如,我在日记中一定会这样写:"9月30日,我没被淹死,逃上岸来,吐掉了灌进胃里的大量海水,略略苏醒了过来。这时,我非但不感谢上帝的救命之恩,反而在岸上胡乱狂奔,又是扭手,又是打自己的头和脸,为自己的不幸大叫大嚷,不断地叫嚷着'我完了,我完了!'直至自己精疲力竭,才不得不倒在地上休息,可又不敢入睡,唯恐被野兽吃掉。"

几天之后,甚至在我把船上可以搬动的东西都运上岸之后,我还是每天爬到小山顶上,呆呆地望着海面,希望能看到船只经过。妄想过甚,有时仿佛看到极远处有一片帆影,于是欣喜若狂,以为有了希望。这时,我望眼欲穿,帆影却消失得无影无踪,我便一屁股坐在地上,像小孩似地大哭起来。这种愚蠢的行为,反而增加了我的烦恼。

这个心烦意乱的阶段多少总算过去了,我把住所和一切家什也都安置妥当。后来又做好了桌子和椅子,样样东西安排得井井有条,我便开始记日记了。现在,我把全部日记抄在下面(有些前面提到过的事不得不重复一下)。但后来墨水用光了,我也就不得不中止记日记了。

日 记

1659年9月30日　我,可怜而不幸的鲁滨孙·克罗索,在一场可怕的大风暴中,在大海中沉船遇难,流落到这个荒凉的孤岛上。我且把此岛称之为"绝望岛"吧。同船伙伴皆葬身鱼腹,我本人却九死一生。

整整一天,我为自己凄凉的境遇悲痛欲绝。我没有食物,没有房屋,没有衣服,没有武器,也没有地方可逃,没有获救的希望,只有死路一条,不是被野兽吞嚼,被野人果腹,就是因缺少食物而活活饿死。夜幕降临,因怕被野兽吃掉,我睡在一棵树上。虽然整夜下雨,我却睡得很香。

10月1日　清晨醒来,只见那只大船已随涨潮浮起,并冲到了离岸很近的地方。这大大出乎我的意料。使我感到快慰的是,大船依然直挺挺地停在那儿,没有被海浪打得粉碎。我想,待风停浪息之后,可以上去弄些食物和日用品来救急。但又想到那些失散了的伙伴,使我倍感悲伤。我想,要是我们当时都留在大船上,也许能保住大船,至少也不至于被淹死。假如伙伴们不死,我们可以用大船残余部分的木料,造一条小船,我们可乘上小船划到别处去。这一天,大部分的时间我被这些念头所困扰。后来,看到船里没进多少水,我便走到离船最近的沙滩,泅水上了船。这一天雨还是下个不停,但没有一点风。

从10月1日至24日,我连日上船,把我所能搬动的东西通通搬了下来,趁涨潮时用木排运上岸。这几天雨水很多,有时也时停时续,看来,这儿当前正是雨季。

10月20日 木排翻倒,上面的货物也都翻到水里去了,但木排翻倒的地方水很浅,那些东西又都很重,所以没有被冲走。一等退潮,我还是捞回了不少东西。

10月25日 下了一天一夜的雨,还夹着阵阵大风。风越刮越凶,最后竟把大船打得粉碎。退潮时可以看到大船的碎片,但大船已不复存在。这一整天,我把从船上搬回来的东西安置好并覆盖起来、以免给雨水淋坏。

《鲁滨孙漂流续记》(1719)
第十三章 到达中国

首先,我们走了十天路程去南京,这个城市很值得看一看,据说居民有一百万,城市布局很整齐,街道都是直的,路口直线交叉。但是,生活在这里的可怜的人们,若与我们相比,我必须坦承,他们的社会结构、生活方式、政府、宗教、财富以及他们的所谓荣耀等等,都没有什么值得在这儿写的。我们惊叹这些民族的宏伟、财富、排场、仪式、政府、产品、商业、举止行为,并不是因为真正有值得惊讶的地方,而是因为我们对这些国家野蛮落后都有一种真实的概念,在那儿粗鲁和无知占据上风,我们并不期待在这么遥远的地方会发现有这等事情。要不然,与欧洲的宫殿和皇家建筑相比,他们的房子算得了什么?与英国、荷兰、法国、西班牙的全球商业比较,他们的贸易算得了什么?与我们城市的富足、力量、华丽的服装、豪华的家具以及无限的多样性,他们的城市算得了什么?与我们的航运、商业船队、强大的海军相比,他们那些只停了几条舢板和帆船的港口算得了什么?我们伦敦的贸易量比他们庞大帝国的一半还要多。一艘英国、荷兰或法国的军舰,配上80门火炮，可以跟隶属于中国的几乎全部舰队开战。但是他们的财富和贸易如此巨大，他们政府的权力，军队的力量，这对我们来说是有一点意外，因为正如我所说，考虑到作为一个异教徒的野蛮民族，我们并不期待在他们那里会有这些东西。不过他们帝国所有的武装力量，虽然可以把两百万人集结到战场，但除了毁掉国家、饿死自己之外什么事都干不了。他们的一百万步兵不敌我们一支身经百战的步兵队伍，这支队伍占据好位置，不被包围住，数量上不超过一比二十；不，我不是在吹牛，如果我说三万德国或英国步兵，加上一万骑兵，训练有素，便可以打败中国全部的军队。中国没有一个筑有防御工事的城市在遭到欧洲军队的攻击后能坚持一个月。他们有枪支，这是事实，但他们很笨拙，不能确定开枪后是否打得准；他们的火药威力甚微。他们的军队纪律松弛，缺乏进攻的技术或撤退的冷静。因此，当我回到英国听国人在谈论中国人的力量、荣耀、雄伟以及贸易，我得坦承，我觉得很是奇怪。因为就我而言，他们看上去只是一群无知、肮脏的奴隶，可鄙下贱，受制于一个只配统治这样的人民的政府。如果中国不是离莫斯科距离很远，沙俄帝国虽然在某种意义上和他们一样的粗鲁、无能、治理不善，沙皇有可能轻而易举地将他们全部赶出国土，通过一次战役就征服他们。如果沙皇走这条路，不去进攻好战的瑞典，同样地磨炼了自己的战争艺术；如果欧洲任何列强不曾嫉妒或扰乱，他这时候也许就成为中国的皇帝，而不是在瓦尔纳被瑞典国王打败，而后者在数量上还不超过一比六。

与我们欧洲相比，他们的力量、他们的宏大，以及他们的航运、商业和农业，都很不完善；虽然他们也有地球仪，也有一星半点算术，还认为他们比谁都知道得多，但在知识、学术、科学技能方面，他们不是非常笨拙就是毛病很多。他们对天体运行知识一窍不通，当出现日食时，老百姓显得非常愚蠢和无知，认为是一条大龙在进攻太阳，要把太阳背走，于是全国的百姓拿着锣、鼓、盆、罐，走上大街敲打起来，要把大龙吓走，就像我们要把蜜蜂赶进蜂房一样！

在我关于旅行的所有游记中，这样的旅行是唯一的一次，以后也不会再有。这本来不是我的正业，也不在我的计划当中。但是，我一生漂泊，有许多冒险经历，变化起伏，没有多少人会步我后尘。我记录下来，使他们对此能够有所了解。因此，我除了讲自己的故事，会根据我的关切程度，稍微讲讲我所经过的那些伟大的地方、沙漠国家以及众多的民族。

根据我的推算，我已处于中国的心脏，在北纬 30 度左右，因为我们要从南京返程。关于北京，我已经听到不少传闻，我确实渴望去北京看看。那位从澳门来的牧师已经到了，西门神父一再动员我们与他同行，我和我的老搭档进行了最后磋商,决定跟他们同行。准备出发时,正好当地一位地方官也要去北京,允许我们与他一道走。这就很方便了。这位官僚的随行队伍很排场,侍从很多。一路所经之地,都得供应他的大队人马吃住,简直要把老百姓吃穷了。当然,看着大官的面子,我们也受到很好的照顾。看起来我们似乎沾了这位大官的光,可是实际上他们和我们的一切吃住都是公家掏钱的,他们自己分文不花;而我们还得按市场价给这位大官交钱,他的管账先生每到一处都要如数收钱,分文不少。我们和他的随从一道走,虽说是他照顾我们,实际上并非如此,我们是在给他助威呢。国家免费给他提供吃住,而他还从我们这里收钱。

去北京的路上,我们共走了25天。这个国家的人口真多,但我认为耕作得很差。他们的农业、经济和生活方式很悲惨,虽然他们自夸如何勤劳。我说悲惨,是与我们自己的农业、经济和生活方式相比较,而不是针对这些可怜虫说的,他们并不知晓。他们的骄傲之心是巨大无比的,恐怕只有他们极大的贫穷程度可以与之相比,这进一步加剧了我所说的悲惨。看到他们,我想美洲的印第安人倒比他们生活得更快乐,因为他们什么也没有,也就没什么可想的。而这些人呢,自高自大,傲慢无礼,其中大部分人只是穷叫花子和社会渣滓而已。他们死要面子讲排场,难以用言语形容。最可笑的是,他们喜欢拥有成群的仆人或奴隶,除了自己以外,还瞧不起整个世界。

坦率地说,当后来我走进荒凉而又广袤的蒙古草原时,我倒觉得比在这里心情愉快。不过,这儿的道路铺设、保养都很好,对旅行的人来说很方便;只是看着这些既头脑简单,无知无识,又傲慢无礼,专横跋扈的人,心里感到不是滋味。我和西门神父时常出来,专门要看一看这种穷叫花子式的骄傲的人们。比如,一次,在离南京十里远的地方,我们遇到了一位绅士(西门神父这样称呼他),有幸与他同行了二英里。他骑在马上的那副模样,就像堂·吉诃德一样,又神气又穷酸。这位俗不可耐的绅士的一身打扮活像个小丑!他身穿一件带有油垢的布袍,外套一件稀奇古怪的马褂,袖口是马蹄形,冠顶是孔雀翎,身上还有许许多多的飘带;又加一件满是油腻的缎子披肩,活像个宰猪的,而他还以此为荣,招摇过市呢。说到他的那匹马,就更可怜了,又瘦又小,饿得肚子瘪瘪的,路都走不动。后面跟着两个仆人。手里拿着鞭子。绅士拿马鞭在前头抽,两个仆人则在马尾后面抽;他们身后还有十一、二名仆从簇拥着。据说,绅士是从城里到离我们半英里地远的乡下公馆去。我们走得很慢,不一会他们就赶过去了。我们又在一个小村子里休息了一个多钟头,待我们继续赶路,路过这位绅士的门口时,看见他正坐在离门口不远的一棵树下吃东西。这棵枝叶繁茂的大树像一把大伞,正好纳凉。他仰面靠在一把扶手椅上,肥胖笨重的身子把椅子塞得满满的。他知道我们在看他,越发得意。两个女仆端来一碗肉,另外两个仆人,一个站在旁边一勺一勺地喂他,另一个则端着盘子在胡须底下接流下来的汤滴,或替他揩擦溅在衣服上的油渍。

　　我们继续赶路,离开那个可怜虫时,他看着我们瞧他时好像挺羡慕他的排场似的,觉得挺得意。西门神父很好奇,停下来了解那位绅士吃的是什么美味食品,并有幸场亲口尝了尝,我相信那是混合食物,有米饭、大蒜、一小包青椒,以及当地产的植物,有点像我们的生姜,但闻起来是麝香味,吃起来像是芥末,这些东西放到一起,里边有一块瘦羊肉,构成这位大人的正餐。四五位仆人在不远处伺候他,他们等主人吃完后吃同样的食物。至于和我们同行的地方官老爷,一路上怡然像个国王,四周总有许多官员簇拥着他。大家都看他的眼色,照他的吩咐行事。我从不走上前去,只是远远地看上一眼。我发现他的随员们骑的马比英国驮货的马差劲多了,这些马的身上披着、挂着许许多多无用的累赘饰物:各种各样的鞍子、罩子、辔头、马饰等,除了它的头和尾巴外,你什么也看不见。

　　现在,我很轻松愉快地做这次旅行,前述的一切烦恼和迷惑已经都过去了,我的心里很平静,这些烦恼和迷惑使这次旅行变得更为愉快。一路上,也没有遇到什么意外事情,只有一次,在过一条小河时我的马跌倒了,我也掉进水里。这水很浅,但把我浑身弄湿了。我提及这事,是因为把我的一个笔记本给浸湿毁坏了。我在这个本子里记下了一些地方和个人的名字,以防遗忘,但因没有很好的照看,纸张浸烂后,上面写的字就再也看不清了。

　　我们终于到达北京了。随我进京的仆从,只有我侄儿派来照顾我的那个年轻人。他很实在,也很尽心;我的商人朋友的随从只有他的一个仆人,也是他的亲戚。我们的领航老伙伴也来了,现在他急着要去看京城的宫殿。他会讲中国话,法语讲得很好,也会讲英语;因此可以为我们做翻译。是我们邀请他同行的,一切费用由我们出,这个人到哪儿都用得着。到达北京一个礼拜后的一天,他走来笑着对我说:"啊,先生,我告诉您一件事您准高兴。""我会高兴?"我说,"我不知道在这个国家里会有什么事可以使我高兴,或者使我难过。"他又用那蹩脚的英语说:"这件事会叫您高兴,却叫我难过。""怎么?"我紧接着问道,"会叫您难过?""因为,"他说,"我随你们出来已经二十多天了,等回去时就只剩我一个人,我怎么回去呢?我又没有船,没有马,也没有钱。"说"钱"字时,他用了个拉丁字,他时常这样逗我们发笑。原来他要告诉我们,现在在北京正有一支莫斯科和波兰的大商队,准备走陆路去莫斯科。他想这对于我们正是个好机会,我们准会随他们走的,而他呢，恐怕只好孤零零地一个人回去了。

我承认听了他的话我非常兴奋，以至有好一阵说不出话来。我随后问他:"您是怎么知道的？真有这事吗？""是的，"他说，"今天早上，在街上我碰见了我的一个朋友，他是亚美尼亚人，最近刚从阿斯特拉罕来。他本来打算去东京（我是在东京与他认识的），现在他改变了主意，准备与他们一道去莫斯科，然后渡过伏尔加河仍回阿斯特拉罕去。""好了，先生，"我说，"别因为剩下你一人回去而难过。如果这是我们回英国的路线，那么我看你打算回澳门就错了。"我与我的老搭档商量该怎么办，我问这样走于他是否方便，他答复说，我走哪条线，他也走哪条线，反正现在他已没有什么可牵挂的，他的财产在孟加拉时都已托付给可靠的人了，如果在这里可以买进些生熟丝，又可以带走，他也很高兴回英国。到了英国以后，可以再搭公司的船回到孟加拉去。

我们解决了这一问题后，还一致同意：如果那位葡萄牙领航老头儿愿意与我们一起走的话，我们可以负担他到俄国或到英国的费用。我们这样做，并不是因为过分的慷慨大度，而是考虑我们必须厚待他才对，因为他确实帮了我们很大的忙。不仅在海上他是我们的很好的向导；在陆地上还做我们的掮客，领来日本商人和我们做成了生意，使我们赚了许多钱，至少有几千镑进了我们的腰包。我们本该好好谢谢他才对，因此十分乐意满足他的要求，也很乐意让他和我们一起走，因为一路上他总起着关键作用。我俩同意给他一笔钱，我估计约有175英镑，并承担他的一切费用，包括他个人和一匹驮载他用品的马。我俩商定后，便把他请来，让他知道我们的决定。我对他说，他曾抱怨我们想让他一个人回去，现在我要告诉他，根据我们的计划他不应该回去。我们已定下来跟欧洲商队走了，如果他愿意，可以与我们一起走，问他怎么想。他摇着头说路太远，他没有钱去，即便到了那儿也难以维持。我们对他说我们也认为是如此，所以决定帮他一个忙，让他知道我们很感激他一路为我们做的事，他和我们也相处得很好。随后我告诉他，我们决定给他一笔钱，他可以像我们一样随便花；至于路上的费用，一概由我们负担，可以保证他安全到达（生病和伤亡除外）俄国或英国，只是他自己的行李由自己负责。他欣喜地接受了我们的建议，表示愿意和我们走遍世界。于是我们准备上路了。我们要办的事情很多，别的商人要办的事情也不少，五个星期之内根本办不完。结果前前后后用了四个多月，大家才把手里的事办妥。

第十四章 鞑靼人的攻击

2月初,我们从北京动身了。我的老搭档和那个葡萄牙老头儿还赶到我们最初上岸的地方,把存放在那儿的货物卖掉;我与一个中国商人一同回了一趟南京,他是我在南京认识的,正巧有私事来北京。在南京我买了90匹上等花缎和200匹各色各样的上等云锦,有的还镶着金线。在我的老搭档返回时,我也同时赶回了北京。除了绸缎之外,我又买了一大批生丝和一些其他货物;仅以上货物,总价约3 500镑,另外,还有茶叶、上等棉布和足够三头骆驼驮运的豆蔻、丁香。除了我们骑的不算,单骆驼就有18头,还有三匹闲置的马和两匹驮东西的马。

同行的伙伴很多,我记得大约有三、四百匹马,120多人。为了预防万一,各个商户都有武装。东方的商队容易受到阿拉伯人以及鞑靼人的抢劫。我们这支庞大的商队有许多国家的人,最多的是俄国人,大约有60多人是莫斯科商人,还有几个是里伏尼亚人,最使我们高兴的是,还有五个苏格兰人,他们都是很有经验的商人,而且为人也很好。

上路走了一天,第二天,五名领队把商队所有成员(仆人除外)召集在一起开会。在会上每一个人都拿出一些钱来,作为公用:一是路上有的地方买不到粮食和饲料,需事先买来预备着,二是满足领队的开销和雇用马匹。再一件事,就是把大家组织起来,指派了队长和办事员,决定一旦发生意外抢劫事件,队长可以发布命令,大家则需按指挥行事。我们这样做并未是成为一个组织,只是为了能应对随后路上行程的需要。

中国边境这一边路上的人非常多,许多人是陶瓷匠。我们一路走,一路与葡萄牙领航员闲谈。他总讲些有趣的事,使我们高兴。他告诉我,他要指给我看一样最稀罕的东西。他说尽管他已经谈了不少中国的见闻,但那都是些不太中听的事儿,现在要讲的这个东西,在世界任何其他地方都见不着。我恳求他告诉我究竟是什么东西。原来他指的是一个绅士的住房,他告诉我,这个房子完全是用中国料造的。"什么?"我问,"这房子的材料都是中国的,所以你这样说吗?""不,不是的,"他说,"我是说一座房子完全是用瓷造的,在你们英国不是这么说的吗?我们叫它瓷。""那好,"我说,"如果可以,我要买一个装在箱子里,放在骆驼上面。""放在骆驼上面?"老头儿笑了,围拢他的双手道:"一家30口人住在里面,能带走吗?"

我觉得好生奇怪,急于一睹为快;不过等我亲眼瞧了一下,我才弄明白,它不过是个木板房,按英国说法就是用木条和泥灰造的,只不过最外层的泥灰是用烧瓷的瓷釉罢了。在阳光的照射下整个房子就好像烧过的瓷器一样,变硬发光。整个呈白颜色,相间显露出蓝色的花,就像在英国见过的一种中国大瓷器,很好看。屋内的墙都是用带有花纹的瓷砖砌的,这些砖也是用瓷泥烧的,一小块一小块的,就像我们的长方形的活字盘。砖的颜色各种各样,有的还嵌有金子。他们用一些砖拼成花样,拼花的技术很好,接缝处又填上瓷泥,所以不易看出缝子来。地面也是用砖砌的,和我们英国的差不多,像石头一样硬,一样光,但是没有烧过。一句话,从天花板到地面都是用的同一种瓷釉砖块,只不过屋顶是用光亮的黑色琉璃。应该把它称作瓷屋,要不是在旅途奔波,我真想在里面住几天,看个究竟。他们还告诉我,花园里的喷泉、鱼池的底部和四壁也都是用这种砖砌的,甚至路旁一排排的塑像也都是用这种瓷泥整个地烧制成的。

这是中国超群出众的奇事之一,他们在这方面也可以被认可做得非常出色,但我知道他们的夸口也是很出色的。他们告诉我一件很奇特的事,一个工人烧制了一条带有桅杆、船帆、滑车的瓷船,上面可以乘坐50个人。如果他还告诉我,这条船下海航行到过日本,也许我要说上两句,但现在我知道这故事全是假的,所以我只是置之一笑。观看瓷屋使我落后了两个钟头,为此,队长罚我三先令,并且告诉我出关以后,他要四倍地罚我,而且还得在第二天开会时认错。于是我答应,一定遵守纪律。后来我才知道,队长要我们遵守纪律,是大家安全所必需的。

又过了两天,我们过万里长城。这是为了防御鞑靼人而建造的,工程很伟大。它爬过许许多多高山峻岭。这一带高山陡峭,地势险要,敌人本来就不易攻入;但是敌人一旦爬上去的话,什么长城也抵挡不了的。人们告诉我,这个长城按英国说法将近一千英里长,那个国家的直线距离是五百英里,长城上下起伏,并未将其曲折转弯处计算在内。城墙高二十四英尺,厚度也是那么多。

在上面站了有一个钟头,我并没有违犯商队纪律,大队人马过关是需要些时间的。在上面,我向四周极目眺望。我们的向导一直在称颂这个世界奇迹,也很想听听我的看法。我说,用它来防御鞑靼真是太管用了。实际上他并没有理解我的话,还以为我也在称赞它呢。但那位领航老头儿却笑着对我说,"啊,先生,您真会说反话。您说它是白的,实际是讲它是黑的;您说快乐,而真意是乏味;您说它防鞑靼很管用,实际是什么也防不了。我明白,先生,我明白您的真意;只是中国先生有不同的理解罢了。""先生,"我说,"如果遇到的是我们英国人的一队炮兵,或者说是两个连的工兵,你想它抵挡得住吗?他们十天之内不就能将它摧毁,军队可以列队开进?或者说把它连基础一起全部炸掉,铲除得连一点影子都没有?"他说:"啊,啊,是的。"那个中国向导很想知道我对领航员在说什么。我准许他几天之后再告诉他,我们那时已经快出境了,等让中国向导知道我们谈话的内容,他也很快就要离开我们了。当他听了我的话后,便沉默寡言了。以后的路上,再听不到他关于中国的强盛和伟大的自我吹嘘和夸夸其谈了。

　　后来,我们越过了所谓的长城,这个庞大的无用之物有点像罗马人在诺森伯兰郡建造的有名的匹克特城。我们看见这一带居民很少,他们因容易受到鞑靼人的抢掠,全都躲到了筑有防御工事的城内。鞑靼人成群结队进行劫掠,手无寸铁的居民散居在空旷的国度,无法抵抗他们。现在我才明白,为什么旅途中要求我们必须集体行动,因为我们看见有几支鞑靼队伍在游荡。但是,当我看清他们时,我真纳闷,堂堂的中华大帝国,怎么竟会被这些可鄙的家伙征服了呢?他们只是一群散漫、落后、根本就不懂什么纪律或战术的野蛮人。当我第一天见到鞑靼人时,便发现他们的马都是精瘦的,从未受过任何训练,没有什么大用处。进入更为荒野的地区后,我发现情况也是如此。一天,我们的队长派我们16个人去打猎,就叫它作"猎"吧,实际上只是打羊。但又可以真的称它为打猎,因为这儿的羊性子很野,跑得很快,我以前从未见过。只是它们跑不远,只要你紧追不放便可以到手。它们通常是成群地出现,有30或40只之多,逃跑时也是挤在一起的。

※ 思考题

1. 在什么意义上笛福塑造的鲁滨孙是一个现代人的形象?
2. 在《鲁滨孙漂流记》里,鲁滨孙将中国与英国及欧洲其他国家相比较。你认为他是在妖魔化中国吗?试分析鲁滨孙对中国的态度。

※ 网站链接

http://hcl.harvard.edu/libraries/houghton/collections/modern/keats.cfm
提供《鲁滨孙漂流记》第一版的全文和注释。

http://www.ciffciaff.org/en/content/robinson-crusoe
提供《鲁滨孙漂流记》的全文和朗读。

http://www.luminarium.org/eightlit/defoe/
提供笛福生平、作品链接。

第四章
人与自然：浪漫主义诗歌

文化背景

　　18世纪的欧洲，自然科学技术的迅速发展导致宗教信仰受到质疑，旧秩序被破坏，中世纪的等级制度遭遇反抗，当时的人类情感因此发生了深刻的变革。然而，人类情感的抒发却遭到理性主义的无情阻碍。在约翰·乔治·哈曼看来，启蒙思想的整套理念正在扼杀人们的活力，"以一种苍白的东西替代了人们创造的热情，替代了整个丰富的感官世界"。在启蒙运动思想家的想象中，"人"即便不是"经济学意义上的人"，至少也是某种人工的玩具，某种无生命的模型。18世纪欧洲的社会氛围，表面上看似和谐优雅、秩序井然，实则暗流涌动、一触即发，一股强大的"反科学、兴人欲"的浪漫主义思潮即将兴起。

　　浪漫主义文学运动发轫于18世纪末，19世纪初成为整个欧洲范围内的文学主流。以唯心主义为基调的德国古典哲学与强调个人感性经验的英国经验主义哲学相呼应，成为浪漫主义文学运动的哲学基础。浪漫主义作家们注重人性、强调人的创造性与想象力。伏尔泰以为人们希望得到的是幸福、满足、安宁，但实际上，人们需要的是自己的才能能够得到淋漓尽致的发挥。"人们想要的是创新，人们想要的是创造，如果这些行为带来冲突，如果引起战争，如果招致争斗，那也是人类的命数。"在浪漫主义者看来，人必须坚持不懈地生成和创造才能臻于完满，而一个不再创造的人，一个只是单纯接受生活和自然所赐的人，生命已经终结。康德和席勒等人对天才、想象力与独创性的推崇和颂扬、把自由看作美的艺术之精髓的观点，引导和推动了浪漫主义文学对主观精神和个人主义倾向的强调。

　　浪漫主义作家宣扬个人体验至上，将维护和坚持自我情感作为实行个人拯救的一种方式。他们将关注点从一般转向个体，从社会转向个人，从循规蹈矩转向发展创造。因此，浪漫主义文学的主要成就在注重情感与想象的抒情诗方面。资产阶级革命对民主、自由的张扬，对个人价值、权利的肯定，在推翻封建统治中表现出的勇气和力量,激发了浪漫主义诗人的热情,启发作家们在文学作品中表达出反对古典主义对人的情感本性和内在力量的漠视的感情,并寻求对人类情感的自由表达。浪漫主义作家强调世上并不存在事物的结构,人能够随意塑造事物——事物的存在仅仅是人的塑造活动的结果。由此,浪漫主义反对任何把现实再现为某种可供研究、描写、学习、与他人交流的形式的行为,即反对那些以模仿方式再现现实的企图。

此外,浪漫主义作家对工业社会的弊端更为敏感,他们提出"回归自然"的口号,以此对抗由工业革命带来的城市文化和工业文化。启蒙思想家们将理性推到了至高无上的位置,这带来了两种结果:一方面,人与自然的关系进入了实践领域,并由此创造了巨大的物质财富;另一方面,科学技术作为理性的外在表现,不再被看作是人类把握世界的一种方式,而是攫取最大利益的手段。在19世纪中期以前,乡村一直在人们的生活中处于主要地位,但到了启蒙思想至浪漫主义这一时期,城市人口比例大大上升,大机器工业的迅速发展影响到人们的生活环境。随着生活环境不断远离自然,人们逐渐察觉到自然的远去,认识到自然的宝贵。因此,这一时期以浪漫主义作家为代表,出现了反对工业文明对自然的破坏和掠夺、主张人与自然和谐统一的观念。他们努力逃避腐败的城市文明,寻求未受"文明"污染、质朴的生活方式。例如,华兹华斯的田园诗充满了对大自然的深切喜爱,赞美与崇拜自然、谴责工业文明对人身心的伤害、强调回归自然以及人与自然和谐相处等思想成为他诗中常见的主题。

就英国文学而言,在18世纪末期初露端倪的浪漫主义诗歌到19世纪初进入了辉煌时期。华兹华斯的《抒情歌谣集序》(1802)针对古典主义理性至上的观念主张,明确提出"诗是强烈情感的自然流露",标志着浪漫主义时代的开端。文学作品的创作从此摆脱了理性的束缚,由传统的描摹自然、重视理性转向了描摹自我的内心世界、重视自我情感的抒发。在具体的创作实践中,英国浪漫主义作家从中世纪的民间文学创作中汲取大量营养,从而摆脱了古典主义的种种束缚,开始发挥自由的想象,表达强烈的情感,并从内容、语言、形式等诸多方面都尝试了改革。华兹华斯讴歌古朴的乡村生活和美好的自然景色;柯勒律治的诗歌表现神秘氛围和异国情调,富有奇妙想象力和深邃哲思;拜伦塑造了高傲倔强、敢于挑战、我行我素的"拜伦式英雄";雪莱视自然为改造社会的力量,作品既富有现实感又洋溢着理想主义的色彩;济慈则通过歌颂自然的美来追求永恒。

威廉·华兹华斯

作家简介

威廉·华兹华斯(William Wordsworth, 1770—1850)生于英国坎伯兰郡(Cumberland)的水乡科克茅斯(Cockermouth)。家乡的山山水水、花草树木陶冶了他的性情,成为其日后创作的重要背景与源泉。他毕业于剑桥大学圣·约翰学院,获文学学士学位。华兹华斯早年受法国革命和启蒙思想影响,同情革命和社会改革,为此写过一些充满民主思想的诗篇,但后来思想发生转变。1798年,他同柯勒律治合作出版了著名的《抒情歌谣集》(Lyrical Ballads),该诗集第二版的"序",被认为是英国浪漫主义的宣言。华兹华斯认为,诗歌是"强烈感情的自然流露",他在诗歌创作中摒弃了18世纪诗歌风格上的因袭和滥调,采用民间朴素、生动的语言来直接表达感情。他的诗歌格调清新、形象生动、语言质朴,对英国诗坛的变革产生了深远的影响,享有"自然诗人"的美誉,并与柯勒律治、骚塞并称为"湖畔派诗人"(Lake Poets)的代表。华兹华斯的著名诗作包括《廷腾寺杂咏》(Lines Composed a Few Miles Above Tintern Abbey, 1798)、《不朽颂》(Ode: Intimations of Immortality, 1807)、《孤独的收割女》(The Solitary Reaper, 1805)、组诗《露茜》(Lucy Poems, 1799)、自传体长诗《序曲》(The Prelude, 1798—1839)等。1843年,已是古稀之年的华兹华斯被封为"桂冠诗人"(Poet Laureate)。晚年他一直住在乡村湖区,直至去世。

选文赏析

《水仙》作于1804年,发表于1807年。诗中所描写的是华兹华斯在1802年所见到的一片水仙花的景象。据诗人的妹妹多萝西(Dorothy Wordsworth)回忆,华兹华斯在一次拜访友人归来之时说,"来到考罗巴公园那边的树林里,看见水边长有几棵水仙。……沿着湖岸约有乡间公路宽的一长条地方长着我从未见过的惊人美丽的水仙。它们和长满青苔的岩石点缀在一起,有的把花絮倚靠在岩石上,仿佛枕着枕头在休息;有的摇曳、摆动,舞蹈着,就像是迎着从水面上吹来的风在欢笑。它们看来是那么欢乐,光彩夺目,千姿百态,这里一堆,那里一簇,在高处还有零零落落的几棵。"大自然的奇妙景色使诗人感到兴奋,留下了美好的回忆,两年后诗人提笔写就这首不朽的抒情诗。

《水仙》体现了华兹华斯对自然的无比热爱,通过对水仙花随风曼妙的生动姿态、湖水粼粼碧波的描写,展示了一幅恬淡快乐的自然画面。诗作还展示了在自然中寻找理想,寻找安慰,寻找人性最后归宿的情怀。在诗人看来,自然能够启迪人性中博爱善良的感情,拂慰人的心灵创伤,使人得到真正的幸福。"我时常倚卧在榻上/愁思冥想,或惘然若失",唯有水仙的景色"照亮我内心的眼睛",使"我的心就充满愉快/和水仙一同舞蹈了起来"。《水仙》表现了诗人"在宁静中回忆起的情感"(emotion recollected in tranquility)。此外,《水仙》也包含着浓郁的人生哲理,即人们的热情是与自然的美以永久的形式合而为一的。华兹华斯认为水仙这样的自然景物拥有与他相近的精神和个性,整个自然界都充满了不朽的宇宙精神。"有一群如此欢悦的伴侣/诗人怎能不无比快乐!"的诗句,深刻地体现了人的情感与大自然精神之间的互通。

《廷腾寺》于1798年被收入《抒情歌谣集》,也抒发了"在宁静中回忆起的情感"。诗人以细腻的文笔生动地描绘了自己五年后重访廷腾寺所领略的美景,以及眼前美景触发了自己回忆过去五年间变化时的心理过程。《廷腾寺》描写的是诗人在成长过程中对于自然的态度所经历的三个阶段:孩提阶段,只有"粗拙的欢欣、小兽般快乐的动作";青春阶段,对大自然的爱变成"热恋般萦绕","令人心疼目眩的欢乐和狂喜";而现在到了第三阶段,终于沉静下来,从大自然得到了"某种神性的存在","崇高思想蕴含的喜悦",最后是"全部精神本真的魂灵"。这是华兹华斯看来最为宝贵的过程,他竭尽全力用一种新的语言来书写,即他所提出的"人们真正使用的语言"。自然作为"心灵的保姆、导师、守护神",被提升为一股使人道德高尚、精神丰富的强大力量,人在自然中洗掉一切精神上的烦忧和污垢。诗人歌咏自然并非逃避现实,他认为自然是"一种意向,一种精神,推动着/一切思维的主体和思维的对象,/在天地万物间运转。"他面对壮丽的图景汲取到生活的力量:"此刻已经贮存着未来年月的/生机和养料。"诗的结尾,诗人赞颂了妹妹多萝西。他相信,由于多萝西热爱自然,自然也就不会背弃她。不论此后发生什么情况,她将永怀爱心,而兄妹之间相互关怀的情谊也将超越时间而永存。

《水仙》(1804,1807)

我踽踽独行,像一朵孤云
高高地飘过深谷和山巅,
突然,我见到眼前一大群、
一大片金光灿灿的水仙,
在树荫之下,在湖波之旁,
随微风不断地舞蹈,跳荡。

花儿绵延着,有如那太空
银河里无数星光璀璨,
这一片鲜花伸展向无穷,
一路沿着那水湾的边缘:
我一瞥就见到了千百万朵
在欢舞之中把头儿颠簸。

旁边的水浪也在欢舞,
花儿却远胜快活的湖波:
有一群如此欢悦的伴侣,
诗人怎能不无比快乐!
我望着,望着,而极少领悟
这景象给了我怎样的财富:

因为,我时常倚卧在榻上,
愁思冥想,或惘然若失,
水仙就照亮我内心的眼睛,
这是孤独时欢乐的极致;
于是我的心就充满愉快,
和水仙一同舞蹈了起来。

《廷腾寺》(1798)

五年过去了,五个夏季,和五个

漫长的悠悠冬季!我再次听到
河水,从山上源头滚滚流出来,
发出内陆河流温柔的潺潺声。
我再次见到陡峭高耸的悬崖
使荒野幽僻的自在风物熔铸于
更加弃绝尘寰的思想意绪中;
使地上景色和宁谧苍穹连起来。
这一天终于来到了,我再次休憩
在这里、西克莫[1]幽暗的荫下,观看
村前的片片土地,果树小丘,
在这个季节,果子还没有成熟,
果树披一身翠绿的颜色,隐没在
矮树和丛林中间。我再次看见
灌木树篱,几乎说不上是树篱,
欢闹的细树枝乱窜:一片片牧场,
绿色延伸到门前;袅袅的炊烟
向上升起,静静地,从树林中间!
凭一些捉摸不定的征兆,烟也许
来自林中流浪的无屋居民们,
或来自隐者的洞穴,穴中火堆旁,
隐者独坐着。

这样美丽的景象,
经过多年的阔别,对我并没有
仿佛对盲人那样,失去吸引力:
我时常在陋室独处,受到城镇
喧嚣的干扰,就感谢那美景抚慰我于
疲惫的时刻,赋予我甜美的激情,
渗入到血脉,引发心房的颤动;
甚至直穿透我的清纯的灵性,
使之回复到安宁——同时召回了
已经忘却的欢愉:这些,或许

---

[1] 西克莫:基督教《圣经》中的桑树。

产生过并非微不足道的影响
施加于善良人无比美好的年华,
使他发善心、爱心,做几件无名的、
被人忘却的小事。而且我确信
美景还曾授予我另一件更加
崇高的礼物:那就是圣洁的心态,
这种心态,使人生之谜的负担、
使不可思议、无法索解的尘世
导致的困倦和重压得到缓解
而豁然开朗:——在安详圣洁的心态里,
柔情领我们向前去,温馨而和蔼,
直到这肉体似乎停止了呼吸,
甚至于体内血液的循环流动
也几乎终止了,躯壳沉入了昏睡,
我们却成为飞动的灵魂:万类的
和谐与喜悦激起深沉的力量
赋予我们以清明澄澈的目力,
而得以洞察生命的本质。

难道说
这只是空洞的信念?不啊,多少次
在黑夜阴沉,在白天郁郁寡欢,
乱象纷呈;徒然无益的烦恼
和骚动、尘世间焦躁不安的病热
使我的心脏悸动,下坠,这时候,
多少次,我潜思默想而转向你啊,
你穿越葱郁森林而漫流的瓦伊河!
我的灵魂多少次向你飞去啊!

如今,思维闪光的余烬又燃起,
多少次追念,隐约朦胧地辨认,
稍微带点儿困惑,有几分伤感,
印入心灵的图景重新活起来:
如今我站在这里,不仅感受到

目前的欢悦,而且欣喜地得悉：
此刻已经存贮着未来年月的
生机和养料。我敢于如此期望——
尽管,毫无疑问地,我已不同于
初到山野的旧我;当年我如同
一只小鹿,奔跃于崇山峻岭间,
欢跳过深涧的岸坡,幽僻的清溪,
听凭自然的安排:仿佛是对于
所爱事物的追求,却更像逃离
可怕事物的阴影。因为自然
(我的童年岁月里粗拙的欢欣、
小兽般快乐的动作已一去不返)
是我一切的一切。——我无法描写
我那时的模样。轰响的飞瀑急湍
时时热恋般萦绕在我的心头,
高山,悬岩,浓荫幽邃的深林,
多姿多彩,形影交叠,都成为
我的乐趣;那种感受,那种爱,
完全没必要由想象提供另外的
旖旎妩媚,也无须从视觉以外
借来些逸兴雅致。——那年代远去了,
一切令人心疼目眩的欢乐
和狂喜如今都已经消逝。对此
我并不抱怨或茫然若失;另一些
收获随之而来了;我相信损失
会得到丰盈的补偿。我已经懂得
怎样去观察自然,不再像是个
没有思想的少年;我经常聆听
这肃穆而又哀伤的人生乐曲,
不粗陋,不刺耳,却有足够的力量
来纯化心灵,驯化天性。我感到
某种神性的存在,以崇高思想
蕴含的喜悦惊动我;我更庄严地
感觉到某种渗透深情的品质,

寄寓于落日的霞光,浑圆的海洋,
寄寓于清新的空气,蔚蓝的天空,
同时寄寓于人类的心灵之中:
一种意向,一种精神,推动着
一切思维的主体和思维的对象,
在天地万物间运转。于是我依然
故我,深爱着草原和森林,深爱着
高山险峰,深爱着葱郁大地上
呈现的一切,深爱着耳目所接的
大千世界的一切,——包括视听
初步的感知和一半的创造,我深感
欣慰于能从自然和感官的语言中
找到我纯真企望的支柱,认知
我的心灵的保姆、导师、守护神,
我全部精神本真的魂灵。

即便
我不曾受过这样的陶冶化育,
我的天生的活力也不会衰退:
因为有你陪伴我,在这片风光
优美的河边,你啊,亲爱的伙伴[1]
最亲最爱的伙伴!从你的嗓音
我听到我昔日心灵的语言,从你那
天然闪射的目光中,我又重温
早年的欢乐。哦!再看你一会儿,
从你的音容看到我过去的自己。
亲爱的妹妹!这就是我的祈愿,
因为我确信自然决不会亏待
爱她的心灵;她具有特殊的功能,
会引导我们穿越一生的岁月。
从欢乐到达欢乐:她能够渗透
我们内心的智能,能够让我们

---

[1] 伙伴指诗人的妹妹多萝西。

沉浸在美境和静境中,用崇高思想
哺育我们,因此,詈骂和诽谤,
粗暴的指责,利己狂徒的讥嘲,
不怀好意的问候,以及一切
日常生活中枯燥乏味的交往,
都不能压服我们,也不能打乱,
我们由衷的信念:我们见到的
万物都受惠于天赐。那么,让月亮
洒光照亮你独自款步的身影;
再让山岭间带着薄雾的轻风
一阵阵向你吹拂:今后的岁月里,
当这些心醉神迷的狂喜成熟为
一种恬静的怡悦,当你的心胸
成为一切良辰美景的邸宅,
你的记忆里寓居着无数美妙而
和谐的弦管鸣奏;哦!那时候,
假如孤寂或恐惧、痛苦或悲伤
攫住你,你就会想到我,给你带来
温婉的欢悦,愈合创伤的思念,
和我的这些劝勉的诗行!也许,
有一天我离开尘世,再不能听到
你的声音,不能见到你天然的
目光里逝去的华彩——那时候,你仍然
会记得我们并肩站立在这条
怡情悦性的溪河边,会记得
我始终是个自然崇拜者,不倦地
来此地向自然朝圣,对她的钦慕
越来越热烈——哦!极端深沉、
极端圣洁的爱啊!你不会忘记,
经过了远方浪迹,多年阔别,
我觉得这些峭岩,参天的林木,
葱郁的牧野,更加亲切可爱了——
因它们自身,也由于你的缘故!

塞穆尔·泰勒·柯勒律治

作家简介

塞穆尔·泰勒·柯勒律治（Samuel Taylor Coleridge, 1772—1834）生于一个牧师家庭，早年就读于剑桥大学。与同时代其他热血青年一样，他也曾受到法国大革命的影响，向往自由，但他很快就因对法国革命中的流血事件感到失望而开始主张一种空想社会主义思想。柯勒律治秉性忧郁，却善于言谈，思想活跃，把想象力看作文学的主导功能和灵魂，主张以想象来为世界注入活力。他的主要诗作包括《古舟子咏》（*The Rime of the Ancient Mariner*，1798）、《克丽斯塔贝尔》（*Christabel*，1816）和《忽必烈汗》（*Kubla Khan*，1816），创作不多却影响深远。这些作品将平凡的细节和富有诗意的象征融于一体，其中也不乏超自然的神秘主义倾向。他的诗歌不仅体现了19世纪浪漫主义文学的特征，也反映了他个人的独特风格和高超诗艺。作为文学评论家，柯勒律治同样享有很高的声誉，其文学评论著作《文学传记》（*Biographia Literaria*，1817）全面总结了他与华兹华斯的文学实践和创作思想。他还作过一系列关于莎士比亚的演讲，并在其中充分表达了个人的批评观点，因而受到莎士比亚研究界的重视。作为"湖畔派"三诗人之一，柯勒律治是19世纪英国浪漫主义诗歌的杰出代表。

选文赏析

《午夜霜》作于1798年2月，当时诗人全家和普尔（Thomas Poole）一起生活在萨莫舍特郡（Somerset）的下斯托伊（Nether Stowey）村庄。同伴中还有华兹华斯、华兹华斯之妹多萝西，以及散文家兰姆（Charles Lamb，1775—1834）。这是柯勒律治生命中最幸福的时光，他沐浴在家庭之乐中，伴以振奋的友谊和创作的高峰。

《午夜霜》营造了一个神秘而宁静的氛围，诗人在其中回顾过去，遥想未来。诗歌以一个静谧的意象开始，人与自然都已入睡，唯一的声响来自壁炉里微弱的蓝色火焰。"只有那飘在炉栅上面的淡烟/仍然袅动着，是唯一不知安静的。"看着身边摇篮内的爱子，诗人祈祷他能健康自由并且亲近自然："你将如一朵轻风/漫游过湖泊和沙岸，飘在古老的/崇山峻岭下，托起汹涌的云浪/任滔滔云海变形为湖泊和沙岸/或悬崖峭壁"。这一切都源于自然,源于"上帝永恒的语言"。经过午夜霜"秘密使命"的洗礼,诗人被引导至澄明的自然世界中,一个充满智慧、同情、爱的超越时间的世界。在这个具有神性的空灵世界里,受伤的心得以愈合,禁锢的心将获得释放。自然承诺诗人,未来的梦想必将实现,永恒即将成为事实。在午夜霜这一简单自然意象的启示之下,诗人获得了精神的重生。

《午夜霜》(1798)

寒霜履行着它的秘密使命,
不借助半丝风力。小枭的叫声
很尖厉——听,又来了!跟上次一样。
我住的村舍里,大家全都安睡了,
把我留给了寂寞,寂寞,适宜于
更深的沉思:只是,在我的身旁,
我的婴儿在襁褓里安然酣睡着。
真安静!安静到这样,竟然能干扰、
能打断我的冥想,由于那奇怪的、
极度的岑寂。大海,山岳,树木,
人烟稠密的村庄!海岳,森林,
人世间无穷无尽的纷纭扰攘,
梦一样悄无声息!淡蓝的轻焰
倚着将尽的炉火,一动也不动;
只有那飘在炉栅上面的淡烟,
仍然袅动着,是唯一不知安静的。
无声的宇宙间,只有它在运动,而我
依然清醒,它恰好与我相伴,
也许在暗地里与我交流感情,
闲游的精灵按照自己的心态
解释淡烟的飘动和奇形怪状,
到处寻觅自己的回声和映象,
凭遐想而逸兴遄飞。

可是啊!多少次
我在学校里,总是深信不疑,

有预感,我目不转睛地望着门栅,
等待那翩然而至的"来客"！多少次,
尽管睁着眼,我已经入梦,梦见
可爱的故乡,古老教堂的塔楼,
教堂的钟声,穷人唯一的音乐,
在熙熙攘攘的赶集日,从早敲到晚,
悠扬动听,萦绕我心头,打动我,
一种销魂的喜悦,落上我耳膜,
绝似清晰的嗓音预告着未来！
我这样凝视着,直到梦的慰藉
哄我入睡,而睡眠又延长了梦境！
第二天上午我依然神思恍惚,
又怕见严峻导师的脸色,我眼睛
做学习样子,盯住晃动的课本：
只要教室门打开,我抓住机会
匆忙瞥一眼,我的心猛然跳起来,
因为我渴望看到"来客"的面貌,
老乡,大妈,或更加亲爱的姐姐——
我的玩伴儿,我俩穿一样的衣服！

亲爱的宝宝,睡在我身旁襁褓里,
呼吸声安恬,在这片深沉的宁静中
听得见,填补了我冥思遐想中
四散的空隙和片刻停顿的间歇！
宝宝多漂亮！他使我心灵震颤,
充盈着温柔的喜悦,这样看着你,
想你将学到多么不同的知识,
在多么不同的场合！而我是成长在
大城市,关进了幽暗的修道院,除了
天空和星星,见不到慈颜和笑容。
而你啊,宝宝！你将如一朵轻风
漫游过湖泊和沙岸,飘在古老的
崇山峻岭下,托起汹涌的云浪,
任滔滔云海变形为湖泊和沙岸,

或悬崖峭壁:于是你将会看见
美好的景象,会听见明晰的声音,
这些都源自上帝永恒的语言,
上帝在永恒之上,教化万物,
他在万物中,万物在他的心中。
宇宙的导师! 他将铸你的灵魂,
给你以恩赐,也让你提出请求。

于是所有的季节对你都美好,
无论是夏季,大地上郁郁葱葱,
或者换一个季节,红胸鸟歌唱,
在苔痕斑斑的苹果树秃枝上栖息,
周围是积雪,附近的屋檐在阳光下
解冻,冒水汽;无论是疾风暂歇,
这时才听见檐水一声声滴落,
或者严霜的秘密使命把檐水
挂起来,成为一条条无言的冰柱,
向着宁静的月亮宁静地闪光。

波希·比希·雪莱

作家简介

波希·比希·雪莱(Percy Bysshe Shelley, 1792—1822)出身于贵族家庭,1810 年 10 月进入牛津大学。半年后,因印发《无神论的必然性》(*The Necessity of Atheism*)小册子被校方开除。1812 年,雪莱来到爱尔兰,为激励爱尔兰人民争取自由而活动和写作。1814 年 7 月,雪莱与妻子哈丽雅特分手,不久与玛丽·戈德温[Marry Goldwin, 即科幻小说《弗兰肯斯坦》(*Frankenstein*)的作者 Marry Shelley]结婚。1818 年,雪莱离开英国,到意大利定居。雪莱一生创作勤奋,在去意大利前创作的重要诗作有长诗《麦布女王》(*Queen Mab*,

1813)和《伊斯兰的反叛》(*The Revolt of Islam*, 1817)。在意大利生活的最后几年是他创作最旺盛的时期,他先后完成了诗剧《解放了的普罗米修斯》(*Prometheus Unbound*, 1819)和《钦契》(*The Cenci*, 1819),以及悼念济慈的《阿多尼》(*Adonais*, 1821)等。此外,雪莱还创作了大量充满激情的政治诗歌和脍炙人口的抒情诗,如《1819年的英国》(*England in 1819*, 1819)和《寄西风之歌》(*Ode to the West Wind*, 1819)等。雪莱的文论著作《诗辨》(*A Defence of Poetry*, 1821)在19世纪欧洲文学理论中占有重要地位,被誉为积极浪漫主义的宣言。1822年,雪莱在海上遇难,时年30岁。

选文赏析

《寄西风之歌》作于1819年秋,当时诗人在意大利的佛罗伦萨。在一个风雨交加、电闪雷鸣之日,诗人有感而发而创作此诗。在这首诗中,雪莱抒发了对自然的热爱,歌颂了西风摧毁旧事物、孕育新事物的精神。全诗运用比喻的方法,写景与抒情浑然一体,节奏明快,感情奔放、含义深刻。

《寄西风之歌》中西风的威武形象贯穿全诗,各节又分别描写了与西风相关的形象。诗人在前三节抒写了西风横扫落叶、席卷流云、掀起波涛三种自然现象,讴歌了西风带来破坏和死亡同时催发新生的双重作用,对现实的鞭挞和对未来的幻想通过并列对比不断地交叉发展。诗人既写到秋之呼吸的西风,也写到春天"碧蓝的阳春姐姐";既写到鬼魅似的落叶,也写到"百花到天上去放牧"的春日嫩芽;既用"疫疠咬啮"等字眼来诅咒垂死的秋叶,也展望了春天"洒满了姹紫嫣红和芳菲香妍"。流云的描写将诗歌的意境从地面移到空中,波涛汹涌的蓝色地中海进一步渲染了西风的威力。从第四节开始,诗人抒写自己的内心世界,表达希望获得和西风一样威力,起到和西风一样作用的愿望。结尾深刻而简明地表达了诗人的乐观主义精神:"若冬天到了,春天难道还遥远?",这正是雪莱作为浪漫主义诗人一贯秉持的生活态度。

《寄西风之歌》(1819)

一

狂野的西风啊,你啊,秋天的浩气,
你傲然君临,却不露行迹,把死叶
纷纷吹落似鬼魂躲巫师的追击,

萎黄,灰黑,苍白,病态的红热,

成堆的败叶受疫疠咬啮,西风,
你又把飞翔的种子载送到土穴,

在阴暗寒冷的土床上偃卧越冬,
像是一具具尸体在墓中蛰眠,
直到你碧蓝的阳春姐姐向梦中

大地吹响她嘹亮的号角,像催赶
百花到天上去放牧,给平原山岭
洒满了姹紫嫣红和芳菲香妍:

狂野的精灵! 你横扫一切,你驰骋,
你摧毁,你又保存;听啊,你听!

二

你啊,趁你的激湍,趁高空骚乱,
散开的云朵奔跃如地上的枯叶,
挣脱了天空和大海交缠的枝蔓,

是雨和电的天使:漫天遍野,
在你那蓝空气浪的表层上,好似
可怖的迈娜得[1]头上竖起的一叠叠

发光的怒发,直接从暗昧的天际
扶摇而直上苍昊的绝顶,奔腾
而来,那狂风暴雨的一簇簇鬈丝!

你啊,为残年唱挽歌,叫夜幕合拢
为广袤无垠的陵墓构成穹顶,
受到你全部郁勃之气的支撑,

从你那密密匝匝的气压里会涌迸

---

[1] 迈娜得:希腊神话中酒神狄俄倪索斯的伴随者,是狂女,常常狂跳乱舞,披头散发,头上长出藤条或蛇。

黑雨,电火,冰雹:听啊,你听!

三

是你啊,是你唤醒了地中海这一片蔚蓝
告别夏天的梦境,不让它再静躺
在澄波清流汩汩的喧声中受催眠,

不再沉睡在巴亚湾火山岩小岛旁,
梦见多少座古老的楼塔和殿阁
在日照强光下起伏的波澜里摇荡,

身上长满了蓝色的苔藓和花朵,
香气袭人,这一切都难以描述!
为给你让路,千万顷大西洋晴波

开裂成多少沟壑,在洪涛深处,
海底的苔花和泥泞的藻林,连同
凋枯萎蔫的枝叶,一旦听出

你的呼啸的声音,便失色大惊,
颤抖着自相纠缠劫勒:你听!

四

假如我是片枯叶,能让你载送,
假如我是片轻云,能伴你飞翔,
或一朵浪花,在你的威力下悸动,

分享你强劲的冲力,仅仅比不上
你那般自由啊,不羁的西风!假如
我还在童年时代,跟随你流浪

在广袤无边的天上,做你的伴侣,
似乎超越你天马行空的神速,
不是虚幻的空想,我也就不至于

如此迫切地向你哀告,求助。
请把我当浪花、落叶、浮云般扬起!
我倒在人生的荆棘上!我血流如注!

时间的重负在紧紧束缚并压抑
一个人,他像你:高傲,敏捷,不羁!

五

请把我当作琴,正如你弹奏树林:
纵然我一身叶片像树林般凋落!
你那宏伟的和音,肃杀萧森,

将从我和树林奏出深沉的秋歌,
甘美而凄切。但愿你,凶猛的精灵,
做我的魂魄!愿你这莽汉啊,就是我!

请把我朽败的思绪向宇宙播送,
就像你驱逐枯叶去催化新生!
凭我这诗篇的符咒,像从壁炉中

未灭的馀火里吹出炭灰和火星,
把我的言辞向人间撒播,倾倒!
从我的嘴唇,朝未醒的大地沉沉,

吹响预言的号角吧!风啊,你看,
若冬天到了,春天难道还遥远?

约翰·济慈

作家简介

约翰·济慈(John Keats, 1795—1821)生于伦敦,出身寒微,9岁丧父。1815年,济慈进入伦敦一家医院学医,却对诗歌产生了兴趣,并于1817年出版了自己的第一本诗集。同年,他虽已取得医生执照,却决定弃医从文。1818年,济慈的长诗《恩底弥翁》(*Endymion*)问世,遭到当时批评家的非难。这是济慈生活最为困难的时期:经济拮据,身体状态每况愈下,还感染了肺结核。但是他并不气馁,继续以旺盛的精力投入创作,以其短暂的一生写下了许多名篇佳作,主要作品有长诗《恩底弥翁》、《伊莎贝拉》(*Isabella*, 1820)、《圣阿格尼斯之夜》(*The Eve of Saint Agnes*, 1820)、《赫披里昂》(*Hyperion*)等。此外,他写有著名的《希腊古瓮颂》(*Ode On a Grecian Urn*, 1819)、《夜莺颂》(*Ode to a Nightingale*, 1819)等颂歌及许多优美的十四行诗。从 1820 年

2月起,济慈病情加重,遵医嘱到意大利养病,1821年客死罗马,年仅25岁。墓碑上镌刻自拟铭文:"这里安息着一个姓名写在水里的人。"

选文赏析

《夜莺颂》作于 1819 年 5 月。济慈一友人家住汉普斯特德(Hampstead),来自附近树上的夜莺啼声常使诗人心旷神怡。一天清晨他把椅子从餐桌边移至树下草地上,坐了两三个小时,写下了这首不朽名篇。

《夜莺颂》包含两个交叉的意象,一是诗人的"心痛",二是夜莺的"欢欣"。病魔缠身的诗人听到夜莺悠扬的乐音,"心痛"得想要沉入遗忘一切的河流,同时又为夜莺的"欢欣"所感染——那林中天仙在绿荫中无羁无绊,"尽情地歌唱着夏天",令诗人倾慕。这种苦中之乐表露了诗人对生活的挚爱之深,对旺盛生命力的景仰。他想象饮下醇酒后沉醉于"绿油油的田野",看到"花神"舞蹈,听到恋歌和阳光温暖的笑声。这一切皆是诗人现实生活中不可求之物,故而诗人祈求畅饮鲜红的诗神之泉,同夜莺"一起隐入那幽深的林木",悄然离开尘寰。此处,"死亡"的意象在诗人看来不过是最美妙的瞬间,是对不堪承受的浊世的解脱。人孰无死,而夜莺的歌声却千古不灭。想到此,梦幻结束,重返现实。作者以夜莺的歌声来象征幻想世界中永恒的欢欣,并与现实世界中人生短暂、好景不长相对照。

《夜莺颂》(1819,1820)

我的心疼痛,困倦和麻木使神经
痛楚,仿佛我啜饮了毒汁满杯,
或者吞服了鸦片,一点不剩,

一会儿,我就沉入了忘川河水:
并不是嫉妒你那幸福的命运,
是你的欢乐使我过分地欣喜——
想到你呀,轻翼的林中天仙,
你让悠扬的乐音
充盈在山毛榉的一片葱茏和浓荫里,
你放开嗓门,尽情地歌唱着夏天。

哦,来一口葡萄酒吧!来一口
长期在深深的地窖里冷藏的佳酿!
尝一口,就想到花神,田野绿油油,
舞蹈,歌人的吟唱,欢乐的骄阳!
来一大杯吧,盛满了南方的温热,
盛满了诗神的泉水,鲜红,清洌,
还有泡沫在杯沿闪烁如珍珠,
把杯口也染成紫色;
我要痛饮啊,再悄悄离开这世界,
同你一起隐入那幽深的林木。

远远地隐去,消失,完全忘掉
你在绿叶里永不知晓的事情,
忘掉世上的疲倦,病热,烦躁,
这里,人们对坐着互相听呻吟,
瘫痪者颤动着几根灰白的发丝,
青春渐渐地苍白,瘦削,死亡;
这里,只要想一想就发愁,伤悲,
绝望中两眼呆滞;
这里,美人保不住慧眼的光芒,
新生的爱情顷刻间就为之憔悴。

去吧!去吧!我要向着你飞去,
不是伴酒神乘虎豹的车驾驰骋,
尽管迟钝的脑子困惑,犹豫,
我已凭诗神无形的羽翼登程。

已经和你在一起了！夜这样柔美，
恰好月亮皇后登上了宝座，
群星仙子把她拥戴在中央；
但这里是一片幽晦，
只有微风吹过朦胧的绿色
和曲折的苔径才带来一线天光。

我这里看不见脚下有什么鲜花，
看不见枝头挂什么温馨的嫩蕊，
只是在暗香里猜想每一朵奇葩，
猜想这时令怎样把千娇百媚
赐给草地，林莽，野生的果树枝；
那白色山楂花，开放在牧野的蔷薇；
隐藏在绿叶丛中易凋的紫罗兰；
那五月中旬的爱子——
盛满了露制醇醪的麝香玫瑰，
夏夜的蚊蝇在这里嗡嗡盘桓。

我在黑暗里谛听着，已经多少次
几乎堕入了死神的安谧的爱情，
我用深思的诗韵唤他的名字，
请他把我这口气化入空明；
此刻啊，无上的幸福是停止呼吸，
趁这午夜，安详地向人世告别，
而你啊，正在把你的精魂倾吐，
如此地心醉神迷！
你永远唱着，我已经失去听觉——
在你安慰的歌声中，我变成一堆土。

你永远不会死去，不朽的精禽！
饥馑的世纪也未能使你屈服；
我今天夜里一度听见的歌音
在往古时代打动过皇帝和村夫：
恐怕这同样的歌声也曾经促使

路得[1]流泪,她满怀忧伤地站在
异国的谷田里,一心思念着家邦;
这歌声还曾多少次
迷醉了窗里人,她开窗面对大海
险恶的浪涛,在那失落的仙乡。

失落!啊,这字眼像钟声一敲,
催我离开你,回复孤寂的自己!
再见!幻想这个骗人的小妖,
徒有虚名,再不能使人着迷。
再见!再见!你哀怨的歌音远去,
流过了草地,越过了静静的溪水,
飘上了山腰,如今已深深地埋湮
在附近的密林幽谷:
这是幻象?还是醒时的梦寐?
音乐远去了:我醒着,还是在酣眠?

※ 思考题

1. 浪漫主义的本质特征是什么?
2. 自然在英国浪漫主义诗歌中的功能是什么?
3. 试分析英国浪漫主义自然诗与中国山水诗的异同。

※ 网站链接

http://www.bartleby.com/145
提供华兹华斯的生平和诗歌全集。
http://www.online-literature.com/wordsworth/
提供华兹华斯的生平、创作,并设有讨论区。
https://www.poetryfoundation.org/poems-and-poets/poets/detail/samuel-

---

[1] 路得:据《圣经·旧约·路得记》,路得离开原籍摩押,定居在伯利恒,为波斯阿干活,与之结婚。《旧约》上未写夜莺的歌声,也未写路得流泪。此处均为济慈的想象。

taylor-coleridge

提供柯勒律治的生平、诗歌全集、散文选以及相关研究论文。

http://www.bl.uk/people/samuel-taylor-coleridge

提供柯勒律治的生平、诗选以及相关研究论文。

http://www.bartleby.com/139

提供雪莱的生平和诗歌全集。

https://www.poetryfoundation.org/poems-and-poets/poets/detail/percy-bysshe-shelley

提供雪莱的生平、诗歌全集、散文选以及相关研究论文。

https://www.poetryfoundation.org/poems-and-poets/poets/detail/john-keats

提供济慈的生平、诗歌全集、散文选以及相关研究论文。

http://hcl.harvard.edu/libraries/houghton/collections/modern/keats.cfm

提供济慈的生平、手稿图片等数字信息。

第五章
女性与平等:《曼斯菲尔德庄园》和《简·爱》

文化背景

两性平等被联合国人口基金会(United Nations Population Fund)视为一项人权问题,是联合国千年计划(United Nations Millennium Project)的目标之一。人口基金会指出,要在全世界范围内消除贫困,每一个目标都与妇女权利直接相关,那些不赋予妇女平等权利的社会将永远无法实现可持续发展。两性平等直接关系到一个民族在经济、教育、文化上的发展前景。在西方,对两性平等的追求至少可以追溯到中世纪法国女作家克里斯蒂娜·德·皮桑(Christian de Pizan)的作品《妇女城》(*The Book of the City of Ladies*, 1405)中为捍卫女性尊严与价值而创作的女性寓言故事。继皮桑之后的数百年间,英法等欧洲国家又源源不断地涌现出如玛丽·阿斯特尔(Mary Astell, 1666—1731)、玛丽·沃尔斯通克拉夫特(Mary Wollstonecraft, 1759—1779)、奥兰普·德古热(Olympe de Gouges, 1748—1793)、约翰·穆勒(John Stuart Mill, 1806—1874)等为两性平等摇旗呐喊的优秀作家,倡导赋予女性与男性平等的各项基本权利,解放被压迫的另一半人口,实现社会共同进步与人类最大的福祉。

为女性争取平等赋权的呼声到19世纪中期渐渐凝聚成为一股强大的号召力,推动了西方女权主义运动的出现。围绕争取平等的政治赋权、经济权、教育权,欧美出现了一批妇女运动团体和领袖人物。英国的女权主义运动主要由芭芭拉·史密斯(Barbara Leigh Smith, 1827—1891)和"兰厄姆广场女士"(Ladies of Langham Place)共同发起,她们针对业已明确的问题——妇女的受教育权、工作机会以及已婚妇女的法律地位——广泛开展活动,取得了很多成绩,比如在女性受教育权利上,推动了女子高等学府的创立。埃米丽·戴维斯(Emily Davies, 1830—1921)作为"兰厄姆广场女士"的一员,创办了后来合并至剑桥大学的第一所女子高等学府——哥顿学院(Girton College)。她们撰写宣传册,鼓励年轻女性以"提灯女士"南丁格尔(Florence Nightingale, 1820—1910)为榜样,帮助她们参加职业培训,走上经济独立的职业生涯。史密斯和她的支持者们在全国范围内散发进行法律改革的请愿书,征集了数以千计的签名以推动《已婚妇女财产法》(*The Married Women's Property Act*,1870)的颁布,改变了已婚妇女的经济困境。在史密斯等女权主义者的感召下,越来越多的有识之士意识到两性不平等的根源在于女性被剥夺了选举权,因而运动的矛头便自 19 世纪 60 年代之后指向了选举权问题,出现了"妇女选举权运动委员会"(1866)、《妇女选举权报》(1870),直到潘克赫斯特(Emmeline Pankhurst,1858—1928)创办了妇女社会政治联盟(WSPU),妇女选举权运动在一战爆发前夕发展至顶峰。

18 世纪的英国小说根植于中产阶级与下层社会生活,成为文坛日益重要的文学类型。同时越来越多的英国女性开始阅读散文体小说,因为这些作品常常反映或评论了她们自身怀有的希望和遭遇的难题。一些女性开始尝试写作,而创作的内容往往与自己生活中的机遇和问题有着密切关系,比如活跃于英国摄政王时代的女作家简·奥斯丁就特别关注 18 世纪晚期英国乡绅阶层的爱情与婚姻问题,乡野几户人家青年男女之间谈婚论嫁的故事是她擅长的题材。维多利亚时代的女性作家继续书写年轻女性的婚恋故事,她们对两性平等的吁求更加直接而富有个性化色彩:英国文坛三姐妹之一的夏洛蒂·勃朗特以自己的人生经历为基本素材,塑造了面对身份地位高于自己的爱人,却勇敢高呼"仿佛我们两人穿过坟墓,站在上帝脚下,彼此平等——本来就如此"的经典女性人物形象——简·爱,充分表达了作家超越时代的女性主义思想。

简·奥斯丁

作家简介

简·奥斯丁(Jane Austen,1775—1817)出生于英国南部汉普郡史蒂文顿的一个牧师家庭。她早年接受过短暂的学校教育,九岁以后开始在家里接受教育,大量阅读 18 世纪散文、小说、诗歌,以及莎士比亚和弥尔顿的著作。博学多才、擅长讲故事的奥斯丁从少女时期就在家人的鼓励下开始尝试写作,但直到 1811 年她的第一部作品《理智与情感》(*Sense and Sensibility*)才问世,之后又陆续发表了《傲慢与偏见》(*Pride and Prejudice*,1813)、《曼斯菲尔

德庄园》(*Mansfield Park*, 1814)、《爱玛》(*Emma*, 1816)、《诺桑觉寺》(*Northanger Abbey*, 1818)和《劝导》(*Persuasion*, 1818),后两部作品在她去世后发表。奥斯丁终身未嫁,将毕生心血付诸文学创作。她自称喜爱"在一小块(两英寸宽的)象牙上……用一支细细的画笔轻描慢绘乡野几户人家的生活",是第一个现实地描绘日常平凡生活中平凡人物的小说家。她的作品反映了当时英国中产阶级生活的喜剧,显示了"家庭"文学的可能性。她多次探索青年女主角从恋爱到结婚中自我发现的过程。这种着力分析人物性格以及女主角和社会之间紧张关系的创作手法,让她的小说摆脱了十八世纪的传统而更接近现代生活。奥斯丁作品的现代性及其机智风趣的文风、优雅的散文和巧妙的故事结构,历来受到无数读者的喜爱与推崇,一直是雅俗共赏的英语文学经典。

《曼斯菲尔德庄园》内容提要

范妮·普莱斯家境贫寒,十岁时被接到舅舅托马斯爵士家的曼斯菲尔德庄园,与四个表兄表姐一起长大。寄人篱下的范妮在曼斯菲尔德庄园倍受冷落,只有在善良的表哥埃德蒙那里才能感到一丝温暖。成年后的范妮对表哥暗生情愫,后者却爱上了刚刚搬到曼斯菲尔德庄园附近教区府邸的玛丽·克劳福特小姐。玛丽的哥哥亨利是一位情场高手,在玩弄了曼斯菲尔德庄园两位小姐玛丽亚和朱丽亚的感情后,进而向范妮求爱,却遭到了她的拒绝。范妮的抗婚让所有人都惊讶不已,托马斯爵士认为范妮不知感恩,命她返回利物浦的老家。亨利在利物浦找到范妮,向她证明自己已浪子回头,范妮的态度开始软化,但仍然没有接受他。亨利走后不久,范妮随即听说他和玛丽亚私奔的消息。更糟的是,朱丽亚亦同时与人私奔了,汤姆又生下重病。范妮闻讯马上赶回曼斯菲尔德庄园,玛丽也在那里,但后者在危机发生时的处理态度暴露了她的本性。埃德蒙看清事实,跟她断绝关系转而眷顾范妮,表兄妹两人最终共结连理。

选文赏析

《曼斯菲尔德庄园》是奥斯丁生前发表的最受读者欢迎的小说。故事的主人公范妮·普莱斯堪称作家同时代中产阶级女性的道德楷模,她温柔善良、谦虚谨慎、尊敬长辈、重视亲情,但因出身卑微、寄人篱下,淹没在曼斯菲尔德庄园里一群红男绿女中的范妮常常被他人忽视和冷落。直到有一天,她的美貌和娴静气质吸引了情场浪子亨利·克劳福德的注意,无奈"流水有意、落花无情",一场震惊了曼斯菲尔德庄园上上下下的抗婚故事缓缓拉开了序幕。没有嫁妆又无依无靠的范妮居然拒绝了让曼斯菲尔德庄园主人托马斯爵士乐见其成的一桩"天作之合"。连她一直暗恋的表哥埃德蒙也都难以理解,平日里温顺贤良的范妮竟有如此决绝的主张和见识。奥斯丁将这样一位家庭边缘人物置于矛盾漩涡的中心，旨在用一种质朴的道德观和婚恋观反衬 19 世纪初英国社会盛行的实用主义婚姻价值观，暗示了乡绅贵族家庭道德教育的缺位，巧妙讽刺了以托马斯爵士为代表的中上层人士的浅薄自大。

《曼斯菲尔德庄园》
第三十一章

第二天上午，亨利·克劳福德又来到了曼斯菲尔德庄园，而且到的比平常访亲拜友的时间要早。两位女士都在早餐厅里。幸运的是，他进来的时候，伯特伦夫人正要出去。她差不多走到门口了，也不想白走这么远再折回去，于是便客气地打了个招呼，说了声有人等她，吩咐仆人"禀报托马斯爵士"，然后继续往外走。

亨利见她要走喜不自禁，躬身行了个礼，目送她走去，然后便抓紧时机，立即转身走到范妮跟前，掏出了几封信，眉飞色舞地说："我必须承认，无论谁给我个机会让我与你单独相见，我都感激不尽：你想不到我是怎样在盼望这样一个机会。我了解你做妹妹的心情，不希望这一家的任何人与你同时得到我现在给你带来的消息。他晋升了。你哥哥当上少尉了。我怀着无比高兴的心情，向你祝贺你哥哥晋升。这是这些信上说的，都是刚刚收到的。你也许想看看吧。"

范妮说不出话来，不过他也不需要她说话。看看她的眼神、脸色的变化、心情的演变，由怀疑，到慌张，到欣喜，也就足够了。范妮把信接了过去。第一封是海军将军写给侄子的，只有寥寥数语，告诉侄子说，他把提升小普莱斯的事办成了。里边还附了两封信，一封是海军大臣的秘书写给将军委托的朋友的，另一封是那位朋友写给将军本人的。从信里可以看出，海军大臣非常高兴地批阅了查尔斯爵士的推荐信，查尔斯爵士很高兴有这么个机会向克劳福德将军表示自己的敬意，威廉·普莱斯先生被任命为英国皇家轻巡洋舰"画眉"号的少尉这一消息传出后，不少要人都为之高兴。

范妮的手在信纸下边颤抖，眼睛从这封信看到那封，心里激动不已。克劳福德情急心切地继续表白他在这件事情上所起的作用。

"我不想谈我自己如何高兴，"他说，"尽管我欣喜万分。我只想到你的幸福。与你相比，谁还配得上幸福呢？这件事本该是让你最先知道的，我并不愿意比你先知道。不过，我是一刻也没耽搁呀。今天早上邮件来迟了，但我收到后一分钟也没耽搁。我在这件事上如何焦急，如何不安，如何发狂，我不打算描述。在伦敦期间还没有办成，我真是羞愧难当，失望至极啊！我一天又一天地待在那里，就是盼望办成这件事，如果不是为了这样一件对我来说至关重要的事情，我决不会离开曼斯菲尔德这么长时间。但是，尽管我叔父满腔热情地答应了我的要求，立即着手操办起来，可是依然有些困难，一个朋友不在家，另一个朋友有事脱不了身，我想等最后也等不下去了，心想事情已经托给可靠的人，便于星期一动身回来了，相信要不了几天就会收到这样的信。我叔叔是世上最好的人，他可是尽心尽力了，我就知道，他见到你哥哥之后是会尽力帮忙的。他喜欢你哥哥。昨天我没有告诉你将军是多么喜欢他，也没有怎么透露将军怎样夸奖他。我要拖一拖再说，等到他的夸奖被证明是来自朋友的夸奖。今天算是得到了证明。现在我可以告诉你，连我都没有料到，他们那天晚上相会之后，我叔父会对威廉·普莱斯那么感兴趣，对他的事情那么热心，又对他那样称赞。这一切完全是我叔父自愿表示出来的。"

"那么，这一切都是你努力的结果吧？"范妮嚷道，"天哪！太好了，真是太好啦！你真的——真的是你提出来的吧？请原谅，我给搞糊涂了。是克劳福德将军要求的吗？是怎么办成的？我给搞糊涂了。"

亨利兴致勃勃地做了说明，从早一些时候讲起，着重解释了他起的作用。他这次去伦敦没有别的事情，只想把她哥哥引荐到希尔街，劝说将军尽量运用他的关系帮他晋升。这就是他的使命。他对谁都没说起过，甚至对玛丽都只字未提。他当时还不能肯定结果如何，因而不想让别人知道他的心思。不过，这就是他的使命。他大为感慨地讲起他如何关心这件事，用了那么热烈的字眼，尽是什么"最深切的关心"，"双重的动机"，"不便说出的目的和愿望"，范妮要是注意听的话，是不会总也听不出他的意思的。然而，她由于惊喜交集、无暇他顾，就连他讲到威廉的时候，她都听不完全，等他停下来时，她只是说："多好的心啊！多么好的心啊！噢！克劳福德先生，我们对你感激不尽。最亲爱的，最亲爱的威廉啊！"她霍地站起来，匆匆向门口走去，一边嚷道："我要去见姨父。应该尽快让姨父知道。"但是，这可不成。这是个千载难逢的良机，亨利心里已经迫不及待了。他立即追了上去。"你不能走，你得再给我五分钟。"说着抓住了她的手，把她领回到座位上，又向她解释了一番，她还没有明白为什么不让她走。然而，等她明白过来，发现对方说什么她已引起了他从来不曾有过的感情,他为威廉所做的一切都是出于对她的无限的、无可比拟的爱,她感到万分痛苦,很久说不出话来。她认为这一切实在荒谬,只不过是骗人的逢场作戏、献殷勤。她感到这是用不正当、不体面的手法对待她,她不应该受到这样的对待。不过,这正符合他的为人,与她所见到的他以往的行径如出一辙。可她还是抑制住自己,尽量不把心里的不快流露出来,因为他毕竟有恩于她,不管他怎样粗俗放浪,她都不能轻慢小看这番恩情。这时,她一颗心还在扑扑直跳,光顾得为威廉高兴,为威廉感到庆幸,而对于仅仅伤害自己的事情,却不会怨恨不已。她两次把手缩回来,两次想摆脱他而没摆脱掉,便站了起来,非常激动地说:"不要这样,克劳福德先生,请你不要这样。我求你不要这样。我不喜欢这样的谈话。我得走了。我受不了。"可是对方还在说,倾诉他的钟情,求她给以回报,最后,话已说得十分露骨,连范妮也听出了个中意思:他把他的人,他的一生,他的财产,他的一切都献给她,要她接受。就是这个意思,他已经说出来了。范妮愈来愈感到惊讶,愈来愈心慌意乱。虽然还拿不准他的话是真是假,她几乎站不住了。对方催她答复。

"不,不,不,"范妮捂着脸叫道。"这完全是无稽之谈。不要惹我苦恼了。我不要再听这样的话了。你对威廉的好处使我说不出对你有多感激。但是,我不需要、受不了、也不想听你这些话——不,不,不要动我的心思。不过,你也不在动我的心思。我知道这是没有的事儿。"

她已经挣脱了他。这当儿,托马斯爵士正在向他们这间屋子走来,只听他在跟一个仆人说话。这就来不及再诉爱求情了,不过亨利过于乐观自信,觉得她只不过是由于故作娇羞,才没有让他立即得到他所追求的幸福,在这个节骨眼上跟她分手,未免有些太残酷了。她姨父朝这个门走来,她从对面那个门冲出去。托马斯爵士与客人还没寒暄完,或者说客人刚刚开始向他报告他带来的喜讯,她已经在东屋里走来走去了,心里极其矛盾,也极其混乱。

她在思索、在捉摸每一桩事,也为每一桩事担忧。她激动,快活,苦闷,感激不尽,又恼火至极。这一切简直令人难以置信!克劳福德不可原谅,也不可理解!不过,这是他的一贯行径,做什么事都掺杂点邪念。他先使她成为世上最快活的人,后来又侮辱了她——她不知道怎样说为好——不知道该怎样分析、怎样看待这件事。她想把他看作耍儿戏,但若真是耍儿戏,为什么要说这样一些话,做出这样的许愿呢?

不过,威廉当上了少尉。这可是毋庸置疑、毫不掺假的事实。她愿永远牢记这一点,忘掉其余的一切。克劳福德先生肯定再也不会向她求爱了,他肯定看出对方是多么不欢迎他这样做。若是如此,就凭他对威廉的帮助,她该如何感激他呀!

在没有肯定克劳福德先生已经离开这座房子之前,她的活动范围从不超过从东屋到中间楼梯口。可等她确信他走了之后,她便急忙下楼去找姨父,跟他分享彼此的喜悦之情,听他讲解或猜测威廉现在会去什么地方。托马斯爵士正如她期望的那样不胜高兴,他还非常慈爱,话也很多。她和他谈起了威廉,谈得非常投机,使她忘记了先前令她烦恼的事情。可是,等谈话快结束的时候,她发现克劳福德先生已约定当天还要回到这里吃饭。这可是个令她极其扫兴的消息。虽然他可能不会把已经过去的事放在心上,但是这么快又见到他使她感到十分别扭。

她试图让自己平静下来。快到吃晚饭的时候,她尽量使自己心里感觉像平常一样,外表看上去也像平常一样。但是,等客人进屋的时候,她又情不由己地显得极为羞怯,极不自在。她万万没有想到,在听到威廉晋升的第一天,居然会有什么事情搅得她如此痛苦。

克劳福德先生不只是进到屋里,而且很快来到了她跟前。他把她妹妹的一封信转交给她。范妮不敢看他,但从他的声音中听不出为上次说的蠢话感到羞愧。她立即把信拆开,很高兴能有点事情做做。还使她感到高兴的是,诺里斯姨妈也来吃饭,她不停地动来动去,范妮读信时觉得受到了一点遮掩。

> 亲爱的范妮:
>
> 从现在起我可能要永远这样称呼你,以使我的舌头得到彻底的解放,不要再像过去那样,笨拙地叫了你至少六个星期的普莱斯小姐——我要写上几句话叫我哥哥带给你,向你表示热烈的祝贺,并且万分高兴地表示我的赞成和支持。勇往直前吧,亲爱的范妮,不要畏惧。没有什么了不起的障碍。我自信我表示赞成会起一定作用。因此,今天下午你就拿出你最甜蜜的微笑对他笑脸相迎吧,让他回来的时候比去时更加幸福。
>
> 你亲爱的,
>
> 玛·克

这些话对范妮没有丝毫的帮助。她匆匆地读着信,心里乱糟糟的,猜不透克劳福德小姐信里的意思,但是看得出来,她是在祝贺她赢得了她哥哥的钟情,甚至看来好像信以为真似的。她不知所措,莫衷一是。一想到这是真的,便为之愁苦不堪,怎么都想不通,心里只觉得忐忑不安。克劳福德先生每次跟她说话,她都感到烦恼,而他又偏偏爱跟她说话。她觉得他跟她说话的时候,从口气到态度都有点特别,与他跟别人说话的时候大不相同。她这天吃饭的胃口给破坏殆尽,几乎什么都吃不下去。托马斯爵士开玩笑说,她是高兴得吃不下饭,她羞得快挺不住了,生怕克劳福德先生对她姨父的话有别的领会。他就坐在她的右手,虽然她一眼也不想看他,但她觉得他的眼睛却一直在盯着她。

她比什么时候都沉默寡言,就连谈到威廉的时候,也很少开口,因为他的晋升完全是坐在她右手的这个人周旋的结果,一联想到这一点,她就感到凄楚难言。

她觉得伯特伦夫人比哪次坐席都久,担心这次宴席永远散不了。不过,大家终于来到了客厅,两位姨妈以自己的方式谈起威廉的任命,这时范妮才有机会去想自己愿意想的事情。

诺里斯太太所以对这件事感到高兴,主要是因为这给托马斯爵士省了钱。"现在威廉可以自己养活自己了,这对他二姨父来说可就非同小可了,因为谁也说不准他二姨父为他破费了多少。说实在的,今后我也可以少送东西了。我很高兴,这次威廉走的时候给他送了点东西。我的确感到很高兴,当时在手头不太拮据的情况下,还能给他送了点像样的东西。对我来说是很像样,因为我家财力有限,现在要是用来布置他的房舱,那东西可就有了用场了。我知道他要花些钱,要买不少东西,虽然他父母会帮他把样样东西都买得很便宜,但我很高兴我也尽了点心。"

"我很高兴你给了他点像样的东西,"伯特伦夫人对她的话深信不疑,平平静静地说道。"我只给了他十英镑。"

"真的呀!"诺里斯太太脸红起来,嚷道,"我敢说,他走的时候口袋里肯定装满了钱! 再说,去伦敦的路上也不要他花钱呀!"

"托马斯爵士对我说给他十英镑就够了。"

诺里斯太太无意探究十英镑够还是不够,却从另一个角度看待这个问题。

"真令人吃惊,"她说,"看看这些年轻人,从把他们抚养成人,到帮他们进入社会,朋友们要为他们花多少钱啊! 他们很少去想这些钱加起来会有多少,也很少去想他们的父母、姨父姨妈一年要为他们花多少钱。就拿我普莱斯妹妹家的孩子来说吧,把他们加到一起,我敢说谁也不敢相信每年要花托马斯爵士多少钱,还不算我给他们的补贴。"

"你说得一点不错,姐姐。不过,孩子们真可怜呀! 他们也是没办法。再说你也知道,这对托马斯爵士来说,也算不了什么。范妮,威廉要是到东印度群岛去的话,叫他别忘了给我带一条披巾。还有什么别的好东西,我也托他给我买。

我希望他去东印度群岛,这样我就会有披巾了。我想要两条披巾,范妮。"

这当儿,范妮只有迫不得已时才说话。她一心急于弄明白克劳福德兄妹俩打的什么主意。除了那哥哥的话和态度之外,无论从哪方面来看,他们都不会是真心实意的。考虑到他们的习性和思想方法,以及她本人的不利条件,从哪方面来看,这件事都是不合常情的,说不过去,也不大可能。他见过多少女人,受过多少女人的爱慕,跟多少女人调过情,而这些女人都比她强得多。人家费尽心机地想取悦他,都没法打动他。他把这种事情看得这么淡,总是满不在乎,无动于衷。别人都觉得他了不起,他却似乎瞧不起任何人。她怎么会激起这样一个人真心爱她呢?而且,他妹妹在婚姻问题上讲究门第,看重利益,怎么能设想她会认真促成这样一件事呢?他们两个表现得太反常了。范妮越想越感到羞愧。什么事情都有可能,唯独他不可能真心爱她,他妹妹也不可能真心赞成他爱她。托马斯爵士和克劳福德先生没来客厅之前,她对此已经深信不疑了。克劳福德先生进来之后,她又难以对此坚信不疑了,因为他有一两次投向她的目光,她无法将之归结为一般的意思。至少,若是别人这样看她,她会说那蕴涵着一种十分恳切、十分明显的情意。但她仍然尽力把这看作他对她的两位表姐和众多别的女人经常施展的手段。

她感到他就想背着别人跟她说话。她觉得,整个晚上每逢托马斯爵士出去的时候,或者每逢托马斯爵士跟诺里斯太太谈得起劲的时候,他就在寻找这样的机会,不过她总是谨慎地躲着他,不给他任何机会。

最后——似乎范妮的忐忑不安终于结束了,不过结束得不算太晚——他提出要走了。范妮一听这话如释重负,然而霎时间他又转过脸来,对她说道:"你没有什么东西捎给玛丽吗?不给她封回信吗?她要是什么都收不到的话,是会失望的。给她写个回信吧,哪怕只写一行也好。"

"噢!是的,当然,"范妮嚷道,一边匆忙站起来,急于摆脱这种窘迫,急于赶紧走开。"我这就去写。"

于是她走到她常替姨妈写信的桌边,提笔准备写信,可又压根儿不知道写什么是好!克劳福德小姐的信她只看过一遍,本来就没看明白,要答复实在令人伤脑筋。她从没写过这种信,如果还来得及对信的格调产生疑虑的话,那她真会疑虑重重。但是必须马上写出点东西来。她心里只有一个明确的念头,那就是希望对方读后不会觉得她真的有意。她动笔写了起来,身心都在激烈地颤抖:

亲爱的克劳福德小姐,非常感谢你对最亲爱的威廉的事表示衷心的祝贺。信的其余内容,在我看来毫无意义。对于这种事情,我深感不配,希望今后不要再提。我和克劳福德先生相识已久,深知他的为人。他若对我同样了解的话,想必不会有此举动。临笔惶然,不知所云,倘能不再提及此事,定会不胜感激。承蒙来信,谨致谢忱。

　　亲爱的克劳福德小姐,永远是你的……

结尾到底写了些什么,她在慌乱中也搞不清楚了,因为她发现,克劳福德先生借口取信向她走来。

"不要以为我是来催你的,"他看她惊慌失措地将信折叠装封,压低了声音说。"不要以为我有这个意思。我恳求你不要着急。"

"噢! 谢谢你,我已经写完了,刚刚写完——马上就好了——我将非常感激你——如果你能把这封信转交给克劳福德小姐。"

信递过来了,只好接下。范妮立即别过脸朝众人围坐的炉边走去,克劳福德先生无事可做,只好一本正经地走掉了。

范妮觉得她从来没有这样激动过,既为痛苦而激动,又为快乐而激动。不过,所幸的是,这种快乐不会随着这一天的过去而消逝——因为她天天都不会忘怀威廉的晋升,而那痛苦,她希望会一去不复返。她毫不怀疑,她的信肯定写得糟糕透顶,语句还不如一个孩子组织得好,谁叫她心烦意乱的,根本无法斟酌推敲。不过,这封信会让他们两人都明白,克劳福德先生的百般殷勤既骗不了她,也不会让她为之得意。

夏洛蒂·勃朗特

作家简介

　　夏洛蒂·勃朗特(Charlotte Brontë, 1816—1855)出生于英国北部约克郡,父亲是当地圣公会的一个穷牧师,母亲是家庭主妇。夏洛蒂·勃朗特排行第三,有两个姐姐、两个妹妹和一个弟弟。两个妹妹,即艾米莉·勃朗特和安妮·勃朗特,也是著名作家,史称"勃朗特三姐妹"。夏洛特短短的一生共创作了四部小说,即《教师》(*The Professor*, 1857)、《简·爱》(*Jane Eyre*, 1847)、《谢利》(*Shirley*, 1849)和《维莱特》(*Villette*, 1853),其中《教师》在她去世后才出版。

夏洛蒂虽然作品数量不多,但在文学史上却有着相当重要的地位。她的小说最突出的主题就是表达女性要求独立自主的强烈愿望。这一主题以《简·爱》为代表,在她所有的小说中都有鲜明的表现,除了女性主题,小说的人物和情节都与她自己的生活息息相关,因而具有浓厚的抒情色彩。女性主题加上抒情笔调,这是夏洛蒂·勃朗特创作的基本特色,也是她对后世英美作家的重要影响所在。后世的作家在处理女性主题时,都不同程度地受到她的影响,尤其是关心女性自身命运问题的女作家,更尊奉她为先驱,把她的作品视为"现代女性小说"的楷模。

《简·爱》内容提要

简·爱出生在一个穷牧师的家庭,从小父母双亡,被送到舅舅家寄养。舅舅死后,她受尽舅妈和几个表兄妹的欺凌虐待。简十岁时被送往慈善学校,在那里,她学会了如何在恶劣的条件下生存。成年后,她应聘去桑菲尔德庄园做家庭教师,与庄园男主人罗切斯特相爱。就在他们即将成婚之际,简得知罗切斯特先生已有妻子,她就是被关在阁楼上的疯女人伯莎。简拒绝了罗切斯特要她留下来的请求,勇敢地离开了桑菲尔德,开始了一段流浪的生活,直到她误打误撞地来到她的远房亲戚牧师圣约翰的家门前,得到了他与几位妹妹的救助。圣约翰为简谋了一个乡村教师的职位;不久,简又得到了一笔可观的遗产,她慷慨地把这笔遗产与圣约翰兄妹分享。最终,获得了经济独立的简服从内心的感召,拒绝了打算前往印度传教的圣约翰的求婚,回到了她的挚爱罗切斯特的身边。

选文赏析

送走了英格拉姆小姐一行贵客和神秘的不速之客梅森,桑菲尔德终于恢复了昔日的宁静,但是桑菲尔德庄园的主人罗切斯特先生和家庭女教师简·爱的内心却正经历一段令人百转千回的情感波澜:横亘于两人之间的种种现实与世俗观念上的障碍,让他们各自挣扎在与日俱增的情感涡流中。仲夏夜的良辰美景无疑拉近了二人刻意保持的距离,他们在如水的月色下慢慢卸掉了戒备与伪装,但桀骜不驯的罗切斯特先生必然不会轻易承认自己对家庭女教师怀揣的心思;而另一方面,面对占据强势地位的罗切斯特先生的步步试探,简虽然最终袒露了对主人的爱慕之情,但却丝毫不失一位"一贫如洗、默默无闻、长相平庸、个子瘦小"的家庭女教师的自尊,她绝不会因为二人之间的地位悬殊而做出任何有辱人格尊严的妥协与哀求。简柔弱的躯壳下,跳动着一颗追求平等的勇敢的心。

《简·爱》
第八章

仲夏明媚的阳光普照英格兰。当时那种一连几天日丽天清的气候,甚至一天半天都难得惠顾我们这个波浪环绕的岛国。仿佛持续的意大利天气从南方飘移过来,像一群色彩斑斓的候鸟,落在英格兰的悬崖上歇脚。干草已经收好,桑菲尔德周围的田野已经收割干净,显出一片新绿。道路晒得白煞煞硬邦邦的,林木葱郁,十分茂盛。树篱与林子都叶密色浓,与它们之间收割过的草地的金黄色,形成了鲜明的对比。

施洗约翰节前夕6月24日,阿黛勒在海镇小路上采了半天的野草莓,累坏了,太阳一落山就上床睡觉。我看着她入睡后,便离开她向花园走去。

此刻是24小时中最甜蜜的时刻——"白昼已耗尽了它的烈火",清凉的露水落在喘息的平原和烤灼过的山顶上。在夕阳朴实地西沉——并不伴有华丽的云彩——的地方,铺展开了一抹庄重的紫色,在山峰尖顶的某处,燃烧着红宝石和炉火般的光焰,向高处和远处伸延,显得越来越柔和,占据了半个天空。东方也自有它湛蓝悦目的魅力,有它不事炫耀的宝石——一颗升起的孤星。它很快会以月亮而自豪,不过这时月亮还在地平线之下。

我在铺筑过的路面上散了一会儿步。但是一阵细微而熟悉的清香——雪茄的气味——悄悄地从某个窗子里钻了出来。我看见书房的窗开了一手掌宽的缝隙。我知道可能有人会从那儿看我,因此我走开了,进了果园。庭院里没有比这更隐蔽,更像伊甸园的角落了。这里树木繁茂,花儿盛开,一边有高墙同院子隔开;另一边一条长满山毛榉的路,像屏障一般,把它和草坪分开。底下是一道矮篱,是它与孤寂的田野唯一的分界。一条蜿蜒的小径通向篱笆。路边长着月桂树,路的尽头是一棵巨大无比的七叶树,树底下围着一排座椅。你可以在这儿漫步而不被人看到。在这种玉露徐降、悄无声息、夜色渐浓的时刻,我觉得仿佛会永远在这样的阴影里踯躅。但这时我被初升的月亮投向园中高处开阔地的光芒所吸引,穿过那里的花圃和果园,却停住了脚步——不是因为听到或是看到了什么,而是因为再次闻到了一种我所警觉的香味。

多花蔷薇、老人蒿、茉莉花、石竹花和玫瑰花早就在奉献着它们的晚香,刚刚飘过来的气味既不是来自灌木,也不是来自花朵,但我很熟悉——它来自罗切斯特先生的雪茄。我举目四顾,侧耳静听。我看到树上沉甸甸垂着即将成熟的果子,听到一只夜莺在半英里外的林子里鸣啭。我看不见移动的身影,听不到走近的脚步声,但是那香气却越来越浓了。我得赶紧走掉。我往通向灌木林的边门走去,却看见罗切斯特先生正跨进门来。我往旁边一闪,躲进了长满常春藤的幽深处。他不会久待,很快会顺原路返回,只要我坐着不动,他就绝不会看见我。

可是不行——薄暮对他来说也像对我一样可爱,古老的园子也一样诱人。他继续往前踱步,一会儿拎起醋栗树枝,看看梅子般大压着枝头的果子;一会儿从墙上采下一颗熟了的樱桃;一会儿又向着一簇花弯下身子,不是闻一闻香味,就是欣赏花瓣上的露珠。一只大飞蛾嗡嗡地从我身旁飞过,落在罗切斯特先生脚边的花枝上,他见了便俯下身去打量。

"现在,他背对着我,"我想,"而且全神贯注,也许要是我脚步儿轻些,我可以人不知鬼不觉地溜走。"

我踩在路边的草皮上,免得沙石路的咔嚓声把自己给暴露。他站在离我必经之地一两码的花坛中间,显然飞蛾吸引了他的注意力。"我会顺利通过。"我暗自思忖。月亮还没有升得很高,在园子里投下了罗切斯特先生长长的身影,我正要跨过这影子,他却头也不回就低声说:

"简,过来看看这家伙。"

我不曾发出声响,他背后也不长眼睛——难道他的影子会有感觉不成?我先是吓了一跳,随后便朝他走去。

"瞧它的翅膀,"他说,"它使我想起一只西印度的昆虫,在英国不常见到这么又大又艳丽的夜游虫。瞧!它飞走了。"

飞蛾飘忽着飞走了。我也局促不安地退去。可是罗切斯特先生跟着我,到了边门,他说:

"回来,这么可爱的夜晚,坐在屋子里多可惜。在日落与月出相逢的时刻,肯定是没有谁愿意去睡觉的。"

我有一个缺陷,那就是尽管我口齿伶俐,对答如流,但需要寻找借口的时候却往往一筹莫展。因此某些关键时刻,需要随口一句话,或者站得住脚的遁词来摆脱痛苦的窘境时,我便常常会出差错。我不愿在这个时候单独同罗切斯特先生漫步在阴影笼罩的果园里。但是我又找不出一个脱身的理由。我慢吞吞地跟在后头,一面在拼命动脑筋设法摆脱。可是他显得那么镇定,那么严肃,使我反而为自己的慌乱而感到羞愧了。如果说心中有鬼——不管是现在还是将来,那只能说我有。他心里十分平静,而且全然不觉。

"简。"他重又开腔了。我们正走进长满月桂的小径,缓步踱向矮篱笆和七叶树。"夏天,桑菲尔德是个可爱的地方,是吗?"

"是的,先生。"

"你一定有些依恋桑菲尔德府了——你有欣赏自然美的眼力,而且很有依恋之情。"

"说实在的,我依恋这个地方。"

"而且,尽管我不理解这究竟是怎么回事,但我觉察出来,你已开始关心阿黛勒这个小傻瓜,甚至还有朴实的老妇费尔法克斯。"

"是的,先生,尽管方式不同,我对她们两人都很喜爱。"

"而同她们分手会感到难过。"

"是的。"

"可惜呀!"他说,叹了口气又打住了。"世上的事情总是这样,"他马上又继续说,"你刚在一个愉快的栖身之处安顿下来,一个声音便会叫你起来往前赶路,因为已过了休息的时辰。"

"我得往前赶路吗,先生?"我问,"我得离开桑菲尔德吗?"

"我想你得走了,简,很抱歉,珍妮特,但我的确认为你该走了。"

这是一个打击,但我不让它击倒我。

"行呀,先生,要我走的命令一下,我便走。"

"现在命令来了——我今晚就得下。"

"那你要结婚了,先生?"

"确——实——如——此,对——极——了。凭你一贯的机敏,你已经一语中的。"

"快了吗,先生?"

"很快,我的——那就是,爱小姐,你还记得吧,简,我第一次,或者说谣言明白向你表示,我有意把自己老单身汉的脖子套上神圣的绳索,进入圣洁的婚姻状态——把英格拉姆小姐搂入我的怀抱,总之(她足足有一大抱,但那无关紧要——像我漂亮的布兰奇那样的宝贝,是谁都不会嫌大的),是呀,就像我刚才说的——听我说,简!你没有回头去寻找更多的飞蛾吧?那不过是个瓢虫,孩子,'正飞回家去'。我想提醒你一下,正是你以我所敬佩的审慎,那种适合你责任重大、却并不独立的职业的远见、精明和谦卑,首先向我提出,万一我娶了英格拉姆小姐,你和小阿黛勒两个还是立刻就走好。我并不计较这一建议所隐含的对我意中人人格上的污辱。说实在的,一旦你们走得远远的,珍妮特,我会努力把它忘掉。我所注意到的只是其中的智慧,它那么高明,我已把它奉为行动的准则。阿黛勒必须上学,爱小姐,你得找一个新的工作。"

"是的,先生,我会马上去登广告,而同时我想——"我想说,"我想我可以呆在这里,直到我找到另外一个安身之处。"但我打住了,觉得不能冒险说一个长句,因为我的嗓门已经难以自制了。

"我希望大约一个月以后成为新郎,"罗切斯特先生继续说,"在这段期间,我会亲自为你留意找一个工作和落脚的地方。"

"谢谢你,先生,对不起给你——"

"啊——不必道歉！我认为一个下人把工作做得跟你自己一样出色时，她就有权要求雇主给予一点容易办到的小小帮助。其实我从未来的岳母那儿听到一个适合你去的地方。就是爱尔兰康诺特的苦果旅馆，教迪奥尼修斯·奥加尔太太的五个女儿。我想你会喜欢爱尔兰的。他们说，那里的人都很热心。"

"离这儿很远呢，先生。"

"没有关系——像你这样一个有头脑的姑娘是不会反对航程或距离的。"

"不是航程，而是距离。还有大海相隔——"

"同什么地方相隔，简？"

"同英格兰和桑菲尔德，还有——"

"什么？"

"同你，先生。"

我几乎不知不觉中说了这话，眼泪不由自主夺眶而出。但我没有哭出声来，我也避免抽泣。一想起奥加尔太太和苦果旅馆，我的心就凉了半截；一想起在我与此刻同我并肩而行的主人之间，注定要翻腾起大海和波涛，我的心就更凉了；而一记起在我同我自然和必然所爱的东西之间，横亘着财富、阶层和习俗的辽阔海洋，我的心凉透了。

"跟这儿隔很远。"我又说了一句。

"确实如此。等你到了爱尔兰康诺特的苦果旅馆，我就永远见不到你了，肯定就是这么回事。我从来不去爱尔兰，因为自己并不太喜欢这个国家。我们一直是好朋友，简，你说是不是？"

"是的，先生。"

"朋友们在离别的前夕，往往喜欢亲密无间地度过余下的不多时光。来——星星们在那边天上闪烁着光芒时，我们用上半个小时左右，平静地谈谈航行和离别。这儿是一棵七叶树，这边是围着老树根的凳子。来，今晚我们就安安心心地坐在这儿，虽然我们今后注定再也不会坐在一起了。"他让我坐下，然后自己也坐了下来。

"这儿到爱尔兰很远，珍妮特，很抱歉，把我的小朋友送上这么令人厌倦的旅程。但要是没有更好的主意，那该怎么办呢？简，你认为你我之间有相近之处吗？"

这时我没敢回答，因为我内心很激动。

"因为，"他说，"有时我对你有一种奇怪的感觉——尤其是当你像现在这样靠近我的时候。仿佛我左面的肋骨有一根弦，跟你小小的身躯同一个

第五章　女性与平等:《曼斯菲尔德庄园》和《简·爱》

部位相似的弦紧紧地维系着,难分难解。如果咆哮的海峡和二百英里左右的陆地,把我们远远分开,恐怕这根情感交流的弦会折断,于是我不安地想到,我的内心会流血。至于你——你会忘掉我。"

"那我永远不会,先生,你知道——"我不可能再说下去了。

"简,听见夜莺在林中歌唱吗?——听呀!"

我听着听着便抽抽噎噎地哭泣起来,再也抑制不住强忍住的感情,不得不任其流露了。我痛苦万分地浑身战栗着。到了终于开口时,我便只能表达一个冲动的愿望:但愿自己从来没有生下来,或者从未到过桑菲尔德。

"因为要离开而难过吗?"

悲与爱在我内心所煽起的强烈情绪,正占上风,并竭力要支配一切,压倒一切、战胜一切,要求生存、扩展和最终主宰一切,不错——还要求吐露出来。

"离开桑菲尔德很让我伤心,我爱桑菲尔德——我爱它是因为我在这里过着充实而愉快的生活——至少有一段时间。我没有遭人践踏,也没有弄得古板僵化,没有混迹于志向低下的人之中,也没有被排斥在同光明、健康、高尚的心灵交往的一切机会之外。我已面对面同我所敬重的,同我所喜欢的——同一个独特、活跃、博大的心灵交谈过。我已经熟悉你,罗切斯特先生,硬要让我永远同你分开,使我感到恐惧和痛苦。我看到非分别不可,就像看到非死不可一样。"

"在哪儿看到的呢?"他猛地问道。

"哪儿?你,先生,已经把这种必要性摆在我面前了。"

"什么样子的必要性?"

"就是英格拉姆小姐那模样,一个高尚而漂亮的女人——你的新娘。"

"我的新娘!什么新娘呀?我没有新娘!"

"但你会有的。"

"是的,我会!我会!"他咬紧牙齿。

"那我得走——你自己已经说了。"

"不,你非留下不可!我发誓——我信守誓言。"

"我告诉你我非走不可!"我回驳着,感情很有些冲动,"你难道认为,我会留下来甘愿做一个对你来说无足轻重的人?你以为我是一架机器?一架没有感情的机器?能够容忍别人把一口面包从我嘴里抢走,把一滴生命之水从我杯子里泼掉?难道就因为我一贫如洗、默默无闻、长相平庸、个子瘦小,就没有灵魂,没有心肠了?——你不是想错了吗?我的心灵跟你一样丰富,我的心胸跟你一样充实!要是上帝赐予我一点姿色和充足的财富,我会使你同我现在一样难分难舍,我不是根据习俗、常规,甚至也不是血肉之躯同你说话,而是我的灵魂同你的灵魂在对话,就仿佛我们两人穿过坟墓,站在上帝脚下,彼此平等——本来就如此!"

"本来就如此!"罗切斯特先生重复道,"所以,"他补充道,一面用胳膊把我抱住,搂到怀里,把嘴唇贴到我的嘴唇上,"所以是这样,简?"

"是呀,所以是这样,先生,"我回答,"可是并没有这样。因为你已结了婚,或者说无异于结了婚,跟一个远不如你的人结婚——一个跟你并不意气相投的人。我才不相信你真的会爱她,因为我看到过,也听到过你讥笑她。对这样的结合我会表示不屑,所以我比你强——让我走!"

"上哪儿,简?去爱尔兰?"

"是的——去爱尔兰。我已经把心里话都说了,现在上哪儿都行了。"

"简,平静些,别那么挣扎着,像一只发疯的鸟儿,拼命撕掉自己的羽毛。"

"我不是鸟,也没有陷入罗网。我是一个具有独立意志的自由人,现在我要行使自己的意志,离开你。"

我再一挣扎便脱了身,在他跟前昂首而立。

"你的意志可以决定你的命运,"他说,"我把我的手、我的心和我的一份财产都献给你。"

"你在上演一出闹剧,我不过一笑置之。"

"我请求你在我身边度过余生——成为我的另一半,世上最好的伴侣。"

"那种命运,你已经做出了选择,那就应当坚持到底。"

"简,请你平静一会儿,你太激动了,我也会平静下来的。"

一阵风吹过月桂小径,穿过摇曳着的七叶树枝,飘走了——走了——到了天涯海角——消失了。夜莺的歌喉成了这时唯一的声响,听着它我再次哭了起来。罗切斯特先生静静地坐着,和蔼而严肃地瞧着我。过了好一会儿他才开口。最后他说:

"到我身边来,简,让我们解释一下,相互谅解吧。"

"我再也不会回到你身边了,我已经被拉走,不可能回头了。"

"不过,简,我唤你过来做我的妻子,只有你才是我要娶的。"

我没有吭声,心里想他在讥笑我。

"过来,简——到这边来。"

"你的新娘阻隔在我们之间。"

他站了起来,一个箭步到了我跟前。

"我的新娘在这儿,"他说着,再次把我往身边拉,"因为与我相配的人,跟我相像的人在这儿,简,你愿意嫁给我吗?"

我仍然没有回答,仍然要挣脱他,因为我仍然不相信。

"你怀疑我吗,简?"

"绝对怀疑。"

"你不相信我?"

"一点也不信。"

"你看我是个爱说谎的人吗?"他激动地问,"疑神疑鬼的小东西,我一定要使你信服。我对英格拉姆小姐有什么爱?没有,那你是知道的。她对我有什么爱?没有,我已经想方设法来证实。我放出了谣言,传到她耳朵里,说是我的财产还不到想象中的三分之一,然后我现身说法,亲自去看结果,她和她母亲对我都非常冷淡。我不愿意——也不可能——娶英格拉姆小姐。你——你这古怪的——你这近乎是精灵的家伙,我像爱我自己的肉体一样爱你。你——虽然一贫如洗、默默无闻、个子瘦小、相貌平庸,我请求你把我当作你的丈夫。"

"什么,我!"我猛地叫出声来。出于他的认真,尤其是粗鲁的言行,我开始相信他的诚意了。"我?我这个人除了你,世上没有一个朋友——如果你是我朋友的话。除了你给我的钱,一个子儿也没有。"

"就是你,简。我得让你属于我——完全属于我。你愿意属于我吗?快说'好'呀。"

"罗切斯特先生,让我瞧瞧你的脸。转到朝月光的一边去。"

"为什么?"

"因为我要细看你的面容,转呀!"

"那儿,你能看清的无非是皱巴巴胡涂乱抹的一页,往下看吧,只不过快些,因为我很不好受。"

他的脸焦急不安,涨得通红,五官在激烈抽动,眼睛射出奇怪的光。

"啊,简,你在折磨我!"他大嚷道,"你用那种犀利而慷慨可信的目光瞧着我,你在折磨我!"

"我怎么会呢?如果你是真心的,你的求婚也是真的,那么我对你的感情只会是感激和忠心——那就不可能是折磨。"

"感激!"他脱口喊道,并且狂乱地补充道,"简,快接受我吧。说,爱德华——叫我的名字,爱德华,我愿意嫁给你。"

"你可当真?——你真的爱我?你真心希望我成为你的妻子?"

"我真的是这样。要是有必要发誓才能使你满意,那我就以此发誓。"

"那么,先生,我愿意嫁给你。"

"叫爱德华,我的小夫人。"

"亲爱的爱德华!"

"到我身边来——完完全全过来,"他说,把他的脸颊贴着我的脸颊,用深沉的语调对着我耳朵补充说,"使我幸福吧——我也会使你幸福。"

"上帝呀,宽恕我吧!"他不久又添了一句,"还有人呀,别干涉我,我得到了她,我要紧紧抓住她。"

"没有人会干涉,先生。我没有亲人来干预。"

"没有——那再好不过了。"他说。要是我不是那么爱他,我会认为他的腔调、他狂喜的表情有些粗野。但是我从离散的噩梦中醒来,被唤入聚合的天堂,坐在他身旁,光想着

啜饮源源而来的幸福的清泉。他一再问:"你幸福吗,简?"而我一再回答:"是的。"随后他咕哝着:"会赎罪的,会赎罪的。我不是发现她没有朋友,得不到抚慰,受到冷落吗?我不是会保护她,珍爱她,安慰她吗?我心里不是有爱,我的决心不是始终不变吗?那一切会在上帝的法庭上得到赎罪。我知道造物主会准许我的所作所为。至于世间的评判——我不去理睬。别人的意见——我断然拒绝。"

可是,夜晚发生什么变化了?月亮还没有下沉,我们已全湮没在阴影之中了。虽然主人离我近在咫尺,但我几乎看不清他的脸。七叶树受了什么病痛的折磨?它扭动着,呻吟着,狂风在月桂树小径咆哮,直向我们扑来。

"我们得进去了,"罗切斯特先生说,"天气变了。不然我可以同你坐到天明,简。"

"我也一样。"我想。也许我应该这么说出来,可是从我正仰望着的云层里,窜出了一道铅灰色的闪电,随后是喀啦啦一声霹雳和近处的一阵隆隆声。我只想把自己发花的眼睛贴在罗切斯特先生的肩膀上。大雨倾盆而下,他催我踏上小径,穿过庭院,进屋子去。但是我们还没跨进门槛就已经湿淋淋了。在厅里他取下了我的披肩,把水滴从我散了的头发中摇下来,正在这时,费尔法克斯太太从她房间里出来了。起初我没有觉察,罗切斯特先生也没有。灯亮着,时钟正敲12点。

"快把湿衣服脱掉,"他说,"临走之前,说一声晚安——晚安,我的

宝贝!"

他吻了我,吻了又吻。我离开他怀抱抬起头来一看,只见那位寡妇站在那儿,脸色苍白,神情严肃而惊讶。我只朝她微微一笑,便跑上楼去了。"下次再解释也行。"我想。但是到了房间里,想起她一时会对看到的情况产生误解,心里便感到一阵痛楚。然而喜悦抹去了一切其他感情。尽管在两小时的暴风雨中,狂风呼呼大作,雷声又近又沉,闪电猛烈频繁,大雨如瀑布般狂泻,我并不害怕,并不畏惧。这中间罗切斯特先生三次上门,问我是否平安无事。这无论如何给了我安慰和力量。

早晨我还没起床,小阿黛勒就跑来告诉我,果园尽头的大七叶树夜里遭了雷击,被劈去了一半。

※ 思考题

1. 亨利·克劳福特的求婚方式反映出这位人物怎样的个性与心理特征?
2. 范妮面对亨利求婚,显得"慌乱"与"忐忑不安"。范妮是否真的慌了阵脚?试分析人物此时内心冲突的深层原因,以及折射出的个性特征。
3. 奥斯丁笔下的次要人物着墨不多,却往往令人印象深刻。请根据节选内容,比较范妮两位姨妈的性格特征。
4. 当简·爱坦诚了自己对罗切斯特先生的爱慕之后,却为何一度坚决要求离开他?这反映了女主人公怎样的个性特征?
5. 为了确认简·爱对自己的真实情感,罗切斯特采用了怎样的方法?你如何评价这种试探策略及其隐含的权力格局?
6. 本章所选《简·爱》故事发生的场景充满了隐喻和象征意味,请试举一例加以说明。

※ 网站链接

简·奥斯丁的有关网站:
http://www.pemberley.com/janeinfo/janeinfo.html
提供奥斯丁六部小说和其他著作的电子注释版。
http://www.jasna.org/
提供有关北美奥斯丁研究协会的背景、研究动态和学术信息等。

夏洛蒂·勃朗特的有关网站：
http://www.kirjasto.sci.fi/cbronte.htm
提供夏洛蒂·勃朗特的生平和研究书目。
http://www.sparknotes.com/lit/janeeyre/
提供《简·爱》的情节梗概，对该部作品的主题、人物和象征的分析，以及研究作品及其作者的参考书目。

第六章
城市与乡村：狄更斯的《远大前程》

文化背景

经过18世纪工业革命的发展，英国社会在19世纪逐渐进入了全面的工业化和城市化进程。从19世纪初期开始，英国社会经历着工业化和城市化对传统社会准则、道德规范以及阶层变化的冲击，作为英国的首都，伦敦是见证英国从前工业化社会向工业化和现代社会过渡的中心。从某种意义上来说，伦敦的发展是整个西方社会现代化的标本，而狄更斯的作品则是英国社会城市化进程的最忠实记录。

当十岁的狄更斯初到伦敦时，这座城市刚刚勃兴，还残留着前工业化的痕迹。随着他从籍籍无名的小记者到功成名就的大作家，伦敦也发生了巨大的变化。19世纪后期，在狄更斯去世之前，伦敦已经拥有超过两百万的人口，城区面积不断扩大，城市自来水管道业已铺设，地铁开始兴建，成为当时世界上第一个国际大都市。在狄更斯的笔下，城市化带来的喧嚣、拥挤和脏乱都跃然纸上，伦敦的街道显得既充满活力又满布危险。奥利弗在这样的街道上陷入困境，皮普却在同样的街道上探寻自己的梦想。无论是《雾都孤儿》中对当时的"穷人法案"（New Poor Law）所引致的社会不安的刻画，还是《董贝父子》里对城市化进程的冷峻描绘和全方位展示，以及《小杜丽》中贯穿始终的具有象征意味的监狱生活描写所折射的对当时英国社会管制的批判，都得到了当时读者和评论界的认同。狄更斯的作品涉及当时英国社会的方方面面，人物几乎涵盖了全部社会阶层，从绅士淑女到贩夫走卒，通过小说中心人物的经历将整个英国社会的变化展现出来，犹如一部英国社会工业化与城市化的史诗。狄更斯的记者生涯赋予他敏锐观察不同人物特点的能力，他将这些人物的特点通过传神地对话和描写，准确地呈现给读者。

随着农业人口往城市的迁移，原本的社会分层出现了变化。在狄更斯早期的小说中，出身还能够在一定意义上决定人物的命运，如奥利弗最终还是由于他的家庭而摆脱了困境,但从大卫·科波菲尔开始,几乎所有的主人公都是通过个人奋斗而改变了自己的社会地位和经济状况。奥利弗、大卫和皮普都是在伦敦改变了自己的命运,而这也正是英国 19 世纪工业化、城市化带来社会阶层变化的真实写照。与狄更斯本人一样,他们之所以能取得这样的成功,无一例外来自城市发展所提供的机会。毫无疑问,为当时日益增长的中产阶级呈现他们的奋斗历程和他们生活的这座机遇与挑战并存的大都市,正是狄更斯的作品在当时广受欢迎的重要原因。

查尔斯·狄更斯

作家简介

查尔斯·狄更斯(Charles Dickens,1812—1870)出生于普茨茅斯,后全家搬到伦敦。幼年时父亲因为债务问题而入狱,狄更斯也辍学在工厂工作,并没有完成正规的学校教育,完全是自学成才。狄更斯生活经验丰富,对伦敦观察入微,在 30 多年的写作生涯中完成了 15 部长篇小说和许多其他作品,包括中篇小说、短篇小说和散文作品等,是英国维多利亚时代发表作品最多的作家之一。1836 年,狄更斯发表《匹克威克外传》(*The Pickwick Papers*)成名,之后陆续出版了《雾都孤儿》(*Oliver Twist*,1837)、《老古玩店》(*The Old Curiosity Shop*,1838)等知名作品。成名之后的狄更斯依然笔耕不辍,发表了《董贝父子》(*Dombey and Son*,1846)、《大卫·科波菲尔》(*David Copperfield*,1849)、《荒凉山庄》(*Bleak House*,1852)、《艰难时世》(*Hard Times*,1854)、《小杜丽》(*Little Dorrit*,1855)、《双城记》(*A Tale of Two Cities*,1859)和《远大前程》(*Great Expectations*,1860)等广受读者欢迎的作品。狄更斯的小说描绘了当时英国社会的各个阶层,笔触精到,惟妙惟肖,通过小说主人公种种动人心魄的经历绘制出一部英国社会转型的史诗,在欧洲大陆和美国都拥有大量的读者,成为英国维多利亚时期影响最广泛的作家。1870 年,狄更斯因中风在英国去世。

《远大前程》内容提要

《远大前程》是狄更斯后期创作的代表作,也是他小说创作艺术的巅峰之作。乡村少年皮普自幼与姐姐、姐夫相依为命,偶然的机会结识了当地富有的郝维仙小姐,并爱上了她收养的埃斯特拉。郝维仙小姐早年感情受挫,一心想通过埃斯特拉来报复男性,但单纯的皮普对此一无所知。不久,一位神秘的恩客资助皮普到伦敦学习成为一位绅士,他一心以为资助人是郝维仙小姐,目的是让他与埃斯特拉门当户对,将来可以结为佳偶。直到原本远在澳大利亚的马格威奇回到英国来找他,皮普才恍然大悟,原来这位资助人是自己过去无意中救过的一个囚犯。由于触犯了流放人员不得回国的法律,马格威奇被逮捕后在狱中病逝,而皮普也失去了马格威奇留给他的巨额财富。埃斯特拉嫁给了他人,而郝维仙小姐则在火灾中丧生。小说的结尾,皮普通过自己的努力终于有了一番成就,回乡探亲时在郝维仙小姐的旧宅遇到了已经回归单身的埃斯特拉,两人之间又重新燃起了对彼此的爱火。

选文赏析

选文节选自《远大前程》的第二十章和第二十七章。

在这两段选文中,狄更斯通过皮普的经历刻画了工业化和城市化对传统价值观的影响。从乡间来到伦敦的皮普根据自己的观察和理解努力学习成为一位绅士,对出身上流社会的赫伯特表现得十分恭敬,亦步亦趋,而在贾格斯办公室的见闻让他见识到了城市里的尔虞我诈,意识到了城市的生存法则,也使得他原本善良朴实的性格沾染了势力虚荣的气息。在昔日照顾皮普成长的姐夫乔来伦敦看望他时,这种城市与乡村的冲突体现得淋漓尽致。为了体现自己的绅士派头,皮普故意对乔表现得冷淡,乔因而愤然离去。狄更斯通过这一场景将城市中的新鲜人对自己社会地位的不安和焦虑描写得极为生动。皮普之所以对乔摆出城里人的派头,其实是渴望从亲人那里得到对自己绅士地位的认同。他在伦敦的社会生活有限,也并没有受到良好的教育,因此对自己的社会地位能否得到提升并不自信,只有通过不断花钱购置家具来减少内心的焦虑。乔的来访是整部小说的转折,之后皮普原本期冀的梦想一一破灭,但他却在追寻的过程中逐渐找回心灵的宁静,最终得到了一直渴望的幸福。

《远大前程》
第二十章

从我们镇上到伦敦乘马车需要行五个多小时。刚刚过晌午一会儿,我乘坐的四马驿车便进入市区,和四面八方驶来的各种车辆汇流成拥挤混乱的交通,然后停在伦敦齐普塞[1]德伍德街那里的交叉钥匙形旅馆招牌下。

那时,我们不列颠人有一种根深蒂固的偏见,如果有人怀疑我们的东西不是人间第一,怀疑我们英国人不是人间第一,这个人就是叛国的罪人。若非如此,在我被伦敦的庞大惊傻的同时,我也会对伦敦有些小小的怀疑:难道伦敦不也是丑陋的、道路弯曲的、又狭又窄的、肮脏不堪的城市吗?贾格斯先生已经及时地派人送来印有他地址的名片,地址是在小不列颠街,在名片的后面还写着"出史密斯广场,离驿站不远"。我雇了一辆出租马车,车夫穿着一件油腻腻的外套,外面披着许多层斗篷,其数量之多和他的一大把年纪差不多了。他把我扶上马车后,就用发出叮当声响的折叠式上下马车用梯把我挡起来,好像马车要驶向50英里以外的什么地方似的。他费了好一阵功夫才爬上自己的赶车座位。我记得他那车座上装饰的篷布原是豌豆绿色的,历经了风雨吹打,而且被虫咬得破破烂烂。车子的装备也非常古怪:外面有六顶大华盖,后面都是些破烂东西挂着,说不清有多少跟班可以随车攀在上面;下面还有一个耙子,看来是防备那些所谓业余跟班顿生好奇而想试攀一下的。

我似乎还没来得及把马车欣赏完,还没有弄懂这马车怎么会像一个堆草的院子,又像一个废品店,还有为什么马吃草的袋子也放在马车里面等等奇怪的事情,就看到马车夫准备下车了,好像马上车子也要停了。一会儿,马车真的停在了一条幽暗街道上的一家律师事务所门前,事务所的门开着,上面写着"贾格斯先生"几个字。

"要多少钱?"我向马车夫问道。

马车夫答道:"一个先令,除非你想多付一些。"

我自然说我不希望多付。

"那么你得付一先令,"马车夫说道,"我不想惹上麻烦。我知道他这个人!"他狠狠地对着门上贾格斯先生的大名闭上一只眼睛,并且摇摇头。

他接过了一先令的车费,花了些时间才完成了他爬上车座的动作,然后把马车赶走(好像也放了心)。这时我手提着小旅行皮箱走进了这家事务所,问贾格斯先生是否在。

"他不在,"一位办事员答道,"他在法院出庭。我可以问问,你是皮普先生吗?"

我向他表示我正是皮普先生。

"贾格斯先生有话留下来,要你在他房里等他。他说他正在办一件案

---

[1] 齐普塞,伦敦市中心的闹市区。

112

第六章 城市与乡村:狄更斯的《远大前程》

子,说不准什么时间回来。不过他的时间是很宝贵的,所以肯定只要他一有时间便会抓紧回来的,不至于耽搁。"

这位办事员说毕便打开一扇门,领着我走进后面的一间内室。我看见室内坐着一位先生,只有一只眼,穿了一件棉织绒的衣服和一条短裤。他正在那里读报纸,给我们进去打断了,于是用袖口擦起鼻子来。

"迈克,你到外面去等。"办事员说道。

我正要说我希望不致打扰这位先生——而办事员却毫无礼貌地把这位先生撵了出去,还拿起他留在房里的皮帽扔给他。这种事我真是头一次遇到,于是,室内就留下了我一个人。

贾格斯先生房里的光线只是从一扇天窗中照射下来的,可以说这是一处非常黑暗的地方。这扇天窗修补得十分奇怪,活像一个破碎的头颅,望出去那些变了形的隔壁房屋仿佛正故意扭在一起俯下身从窗口偷窥我。房中的档案文件不多,和我原来的推测相反,却另有一些十分奇怪的东西,而这些都是我原来没有想到会看到的,如一支生锈的老式手枪、一柄套在剑鞘里的剑、几个看上去奇形怪状的箱子和包裹,一个架子上放着两个面目狰狞的头像,两边面孔都浮肿着,鼻子抽搐着。贾格斯先生本人的那张高靠背椅是用非常黑的马毛呢制成的,四周钉了几排铜钉,和棺材没有两样。于是在我的幻想下好像见到他正倚靠在椅子上,对着客户咬着食指。房间是那么小,客户们似乎都有一个习惯,那就是退到背靠墙的地方,因为房里的墙壁,特别是贾格斯先生座椅正对面的那一块,都被客户们擦得油光光的了。刚才,那位独眼龙先生也是那样用身子靠在墙上,拖着脚步慢吞吞地走出去的。当然我并没有撵他出去,但却是因为我进来他才被撵出去的。

我坐在一张客户坐的椅子上,它被放在贾格斯先生座椅的正对面,房中那股死气沉沉、令人窒息的气氛弄得我惊恐万分。我想起他的这位办事员和贾格斯先生有着同样的神气,似乎掌握了每一个人的把柄。我真想知道在楼上究竟还有几个办事员,是不是他们都有掌握自己同胞的手腕,欲害何人岂患无词。我真想知道房间四周放着的那些乱七八糟、奇形怪状的东西究竟有什么来历,我真想知道那两张肿胖面孔的头像是不是贾格斯先生家庭中的成员;难道他就这般不幸,竟然有这么一对丑陋不堪的家庭成员;为什么他把两个头像塞在这么一个灰尘满布、黑斑点点、苍蝇寄生的鬼地方,而不把它们放在家中呢?当然,我没有经历过伦敦夏季的考验,然而我的整个心灵都在这里受到压抑,也许是因为这里的空气太令人困顿,每一件物品上都蒙了一层灰沙。但我就坐在贾格斯先生的这间又窄又小的房间中等待着,惊诧着,直到再也无法忍受贾格斯先生座椅上方架子上的那两个头像,便站起身走了出去。

我对办事员说趁等的机会不如到外面去转转,他说可以,建议我不妨在路边拐一个弯到史密斯广场走走。于是,我便来到了史密斯广场。[1] 这哪里是什么广场,简直是个丢人的地方,到处是肮脏的东西,是油脂,是血污,是泡沫,所有这些杀牲口的遗留物似乎都想粘在我身上。我只有加快步伐,赶忙拐进一条街,才算避开了麻烦。在这条街上,我看到圣保罗大教堂的黑色大圆顶从一幢阴森可怖的石头建筑物后面凸出来,正对着我,一位旁观的人说那就是新门监狱。我顺着监狱的围墙走下去,看到路面上铺着稻草,大概是为了防止过往车辆发出喧嚣之声吧。看到这些情况,又见许多人站在那里,身上散发出强烈的烈酒和啤酒气味,我便断定这里面正在开庭。

我正在这里东张西望的时候,一个肮脏邋遢、酒气熏天的法警走过来问我,是不是想进去听一两场官司。他告诉我只要给他半个克朗[2]他就可以把我领到前排座位,全面欣赏头戴假发、身着法袍的高等法院院长形象;他这么一说我倒以为这位神圣不可侵犯的大人物不过是一座蜡像而已。他看我不决不断便立刻降价到18个便士,于是我赶忙向他说明我身负约会,只有谢谢他的美意。尽管如此,他还是殷勤如故,把我领进院子,指给我看设置绞刑架的地方、公开鞭笞犯人的地方,然后又把死囚监狱的门指给我看,凡是上绞架的犯人都要经过这里。他为了提高我对这个阴森可怖之门的兴趣,又告诉我后天早晨八时就会有四个死囚犯从那个门走出来,排成一队上绞刑台。这真令人毛骨悚然,使我对伦敦感到厌恶。尤其使我感到厌恶的是这位利用观赏高等法院院长的幌子来赚钱的法警,从他头上戴的帽子到脚上蹬的靴子,包括口袋中的手帕,也就是说上上下下的全部衣物都散发着霉味儿。这套衣服分明原来不是他的,一定是从刽子手那里用便宜的价钱买来的。我想我还是打发他走为好,于是递给了他一个先令。

我回到律师事务所,询问贾格斯先生是否回来,结果还是没有回来,于是我又走出去。这一次我走到小不列颠街,然后又转到巴索罗米围场。这时我才意识到,有不少人都像我一样在等待着贾格斯先生。我看到有两个外表十分诡秘的人在巴索罗米围场里荡来荡去,一面谈话,一面满腹思虑地把脚踏在石板缝中走着。他们经过我身边时,其中一人对另一个说:"只要贾格斯来办,就一定能成。"另外还有三个男人和两个女人站在拐角处,其中一个女人用肮脏的围巾捂住脸在哭,另一个女人在安慰着她,同时还在把自

---

[1] 史密斯广场附近为牲口市场。
[2] 克朗是当时的货币,合两先令六便士。

第六章　城市与乡村:狄更斯的《远大前程》

己的围巾在肩头弄好,说:"阿梅丽亚,贾格斯会替他说话的,你还要怎么样呢?"我正在这里走着时,一位小个头的红眼睛犹太人也走进了围场。他把旁边同行的另外一个小个头犹太人打发去干一件什么事;等那人一走,只见这个红眼睛的犹太人焦躁起来,急得在路灯杆下面打圈圈,跳来跳去,嘴里还念着:"噢,贾格斯,贾格斯,贾格斯!克格斯,买格斯,什么格斯都不要,我只要贾格斯!"我这位监护人真是人心所向,众人欢迎。这给了我极深的印象,于是对他格外敬佩、更加叹服。

接着,我从巴索罗米围场的铁门向小不列颠街张望,突然瞅见贾格斯先生正穿过马路朝着我走来。所有在那儿等候的人也在这时候看到了他,便一齐向他冲过去。贾格斯先生走过来,一手搭在我的肩膀上,和我并肩向前走。他没有和我说什么,只是对跟着他的人们打着招呼。

首先他招呼那两个外表诡秘的人。

"现在我没有什么话可以对你们说,"贾格斯先生说道,把手指指向他们,"我想知道的事已经知道了。结果呢?机会均等,都有可能。从一开始我就告诉过你们这是件成败各半的事。你们向温米克付过钱了吗?"

"先生,我们今天早晨把钱凑好了。"其中一个顺从地说道,而另一个人则在细察着贾格斯先生的脸色。

"我不是问你们什么时候凑齐钱,或在什么地方凑齐钱,或者究竟有没有凑齐钱,我只问你们温米克拿到你们所付的钱没有?"

"先生,拿到了。"

"很好,那么你们可以走了。我不要再听你们讲了!"贾格斯先生对他们挥着手,叫他们让到身后,说,"你们要对我再说一个字,我便不办这个案子了。"

"我们想,贾格斯先生——"其中一个人脱下帽子说道。

"我刚才已经对你们说不要多讲了。"贾格斯先生说道,"你们想!我会为你们想的,你们还想什么!我要找你们,我晓得到哪儿去找;你们不要来找我。我不要你们再对我多说。一个字我也不要听。"

这两个人见贾格斯先生又对他们挥手要他们不要跟过来,相互看看,然后低三下四地告退了,再没有听到他们的话声。

"那么你们!"贾格斯先生忽然停下脚步,转向两个围着围巾的女人,那三个男人顺从地离开了她们。贾格斯说道:"哦,你是阿梅丽亚吗?"

"我就是,贾格斯先生。"

"你还记得吗?"贾格斯先生质问道,"要不是我的话,你怕不会在这里了,也不可能在这里了!"

"晤,是的,先生!"两个女人一起大声说道,"上帝保佑您,先生,我们不会忘记,会永记在心里的。"

"那么,"贾格斯先生说道,"你们为什么还要到这里来?"

"先生,是为我的比尔呀。"啼哭的女人恳求道。

"那么我现在就告诉你吧!"贾格斯先生说道,"我就爽爽快快地告诉你,如果你还不明白比尔已落入好人的手里,我可知道。如果你还是到这里来唠叨你的比尔,使人厌烦,我就干脆拿你的比尔和你开刀,从此再不过问此事。你付钱给温米克了吗?"

"哦,付了,先生!一个子儿也不少。"

"很好。你们已做了所必须做的事,那就别再废话。多说一个字,温米克就会把你们付的钱退还。"

这一令人恐惧的威吓使两个女人赶忙倒退而走。现在,除掉那个异常激动的犹太人之外,别人都走了。这个犹太人业已抓起贾格斯先生外衣的衣角放在嘴唇上吻了好几次。

"我不认识这个人,这人是谁?"贾格斯先生用最令人难以容忍的语气说道,"这个家伙想干什么?"

"我亲爱的贾格斯先生,您怎么会不认识亚伯拉罕·拉扎鲁斯的兄弟呢?"

"他是什么人?"贾格斯先生说道,"不要拉着我的衣服。"

这一位乞求者在放下贾格斯先生的衣服之前又吻了一次外衣的衣角,答道:"亚伯拉罕·拉扎鲁斯就是金银失窃案的嫌疑犯。"

"你来得太晚了,"贾格斯先生说道,"我已经为你们的对方服务了。"

"天上的圣父啊,贾格斯先生!"这位激动的犹太人脸色变得刷白,"您真的反对起亚伯拉罕·拉扎鲁斯来了!"

"是这样,"贾格斯先生说道,"谈话就此结束,走开吧。"

"贾格斯先生!请等一会儿!我的表弟已经去和温米克先生接洽,就刚才去的。他愿意出不论多大的价钱。贾格斯先生!再稍等一会儿!要是您不给我们的对手办事,不管要付多少钱都可以!钱嘛,没有问题!贾格斯先生,先生——!"

我的监护人毫不留情地把这个乞求者撵走,把他一个人留在路上乱蹦乱跳,好像正站在烧红的烙铁上一样。此后,我们便一路无阻地回到律师事务所,遇到了那位办事员及穿棉绒衣、戴皮帽子的人。

"这是迈克。"办事员一见我们走进便从凳子上站起来,极机密地走到贾格斯先生面前说道。

第六章 城市与乡村:狄更斯的《远大前程》

"晤!"贾格斯先生说着便转向此人。这人正扯着自己脑门正中的一把头发,好像荒诞故事中的那头公牛扯着打钟的绳子一样。"你的人是今天下午来,是吗?"

"对,贾格斯老爷,"迈克答道,声音好像是一个感冒患者发出的,

"真够麻烦的,先生,总算找到了一个,也许行。"

"他准备怎样作证呢?"

"晤,贾格斯老爷!"迈克这回用他的毛皮帽子擦了擦鼻子,说道,"一般的话,说什么都行。"

贾格斯先生突然火冒三丈。"我早就警告过你,"他说道,并且把食指对着这个吓坏了的当事人,"你要是胆敢在我面前说这些糊涂话,我就要拿你开刀。你这个该死的混蛋,竟敢在我面前讲这些话。"

这位当事人吓得面如土色,非常惊慌,可是又莫名其妙,不知道自己究竟犯下了什么了不起的大错。

"你这个傻瓜!"办事员用胳膊肘儿碰了一下对方,压低了声音说道,

"你这笨头笨脑的! 这种事也必须当着面说吗?"

"现在我来问你,你这个糊涂蠢蛋,"我的监护人一副铁面无私的样子说道,"再问一次,也是最后一次,你带来的那个人准备怎么样作证?"

迈克紧紧地盯着我的监护人,仿佛想从他的脸上得到点教训。然后慢慢地答道:"要么说他根本不是这号人物,要么说他整夜陪着他,没有离开过,就这样。"

"仔细想想再答。这个人的身份?"

迈克神情紧张地看看他的帽子,看看地板,又看看天花板,然后又看看办事员,甚至连我也看了看,才回答道:"我们已经把他装扮成一个——"我的监护人没有听完,立刻勃然大怒地喝道:

"你说什么? 你又这样了是吗?"

("你这个傻瓜!"办事员又用胳膊肘碰了他一下说道。)

迈克先是苦思冥想了一番,然后豁然开朗,说道:

"他的衣着很像一个卖馅饼的人,也就是某种糕饼师傅吧。"

"他来了吗?"我的监护人问道。迈克答道:"我把他留在转弯处一家人的石级上了。"

"你带着他从那边窗口走过,让我看一看他。"

窗口就是指律师事务所的窗户。我们三个人走到窗户边,站在纱窗的后面,下一会儿,便看到那位当事人优哉游哉地走了过去,一个面露杀机的高个子跟在后面,穿了一身白麻布衣服,略嫌短了一些,头戴着一顶纸帽。

这一位似乎老老实实的糕饼师傅看来头脑不太清楚,被打肿了的眼睛周围有一圈青色,不过已经化过了妆。"去告诉他立刻把这个证人带走,"我的监护人以极其厌恶的口吻对办事员说道,"问问他把这号人物带来究竟是什么意思。"

我的监护人把我领进他自己的房间,站在那里从三明治盒中取出三明治来吃,并喝着一小瓶雪莉酒。他这副吃相根本不是在吃三明治,而是在恐吓三明治。他告诉我,他已为我安排就绪,叫我先去巴纳德旅馆,住在小鄱凯特先生的一个套间里,他为我准备的床已经送过去了。我要在小鄱凯特先生的套房中住到下星期一,星期一那天,我要和小鄱凯特先生一起去拜访他父亲,看看我是否喜欢那位老师。他还告诉了我该得的生活费数目(数目不小),又从他的一张抽屉里取出一些商人的名片交给我,说我可以持这些名片去取各种不同的衣服,以及其他诸如此类该用的东西。他说:"皮普先生,你会有不错的信誉。"我的监护人匆忙地填充着他的胃,那瓶雪莉酒散发出的香气和一满桶酒散发出的一样浓烈。"不过,我会用不同的方法查核你的账单,一旦发现你负了债,我就要对你加以约束。当然,你还是会犯错的,但那可不是我的过失。"

我思考了一会儿他那带有鼓励性的言辞,便问贾格斯先生,是否可以雇一辆马车去旅馆。他说从这里走到那儿挺近的,用不着雇车,如果我愿意,温米克会和我一起走过去。

我这才知道温米克就是那个办事员,在隔壁房中办公。温米克为了和我到旅馆去,便把楼上的另一位办事员叫下来顶替他。我和我的监护人握过手后,便由温米克陪同上了街。我们看到又有一伙人在外面徘徊,温米克从他们中间走过去,冷漠而又斩钉截铁地说道:"我告诉你们,你们全是白等。他不会对你们任何一个人讲一个字。"我们即刻摆脱了他们,并排向前走去。

第二十七章

亲爱的皮普先生:

葛奇里先生请我写一封信给你,告诉你他准备到伦敦去一次,由沃甫赛先生陪同。如果你愿意他去看你,他是非常乐意的。下星期二早晨九点钟,他会去巴纳德旅馆。万一你不愿意他去看你,也请留个条子在那里。你可怜的姐姐还是老样子,和你走时一样没有起色。每天晚上我们都在厨房谈论你,猜你在说些什么,在做些什么。你要是觉得我们这样未免过分,也请你看在昔日友情的面上而原谅我们。亲爱的皮普先生，不再多叙了。
　　永远感谢你、热爱你的仆人

毕蒂

　　他要我特别写上"真开心啊"这几个字。他说你一见这几个字就会明白其中的意思。我希望，也不怀疑，虽然你现在是个上等人，也一定会很高兴见他，因为你永远有一颗善良的心，而他又是个非常非常好的人。我把写的所有话都读给他听过，除了最后一个短句。他希望我特别把"真开心啊"这几个字再写一遍。
　　又及。

　　我接到邮局给我送来的这封信时已经是星期一的早晨，所以第二天便是约定的会面日期。至于乔的前来使我情感波动万千，这里我得从良心上忏悔自己。
　　我固然和乔之间有着千丝万缕情感上的联系，然而对于他的来访，我心头仍颇感不快。非但如此，我心头还感到杂乱无章、羞耻惭愧。我们两人的地位如此不一致，如果利用金钱的力量可使他不来，我宁愿付给他钱。不过稍使我安心的是他是到巴纳德旅馆，而不是到汉莫史密斯，自然也就不会撞上本特莱·德鲁莫尔。我倒不太担心他见到赫伯特或他的父亲，因为我对他们两人都很尊敬，但是一想到会被德鲁莫尔见到，我内在的情感就受到了残酷的破坏，因为我轻视他。人生在世，往往由于为了躲开最轻视的人，却犯下了最卑鄙的恶行。
　　我早就开始装饰我的几间房，而且总是用很不必要和很不恰当的方法来装饰它们，何况是巴纳德旅馆中的房间，实在要花费很多的钱。现在这几个房间和我刚来时已大不相同，我有特殊的荣幸，居然在附近一家家具店中赊账可观，项目已占了好几页。我的生活要求越来越高，不久前还雇用了一个小仆人，让他穿上了一双高统靴子。虽说是仆人，我却不得不承认，自从雇他以来，我反而受了他的束缚和奴役。他简直是个小怪物，本来只是我的洗衣妇家中的废物，我却雇用了他，让他穿上蓝外衣、黄背心、白领结、奶油色马裤，并蹬上刚才提到过的高筒靴，每天还得为他找些活儿干，给他许多东西吃。他像幽灵般地缠绕住我，天天要我答应他这两个可怕而讨厌的要求。
　　我叫这个讨债的幽灵于星期二上午八时站在厅堂里值班（这厅堂只有两英尺见方，由于铺地毯时记录在册，所以记得）。赫伯特提出了几样早点，认为乔会喜欢吃这些东西。我对他由衷地表示感谢，因为他既表示出关心，又想得周到，不过在内心还是有点儿气愤和怀疑，觉得如果乔是来看他的，他就不会如此活泼主动了吧。

总而言之,我在星期一晚上便来到城里,准备第二天迎接乔。我一大清早便起身,把起居室和早餐餐桌布置得非常富丽堂皇。可惜天公不作美,一早便降下蒙蒙细雨,即使天国派天使来也掩饰不住巴纳德旅馆现实的景象:窗外流着泪,泪水是乌黑的,好像是扫烟囱的巨人在流泪。

约定的时间愈来愈近,本来我早想逃跑了,无奈按照规定,那个讨债鬼正守在厅堂里。不一会儿我就听到乔上楼梯的声音,那种笨手笨脚上楼的脚步声,一听就知道是他,因为他穿的那双出门的靴子太大,而且每爬上一层楼他都要把这一层住客的姓名读出来。最后,他来到我这套房间的门前。我听到他用手指摸了摸钉在门上的我的名字,然后又清清楚楚地听到他的呼吸声,这声音是从钥匙孔里传进来的。接着,他在门上轻轻地敲了一下,这时佩勃(我给那个讨债鬼仆人暂时起的一个名字)通报道:"葛奇里先生到!"我正在想着怎么他在门口的擦鞋垫上擦个没完,再这样我得走出去把他拉进来才是,这时他却进来了。

"乔,你好吗,乔?"

"皮普,你好吗,皮普?"

他那张善良诚实的面孔上光彩夺目,他把帽子丢在我们两人中间的地板上,抓住我的两只手,来来回回地晃着,简直把我当成了一台新发明的抽水机。

"乔,我见到你可多高兴啊。把你的帽子交给我。"

可是乔用两只手小心翼翼地把帽子从地上捡起来,像捧着一窝鸟蛋似地捧着它,不情愿让这笔财产离开他的手。他坚持捧着帽子站在那里同我谈话,场面非常尴尬。

"你现在长大了,"乔说道,"你现在长胖了,你长得更像上等人了。"乔思考了一会儿才想出了下面的一句话:"我敢肯定你已经成为国王陛下和国家的光荣了。"

"乔,你看上去也好极了。"

"托上帝洪福,"乔说道,"我倒是还不错,你姐姐还是和过去一样,不好也不坏。毕蒂永远身体健康,干活敏捷。除沃甫赛外,所有亲友也都不好不坏。沃甫赛的运气不佳。"

在这所有的时间里他都小心翼翼地捧着他那"一窝鸟蛋",两只眼睛在房间四周转来转去,在我睡衣的花饰图案上转来转去。

"他运气不佳,乔?"

"唔,是的,"乔说着,把声音放低下来,"他已经离开了教堂,去演戏了,而且正是因为演戏才把他带到伦敦,才和我同行。"他说。这时乔用左边胳肢窝夹住那只鸟窝,而把右手伸到里面去,好像在摸鸟蛋一样,"把这个东西给你看一下,不知你介不介意。"

我接过乔递给我的东西,原来是伦敦大都会里一家小戏馆的一张揉皱了的戏报,上面说该戏馆在本周将由"著名的地方业余演员(其名声可与古罗马著名喜剧演员罗西乌相比)登台献艺,演出我国诗坛之——圣莎士比亚的最伟大悲剧[1],演艺超群,在当地曾引起轰动"。

"乔,你观看过他的演出吗?"我问道。

"我观看过。"乔用强调而严肃的口气说。

"真引起过轰动吗?"

"唔,"乔说道,"是这样,确实丢了许多橘子皮,特别是他见到鬼魂的那一场。先生,要是你自己,不妨想一想,正当他同鬼魂交往时,你却用'阿门'来打断人家,这怎么能让人家安心地演好戏?虽然他有过不幸,在教堂里干过事,"乔这时放低了声音,用一种动情的议论语调说道,"但是你没有理由在这种场合和人家捣蛋。我的意思是说,如果一个人连自己父亲的鬼魂都不能去关注,那么又能去关注谁呢,先生,你说呢?再说,他头上的那顶丧帽真是太小了,以至于插上黑羽毛便容易掉下来,可是他却稳稳当当地戴在头上。"

乔的面容上忽然现出见了鬼似的表情,我一看就知道是赫伯特回到了房间,便给他们介绍。赫伯特把手伸过来,乔却把手缩了回去,并且捧着鸟窝下放。

"先生,向你问安,"他先对赫伯特说道,"小的希望你和皮普——"这时讨债鬼正把一些早点放到餐桌上,乔的目光落到了他的身上,很显然,他打算把讨债鬼也计算进去,我连忙向他挤眉弄眼,他才没有说出来,不过这使他更加不知所措了。"我是说,你们两位先生住在如此狭窄的地方,身体一向可好?按照伦敦人的看法,目前这个旅馆是相当不错的,"乔这时把心里话都说了出来,"我知道这个旅馆是第一流的,不过要我到这里来养猪我也不高兴,看来在这个地方养猪是肥不了的,而且这里养大的猪连肉味也不会鲜美。"

乔说完了不少夸奖我们旅馆的话,但可以听出,他不时地对我也用起"先生"来了。我请他坐在餐桌旁,他东张西望,想找到一处合适的地方放他的帽子,好像在这里根本就没有几处帽子可以容身的地方。最后在那壁炉的尖角上他总算把帽子安顿好了,但在那儿帽子可不太稳,不时就要从上面掉下来。

"葛奇里先生,你是喝茶还是喝咖啡?"赫伯特说道,他早餐时总是坐在首位。

"谢谢你先生,"乔从头到脚都是局促不安的样子,说道,"只要你们喜欢,我喝什么都行。"

"那么喝咖啡怎么样?"

"谢谢你先生,"乔答道,从语气中可以听出他对这个建议有些失望,

---

[1] 这里莎士比亚的最伟大悲剧指的是《哈姆雷特》。

"既然你诚心诚意为我准备咖啡,对于你的建议我是不会反对的。不过你不觉得喝咖啡有些热吗?"

"那么我们就喝茶吧。"赫伯特一面说一面就开始倒茶。

这时乔的帽子从壁炉架上掉了下来,他连忙从座位上起身,把帽子捡起来,又端端正正地放在原来的地方。虽然帽子放在那里马上又会掉下来,但他好像认为只有这样才能表现出优良教养的高贵风度。

"葛奇里先生,你什么时候来到伦敦的?"

"是昨天下午来到城里的吧!"乔用一只手捂住嘴咳嗽了几声,好像他来到伦敦有不少日子,已经染上了这里的百日咳毛病。他说道:"哦,不是昨天下午,哦,是昨天下午。是的,的确是昨天下午。"他的神情显得既智慧,又宽慰,还不离公正。

"你在伦敦逛了街吗?"

"先生,自然逛过街了,"乔答道,"我和沃甫赛先生到鞋油厂去看过,不过,我们觉得这个厂和店铺门口的那些红色招贴画比起来要差些。"我是说,乔对自己说的话加以解释,"那画上面的建筑真——够——气——派"。

他说的"真够气派"这个词倒真使我想起见到过的有气派的建筑物。本来我以为乔还要把这个词拖长,好像唱圣诗一样,不过这时他的注意力又被快要下跌的帽子吸引住了。确实,他要时时刻刻不忘帽子会掉下来。要拿出板球场上守门员眼尖手快的本领。他玩得不错,表演得也极其精彩。有时帽子刚往下落,他就冲过去,一把接住,干净利落;有时帽子已经下落,他便在空中把帽子捞起,双手托上,顺势在屋中转个圈子,把墙上糊的花纸撞个遍,然后才感到放心地把帽子放归原处;最后,帽子掉进了洗碗杯的水盆中,溅起一片水花,这时我不得不冒昧地一把抓住了它。

至于他的衬衣领子和外衣领子简直令人百思不得其解,是个不能解决的谜。为什么一个人为了要使自己所谓衣冠齐整而偏偏让自己的脖子被擦来刮去呢?为什么一个人一定要穿上节日礼服使自己左右不是才算是必须的清洁齐整呢?这时,乔进入了一种莫名其妙的境界,神思恍惚,一时从盘中叉起食物不送进嘴巴,却停在半空;一时两只眼睛东张西望,不知道在注意什么;一时咳嗽咳得自己苦恼难挨;一时又离桌子远远地坐着,掉下来的食物比吃进去的还要多,却还装模作样好像自己什么东西也没有掉。幸亏这时赫伯特离开我们自顾到城里去了,我这才松了口气,心情愉快起来。

其实这一切都是我的错,我既没有很好地理解他,又没有体贴他的情感。如果我对他平易一些,他也就会感到自由轻松一些,而我对他耐心不够,还对他发脾气,可即使是在这种情况下,他给我的却仍是一样的赤诚。

"先生,现在只剩下我们两个人了——"乔开口说道。

"乔,"我有些生气地打断了他的话头,"你怎么叫起我先生来了?"乔看了我一眼,似乎稍带了一些责备。他的领带和领子尽管十分令人呵笑,然而从他的目光中我窥探出一丝儿严厉。

"现在只剩下我们两个人了,"他接下去说道,"我想我再过几分钟也得走了,不能再耽搁,所以在谈话结束时我想说,其实也没什么可说,只是说一说我怎么会有如此的荣幸来到这里的。"乔像往常那样直截了当地说明道,"我所希望的就是对你有好处,否则我怎么能够到这里来,怎么能有如此荣幸到上流人的住宅中,和上流人同桌共餐呢?"

我不情愿再看他的那种眼色。所以对他的这种语气没有再提出奉劝和抗议。

"唔,先生,"乔这时说道,"我就告诉你这件事吧。皮普,几天前的一个晚上我在三个快乐的船夫酒店里,"他一动真情,便会称呼我皮普;但是一旦他要客套,就会叫我先生,"正好彭波契克驾着马车来了。就是这个人,"乔说着,在这里话锋转到一个新的方向,"在镇上,镇里镇外地胡说他是你幼年时代的伙伴,又说你自己也把他当成一同玩耍的朋友。有时他把我弄得火冒冒的,我简直气坏了。"

"全是胡说八道。只有你,乔,才是我幼年时代的伙伴呢!"

"这我完全自信,皮普,"乔说道,把头稍稍昂起一些,"虽然现在说来也没什么,先生。唔,皮普,还是这个家伙,他怒气冲冲地来到三个快乐的船夫酒店,直向我冲过来。先生,你知道我们干活儿的人,在那里抽口烟喝杯酒,轻松一下,不是追求过分的刺激。而这个家伙对我说:'约瑟夫,郝维仙小姐她要找你谈一下。'"

"乔,郝维仙小姐找你?"

"她要找我谈一下,这是彭波契克讲的。"乔坐在那里,两只眼睛对着天花板转着、望着。

"乔,是这样吗?再说下去。"

"先生,第二天,"乔望着我说道,仿佛我离他很远,"我自己梳洗干净后,便去看爱小姐。"

"乔,爱小姐是谁?是郝维仙小姐吗?"

乔好像在立他的遗嘱一样,用一副正正经经的合法神气一板一眼地说:"我说的是爱小姐,她也叫郝维仙,她见到我向我说,'葛奇里先生,你和皮普先生通信吗?'我接到过你一封信,所以我就说,'是。'记得当年我和你姐姐结婚,先生,我对她说愿意,而现在,皮普,我回答你朋友提出的问题,我用了'是'。她对我说,'那么你告诉他,埃斯特拉已经回家了,她很乐意和他见面。'"

我望着乔,面孔感到火辣辣的。我深深了解,我脸上发热的一个间接原因是我的良心意识到,如果早知道乔是为了这件事而来,我本应该对他更热情一些。

乔继续说道:"我从她那里回家,便要毕蒂写信告诉你,可她不大赞成。毕蒂说,'我知道他最喜欢有话当面讲,反正现在是假期,你还是去看看他吧!'于是我就作了决定,先生。"乔说着便从椅子上站了起来,"皮普,我祝你永远健康,永远发财,步步高升。"

"乔,你现在就要走吗?"

"是的,我要走了。"乔答道。

"乔,不过,你要回来吃饭啊?"

"不回来吃饭了。"乔说道。

我们四目相遇,他向我伸出手来,那"先生"一词在刚强的男子汉心中便消融殆尽了。

"皮普,我亲爱的老弟,生活本来就是由许多不同的零件组合而成的。就说人吧,有的人是铁匠,有的人是银匠,有的人是金匠,还有的人是铜匠,在这个大千世界里,既有相逢,又有别离,何足为奇?今日相逢,我们之间如果有什么错事,错误都归于我。你和我二人在伦敦、在任何地方都到不了一块儿,除非回到自己家中,才能重新成为好朋友,相互了解。我一走你就看不见我穿这套衣服了;穿这套衣服不是为了自尊,而是为了需要;错就错在这些衣服。我一离开铁匠铺,一离开厨房,或者一离开沼泽地,就会感到不舒服。要是你想起我穿着打铁的工作服,手上拿了铁锤,甚至嘴上叼着烟斗,也许你就顺眼了。要是有一天你希望来看我,你就来,把头伸进铁匠铺的窗户,看一眼铁匠乔,那时他正站在老铁砧的旁边,腰间围着被烧得焦黄的旧围裙,操持着他的老本行,你看我就会顺眼了。我是很迟钝的人,但是我希望我讲的话都是在铁砧上千锤百炼出来的。哦,亲爱的老朋友皮普,我的老弟,愿上帝保佑你,上帝保佑你!"

在我的想象中我对乔没有误解,他的心地既纯朴又有尊严。就从他所说的这一番话可以看出,不相称的衣服算不了什么,他的尊严却令人佩服,即使到了天国,他的尊严也不会比现在更高。这时,他轻轻地摸了一下我的额头,便悄然离去。等我从恍惚之中清醒过来,匆忙举步追去,在附近的几条街上寻找他,然而他已经踪迹皆无。

※ 思考题

1. 皮普初到伦敦的印象是怎样的?从中体现出城市化初级阶段的哪些问题?

2. 律师贾格斯为什么对他的客户十分倨傲？他的权力来自哪里？

3. 皮普为何会对乔的到来感到不便？乔与他告别的对话体现出当时社会阶层之间怎样的分化与对立？

4.《远大前程》的故事体现出工业化和城市化对传统价值观念和家庭关系的影响。联系皮普的经历，请谈一谈你对西方工业化和城市化以来价值观和家庭观变迁的看法。

※ 网站链接

查尔斯·狄更斯的有关网站

http://www.victorianweb.org/authors/dickens/index.html

提供关于狄更斯的各类信息，包括狄更斯的生平、作品、主题、相关评论和网络资源等资料。

http://www.online-literature.com/dickens/

提供狄更斯所有作品的全文、背景介绍、小测验和网上讨论等学习资料。

第七章
现代工商文明与传统文化：
福斯特的《霍华德庄园》

文化背景

19世纪中后期到20世纪初期，英国的工业化已基本完成，城市化进程也遥遥领先其他欧洲城市。到1901年，英格兰和威尔士的大多数居民都已经生活在城市中，只有约1/5的人口还继续居住在乡村。作为大都市的伦敦，人口已经从19世纪中叶的230万增长到20世纪初的400多万。人口的移动表明在英国社会中，现代的工商文明已经取代传统的农业文明，占据了社会生活的主流话语。

随着机械文明占据统治地位，社会阶层发生了剧烈的变化。随着工业效率的提高，城市工人的生活水平得到大幅的提高，劳工阶层成为现代社会的中坚力量。另一方面，由于英国商业的发展，社会上逐渐出现了众多在贸易、银行、会计等行业工作的白领阶层，构成了当时社会中的小资产阶级。他们一般受过一定的教育，充满追求，希望可以通过自身奋斗进入社会上层。在社会的中上层，工业和商业的成功领袖获得了传统贵族阶层的认可，成为英国上层社会的主流。

但工业化和城市化带来的并非只有进步和发展，还有各种问题。城市发展导致农村衰败，城市贫困人口的增长，以及现代工业文明所带来的极端理性化和物质化的社会生活对人性的压抑和摧残，种种问题都促使生活在爱德华时代的知识分子对现实加以反思。不少当时的作家和学人都敏锐地感觉到当时的英国潜伏着尖锐的社会矛盾，他们为了寻求解决这种困境的方法而上下求索。在包括劳伦斯、福斯特等人的小说创作中，作家们对英国文化传统中的因循守旧、故步自封都予以了批判，更反思了英国从田园牧歌式的19世纪40年代一直到机械文明占统治地位的20世纪初这一漫长历史进程中巨大而深刻的社会变迁，对现代工业文明造成的对人性的压抑与摧残加以挞伐。

作为20世纪初年的重要作家，从《天使惧怕涉足的地方》到《印度之行》，福斯特的长篇小说都以反映英国中上层阶级的精神困窘为题材,每部作品中的主人公都试图以某种方式挣脱社会习俗的束缚,寻求个人的解放。福斯特的小说不仅是对 20 世纪初期的英国社会矛盾的剖析,更是对现代人生存哲学的检验。虽然从文学形式上来看,福斯特的作品语言风格清新淡雅,叙述手法遵循传统,对人物的性格刻画也并不繁复,与一般意义上的现代主义小说相去甚远,但他对现代工商文明与英国传统文学之间复杂关系的思考却是最为深刻的。

E.M. 福斯特

作家简介

E. M. 福斯特(E. M. Forster,1879—1970)出生于伦敦,毕业于剑桥皇家学院。大学毕业后,福斯特在欧洲游历了一段时间,回到英国后开始小说创作。1905 年至 1910 年,他连续出版了 4 部长篇小说,《天使惧怕涉足的地方》(Where Angels Fear to Tread,1905)、《漫漫旅程》(The Longest Journey,1907)、《看得见风景的房间》(A Room with a View,1908)和《霍华德庄园》(Howards End,1910),一跃而成当时英国的重要作家。《天使惧怕涉足的地方》和《看得见风景的房间》都是以意大利为背景的小说,《漫漫旅程》则是探讨现代人成长的成长小说。《霍华德庄园》(Howards End,1910)是福斯特在艺术上成熟的标志,这部作品也确立了他在现代英国文坛的地位。福斯特开始文学创作之时,英国的小说尚未出现革命性的变化,其作品在写法上基本是传统的,而福斯特的作品为这些传统的写法注入了现代精神。1912 至 1913 年的冬季,他前往印度,对这个南亚国家留下深刻印象,回来后即着手创作一部与印度有关的小说,但未有结果。直到一战结束后,已经 12 年没有长篇小说问世的福斯特于 1921 年重返印度,终于在两年后完成了他早就想写的关于印度的长篇小说《印度之行》(A Passage to India,1924),取得了巨大的成功。之后,福斯特再也没有完成或发表小说,而是在剑桥大学任教,直至去世。

《霍华德庄园》内容提要

《霍华德庄园》是福斯特小说创作中的重要作品,也是英国现代小说的代表作。小说的故事围绕着施莱格尔家、威尔科克斯家和巴斯特家这三个家庭展开。在德国度假期间,施莱格尔家的玛格丽特和海伦姊妹俩与也在那里度假的商人威尔柯克斯一家不期而遇。回英国后，威尔科克斯一家在施莱格尔家对面的街上租了房子，两家人重又开始交往，威尔科克斯太太还与玛格丽特成了莫逆之交。不久，威尔科柯斯太太染病身亡，临终前留下遗言，要将自己祖传的霍华德庄园送给玛格丽特，可是威尔科柯斯一家却将此事隐瞒下来。同时与施莱格尔家交往的还有一个叫利奥纳德·巴斯特的保险公司职员。当姐妹俩从威尔科克斯那里了解到巴斯特工作的那家公司濒于破产，就把消息告诉了巴斯特。巴斯特辞职后长期找不到工作，陷入极度贫困。之后不久，玛格丽特接受威尔科克斯的求婚，决定嫁给他。海伦同情巴斯特的遭遇，委身于他之后便离开英格兰。玛格丽特与威尔科克斯结婚八个月后，已怀有身孕的海伦返回英格兰，与姐姐在霍华德庄园的空房间里住了一宿。第二天早上，巴斯特到霍华德庄园去找玛格丽特，被威尔科克斯的大儿子查尔斯用棍棒击中，心脏病发作而亡。查尔斯被捕入狱，威尔科克斯不堪打击生病。小说结尾时，威尔科克斯立下遗嘱，霍华德庄园将由海伦与巴斯特的孩子继承。

选文赏析

选文节选自《霍华德庄园》的第十九章，描写的是玛格丽特告诉海伦自己准备和亨利结婚时，姐妹俩发生争执的场景，这一段对话和描写揭示了小说的主题。

"唯有联结……"是印在《霍华德庄园》扉页上的警句，它不仅揭示了小说的主题，而且描述出医治爱德华时代英国社会病痛的药方。小说中起作用的有过去、现在、未来三种力量：施莱格尔家代表过去、想象和文化；威尔科克斯家代表现在、实用主义和工业；巴斯特则代表未来，他的孩子将成为庄园的继承人。小说的戏剧性主要在于施莱格尔家与威尔科克斯家之间的矛盾冲突，因为两个家庭都属于有坚实经济基础的中产阶级，在一定程度上决定着英国社会的主导价值观。巴斯特则属于20世纪发展起来的穷苦白领阶层，他收入极低，在贫困的边缘挣扎，但却向往文化。

玛格丽特认识到经济的重要性，选择亨利作为联结对象。亨利是个成功的商人，虽然玛格丽特了解亨利不负责任的缺点，但她看到了他作为实用主义和工商阶级代表的正面价值，因此心甘情愿与他联姻。福斯特似乎想以此说明，工业革命促进了社会进步，而工业文明的弊病可以通过文化来解决。文化与工业、过去与现在的联结是解决现代社会矛盾的途径。

小说中的霍华德庄园代表着英国的传统，是一个融合三个不同阶层、不同力量的和谐意象。小说开始时，三个阶层似乎毫不相关，但随着情节的推进，它们之间深层次、千丝万缕的联系开始显露出来。比如，玛格丽特最终成为威尔科克斯太太；巴斯特的妻子杰基原来曾经是威尔科克斯先生的情妇；巴斯特与海伦之间的一夜情以及他们的孩子将要继承霍华德庄园等等。在这种意义上,可以说《霍华德庄园》描写了一个表面上似乎已经分崩离析的社会,但实际上,这个社会的根本结构却是对爱情与友谊的需求和欲望,所需要的就是用人的意志将其联结起来。

《霍华德庄园》
第十九章

倘若你想把英格兰介绍给一个外国人,也许最明智的办法是把他带到波贝克群山[1]的末端部分,让他站在距离科弗东部只有几英里的群山顶上。随后,我们海岛的一个又一个体系,便会统统展现在他的脚下。在他的下边,是弗洛姆峡谷,以及从多尔切斯特莽莽苍苍滚滚而来的荒野,黑黝黝,金闪闪,在普尔港的辽阔地域,荒地上的荆豆映照得格外醒目。再往远处是斯涛尔谷,一条难以言述的河流,流经布兰德福德时脏兮兮的,流经威姆博恩时却清凌凌的——斯涛尔河,缓缓流出肥沃的土地,与基督教堂塔下的艾文河汇合。艾文谷——隐而难见,但是远望北去,训练有素的眼里却看得见守护着艾文谷的克莱尔伯里圈地,凭借想象力可以跳跃过去,进入索尔兹伯里平原,平原那边,就是中部英格兰波澜壮阔的丘陵草原了。郊区也历历在目。伯恩默思港的海岸向右边收缩,松树林渐渐暴露出来,美不胜收的红砖房子点缀其间,然后是证券交易所,接着延伸下去便是伦敦的自家门户了。伦敦城的尾迹竟然如此浩浩荡荡!然而,弗莱什沃特的崖壁永远触及不到,这海岛将会捍卫怀特岛的纯洁,直到时间的结束。从西看去,怀特岛很美,超出一切美的法则。它仿佛英格兰的一块碎地向前飘移,迎接域外客人——白垩是我们的白垩,草皮是我们的草皮,堪称紧随其后的大海岛的缩影。在那块碎地后边,安卧着南安普敦,迎接各民族的主人,然后是朴次茅斯,一堆潜伏的火,围绕这堆火的周遭,是重重叠叠的海浪,大海的汹涌波涛。视野所及,多少村庄历历在目!多少城堡巍然挺立!多少教堂或者成为遗迹,或者昂然耸立!多少船只、铁路和公路穿梭往来,纵横交叉!豁亮的天空之下,难以置信的芸芸众生在干活儿,无休无止地干下去!如同斯沃尼奇海滩上的一道海浪,理性消失;想象力膨胀,伸展,深入,逐渐演变成地理概貌,把英格兰团团包围起来。

弗丽达·莫泽巴赫,现在是建筑师莱塞克夫人,丈夫的婴儿的母亲,被

---

[1] 英格兰南海岸的一座群山,主要在多塞特郡境内。

带到波贝克群山顶上,亲身感受,长久的注视之后,她说这里的群山比波美拉尼亚的群山更有气势,这话没错,但是在芒特太太看来不尽恰当。普尔港没有水了,她大加赞扬这里没有吕根岛[1]弗里德里奇·威廉那种没有泥泞的海滩,在那里山毛榉树在水波不兴的波罗的海迎水而垂,奶牛可以安然审视海水。芒特太太认为这种情况可能很不健康,因为海水活动起来才更加安全。

"那么说,你们英国的湖泊——文德米尔湖和格拉斯米尔湖——都不健康吗?"

"不,莱塞克夫人;不过这是因为它们是淡水湖,不一样的。海水应该有海浪,荡来荡去没完没了,要不然就有味儿了。比如说,水族馆就是个例子。"

"水族馆!哦,芒特太太,你是要告诉我,淡水水族馆不会比海水水族馆更有味儿吗?哎呀,就说维克多,我的小叔子,收养了许多蝌蚪——"

"你又没有说'臭烘烘',"海伦插话说,"不管怎样,你可以这样说,可是你一定要装出你说这种话是在打趣。"

"就算'有味儿'吧。你们下边的普尔港的泥巴——就没有味儿吗,或者我可以说'臭烘烘'吗?哈哈,哈哈。"

"普尔港什么时候都有泥,"芒特太太说,眉头微微皱起来。"河流把泥带来了,多数值钱的牡蛎都是靠泥巴活着的。"

"是的,是这么回事儿,"弗丽达退让说;又一次国际冲突结束了。

"'伯恩默思港就这样',"她们的主人接着说,引用了一曲她格外赞赏的当地民谣——"'伯恩默思港就这样,普尔港过去这样,斯沃尼奇港将来这样,所有镇中斯沃尼奇数老大,三个港湾中斯沃尼奇最宏大。'现在,莱塞克夫人,我让你领略了伯恩默斯,我也让你领略了普尔,就让我们向后走几步,再看一看斯沃尼奇吧。"

"朱莉姨妈,那不是梅格坐的火车吗?"

一团团小块浓烟在港湾上空盘旋,这时向南调头,穿过黑森森金闪闪的荒野,向她们奔来。

"哦,宝贝儿玛格丽特,但愿她没有累坏。"

"哦,我真想知道——真想知道她是不是租下了那座房子。"

"我不希望她仓促行事。"

---

[1] 德国的一处海域。弗丽达是德国籍,对德国的地方说好话,虽在情理之中,但作者强调的是不同文化下的视野,所以后文有"一次国际冲突结束了"的话。

第七章 现代工商文明与传统文化:福斯特的《霍华德庄园》

"我也这样想——哦,我也这样想呢。"

"那座房子有威客汉老巷美吗?"

"我看有。相信威尔科克斯先生为了自尊,会选好房子的。迪西街所有的房子都很美,很有现代气息,我只是不清楚为什么他自己不住了。真的是为了埃维,他才挑中那里的,可是现在埃维就要结婚了——"

"啊!"

"你从来没有见过威尔科克斯小姐,弗丽达。你知道那是多么不寻常的婚姻哪!"

"是那个保罗的妹妹吗?"

"是的。"

"也是那个查尔斯的妹妹,"芒特太太带着情绪说。"哦,海伦,海伦,往事不堪回首啊!"

海伦大笑起来:"梅格和我没有这样温柔的心肠。如果这是一次便宜租用房子的机会,那我们租定了。"

"莱塞克夫人,快看看我外甥女的火车。你看,火车向我们开过来了——来了,来了;而且,要是火车停靠科弗站,它还需要穿过我们站立的这些丘陵草原,所以,如我刚才提议的,如果我们走过去看看斯沃尼奇,那我们就可以看见火车从另一侧开过来。我们过去吗?"

弗丽达同意了,只用了几分钟,她们便翻过山梁,变换了更壮观的视野,只是景致稍逊一筹。下边是一条相当荒凉的峡谷,由一道蔓延到海岸的丘陵草原的斜坡形成。她们瞭望者普贝克岛,随后审视斯沃尼奇,很快它要在所有镇中数老大,却会在三个海港中成为最丑陋的了。玛格丽特的火车如期重新出现,她的姨妈见了很是赞赏。在居中的距离,火车停下来,已经安排好蒂比去迎她,用车接上她,带一篮子茶点,上山来与她们会合。

"你们知道吧,"海伦接着对表妹说。"威尔科克斯家收集房子,如同你家维克多收集蝌蚪一样。他们在迪西街有一处;二处,霍华德庄园,我闹出的那出大戏就是在那里上演的;三处,希罗普郡一个乡间别墅;四处,查尔斯在希尔顿有一处住房;五处,他在埃普索姆附近还有一处;六处,埃维结婚后应该有一所房子,而且也许在乡下置办一处别墅——这便是七处了。哦,是的,保罗在非洲有一所小房子,算是八处。我们希望能租到霍华德庄园。那个住宅有些东西,像一个温馨的小住宅。你认为不是这样吗,朱莉姨妈?"

"我当初忙得团团转,没有顾上看它,"芒特太太说,做出一副优雅的威严样子。"我当时要把每件事情落实了,解释了,还要让查尔斯·威尔科克斯安分守己。我不可能记住许多东西。我只记得在你的卧室里吃的午饭。"

"是的,我也记得。不过,啊,天啊,天啊,一切好像都进入死角了!那年秋天,开始了一场反对保罗的运动——你,弗丽达,梅格,还有威尔科克斯太太,都迷了心窍,以为我会嫁给保罗。"

"你是可能的呀,"弗丽达沮丧地说。

海伦摇了摇头。"'兴师动众的威尔科克斯覆灭'再也不会重演了。如果我对什么事情心中有数的话,这就是了。"

"人们对什么事情都没有把握,只对自己感情的真相心里有数。"[1]

这句话一下子把这次谈话浇灭了。但是,海伦悄悄伸出胳膊把表妹搂住,好像因为她说了这句话更喜欢她了。这不是什么别出心裁的话,弗丽达说这话也没有多么激奋,因为她有的是爱国心态,而不是哲学心态。然而,这话道出了那种每个条顿人[2]都有、每个英国人却没有的一般性关怀。不管多么违背逻辑,这是真、善、美与体面、潇洒和富足的对比。这是博克林[3]的风景画和利德[4]的风景画挂在一起了,风格迥异,考虑不周,但是磕磕碰碰地进入一种超自然的生活。这话加强了理想主义,触及了灵魂。对接下来的事情,这话也许是一个不好的铺垫。

"快看!"朱莉姨妈叫嚷道,急忙离开了站在丘陵草原狭窄山顶的一伙人。"站在我站立的地方,你们可以看见小马车来了。我看见小马车来了。"

她们站过去,看见小马车来了。玛格丽特和蒂比很快被他们看见坐在小马车里。离开斯沃尼奇外围,小马车穿过春意渐浓的小路,随后便开始上山来了。

"你租到那座房子了吗?"他们大声喊叫道,可玛格丽特距离很远,还不可能听见。

海伦跑下山去迎接玛格丽特。那条马路翻过一处马鞍形山路,马车印子从那里呈直角行走在丘陵草原的山脊上。

"你租到那座房子了吗?"

玛格丽特摇了摇头。

"哦,多么讨厌!这么说,我们现在和过去一样了?"

---

[1] 这话可能是从英国著名诗人约翰·济慈通信集里一句话套用的。济慈的原话是:"我对什么都没有把握,只知道心灵之爱的神圣和想象的真相。"

[2] 主要指德国人,也以日耳曼人概称;后文里的"一般性关怀",是这些的用语,借此说明德国人比英国人更注重从哲学角度考虑问题。

[3] 博克林(Arnold Bocklin,1827—1901)瑞士画家,他将古典主题和神话传说结合起来,创造黑色的浪漫风景、岩石和城堡,颇具十九世纪德国油画的特色。

[4] 英国画家,作品色调明快,主题轻松,多以英格兰的乡村风光为表现对象。

"不完全一样。"

她从马车里走出来,疲惫不堪的样子。

"有些神秘,"蒂比说。"我们马上就什么都知道了。"

玛格丽特凑到她跟前,悄悄说她得到了威尔科克斯先生的求婚。

海伦觉得很有趣。她把通往草原的门打开,她弟弟牵着小马走进来。"完全像一个鳏夫,"她评议说。"他们这种人脸皮够厚的,什么事都干得出来,总是选中原配妻子的一个朋友下手。"

玛格丽特的脸闪过一丝绝望。

"这种人——"她中断话茬儿大叫一声。"梅格,你没有事儿吧?"

"等一会儿,"玛格丽特说,声音一直很低。

"可是你从来就没有想到——你从来就没有——"她让自己完全振作起来。"蒂比,赶快把马牵过去;我拉着这大门坚持不了多一会儿。朱莉姨妈!喂,朱莉姨妈,你动手做茶点吧,弗丽达也帮一帮;我们要说说房子的事儿,过一会儿就来。"随后,向自己的姐姐转过脸去,眼泪一下子流下来。

玛格丽特不知所措。她只听自己在说:"哦,真的——"她感觉到一只发抖的手在触摸自己。

"别介,"海伦抽噎说。"别介,别介,梅格,别介呀!"她好像说不出别的话来。玛格丽特,身子微微发抖,领着海伦走上马路,转而穿过另一个通向丘陵草原的门。

"别介,别介,这样的事情!我告诉你别介——就是别介!我知道——别介!"

"你知道什么?"

"恐慌与空虚,"海伦抽噎说。"别介!"

接着,玛格丽特思忖:"海伦有点自私。她看起来有机会谈婚论嫁时,我可从来没有这种想法。"她说,"不过我们仍然会常见面,你——"

"不是指这样的事情,"海伦抽噎说。她一下子挣脱开,神不守舍地向上赶去,向眼前的景色伸出手去,哭泣起来。

"你这是怎么了?"梅格丽特喊道,跟在后边,走在群山北坡日落时分刮起的晚风中。"这不是犯傻嘛!"突然间,犯傻的感觉向她袭来,广袤无垠的风景变得模糊了。但是,海伦转过身来。

"梅格——"

"我不知道我们俩到底是怎么了,"玛格丽特说,把自己的眼睛擦了擦。"我们姊妹俩都疯了。"随后,海伦把她的眼睛擦了擦,姊妹俩都浅浅地笑了。

"先坐下吧。"

"好吧。你坐下,我就坐下。"

"行了。(亲吻一下)这下好了,说说到底是怎么回事儿。"

"就是我刚刚说过的意思。别介,真的,别介。"

"哦,海伦,别总说'别介'!这话听起来很无知。好像你的脑子还没有摆脱那些乱七八糟的东西吧。'别介'也许是巴斯特太太整天起来和巴斯特先生唠叨的话吧。"

海伦无语。

"说话呀?"

"先把来龙去脉说说,与此同时我的脑子也许就摆脱了那些乱七八糟的东西了。"

"也好。嗯,从哪里说起呢?我到了滑铁卢车站——不,我还得再把话往前说,因为很想让你知道一开始的每样事情,'一开始'要追到十来天以前了。就是巴斯特先生来吃茶点发脾气的那天。我为巴斯特先生辩护,威尔科克斯先生对我有点吃醋,多少是有的。我认为那是不由自主的反应,男人在这点上和我们女人没有什么区别。你知道——至少我自己很清楚——当一个男人对我说'某某是个漂亮的女孩儿',我一瞬间便会对某某女孩儿感到酸酸的,恨不得咬她的耳朵。这是一种无聊的情感,但也没有什么过不去的,不知不觉间就对付过去了。但是,只有遇到威尔科克斯先生的情况,我现在想起来,不是那样的。"

"这么说,你爱上他了?"

玛格丽特想了下。"知道一个真正的男人在乎你,这很不同寻常,"她说,"仅仅这一事实,便会变得不可抗拒。记住,我认识他并且渐渐地喜欢上他,快三年了。"

"可你爱他吗?"

玛格丽特窥探她的过去。在感情还处在感情的阶段、还没有被社会组织具体化的时候,分析感情是很愉悦的。玛格丽特用胳膊搂住海伦,眼睛不停地浏览景色,仿佛这个郡或那个郡会把她自己内心的秘密暴露出来,她真诚地冥想一会儿,说:"不爱。"

"可你以后会爱他吗?"

"会的,"玛格丽特说,"这点我很清楚。实际上,他开口向我求婚的那一刻,我就开始了。"

"也决意嫁给他吗?"

"我拿定主意了,可是我现在想和你好好谈谈这件事儿。对他耿耿于怀,究竟什么原因,海伦?你一定要说出来。"

海伦,这次是她向远处看去。"想来还是因为保罗吧,"她终于说。

"威尔科克斯先生对保罗做了些什么呢?"

"当时他在场,那天早上我从楼上下来用早餐,他们三个都在场,我看见保罗害怕了——那个爱我的男人害怕了,他身上所有的东西都蔫儿了,所以我知道我们俩的事儿不行了,因为个人关系永远、永远都是举足轻重的事情,电报和愤怒,这层外在生活,是无关紧要的。"

海伦一股脑儿把这些话都讲了出来,但是她的姐姐都听明白了,因为这番话触及到了她们彼此都熟悉的思想。

"这样说很愚蠢。首先,我不同意外在生活的说法。哎,我们俩经常争论这点。真正的症结是,我的恋爱和你的恋爱有巨大的鸿沟。我的恋爱是传奇;我的恋爱将会是散文。我不是在贬低我的恋爱——是非常优美的散文,腹稿打了很久,构思进行了很久。比如说,我知道威尔科克斯先生所有的缺点。他害怕情感。他对成功过分在乎,对历史却很少在乎。他的同情缺乏诗意,所以算不上真正的同情。我甚至可以说——",她看了看波光粼粼的环礁湖——"从精神层面上讲,他不如我诚实。这样说还不让你满意吗?"

"不,不满意,"海伦说。"这样说,我感觉更糟糕,更糟糕。你一定是发疯了。"

玛格丽特因为气愤,挪动了一下。

"我无意让他或者任何男人和任何女人,成为我的生活的全部——天哪,不!我身上有许多许多东西,他都不理解,也永远不理解。"

她这样一吐为快,然后等待婚礼,等待肉体结合,等待那个让人惊讶的玻璃罩落下,把结婚夫妇和世界隔离开来。目前为止,她保持了独立,是多数女人都做不到的。婚姻会改变她的财富,但改变不了她的性格,她敢说她理解自己未来的丈夫,她没有说错多少。但是,她丈夫改变了她的性格——一点点。意外的惊讶、生活的气息和气味的停歇,还有社会的压力,都会让她从婚姻的角度去思考。

"在他那方面也是这样,"她继续说。"她身上有许多东西——他具备的更为特殊的东西——将会永远对我隐藏起来。他身上所有的那些公共品质,你都不屑一顾,能够让所有这——"她用手指了指眼前的风景,把要说的话都肯定了。"如果几千年来没有像威尔科克斯这样的人在英格兰实干,那么你我别说坐在这里,活都活不成了。没有他们,便没有火车,没有轮船,把我们这些人文化人运来运去,连田野都没有了。只会过着野蛮的生活。不——也许连野蛮的生活都过不上。没有他们的精神,生活也许永远不会摆脱原生态。我越来越难以拒绝接受我的收入,对那些保证我的收入的人冷嘲热讽。有些时候,对我来说似乎——"

"对我也一样,对所有的女人也一样。所以,才有人亲吻了保罗。"

"强词夺理,"玛格丽特说,"我的情况根本不是一回事儿。我把事情想清楚了。"

"想清楚也不会有不同的结果。都是一回事儿。"

"胡搅蛮缠!"

一阵长久的沉默,这时海潮向普尔港返流。"人总是会丢失一些东西的,"海伦喃喃地说,显然在自言自语。海水漫过泥层,向荆豆和淹黑的石楠流去。布兰克西岛失去了大片海滩,变成了幽暗的树木带。弗洛姆河被逼向多尔切斯特方向的内陆,斯涛尔河向温伯恩回流,艾文河向索尔兹伯里退去,太阳在这广袤的变幻的水域指挥若定,引向胜利,然后缓缓西落,准备安歇。英格兰生气勃勃,在所有的港湾里搏动,通过海鸥的尖嘴高声呼叫,而北风逆流而动,对着升起的大海越刮越猛烈。这到底意味着什么?英格兰合理的复杂状态、土壤的变化、弯曲的海岸,到底为了什么目的?英格兰到底属于铸就她并让她凌驾于别的民族的人,还是属于对她的列强地位没有添砖加瓦的人?后一类人虽无所作为,却在某种程度上审视她,很快看到了整个海岛,像一颗珍珠安放在银色大海上[1],像一艘灵魂之船扬帆出海,带领所有勇敢的舰队驶向永恒。

(以上片段节选自《霍华德庄园》,苏福忠译,人民文学出版社,2009 年)

※ 思考题

1. 你如何理解文章开头对英格兰风景的描写?

2. 玛格丽特和海伦之间为什么会就玛格丽特的婚姻问题出现分歧?玛格丽特决定要和亨利结合的原因是什么?

3. 福斯特在结尾提出一个问题"英格兰到底属于铸就她并让她凌驾于别的民族的人,还是属于对她的列强地位没有添砖加瓦的人?"联系英国的社会历史发展,请谈一谈你对这一问题的看法。

---

[1] 英国画家,作品色调明快,主题轻松,多以英格兰的乡村风光为表现对象。这里套用了莎士比亚在《查理二世》第二幕第一场里的一句话:"这块宝贵的石头镶嵌在银色大海上。"

※ 网站链接

E. M. 福斯特的有关网站

http://www.emforster.de

提供关于福斯特的网上导航,包括福斯特的生平介绍、网上的福斯特作品、相关评论和照片等的链接。

http://www.online-literature.com/forster/

提供福斯特的主要作品的全文、背景介绍、小测验和网上讨论等学习资料。

第八章
女性与空间：
《一间自己的房间》和《屋顶丽人》

文化背景

近代西方两次妇女解放的浪潮在很大程度上集中体现了欧美资本主义社会女性争取、开拓、重构自身生存空间的不懈努力。19世纪下半期到一战前的第一次妇女解放运动试图清除社会法律制度层面根深蒂固的性别歧视，旨在实现女性在政治、经济上的平等赋权。持续了半个多世纪的英国妇女选举权运动（British Suffrage Movement）在大批中产阶级和工人阶级女性的积极参与和热烈支持下，谱写了一段广大妇女献身选举权斗争的动人篇章。妇女平权运动表达了许多中产阶级女性对传统家庭角色限制的强烈不满，她们渴望摆脱狭小的生活空间，进入庭院以外的广阔社会空间，在公共领域中寻找自己的价值、重新定义自己的身份。这种对空间的追寻不仅指向家庭以外的世界，也体现在女性对家庭内部专属空间的要求上。随着英国资产阶级在经济、政治、文化等领域影响力的提升，同一阶层女性受教育的情况逐步改善。这些受过良好教育的中产阶级知识女性希望在家庭中拥有属于自己的私人空间——英国女作家弗吉尼亚·伍尔夫提出的"一间自己的房间"，从而可以远离外界打扰、专注于精神世界追求，打破"房子里的天使"所鼓吹的女性自我牺牲的神话。女性对外在空间和内在空间的双重追寻，虽然路径不同，但都指向独立、平等、自由的理想生活境界。

第二次妇女解放浪潮滥觞于20世纪50年代末，延续至80年代初。二战结束后，应战时需要被大量招募到各行各业的女性劳动者随着男性同胞们从战场归来，又陆续回到了各自家中。这段宝贵的工作经历使她们信心大增，并认识到女人的潜能和价值大大超出了传统习俗和观念的预设。更为重要的是，她们发现通过以往斗争获得的法律意义上的平等权利并没有消除现实生活中广泛存在的性别歧视，要想与男性共同参与公共社会的建设与管理，或寻求拥有一间自己的房间,必须掀起一场意识形态领域的革命。因此,兴起于20世纪六七十年代的第二次妇女解放浪潮将矛头指向了文化领域,试图颠覆父权制文化体系及其等级秩序,建立和谐、自由的新文化范式。女性主义者在这一阶段对空间的诉求更具文化象征意味,致力于揭露和解构隐藏在文化空间里的不平等的社会关系。法国女权主义者西蒙·德·波伏娃(Simone de Beauvoir)、美国女权主义者贝蒂·弗里曼(Betty Friedman),以及英国女权主义者吉梅因·格里尔(Germaine Greer)是这场运动的思想界代表人物。在文学界,英国当代作家多丽斯·莱辛(Doris Lessing)发表于1962年的《金色笔记》(The Golden Notebook)激励了一代女权主义者。

在20世纪80年代后期开始并延续至今的第三次女权主义思潮中,空间之于现代女性的意义被后结构主义和后殖民主义理论进行了丰富与延展。女性存在的空间位置本质上是相对的,因为它隐含的男女差异与其说是真实稳定的,不如说是主体与权力话语之间互动的结果。另一方面,萨义德(Edward Said)、霍米巴巴(Homi Bhabha)等学者的后殖民主义理论,在唤醒后帝国主义时代第三世界国家民族自觉意识的同时,也促使女权主义者们将目光投向女性内部以种族为基础的等级秩序。这意味着,以往妇女解放运动对生存空间的政治、经济、文化诉求只代表欧美中产阶级白人女性的利益,对于身处第三世界的广大妇女而言,她们要获得具有主体性的平等位置感,需要应对来自两方面的阻力,即本土的父权制和外来帝国主义意识形态。当代女性面临的"空间"问题因而不再是绝对的、整体的、单一的,却呈现出相对的、分散的、多元的后现代性。

弗吉尼亚·伍尔夫

作家简介

弗吉尼亚·伍尔夫(Virginia Woolf,1882—1941)出生于伦敦,父亲是著名学者、传记作家。伍尔夫自幼体弱多病,未受正规学校教育。她常在家阅读父亲的藏书,蕴成了深厚的传统文学修养。伍尔夫一生共创作过9部长篇小说、若干短篇小说和散文作品,创作总体结构呈现一种循环模式。两部采用传统现实主义形式的小说《出航》(The Voyage Out,1915)《夜与日》(Night and Day,1919)是其开端;中期实验作品以意识流小说为主,《雅各布的房间》(Jacob's Room,1922)、《达洛维夫人》(Mrs. Dalloway,

1925)、《到灯塔去》(*To the Lighthouse*,1927)、《奥兰多》(*Orlando*,1928)、《海浪》(*The Waves*,1931)相继问世;最后两部小说《岁月》(*The Years*,1937)、《幕间》(*Between the Acts*,1941)重新又回到外部现实。意识流小说是伍尔夫最引人注目的文学成就,她对女性存在的历史与现状独具慧眼的反思与洞察,使其成为女性主义批评史上先驱式人物。伍尔夫晚年周期性的精神崩溃使她的生活苦不堪言。1941年3月28日,在丈夫乔伊斯病逝两个半月之后,伍尔夫将她的帽子和手杖留在一条小河边,投水自尽。

《一间自己的房间》内容提要

《一间自己的房间》源自弗吉尼亚·伍尔夫1928年10月在剑桥大学纽纳姆女子学院(Newnham College)和戈廷女子学院(Girton College)以"女性与小说"为题发表的两篇演讲。一年之后,她将两次演讲进行了修改和扩充,发表了《房间》一书。作品从对历史与现状的分析中提出女性在男权为尊的社会受歧视、受压迫的现实,分析了产生男尊女卑这一状况的诸多原因。在此基础上,伍尔夫提出女性要投身写作,必须要有经济上的独立,即"一间自己的房间和500镑的年收入"。她鼓励当代女性继承和发扬自17世纪以来英国女性的文学传统,勇敢地投身于文学创作,以雌雄同体的睿智心灵,迎接男女平等、和谐发展的美好前景。

选文赏析

选文节选自《一间自己的房间》的第三章。从牛桥回到伦敦的主人公在查阅了有关英国女性的历史之后,陷入了沉思。她试图以伊丽莎白时代为例,检视历史上的女性生活状况,考察女人们未留下只言片语的原因。然而翻开屈威廉(George Trevelyan)的《英国史》(*A History of England*,1926),她看到的是殴妻合法化和婚姻父定的记录,这与女性在文学中光辉夺目的形象形成了鲜明对比。面对18世纪之前女性在历史中的缺席,主人公不禁设想,如果莎士比亚有个同样才华横溢的妹妹朱迪思,她的命运会怎样?然而一番假想之后,得出的结论却是朱迪思必然会自杀身亡,因为社会环境不允许,更不鼓励女人从事文学和艺术创作,物质的贫乏和世俗的偏见压制了她们的声音,扼杀了她们的天才。

在这段选文中,伍尔夫以饱蘸深情和充满艺术想象力的笔调,从历史、文化、文学等多个层面质询女性"失声"的根源。当历史文献和文化渊源均无法给出一个满意的答案时,文学家的想象恰当地填补了这一空白。叙事的主人公惟妙惟肖地勾勒出一个不安分、爱幻想、渴望读书和外出闯荡的16世纪的天才少女形象,然而性别已经预先决定了她的不幸命运——她无法企及哥哥莎士比亚的名声或成就,注定被社会抛弃、被历史湮没。值得一提的是,《房间》的主要章节采用了虚构的叙事者——一个叫"玛丽·伯顿、玛丽·塞顿、玛丽·卡迈克尔或随便什么名字"的人,叙事者身份的不确定性让她的质询具有某种普遍性意义;而她的关于"莎士比亚妹妹朱迪思"的虚构却比任何历史文献或档案资料更清晰、更准确地展现了天才女性的真实悲剧。

《一间自己的房间》
第三章(节选)

  有件事情常常困扰我,为什么在这些非凡的文学作品中,女性没有留下只言片语,而男人却似乎个个会作诗吟对? 我问自己,妇女究竟生活在怎样的条件下;因为小说虽然需要想象力,但它不是像石子落地那样从天而降的,科学或许如此;小说像一张蜘蛛网,也许看起来轻盈缥缈,其四周却紧紧附着于生活。这种附着往往很难察觉,比如莎士比亚的戏剧似乎无牵无挂,凭空悬起。但拽一拽这张网,钩起边缘,扯破中间,你就会记起,它不是什么精灵在半空中织就的,而是人们历经磨难的成果,有赖于各种大致有形的东西,如健康、金钱,还有我们居住的房屋。

  因此,我走到摆放着历史书籍的书架前,取下最新出版的一本,屈威廉教授的《英国史》。[1] 我再一次查阅"妇女"词条,发现了"妇女地位"一节,翻到指定页数,我看到:"殴打妻子是男人公认的权利,无论是上等人,还是普通百姓,都不以行使该权利为耻。"这位历史学家又说:"女儿如果拒绝嫁给父母为她选择的丈夫,很可能会被关在屋里,遭受拳打脚踢,公众对此也不吃惊。婚姻不问个人情感,它只关乎家庭贪欲,尤其是在'崇尚骑士风度'的上流社会……常常一方或双方还在摇篮中,婚约已经定下,刚刚离开保姆,就须完婚。"这是 1470 年的事情,乔叟时代刚刚过去不久。书中再次说到妇女问题,背景已转到两百年后的斯图亚特时代。"上、中阶层的妇女,仍然鲜有人能够自由择婿,而她的丈夫一旦派定,就是当家的夫君,至少法律和习俗是这样认可的。但即便如此,"屈威廉教授断言,"莎士比亚笔下的女性和 17 世纪那些可信的回忆录,例如弗尼和哈钦森的回忆录,似乎都不乏个性和品格。"……不错,女性如果只存在于男人写的小说中,人们会想象她是个极为重要的人物;多姿多彩;崇高或猥琐;明丽或污秽;天姿国色或丑陋无比;像男人一样高贵,有人认为比男人还高贵。但这是小说中的女性。实际上,正如屈威廉教授指出的,妇女是被关在屋里的、遭受拳打脚踢的。

---

[1] 屈威廉即乔治·麦考莱·屈威廉(1876—1962),英国历史学家,曾任剑桥大学教授,著有《十九世纪英国史》、《英国社会史》等。

如此便出现了一个非常奇怪的合成物。在想象中,她极为重要,在实际中却微不足道。她遍布在诗歌中,但却不在历史中。她主宰了小说中帝王和征服者的生活;其实,只要有男人的父母能迫使她戴上戒指,她就成了那个男人的奴隶。文学中一些最动人的言辞、最深刻的思想出自她的嘴巴,而在现实中,她不会读书、不会写字,是丈夫的财产。

……

我在这儿疑惑,伊丽莎白时代的女性为何不写诗,也不知道她们如何接受教育;是否学习写字;是否有自己的起居室;有多少妇女 21 岁之前已经生儿育女;总之,她们每天从早上八点到夜晚八点都做些什么。她们显然没有钱;按照屈威廉教授的说法,她们还没有成年,就不管是否愿意,很可能在十五、六岁时,便早早出嫁。即使这一切都清楚,我敢说,她们当中要有一人突然写出了莎剧,怕才是咄咄怪事。我想起有一位已去世的老绅士,我想他曾做过主教,他宣称,女人过去、现在、将来都不会具有莎士比亚的天才。他给报纸写些这类东西。他还对一位向他求教的夫人说,实际上,猫是进不了天堂的,接着又说,虽然猫也有某种灵魂。这些老人家可让人省去了不少冥思苦想的麻烦!他们的方法让我们无知的边界又缩小了一圈!猫进不了天堂。女人写不出莎剧。

即便真的如此,望着书架上莎士比亚的著作,我还是不禁想,主教至少在这一点上是对的;不可能、完全彻底没可能有任何女人能在莎士比亚的年代写出莎士比亚的剧作。既然很难获取事实,那就让我想象一下,假如莎士比亚有个天资聪颖的妹妹,比如叫朱迪思,情况会怎样。莎士比亚很有可能进了文法学校——他的母亲继承了一笔财产,在那里他学习拉丁文——奥维德、维吉尔、贺拉斯——和语法成分、逻辑。[1] 众所周知,他是个野孩子,偷猎兔子,或许还射杀了一只鹿,而且年纪轻轻就仓促娶了邻家女子,这女子婚后月份未到,便生了孩子。一番胡作非为之后,他来到伦敦碰一碰运气。他似乎喜欢上了戏剧,开始在剧场门口给人牵马。不久,他在剧团里找到了工作,成为当红的演员,从此进入世界的中心。他交情甚广,识人无数,时而登台演出,时而当街卖艺,甚至入宫为女王表演。与此同时,且让我们

---

[1] 奥维德(公元前 43 年—17 年),古罗马诗人,著有《变形记》等。维吉尔(公元前 70 年—19 年),古罗马诗人,著有《埃涅阿斯纪》。贺拉斯(公元前 65—8 年),古罗马诗人。

第八章 女性与空间:《一间自己的房间》和《屋顶丽人》

假定,他那天资出众的妹妹依然留在家中。她像莎士比亚一样爱冒险、好幻想、渴望去见见外面的世界。但她没有被送进学校。她没有机会学习文法和逻辑,更不必说阅读贺拉斯和维吉尔。她偶尔捡到一本或许是她哥哥的书,读上几页。但父母走了进来,让她要么做缝补袜子或照看炉上的炖菜,不要在书本纸片中虚度光阴。他们的言辞尖利,但用心良苦,因为他们是实在人,知道女人的生活状况,也爱他们的女儿——其实,她极有可能是父亲的掌上明珠。她也许会躲在存放苹果的阁楼上偷偷写几页纸,小心藏好或把它们烧了。然而,她还未过十几岁,父母就把她许配给附近羊毛商的儿子。她大声抱怨讨厌结婚,为此遭到父亲的痛打。后来父亲不再责骂她,转而乞求她不要惹他伤心,不要在婚姻大事上让他丢脸。他说,他会给她一串珠子或一条漂亮的衬裙;他的眼中泪光闪闪。她怎能忤逆他?她怎能让他心碎呢?是那份才华驱使她心有不甘。她将自己的物品打成个小包裹,在一个夏夜借助绳索爬窗而下,踏上了前往伦敦的道路。她还不到17岁。树篱间鸟儿的鸣啭也比不上她的声音动听。她和哥哥一样,对文字的音韵有着与生俱来的卓越想象力。和他一样,她也热爱戏剧。她来到剧院的后台入口;她说她想演戏。男人们当场笑了。剧院经理——一个身材肥胖、口无遮拦的男人——捧腹大笑。他咆哮着什么狮子狗跳舞和女人演戏——说没有女人能成为演员。他还暗示——你可以想象他暗示的内容。她找不到地方接受职业训练。莫非让她去小酒馆里找饭吃或半夜在街头游荡?但她的天分在于小说,她渴望充分观察男男女女的生活,研究它们的行为方式。终于——她非常年轻,长得极像诗人莎士比亚,有着饱满的前额和灰眼睛——终于演员经理尼克·格林对她心生怜悯;她发现自己怀上了这位先生的孩子,于是——谁能说得清囚禁、纠结于女人身躯中的诗人之心的激越与猛烈?——在一个冬夜,她自杀了,死后葬在某个十字路口,现在是公共汽车在大象堡外的停靠点。[1]

如果有某个女人在莎士比亚的时代拥有莎士比亚的天才,我想她的故事大概就是这样。但就我而言,我同意那位过世的主教的话——如果他确曾做过主教,他说,无法想象莎士比亚时代有任何女性拥有莎士比亚的天才。因为莎士比亚般的天才,不会出现在辛苦劳作、目不识丁、地位卑微的群体中。不会出现在英国的撒克逊人和不列颠人中。[2] 也不会出现在今

---

[1] 大象堡,伦敦地名,位于东端的萨瑟克区。
[2] 撒克逊人是西部德意志民族中的一支,公元5、6世纪入侵大不列颠,是大部分英格兰人的祖先。不列颠人是古罗马时代进入不列颠南部的凯尔特人的一支,后被视为不列颠的原住民。

天的工人阶级中。而按照屈威廉教授的说法,女性几乎还在幼年就已在父母的迫使下、法律和习俗的推动下开始劳动,这样的天才又怎能出现在她们之中呢?然而,女性中必然存在着某些天才,就像工人阶级中也有天才。时不时地,就会有一个艾米莉·勃朗特或罗伯特·彭斯崭露头角,证明天才的存在。但当然,这些从未被记录下来。不过,只要读到女巫给人溺死、女子遭魔鬼附体、兜售草药的占卜女人,甚至某个杰出男性的母亲,我想我们就可以循此找到被埋没的小说家、受压抑的诗人、某位默默无闻的简·奥斯丁、某位在沼泽地上苦思冥想或在公路上游荡、被自己的天赋折磨得发狂的艾米莉·勃朗特。实际上,我大胆猜测许多不曾署名的诗篇往往出自女人之手。我记得,爱德华·菲茨杰拉德认为,是一位女性创作了民谣和民歌,哼唱给她的孩子们、打发她的纺织时间,或消磨冬日的长夜。[1]

这可能是真的,可能是假的——谁知道呢?——但我看来,我编造的莎士比亚妹妹的故事有其真实性,任何生于16世纪的天才女子一定会发疯,或射杀自己,或在村庄外孤零零的茅屋里终老,半巫半鬼,让人害怕,被人嘲笑。只要略知心理学,就会知道,一个天赋过人的女子,要想在诗歌中施展才华,会遭受他人的重重阻碍、其对立本能的折磨与撕扯,必然会失去健康和理智。任何女子,只要来到伦敦、站在后台入口、设法见到演员经理,都会伤害到自己,承受或许是没来由的、却不可避免的痛苦——因为贞洁或是某些社会出于不可知的原因编造的迷信。当时乃至现在,贞洁在女性生活中都有宗教意义上的重要性,它与女性的身心纠结缠绕,要想把它剥离出来,暴露在光天化日之下,需要极大的勇气。16世纪时,伦敦的自由生活对身为诗人和剧作家的女性来说,意味着精神上的压力和困境,完全有可能把她推向绝路。即使她活下来,精神的紧张和病态的想象,也会令她写出的东西扭曲和畸变。我望着书架,想到书架上没有一部女人创作的剧作,她的作品无疑是不会署名的。她一定会如此来保护自己。甚至到了19世纪,贞节观的一封仍然迫使女人隐姓埋名。科勒·贝尔、乔治·爱略特、乔治·桑,无一不是她们内心冲突的牺牲品,[2]这从她们的写作中就可以看得出来,她们徒劳地用男人姓名来掩饰自己。这样一来,她们就遵从了常规,女人抛头露面是可耻的,而这一常规即使并非由男性树立,也是经过他们大力鼓吹的(伯里克利说,女人的荣耀不在为人津津乐道,他本人倒是常被人提

---

[1] 爱德华·菲茨杰拉德(1809—1883),英国作家,曾翻译波斯诗人俄谟·迦亚谟的《鲁拜集》。
[2] 科勒·贝尔是夏洛特·勃朗特的笔名。

起)[1]。隐姓埋名的习性在她们的血液中流淌。掩盖自己的欲望依然控制着她们。

(以上片段节选自《一间自己的房间》,贾辉丰译,人民文学出版社,2003年)

多丽斯·莱辛

作家简介

多丽斯·莱辛(Doris Lessing,1919—2013)是二战后英国最杰出的妇女作家,于2007年获诺贝尔文学奖。她生于伊朗,5岁时随父母迁居非洲的罗得西亚(Rhodesia)。1949年她来到英国,定居伦敦。1950年以南部非洲为背景的小说《野草在歌唱》(*The Grass is Singing*)出版,莱辛一举成名,从此成为专职作家。20世纪五六十年代莱辛积极

投身左派政治活动,这一时期的主要作品为五部曲《暴力的儿女》(*Children of Violence*,1952—1969)和《金色笔记》(*The Golden Notebook*,1962)。作品专注于描写女性和政治,内容涉及种族歧视、阶级冲突以及男女情感纠葛,表现出明显的现实主义倾向。莱辛的风格在70年代发生变化,转向创作科幻小说。五卷宇宙空间系列小说《南船星系中的老人星座:档案》(*Canopus in Argos: Archives*,1979—1983)融历史、科学、政治、神话、寓言于一体。80年代中期,莱辛又返回到现实主义的风格,发表了《好恐怖分子》(*The Good Terrorist*,1985)、《第五个孩子》(*The Fifth Child*,1988)等作品。莱辛的小说带有鲜明的时代特色,她反思当代政治和文化思潮,从不同的角度反映人和社会的真实状况,堪称时代的代言人。

选文赏析

短篇小说《屋顶丽人》选自故事集《一个男人与两个女人》(*A Man and Two Women*,1963)。故事以20世纪60年代的伦敦为背景,记叙了一周之内发生在三个修房工人与一个女人之间的碰撞。年轻的女人在屋顶上晒日光浴,引起近

---

[1] 伯里克利(公元前495—前429),古雅典政治家,后成为雅典的实际统治者,领导雅典进入军事和文化上的全盛期。

处三个工人的注意。他们想方设法要与她搭讪,但无论男人们吹口哨、跺脚、谩骂,后者都安之若素,无动于衷。作品情节简单,寓意却较为复杂。

晒日光浴的女人躺在屋顶上,成为被观赏的对象。莱辛通过这一细节揭示了现代社会中女性成为男性凝视物的现象。哈里、斯坦利、汤姆分别处于三个不同的年龄段,他们在一定程度上成为普通男性的代表。他们看女人的目光反映出男性统治社会里男人对女人的典型态度与种种偏见。

《屋顶丽人》涉及的不单单是性别之间的冲突。屋顶上的女人是有闲阶级,在烈日炎炎下正好享受阳光,而三个工人却必须冒着高温酷暑干活。工人干活的楼顶与女人晒日光浴的楼顶属于不同的"系统",20英尺的间距象征着英国社会阶级的差别。莱辛在作品中特别强调了工人们恶劣的工作条件。汤姆遭到晒日光浴女人的拒绝后,从充满浪漫色彩的绮梦中醒来,看到了自己在社会中的可怜地位,不禁怒火中烧。

故事结尾时,持续一个星期的高温天气结束,但是英国社会中性别、阶级之间的紧张、敌对和冲突并未消失,依然存在。莱辛以写实的手法描绘了现代社会中人与人之间的复杂关系,赋予作品深刻的社会批评意义。

《屋顶丽人》

那是在六月里赤日炎炎的一周。

三个男人在屋顶上干活。铅皮屋顶被晒得滚烫,他们想出了一个主意,往上面泼水降温。可水一泼上去就冒热气,"滋滋"作响。这三个男人开玩笑说,应该从楼下哪家女人那里弄只鸡蛋来,用铅皮屋顶煮熟作午饭。下午两点,他们正在更换的那根排水管烫得碰都碰不得。他们一起猜测那些在通常很热的国家里干活的人会怎么办。他们可能会借防烫的棉手套抓鸡蛋吧?他们三人都不习惯于炎热,都感到头晕。他们脱掉上衣,并肩站着,努力往烟囱投下的一块一英尺宽的阴影里挤,小心地不让太阳晒着他们穿着厚袜子和长筒靴的脚。从一排排屋顶望过去,景观不错。不远处,一个男子正坐在躺椅上看报纸。他们就在约50码外的烟囱之间看见了她。她俯卧在咖啡色的毯子上。他们可以看见她身体的上部:黑头发,晒得发红的结实的脊背,双臂伸开。

"她简直一丝不挂,"斯坦利说,好像很生气的样子。

哈里说:"好像是。"他是他们中最年长的,大约45岁。

年轻的汤姆只有17岁。他没说话,可却兴奋地咧嘴笑着。

斯坦利说:"她若不小心点,会有人告发她的。"

"她认为没人看得见她,"汤姆一边说,一边使劲探身,想多看到一点。

此时,那女人仍然俯卧着,她用双手抓着一条围巾的两端往上伸到肩后,在背后打了个结,然后坐了起来。只见她胸部裹着一条红色围巾,穿着一条红色比基尼裤。这是她第一天出来晒太阳,她雪白的肌肤晒得发红。她坐在那里抽烟,斯坦利挑逗地向她吹口哨时,她没有抬头。哈里说:"只有卑鄙小人对这种低级举动感兴趣。"说着带着两人回到他们那边的屋顶。可那边灼热难当。哈里说:"等一等,我去弄个东西遮遮阳光。"他边说边从天窗钻进了楼里。他一走,斯坦利和汤姆就来到他们所能达到的最远端,偷看那女人。她已挪动过。他们只能看见她在毯子上伸开的两条粉腿。他们又吹口哨又喊叫,可那两条腿却一动不动。哈里拿着毯子回来叫道:"快过来。"他似乎对他们很恼火。他们向他爬过来。哈里对斯坦利说:"你老婆会怎样?"斯坦利结婚大约刚三个月。他嘲笑说:"我老婆会怎么样?"显出满不在乎的样子。汤姆什么也没说,但满脑子都是那个近乎裸体的女人。哈里拿来楼下一个好心女人借的毯子。将一头搭在电视天线上,另一头挂在一排烟囱管帽上。毯子投下的阴影正好挡住他们更换的那根排水沟。可阴影不断地移动,他们得调整毯子。所以活儿没有多少进展。屋顶终于没那么热了。他们加紧干活,以弥补浪费的时间。先是斯坦利,然后是汤姆,走到屋顶尽头去看那女人。斯坦利说:"她正仰卧着呢。"然后加了句俏皮话,使汤姆暗暗发笑。年纪大一点的哈里宽容地笑了笑。汤姆看了回来说:"她还是刚才那样子,没有动。"可他撒了个谎。他看见的情景只想自己一个人知道,他刚才瞥见那女人将小小的红色比基尼裤往臀部下面卷,直到成为一个小三角。她仰卧着,一览无余,涂着防晒油的身体闪闪发光。

第二天上午,三个人一上来就过去看。那女人已经躺在那里了。脸朝下,双臂伸开。除了那条小小的红色比基尼裤,一丝不挂。一夜之间,她肤色已经变成褐色。昨天她是个又红又白的女人,今天却成了个棕色女人。斯坦利吹了声口哨。她抬
起头,好像从睡梦中惊醒,然后朝他们直望过去。太阳正好照着她的眼睛。她眨眨眼,瞪视了一会,然后又垂下了头。她这种毫不在乎的举动使他们三个人斯坦利、汤姆和老哈里一道吹起口哨、大叫起来。哈里这么做,本来是取笑模仿两个年轻人,可他也很生气。他们三个都很生气。因为她对望着她的这三个男人竟然无动于衷。

"荡妇,"斯坦利说。

汤姆窃笑道:"她应该叫我们过去。"

哈里恢复了常态,提醒斯坦利说:"如果她结了婚,她老公不会喜欢这样的。"

"老天,"斯坦利用一种一本正经的口气说,"要是我老婆像那样躺着给人看,我会立刻制止她。"

哈里笑着说:"你怎么会知道呢?也许她此时此刻也正在晒太阳呢。"

"绝不可能。绝不可能在我们家屋顶上晒。"想到他妻子很保险,他情绪好多了。他们继续干着活。可今天比昨天还热。有好几次,他们这个或那个提议去找工头马修,要求离开屋顶,等热浪过了再回来。可他们没有这样做。这栋公寓大楼的地下室里也有活可干。可在这里,他们与那些被关在大街上和楼房里的普通人不同。他们高高在上,感到自由自在。那天的中午时分,有很多人出来到房顶上呆了一个小时。几对夫妇并肩坐在折叠椅上。女人们没穿长袜,腿红红的。男人们只穿着汗衫,肩膀也红红的。

那女人呆在毯子上,翻过来翻过去。不管这三个男人对她怎么样,她都不理睬他们。哈里下去拿螺丝钉时,斯坦利对汤姆说:"跟我来。"那女人的屋顶同他们所在屋顶不属于同一片,和他们的屋顶分开约莫20英尺。要到那边去,就得再往高处爬,紧挨着烟囱,沿着低矮的墙慢慢挪步。而他们的靴子又滑又不稳。他们站在一个凸起的方形小屋顶上,朝下盯着她看。她正坐在那儿抽烟,看书。蓝天衬在她身后,她两腿伸展开。汤姆觉得她看起来很像一幅招贴画,或一本杂志封面。她身后一架很大的起重机正在牛津街一栋新建筑物上操作。[1] 它那黑色的臂膀越过屋顶,形成一个巨大的弧形。汤姆想象自己正坐在那架起重机上工作,将那臂膀伸过去,抓起那女人,再穿过天空把她吊过来,落在他近旁。

他们又吹起口哨。她抬眼冷冷地看了看他们,又继续看书。他们又一次被激怒了,更确切地说,斯坦利愤怒了。他一遍遍吹着口哨,想让她抬起头来朝他们望。他那被太阳晒得滚烫的脸都气歪了。年轻的汤姆不再吹口哨,他站在斯坦利旁边,兴奋地咧嘴笑。但他觉得自己仿佛正对那女人说可别把我同他一样看待,因为他的笑带着歉意。昨晚入睡前,他还在想那个陌生的女人。在想象中,她对他很温柔。汤姆记起了此种温情,站在吹口哨嘲弄的斯坦利身旁,不耐烦地直搓脚,隔街盯视那个冷漠、健康、晒成棕色的女

---

[1] 牛津街是伦敦中心的商业街。

第八章 女性与空间:《一间自己的房间》和《屋顶丽人》

人。汤姆觉得这很浪漫,好像高高地站在两个山头上。这时他们听见哈里喊他们,于是又爬回去。斯坦利板着个脸,真的很生气。汤姆不时地看他,真不明白他为什么会这么恨那女人,因为他现在已经爱上那女人了。

他们不时调整那条毯子的位置,想要就着阴凉干点活。但还是直到下午四点钟左右,他们才能真正干活。他们三人都精疲力竭了。他们抱怨着这个鬼天气。斯坦利的情绪坏透了。他们准备收拾工具离开之前,又去看看那女人。她显然已经睡着了。只见她脸朝下,整个背部都裸着。只有一块红三角遮住臀部。斯坦利说:"我真想去报告警察。"哈里接口说:"你烦什么?她这样碍着谁了?"

"如果她是我老婆,等着瞧吧。"

"可她不是,对吗?"汤姆知道哈里和自己一样,对斯坦利的这种反应感到不安。斯坦利平常是个很机灵的年轻人,工作时手脚麻利,爱开玩笑,是个很好的伙伴。

哈里说:"明天可能会凉快些。"可是第二天不仅没凉快,反而更热了。天气预报说,这种晴好天气还将持续下去。他们一上屋顶,哈里就过去看那女人还在不在。汤姆知道这是为了不让斯坦利过去看,免得他发脾气。哈里有几个长大成人的孩子,有一个男孩,和汤姆同龄。年轻的汤姆信任他,尊重他。

哈里回来说:"她不在那里了。"

斯坦利说:"我敢说是她老头子不许她这样干了。"哈里和汤姆对望一眼,背着这个新婚的年轻人偷偷地笑了。哈里提议说,他们应该得到允许去地下室干活。他们那天真的去地下室干活了。干完活,收拾工具离开之前,斯坦利说:"我们去呼吸一下新鲜空气吧。"哈里和汤姆跟着斯坦利上屋顶时相视而笑。汤姆真诚地相信,自己上去是为了保护那女人,以免斯坦利损她。那时是五点半左右,阳光静静地洒满屋顶。那架巨大的起重机仍将它那黑色的臂膀从牛津街那边伸过来,悬挂在他们头顶上。那女人不在那儿。接着,矮墙那边仿佛有个什么白色的东西飘闪了一下。那女人站了起来,穿着一件白色晨衣,系了根腰带。她可能已在那里呆了一整天。那是另一个屋顶。她想躲开他们。斯坦利没吹口哨。他什么也没说,只是注视着那女人弯下腰收拾书报和香烟,将毯子叠起来,盖在手臂上。汤姆心想如果他们俩不在,我就过去同她说……说什么呢?汤姆夜里做梦,梦见她,汤姆了解到她善良而友好。说不定她还会邀他去她的公寓呢。说不定……汤姆站在那里,望着那女人钻进天窗。就在她下去时,斯坦利向她嘲弄地尖叫一声。她吓了一跳,差点摔倒。她赶紧抓住什么东西站稳。他们听见她手上的东西掉了下来。她直视着他们，非常气愤。哈里朝着她开了句玩笑："宝贝儿，小心点，梯子滑。"汤姆知道哈里说这话是为了防止斯坦利损她。但她不可能知道这个。她皱着眉头消失了。汤姆心里暗暗高兴。因为他觉得，她的愤怒是冲着那两个人的，而不是他。

斯坦利说："快下点儿雨吧。"他一副苦脸，望着蓝色的夜空。

第二天，万里无云。他们决定干完地下室的活。他们觉得关在这灰暗的地下室里装修管道，被排斥在滚滚热浪的伦敦节日气氛之外了。午饭时，他们又上屋顶去透气。上面有几对夫妇和身着衬衫的男人，而她却不在。既不在她通常呆的那个屋顶，也不在她昨天呆的地方。他们三个，甚至连哈里在内，在烟囱管帽间爬来爬去，越过短墙，到处找她。滚热的铅皮屋顶把他们的手指烫得很疼，可却丝毫不见她的踪影。他们脱去衬衣、汗衫，露出胸膛，感觉两只脚又湿又热。他们谁也没有提起那女人。可汤姆再次感到很孤独。昨晚他想象那女人让他进了她的公寓。房间很大，铺着白色地毯，有一张床，床头板用一张白色皮革包着。她穿件薄薄的黑色女式长睡袍。汤姆一想起她对他的温柔，嗓子就发痒。他觉得她现在不在，就是失信于他。

完工以后，他们又爬上屋顶。但仍不见她的身影。斯坦利不断地说，如果明天还这么热，他就不干活了，就到此为止了。可第二天，他们全都去了。上午十点时，气温已达华氏七十多度。远还不到中午，就已达华氏 80 度。哈里去对工头说，天这么热，没法在铅皮屋顶上干了。可工头说，他也没别的活好让他们干。他们不得不在屋顶上干活。中午时分，他们默默地站着，看见那女人屋顶上的天窗打开来。她穿着白色长袍，慢慢出现了。手里抱着一床叠着的毯子。她沉着脸看了他们一眼，然后走到屋顶一处他们看不见的地方。汤姆很高兴。他觉得他们两人看不见她，她就更属于他了。他们本来已经脱掉了衬衣和汗衫。现在他们又把衣服穿上，因为他们觉得太阳正在灼伤他们的肌肤。"她的皮肤必定像犀牛皮一样经晒，"斯坦利说。他正费力地拽一根排水沟，嘴里骂骂咧咧。他们停下活，坐到阴凉处，在烟囱群后面移来移去。对面有个女人来到窗前，给窗台上的黄色花箱浇水。她已届中年，穿了件印花夏装。斯坦利对她说："我们可比花更需要水喝。"她笑着说："最好赶快到下面酒吧去，一会儿就要关门了。"他们彼此说些打趣的话。然后，她向他们挥手笑了一下，走开了。

第八章 女性与空间:《一间自己的房间》和《屋顶丽人》

"她可不像那边的戈黛娃夫人,"[1]斯坦利说,"她还能对我们笑笑,跟我们聊上几句。""可你没对她吹口哨啊,"汤姆责怪说。

"瞧他说的,"斯坦利说,"你刚才难道没吹口哨吗?"

可汤姆觉得自己刚才没吹口哨,好像光是哈里和斯坦利吹了似的。他正计划着完工以后,他要留在后面,想办法到那个女人那边去。天气预报说高温期快要结束了,所以他得赶快行动。可他没有机会留在后面。那两个人决定四点钟停工,因为他们已经精疲力竭了。他们下楼时,汤姆赶快爬上一堵短墙。然后爬上一根烟囱,使自己处于较高的位置。他瞥见那女人正仰卧着,屈着双膝,双目紧闭,完全是一个懒洋洋地躺在太阳下,晒成了棕色的女人。他"啪"地从一上面滑下来。斯坦利问他情况时,他答道:"她已经下去了。"他觉得自己保护了她不受斯坦利的骚扰,她一定很感激他。他可以感到那女人与他之间有种默契。

第二天,他们站在屋顶下楼梯口,不愿爬到上面去受热。借毯子给哈里的那个叫普里切特太太的女人出来让他们喝茶。他们感激地接受了,还在她家厨房里坐了个把小时,聊着天。她嫁了一个航空公司的飞行员,是个皮肤白皙、金发碧眼的精明女人,三十岁左右。她很欣赏长相英俊、轮廓分明的斯坦利,和他逗乐取笑。此时哈里坐在角落里,宽容地望着他们。但他的表情却提醒着斯坦利不要忘了自己是个结了婚的人。年轻的汤姆很羡慕斯坦利打趣逗乐时那种安然自得的样子。但也觉得,斯坦利同普里切特太太逗乐,使他同屋顶上那女人的罗曼史更安全无碍。

"我记得他们说过热浪快要过去了。"当他们真该爬上屋顶到太阳下干活的时候,斯坦利闷闷不乐地说。

普里切特太太问:"那你不喜欢去上面吗?"

"有些人认为不错,"斯坦利说。"躺在那里什么事也不做,好像上面是个海滩似的。你上去过吗?"

"去过一次,"普里切特太太说。"那上面太脏,也太热。"

"说得很对,"斯坦利说。

然后他们离开了这个凉快整洁的房间和友善的普里切特太太,又爬到上面去了。他们一上去就看见了她,三人望着她,对她那副在烈日下怡然自得的样子很不满。哈里看到斯坦利脸上的那副表情,便说,"过来干活吧,我们至少得装一下样子。"他们必须将一堵短墙边上的另一根排水沟从底座上

---

[1] 戈黛娃夫人是11世纪初英国的一位贵妇。相传她为使她丈夫减免考文垂的苛捐杂税,赤身裸体骑马从大街上走过。此处指屋顶上近乎裸体的女人。

用力拧下来，换上新的。斯坦利双手抓着那根旧的，使劲拉着，咒骂着。然后站了起来，"去他妈的，"他说着，坐在一根烟囱下。他点了根烟说："去他妈的。把我们当成什么了？蜥蜴吗？我手上尽是疱。"接着他跳起来，爬到屋顶那边，背对他们站着。他将手指插进嘴的两边，吹了声尖尖的口哨。汤姆和哈里蹲着，彼此并不看一眼，而是望着斯坦利。他们刚刚看得见那女人的头和那棕色肩膀的上端。斯坦利又吹了声口哨。接着他又开始跺脚，朝那女人吹口哨，大喊大叫。他的脸变得通红。他像完全疯了似的，又跺脚又吹哨。而那女人却纹丝不动。

"他疯了，"汤姆说。

"就是，"哈里不以为然地接口道。

突然，年纪大的哈里做出了一个决定。汤姆知道，那是为了避免斯坦利对那女人干蠢事，引起真正的麻烦。哈里站起身，用一块油布将工具包起来。"斯坦利，"他命令道。起初斯坦利没注意。哈里又说："斯坦利，我们收工了。我去跟马修说。"

斯坦利走回来，面色难看，瞪着两眼。"不能再这样下去了，"哈里说。"一两天就会变天的。我去跟马修说我们中暑了。如果他不同意，那就糟了。"汤姆注意到，听口气，连哈里也愤愤不平了。这个能干的矮个子，这个头发灰白，有家室的人，从来都是胸有成竹的。现在他似乎也六神无主了。"来吧，"他气愤地说着，钻进屋顶上那打开的天窗，小心翼翼地走下梯子。接着斯坦利也下去了，一眼都不看那女人。然后是汤姆。他喉头脉搏兴奋地跳动着。他回头看一眼，悄悄地向那女人保证：等着我，等着，我就来。

来到人行道上，斯坦利说："我要回家了。"他脸色煞白，可能真的中暑了。哈里去找工头。工头正在街那边的公寓里修水管。汤姆悄悄溜回来，但不是去他们干活的那栋楼，而是去屋顶上躺着那女人的那栋。他径直往屋顶上去，没人拦他。天窗开着，一架铁梯通上去。他爬上屋顶，离她几码远。她坐了起来，两只手将头发向后拢了拢。那条围巾紧紧地束着她的胸部，褐色的肌肉都凸了出来。她两条腿晒成褐色，很光滑。她无声地瞪着他。汤姆站在那里，咧嘴笑着，傻乎乎的，想从她那里得到他所期望的温存。

"你想干什么？"她问。

"我……我来……想结识你，"他结结巴巴地咧着嘴笑，恳求着她。

他们你看着我，我看着你。一个是瘦小的、兴奋得满脸通红的少年。另一个是神情严肃、近乎裸体的女人。那女人一句话不说，在棕色的毯子上躺下，理也不理他。

"你喜欢这太阳，对吗？"他朝着她那闪闪发光的后背问道。

第八章 女性与空间:《一间自己的房间》和《屋顶丽人》

没有反应。他很惊慌。他想象她曾是怎样地把他搂在怀里,抚摸他的头发,以高贵的气派把他从他现在坐的地方带上她的床,给他喝了杯他生活中从未尝过的提神饮料。他觉得如果他跪下,抚摸她的双肩和头发,她就会转过身,把他搂住。

他说:"你觉得这太阳很好,对吗?"

她抬起头,把下巴支在两只小拳头上。"走开,"她说。他没动。"听着,"她以一种理智的声音慢慢地说,听得出她费力地控制着愤怒。她望着他,气愤得带着一脸厌恶的表情。"如果你觉得看女人穿着比基尼很刺激,为什么不花六便士坐车去利多呢?[1]你在那儿能看见成打成打穿比基尼的女人,用不着爬这么高。"

她一点都不理解他。他感到她对他这么不公平,使他脸色变得苍白。他结结巴巴地说:"可我喜欢你,我一直在注意你。我……"

"谢谢了,"她冷冷地说,重又低下头,转过身。

她躺着。他站着。她一句话不说,完全拒他于千里之外。有几分钟,他站在那里,一声不吭。他想:"如果我继续呆着,她总得说些什么。"可是,时间一分钟、一分钟地过去了。她根本没有说话的意思。只是她的脊背、她的大腿、她的臂膀都绷得紧紧的——紧张地等着他走开。他抬头看看天空,太阳似乎在热浪中旋转。他又看看那边他和他的伙伴早先呆着的那个屋顶,他看得见他们干活的地方飘着阵阵热气。居然指望我们在这种条件下干活!想到这里,他理所当然地感到很愤怒。那女人一动不动。一丝热风轻轻吹拂着她的黑发,闪闪发亮。他还记得在他昨夜的梦中,他是怎样地抚摸过那头黑发。

对她的怨恨终于驱使他走开,他下了梯子,从楼里出来,走上大街。之后,他怀着对她的仇恨喝醉了酒。

第二天他醒来时,天色灰蒙蒙的。他望着潮湿的阴天,心里恶狠狠地想看,老天惩罚你了,怎么样?老天狠狠地惩罚你了。

他们三个人早早地来到凉快的铅皮屋顶上干活。细雨蒙蒙。周围的屋顶湿漉漉的。那些黑色的屋顶因为下雨,滑滑的,再没有人来进行日光浴。现在天气凉快下来,如果他们抓紧时间,他们就可以在那天把活全部干完了。

---

[1] 利多原指意大利威尼斯海滨浴场。这里指海德公园里的湖。

※ 思考题

1. 为什么伍尔夫说17世纪之前的女性只存在于文学作品中,而在历史中却是缺席的?
2. 为什么伍尔夫要假设莎士比亚有一位同样天资出众的妹妹?这一文学假设与"一间自己的房间"有何关联?
3. 伍尔夫认为随着时代的变迁,18世纪的女性比16世纪的女性更具备写作的条件,而20世纪的女作家比起18世纪的女性,因为经济地位、教育水平、文化氛围的改善,又拥有更多的写作自由。联系伍尔夫的观点,请谈一谈你对16世纪以来西方女性写作历史变迁的看法。
4. 谁是《屋顶丽人》故事的主人公?
5. 《屋顶丽人》中炎热天气与人物行为之间有何关系?
6. 《屋顶丽人》展现了怎样的男女关系结构?

※ 网站链接

弗吉尼亚·伍尔夫的有关网站:

http://hubcap.clemson.edu/aah/ws/vw6links.html

提供关于伍尔夫的网上导航,包括伍尔夫的一般介绍、有关课程和课程内容、作家作品、相关评论和照片的链接。

http://www.cygneis.com/woolf/

提供伍尔夫《一间自己的房间》的全文、背景介绍、文化注解、作品分析、网上讨论等学习资料。

多丽斯·莱辛的有关网站:

http://lessing.redmood.com/

提供莱辛生平、主要作品目录和部分作品的全文、较为完整的相关研究论文书目、访谈及其他相关信息,并可在线收听部分作品和访问片段。

http://www.mala.bc.ca/~mcneil/lessing.htm

提供关于莱辛的研究书目、相关链接和在线讨论区。

第九章
英国特性:《安乐乡》、《法国人与英国人》和《英格兰,英格兰》

文化背景

美国知名散文家拉尔夫·艾默生(Ralph Emerson)于1833年到访英国,和华兹华斯畅谈之后写道:"华兹华斯以他对真理的无限忠诚而著称,他不希望以此炫耀;他思想的严重局限性使人吃惊。但从这一次的谈话来看,他给人的印象是:他的思维是一种狭隘的、地地道道的英国式思维,他是以一种大众的平庸和顺从来凸显他可贵的高尚"[1]。华兹华斯不能代表全体英国人,更不能为"英国特性"(Britishness)代言,但是艾默生的评价不禁让人联想:什么是英式思维,英国人的思想有着怎样的局限性,英国的大众如何平庸、顺从了?沿着这个思路,我们回溯英国历史,让岁月揭示这个国家的性格,去探究其中是否透露着狭隘、局限、平庸和顺从。

英国的全称是大不列颠及北爱尔兰联合王国(The United Kingdom of Great Britain and Northern Ireland),由四个部分组成,其中最发达、人口最密集的是英格兰,接下来依次是苏格兰、威尔士和北爱尔兰。威尔士自1536年起受英格兰管辖,但是威尔士语至今是该地区流通的语言,威尔士人独特的风俗习惯依然独树一帜;苏格兰在1707年和苏格兰联合之前是独立的王国,"反对入侵"是苏格兰民族一贯的性格,而且大多数苏格兰人信仰基督教的长老会教派,而不是英格兰地区比较普遍的英国国教;北爱尔兰1801年并入英国,在这之前英国的清教徒和北爱尔兰的天主教徒之间冲突不断,眼下仍有约一半的北爱尔兰人信奉天主教,约10%的人说着古老的盖尔语。可见,英国是个多民族"联合"在一起的岛国,虽然"联而不合"一直是统治者的隐忧,但这一问题始终难以避免,

---

[1] 拉尔夫·艾默生,《英国人的特性》,张其贵等译,北京:中国社会科学出版社,2008年,第21—22页。

并成为英国历史的潜流。2014年9月,苏格兰的公投备受瞩目,"反独派"以小比分胜出,苏格兰仍属于英国,时任首相卡梅伦松了口气;2016年6月24日,英国全民公投结果显示,全国有近52%的人支持脱离欧盟,卡梅伦随即宣布辞职。这两件事恰好证明英国国内局势震荡不断,英国在世界舞台上的地位也发生变化。虽然2016年7月13日英国新晋首相特蕾莎·梅在就职演说中仍强调"统一",但是英国的一大特性便是:不列颠的(British)不等于英格兰的(English),"英国特性"在英国各族人民心目中激起的回响是不同的。

英国是位于大西洋和北海之间的岛国,与欧洲大陆隔海相望,它地理位置偏僻,资源相对稀少。可正是这样一个岛国,从18世纪下半叶至20世纪上半叶,将领土扩张至七大洲四大洋,成为真正意义上的大英帝国(British Empire)。统治这些领土、在全球范围内拥有最多殖民地的是英国国王或女王。保罗·沃德在《1870年后的英国特性》一书中称"君主政体是维持领土和殖民地忠诚的策略"[1]。哪怕民众说不一样的语言、隶属不一样的教会、支持不一样的党派、来自不同的大陆,面对无比高贵、象征富庶和强大的君主时,他们甘愿顺从,俯首称臣,因为英王的头衔全称是"承上帝洪恩,大不列颠及北爱尔兰联合王国与其属土及领地之皇帝/女皇×××,英联邦元首,基督教信仰的保护者"。国王作为帝国的首脑,皇室的点点滴滴作为皇权的象征有效凝聚了本土社会和殖民地各族人民的民心。所以,君主立宪制——国王和皇室,是英国最恒久的特性之一。

二战之后,英国本土面临大规模重建,经济委顿。50年代中后期,经济刚刚呈现复苏势头的英国又遭遇了1956年的苏伊士运河战争,在这场战争中,英法失利。失去苏伊士运河,标志着大英帝国失去了对中东的控制,预示了大英帝国的衰落。随后,1960至1964年间,英国在非洲的殖民地基本丧失。帝国在地理版图上分裂了,但是它从英国民众心理版图上消散的速度要慢得多。"帝国主义"曾充斥在他们的课本、教师的言论、电影、教会、文学等诸多方面,"帝国"的图样已经深深扎在他们心里,如看不见的烟尘一般弥漫在他们的意识和潜意识之中。无论帝国存不存在,无论国土有多大,首领只有一个,那就是英国的国王——唯一被认可的元首和基督信仰的保护者。与其说"君主"是一个高贵不可侵犯的意象,支撑着"帝国主义"这一意识形态,倒不如说,君主的存在本身就唤起并持续生产帝国主义的联想。曾经的帝国、现在的帝国想象、君主和帝国的微妙关系,也成了英国特性之一。这一曾占主导地位的意识形态给予了英国人矛盾的心理范式:对于过去曾经拥有的,他们无限怀念;对于业已失去的,他们已然

---

[1] Ward, Paul. *Britishness Since 1870*. London and New York: Routledge, 2004, P.14. 原文:"The monarchy was seen as a device to maintain the loyalty of the dominions and colonies."

第九章　英国特性:《安乐乡》《法国人与英国人》和《英格兰,英格兰》

接受;在现代反帝国主义言论成为主导话语时,他们也为自由、民主、平等振臂高呼;问他们眼下向往什么,他们向往已经失去的往日的辉煌——这算"狭隘"吗?

工业革命之后,城市和乡村逐渐分离,到了19世纪下半叶公共空间和私人空间也变得泾渭分明,这两组二元对立之间的关联,也算是英国特性之一。伦敦、格拉斯哥等城市曾经是、现在也是世界上最繁忙的城市。早先,英国的城市意味着交易、金钱、工业生产、恶臭、腐败、喧闹;而以教区(parish)为单位的乡村,则宁静、清洁、虔诚、悠闲、诗意。乡村的田园空间意味着农业、畜牧业、羊毛产业,有着自成一体、延续数世纪的传统作业方式。可是随着工业化、劳动分工细化的进程,男性多去城市寻求工作机会,那是个打拼的世界,在那样的外部空间,男性开拓、征服,旨在更好地保全、供养自己的私人领域。所以,英国人惯于在城市讨生活、在乡下休憩,他们对私人领域的珍视和对乡村田园的眷恋其实印证了帝国扩张与保卫本土之间的关系,成为其隐喻。

经历了两次世界大战,英国受到美国的大量资助,二战结束后,英国工党执政,在政治上与美国"联姻"。在这期间,好莱坞电影、美国的电视肥皂剧和综艺节目越来越吸引英国民众的眼球,英语中出现越来越多美国俚语。英国民众对美国的好感在二战结束初期达到顶峰,他们认为美国意味着物质上的极大丰富,对美国的一切充满了好奇。随后,工党开始干预媒体,控制美国电视节目在英国的输出。到了20世纪50年代,英国民众对美国文化的痴迷程度开始下降,越来越多的人表示美国人热情但粗俗,美国文化肤浅且不道德。这说明英国政府在经济上接受美国援助的同时,对美国的文化入侵相当敏感,且加以阻止;而民众的态度恰好与政党的政策调整相适应。这是艾默生笔下所谓的英国人的"顺从"吗?抑或说明了资本主义民主社会的民意是可以被改变的?还是说,英国人骨子里对自己历史文化的认同、自豪和对外来文化的警醒、排斥,本来就是他们的特性之一?英美两国密切而微妙的关系在现代语境下可被视为英国特性,因为有史以来英国未曾与任何一个国家长期保持如此紧密的关系。

拉尔夫·沃尔多·艾默生

作家简介

拉尔夫·沃尔多·艾默生(Ralph Waldo Emerson,1803—1882),生于美国马萨诸塞州的波士顿,是著名的超验主义思想家、文学家、诗人。艾默生就读于波士顿拉丁语学校,1821年在哈佛大学神学院完成学业,1829年正式成为唯一神教派牧师。1831年至1832年间,艾默生游历欧洲,结识了托马斯·卡莱尔

(Thomas Carlyle)、塞缪尔·柯勒律治(Samuel Coleridge)及威廉·华兹华斯(William Wordsworth)等文学巨匠。1833年回到美国后，他的传教开始涉及个人的精神体验和道德诉求，这些思想后来汇集于艾默生在19世纪30、40年代发表的散文中，这些文章有的以散文集的方式出版，有的散见于《日晷》杂志，其中最为人所熟知的作品包括《论自力》、《论超灵》、《美国学者》、《论补偿》、《论爱》、《论友谊》等。艾默生所信奉的超验主义强调个人获得真知的天性和能力，并认为超灵(over-soul)的存在是能够引导人向善的力量。在美国文学史上，艾默生的杰出贡献在于，他提出美国文学应该体现美国的民族特性，强调自由和独立的思想以及每个人自我实现的权力。

《安乐乡》内容提要

《安乐乡》选自艾默生的随笔集《英国人的特性》(English Traits, 1856)。这本书集结了作者两度游历英伦的见闻感悟，讲到了英国的自然风情、名胜古迹、民族特性、英国人的才能、习惯和性格，说到了英国的贵族、教育、宗教和文化等等。卡莱尔称这本书如"美丽的瀑布"，并热烈地赞美它"抵得上新旧英国历史上所有的作品"。艾默生的语言一贯流畅、平实，但是这本书的字里行间还流露出作者的幽默感，以及不停地摇摆于"崇尚英国文化"和"批判英国做派"之间的焦虑。想要在游览之间完全体验一个国家的民族特性是不容易的，艾默生笔下的"英国人的特性"反映了作者敏锐的观察力和真诚的态度，折射出一个思想深邃的美国人在立国不久甚至民族尚未统一时，面对英国悠久历史和深厚文化时的微妙心态。

选文赏析

《安乐乡》这篇文章在《英国人的特性》一书中显得卓尔不群。不同于其他文章以"初访英国"、"习俗"、"财富"、"宗族"、"大学"这类主题鲜明的语汇为标题，"安乐乡"这一标题留给读者丰富的想象空间。艾默生是要描绘英国的田园风光，民众的富足美满吗？其实不然。作者开篇就说"英国是幽默之乡"，却未提人们所熟知的英式冷幽默或者英国人的自嘲；看似赞扬英国对于人权的重视，实则讽刺英国人法律之不公、思维之荒谬。

英国人的狭隘也给艾默生留下了深刻印象，仿佛"非英国的"都不值得一提，英国的是最好的。此外，英国人的自我认知竟也发生倒错，比如，文中提到几位身处德国的英国女士反说德国人为"外国人"——这在艾默生看来是既偏执又自

第九章　英国特性:《安乐乡》、《法国人与英国人》和《英格兰,英格兰》

恋的表现,而这些无疑由无知和狭隘所致。值得反思的是,所有英国人皆如此吗？这能算作是英国的民族特性吗？如果确实如此,那么卡莱尔还能特意去信赞美艾默生之独具慧眼、不同凡响,恐怕也多多少少反映了英国人宽容淡然的一面吧。

英国人坚守自己的传统,同时藐视在他们看来毫无根基可言的美国。这无疑刺激着艾默生。彼时,艾默生在美国有着智者的声望,备受尊重。正是这样的身份令他在打量英国的时候心系祖国,他时而用美国的实用主义、自由平等的标准批判英国的迂腐和做作,时而又用英国的自信和帝国遗风作为标准影射美国的粗陋。可是,要说粗陋,作者仿佛要为美国扳回一城,特意把英国历史中不光彩的一面拎出来,在文章尾声时大力讥讽了英国的圣乔治。这篇文章中流露出的立场拉锯和对于言辞分寸的纠结是在艾默生其他文章中不多见的。

那么,安乐乡是什么呢？也许它是英国人所热爱的那个英国,是英国人心中对英国的投射,不论外界沧海桑田,英国人心中的民族认同和自我认同都难以撼动。这也许正是艾默生看到的英国特性吧。

安乐乡

英国是幽默之乡。她尤其推崇个人权利,且经常把这种个人权利推到与公共秩序相提并论的极限。财产权利神圣不可侵犯,以至于成了这个种族的一种技艺,这种情况是独一无二的。比方在一块农民拒绝变卖土地上,即便国王也休想涉足。哪怕立遗嘱之人要把其财产留给一只狗或一座破房子,政府也不得干涉他这种荒谬之举。每个英国人都有其独特的生活方式,有时可以把这种方式发挥到极致。并且他的同胞会对他施以顽固的同情,这几乎成了规律法规、法官和骑士卫队用来支持克伦普先生的狂思妄想的一种工具。无论多么荒唐怪诞的念头,英国人总会千方百计地借助金钱或法律手段使其名留千古。英国公民无所不能,丝毫不逊于罗马公民。安乐乡先生对此了如指掌。那些财大气粗之人所谓的自由,无非就是能让他们拥有为所欲为的权力,作恶多端也是为了感受那份自由,还铁了心要把它坚持到底。

英国的国土很小,这使得国人容易团结一致,对国家充满挚爱。他们对自己国家的权力和表现满怀信心,而对其他国家漠不关心。他们讨厌外国人。曾在英国久居的斯维登堡注意到:"英国人都很相似,正因为如此,他们只跟本国人结交密友,却很少与外国人打交道。他们看待外国人,就像从宫殿的顶层用望远镜遥望城外居住或游荡的人一样。"早在1500年,一位威尼斯旅游者曾在《英国的关系》书中写道:"一个国人非常爱自己和他们拥有的每件东西,他们认为除了自己,没有别人,除了英国,没有别的世界。每当看到一位英俊的外国人,他们就说他貌似英国人,并为他不是英国人而感到惋惜;当他们与一位外国人分享一顿美味佳肴时,他们会问:在其国家是否也有同样的东西。"当他对某种东西表示赞同时,他就会脱口而出"太像英国的了!"或当他要对你表示恭维时,就会说:"我还以为你是个英国人呢。"如进行天性对比,法国就是一块黑板,英国的特性就是用粉笔在上面描绘自己的特色。再提及法国时,英国人脸上这种傲慢的神情会自然而然地流露出来。我猜想在美洲、欧洲或亚洲具有英国血统的人都在窃喜自己不是法国人。据说,柯勒律治先生在一次公众演讲结束时,在众人面前感激上帝,因为他成功地自始至终没有使用一个法语单词。英国人的自视甚高,致使他们在上流社会与陌生人谈话时,那些怠慢或贬低自己的日常用语,都被他们曲解为这是对英国优点所展示的一种情不自禁的敬意;当纽约人或宾夕法尼亚人谦虚诚恳地感叹一个国家的圆木小屋或野蛮未开发等缺陷时,立即会招来旁人的众多同情,这是他们惊诧不已,因为他们坚持认定英国之外的整个世界就是一堆废墟。

  英国人的这种局限同样妨碍其外交政策。他们牢牢地守护着自己的传统习俗和行为习惯,祈求上帝保佑!硬生生地把本国的规章、条款插入印度、中国、加拿大、澳大利亚等大国的喉咙,不仅如此,而且还把"沃坪"(Wapping)地方的税收强加给维也纳国会,用沉重的税收蹂躏着其他所有民族。卡塔姆勋爵主张自由,没有代表就不要交税,——因为那是英国的法律。可是在美利坚他们连一个鞋钉也不敢做,只能在英国购买钉子——这也是英国的法律;美国独立导致英国的商业重造,这一事实使所有人震惊不小。

  简言之,我担心英国人生性好斗、咄咄逼人,与他国人很难和谐共处。要知世界太小,一山难容二虎。

  除了这些民族性之外,还有一点不能视而不见,那就是这个岛国的人们每日膜拜古老的挪威布拉吉神(在斯堪的纳维亚人的祖先中,布拉吉神以他的能言善辩和气宇轩昂而著称)。英国人拥有一种大无畏的精神,这使得他们能吃大苦、耐大劳、创大业;同时,他们又拥有一种小虚荣,每个人总喜欢在别人面前显露两手。因此,聚会时,他们人人都自命清高,对别人不屑一顾,毫不掩饰自己的身段、容貌、衣装、社会关系乃至出生地的任何一种缺陷,因为他们认为自己的每个特点都值得向你推荐。即便他们当中或有人秃顶,或有人长着一头红发或一头青发,或有人是罗圈腿,或有人疤痕累累,

第九章 英国特性：《安乐乡》、《法国人与英国人》和《英格兰，英格兰》

或有人大腹便便，或声音刺耳难听，而他总会自欺欺人地认为这里面必潜藏着时髦之处，所以对他来说，这一切都恰到好处。

然而上帝自有安排。在英国人心目中，这一点点过分的自恋正使他们的力量源泉和历史机密。正因如此，每一个人敢于展示真实自我，敢于做他力所能及的事情。他们藐视躲躲闪闪，缩头缩尾的猥琐习气，鼓励坦率、英勇和刚毅的作风。因此，每个人都会尽可能地表现最佳，不会错过任何一次实现自己愿望的机会。一个人的缺点对其本人与其他人都是同等重要。如果他轻视这些缺点，别人同样也会轻视它们。正因如此，我们从中找到一种简便的性格测试方法，因为一个脆弱的人很容易被烦恼击毁，而坚韧的人不会。我记得在西部某个城市，有一位精明的政客曾告诉过我，他知道有好几个政治家的成功源自其所谓的缺点。另外，伊利诺斯州的前州长曾告诉过我："如果一个人知道些什么，他会坐在角落里缄口不言；相反，他什么都不知道的时候，他会像一只无知的孔雀，东奔西走忙忙碌碌，到处去碰运气。"

当然，有时"吹牛"也有好处，它会使你不知不觉道出自己的真实想法。千方百计地迎合他，让他把所有的想法都说出来，然后促使他坚持到底。然而教养使得这些见多识广的英国人逃脱了这种可笑至极的自娱自满，相反给人一种轻松愉快的气氛。路易十六的神态和气质在这位君王身上表现得恰到好处，假若换作另一个人就会变得荒唐可笑。英国姓名的威望证实了这种特定自信的含义，这在法国人或比利时人的姓名中是没有的。不论怎样，在英国特性这方面，英国人持有一种十分自由的怪异论调。

一位英国女士在莱茵河上听到一位德国人把她们一行人称作外国人时，惊呼道："不对，我们不是外国人，是英国人；你们才是外国人。"在伦敦，你每天都可以听到法国人和英国人争吵的故事。他们双方都不愿决斗，但他们的同伴唆使他们去决斗，最后争吵双方达成协定：在黑暗中用手枪进行单挑，把蜡烛熄灭了，那英国人为了确保不错伤他人，便点燃炉火，然后让那个法国人趴下。英国人对外国人没有好奇心，即使别人乐意自愿提供任何信息，他们只是"哦，哦"来敷衍了事。致使别人认为：尽管他愿提供任何帮助，英国人也会死于无知。的确，英国人的这种狂妄自负是漫无边际的，尽管他们当中有些聪明之人也在力求谦虚一些。

在英国，各个阶层都有这种"吹牛"的习惯。从《泰晤士报》的编辑到政客和诗人，从华兹华斯、卡莱尔、穆勒、西德尼·史密斯到伊顿公学的学生都是如此。在最为严肃庄重的政治经济学中，或在这些文论中，或在科学书籍中，这种牢固国民性的坦诚抒发真令你瞠目结舌。在一本关于谷物的小册子里，一位非常和蔼又多才多艺的先生写道："根据贝克莱注的观点，即便英国已被万仞高的铜墙所包围,她仍是地球上最富有的地方,这正如她无论在物质上或自由上、在美德上或在科学上,都占据世界的主导地位。"

英国人厌恶美国的社会结构,但他们在贸易、工业、公共教育和人民宪章运动方面却尽可能地向美国学习。美国是经济学家的天堂,是坚持引用毁灭原则的大好特例。而一旦直接提及美国人时,这个岛上的居民就会忘记他们的哲学,只记住那些可笑的奇闻轶事。

但是,向所有的狭隘主义者一样,这种幼稚的爱国主义也要付出代价。英国人对待自己的殖民地毫不心软,他们用手腕和强力来统治,公正有余,仁慈不足,一旦他们的权力受到威胁时,他们是不会博得他所依靠的人的好感的。

一个国家、一个省或一个城镇如果缺乏自己宏伟的特色,随意挖掘一点粗糙的地方特色也是有利无弊的。但我们不能把这些附属的次要的特色当成宝贝。居民个性往往胜过民族特性。在形而上学的世界里,没有一堵能把希腊、英国、西班牙和科学隔离开来的墙。伊索、蒙田、塞万提斯和萨迪都是世界之子,闻名于世的人物。他们在饭桌上或在大学里挥动着自己的旗帜,就是把消防队里无聊的喧闹引入文雅的礼貌圈来。大自然和命运时刻关注着我们的荒唐之举。当我们趾高气扬行走时,大自然会绊我们一跤;关于民族自豪感,历史上有着不胜枚举的事例。

卡帕多西亚的乔治,出生在西里西亚的埃皮法尼亚,他是一个低贱的寄生虫。当他搞到一份给部队提供熏肉的赚钱合同时,这个无赖和叛徒居然还逃脱了法律的制裁,借此发了一笔横财。不仅如此,他积攒了一些钱,信奉了阿里乌教,收藏了一些典籍,并被这一小宗派推到了亚历山大的主教之位。公元361年,尤里安来了之后,乔治被判入狱,还有一伙暴徒劫狱未果,最后乔治被处以极刑,这也是他罪有应得。可笑的是,这十足的无赖居然很快变成了英国的圣徒乔治——骑士的保护神、胜利和文明的象征以及现代社会最优秀民族的骄傲。

天下真是无奇不有。崇尚直言不讳的英国人竟然为一个骗子歌功颂德。无独有偶,美洲新世界的运气也同样不佳——广袤的美国也被冠以骗子之名。塞维利亚的一个泡菜贩子亚美利戈·韦斯普奇于1499年给奥赫达当副官,他的最高海军军衔是在一个从未出过海的探险队中担任帆缆军士长,可他却努力做到了在这个谎言充斥的世界里替代哥伦布,用他那虚伪的名字命名了半个地球。这样做,我们谁也不能指责他。我们都缺乏创业者,那虚伪的泡菜贩子不过是虚假的咸肉贩子的后裔。

第九章　英国特性:《安乐乡》《法国人与英国人》和《英格兰,英格兰》

吉尔伯特·切斯特顿

作家介绍

吉尔伯特·切斯特顿(Gilbert Keith Chesterton, 1874—1936),出身于伦敦商人家庭,从小培养了对文学和艺术的兴趣与欣赏能力,后来成为作家、文学评论家、随笔作家、传记作家、剧作家和插图画家。早年他在圣保罗学校和斯莱德艺术学校求学,当过记者,于1925年起主办《新证人报》(后改名为《G. K. 周刊》)。他散文风格多样、文笔轻盈,文中不乏令人回味十足的反讽、悖论,处处闪烁着智慧的光芒。其创造的最著名的角色是牧师侦探布朗神父,首开以犯罪心理学方式推理案情之先河,《布朗神父探案》因而成为英国著名推理小说之一。其他小说有《诺廷山上的拿破仑》(1904),诗集有《野骑士》(1900)、《新诗集》(1932),其中以诗篇《飞行的小客栈》最为著名。此外,切斯特顿还写过许多著名作家的评传,包括罗伯特·勃朗宁、查尔斯·狄更斯、萨克雷等人。

《法国人与英国人》内容提要

如标题所示,本文比较了法国和英国民族性格的不同,梳理了英法两国人民对彼此和各自国家的看法。英法都是有着悠久历史和深厚文化的国家,他们的民族构成也见证了融合与分裂的多次重组,因此,外国人要想对这两个国家有透彻的了解实属不易。切斯特顿观察到了法国人对英国文化的肤浅理解,也指出英国人有时候亦不乏对法国的盲目崇拜,作者继而透过日常生活中两国人习俗的表象,追根溯源,分析其中的文化内核。无论是法式的激情四射、粗犷好战,还是英式的保守优雅、贵族做派,都不是一天两天就形成的,而是历史和人民造就了那样的民族性格。所以,对于这样一种历史发展的必然产物,别国的人无需崇拜,更没有理由在还没有搞清楚其实质的前提下去崇拜和模仿。再者,每个民族的个性表达有所差异,但是它们之间并无孰优孰劣的高低等级。

选文赏析

切斯特顿的文章素来生动有趣,文笔辛辣,字里行间闪烁着思辨的光芒,读者需要敏捷的思维才能跟上他的文字节奏;又因为他的文字以幽默著称,常常从生活中的趣事引发讨论,所以有着庞大的读者群,人们喜爱从他既接地气又能说理、既不轻佻又开些玩笑的书写中汲取真知灼见。

《法国人与英国人》从历史、社会、文化、习俗谈到作者的个人经历,对英国人和法国人加以比较,寥寥几笔描绘出他们各自的特点。作者指出英国人盲目倾慕法国人一来毫无道理,二来着实愚昧;而这正是法国人也犯的错误。英法两国的老百姓倾慕对方文化中的表象,认为这些表象是他们自己文化中所不具备的,但很少有人探究表象之后的历史,人们甚至懒得去琢磨自己的民族特性是如何而来的,实质是什么。

在文章前半部分,切斯特顿对法国人的评价是很不客气的,他非常不屑法国人什么事都喜欢"暴露在阳光下"的"下流行为",在他看来,粗暴的法国人根本无法理解英国式的内敛和慷慨。对于法国的舞台艺术、表达方式、浪漫小说,作者也持保留态度。但是,到了文章的后半段,切斯特顿话锋一转,将英国文化背后只可意会不可言传的英国人的心理范式也批评了一番。外国人所崇尚的贵族气息,在英国人眼里是另一番景象;英国人心中的贵族气质是哪怕毫无权势也依然心怀民众的气度,这一点亦是外国人难以参透的。法国人羡慕英国仆人的忠诚和自尊,却看不到他们"狗仗人势"的一面,而这却恰恰是让贵族主子们表现出慷慨大度、优雅和蔼的动力之一。所以,在外国人看来是缺点的表现,其实往往正是民族特性所在。

法国人与英国人

  超越国界的任何超越地域的人之间显然存在着很大的差异。所有的好人都是超越国界的;而几乎所有的坏人都是超越地域的。如果我们要成为超越国界的人,就必须先具有民族性。这主要是因为,那些自称是和平之友的人们没有充分地思考这个差别:他们没有在自己所属的任何国家的主体里留下什么印象。国际和平意味着各国之间的和平,而不是国家毁灭后的和平,就像佛教徒在个性泯灭后达到的那种和平。美好的欧洲黄金时代就是基督教的天堂:一个人们互相热爱的地方;而不是像印度教的天堂:一个人们互不相干的地方。就民族性格来说,这可以用一种奇特的方法加以观察。我认为,一般可以看到,一个人越是真正赞赏、钦佩另一个民族的精神品格,就越不想去模仿它。他会觉得在对方的精神品格中某种东西太深刻、太难掌握,所以无法模仿。一个喜欢法国的英国人会想要做个法国人;而一个钦佩法国的英国人依然会是个执着的英国人。这在我们和法国的关系中尤其被觉察到,因为法国人有这样一个显著的特点:他们的缺点都在表面,

第九章 英国特性:《安乐乡》、《法国人与英国人》和《英格兰,英格兰》

而他们非凡的优点都隐藏着。人们几乎会说,他们的缺点就是他们最大的优点。

这样,法国人的下流行为是他们热爱把一切暴露在阳光下的强烈愿望的表示。法国农民的贪婪意味着他们农民独立自主的精神。英国人所谓的法国人在街头的粗暴行为是他们社会平等的一个方面。法国妇女脸上的愁容使人联想到他们妇女的责任心;法国男人匆忙的动作和手势所表现出的某种无意识的蛮横和他们不知疲倦而又非同寻常的斗争勇气有关。因此,在所有的国家中,法国是最不该让一个浅薄的傻瓜去钦佩的国家。还是让一个傻瓜去憎恨法国吧:如果让这样的傻瓜爱上了它,他不久便会变成一个无赖。他当然会钦佩这个国家,不仅是为了那些不值得赞扬的东西,事实上还为了那些根本不存在的东西。他会钦佩这世界上最勤劳的人民的风度和懒散。他会钦佩这世界上最讲体面和最平庸的人们的浪漫与幻想。这正是一个英国人太急于钦佩法国时会犯的错误;但与他关于自己所犯的错误相比,这种错误是无足轻重的。一个真的声称喜爱法国现实主义小说,真的自在地坐在一个法国现代剧院里,真的在第一眼看到可怕的法国讽刺滑稽漫画就能承受住而不会大吃一惊的英国人,是在犯一个对他自己的真诚非常危险的错误。他是在钦佩他并不了解的东西。他是在自己没有播种过的地方收割,在他没有放下的地方去拿;他从未为那棵果树付出过辛劳,却想要品尝鲜果。他从未在法国人的优点这片原始而富饶的土壤上耕耘过,却想要摘取法国人的嘲讽这颗精美的果实。

事情只有反过来讲,才能让英国人明白。假定说,一个来自民主法兰西的法国人生活在英国,那里,一幢幢巨大的官邸依然随处投下阴影,追随溯源地说,甚至自由也是属于贵族的。如果这个法国人看到了我们的贵族并且喜欢上了这个阶级,如果要他看到了我们自命不凡并喜欢上了它,如果他让自己去模仿,我们都清楚我们会有什么感觉。我们都会觉得这个法国佬简直是一只令人厌恶的小昆虫。他会模仿英国的贵族,模仿英国人的缺点。但他甚至不会理解他抄袭的那种缺点;尤其是他不会明白这种缺点从某种程度上说是英国人的一种优点。他不会明白英国人用以抑制自命不凡并使这种自命不凡变得有人情味的素质:英国人待人的极其亲切,他们的热情好客,他们潜意识中蕴藏的诗意,他们富于感情的保守精神,这种保守精神真正钦佩的是绅士。法国保皇主义者认为,英国人就像他们的国王。但他们没有懂得,崇拜一位国王是卑鄙的,而崇拜一名无权力的国王却几乎是崇高的。汉诺威王朝君主们的无能将英国忠诚的臣民培养成几乎像詹姆斯党人那样的侠义和尊严。法国人认为,英国的仆人是有礼貌的;可他不知道他又是无礼的。在英国文学作品中有一种人物：富于幽默感而诚实的仆人，他和他的主人一样是个有名的角色，比如那个凯莱布·鲍尔德斯通，还有萨姆·韦勒。他认为英国人确实钦佩贵族，他没有考虑到这样的事实：英国人最钦佩一个举止不像贵族的贵族。他们喜欢一个贵族对自己的身份是不自觉的，而待人接物是和蔼可亲的。仆人不妨谦卑，但主人绝不能高傲。主人就是仆人会喜爱享受的生活，在仆人向往在主人身上享受到的种种愉悦中，他们最最真诚向往的是主人的慷慨大度，在人群中遍撒金钱，或者用中世纪贵族的话来说，叫慷慨赠予——大方的乐趣。这便是为什么你只是把应付的车钱付给英国计程车司机时，他会说你不是个绅士的道理。因为受到伤害的不光是他的钱袋；还有他的心灵。你损害了他理想中的贵族形象。你破坏了他对完美贵族的良好印象。所有这些实在是非常微妙而难以琢磨的；在这种英国人对贵族老爷的爱里，你很难区分什么是纯粹奴性，什么是通过他人感受道德贵族气派。没有一个法国人能轻易地理解得了。他会认为这纯粹是奴性；如果他喜欢它的话，他便会成为一个奴才。所以每个英国人开始肯定也会认为，法国人的坦率只是蛮横无理。如果他喜欢它的话，他便会成为一个粗野的人。这些民族的优点绝不是轻而易举能为人理解的。这需要成年累月充分的平心静气的陶冶，就像大公园要慢慢才会形成，橡木屋梁要经干燥处理后才能使用，红葡萄酒则要储存在酒窖或小酒馆里才会变得醇美那样。经过千百年英格兰闲适的生活，最终才孕育出了英国式的自命不凡这颗既慷慨又和蔼的果实。而培植出那朵可怕的法国式的粗鄙的花，并证明它是正当的，则需要战斗和路障，需要街头的歌声，以及衣衫褴褛的人们为理想而做出的牺牲。

不久前，我在巴黎和一个英国朋友去观看了一系列极其精彩和快节奏的法国戏剧，每出戏大约20分钟。这些戏都产生惊人的效果：其中有一出效果之大竟使我和友人为此在场外扭打起来，差不多要靠警察才能把我们分开。那出戏意在展示人们在一场船只失事或海难中实际表现：他们如何精神崩溃，如何高声大叫，如何毫无目的，只是出于憎恨一切就互相打斗。紧接着，舞台上出现了一个伟大的政治家，他带着伏尔泰创始的那种尖刻的挖苦口吻，站在他们的尸体面前发表演说，说这些人都是英雄，他们在兄弟般的拥抱中死去。我和朋友走出剧院，由于他长期住在巴黎，所以他像法国人那样说道："多么独具匠心的艺术处理！不是很精彩吗？""不，"我答道，尽量装出《笨拙周刊》上约翰·布尔的传统姿态，"不，这出戏不精彩。也许它根本没什么意思；如果它真的没意思，我也不在乎。但如果它是有意思的，我知道是什么意思；那就是在他们塑造侠义人物的一切壮观场面下，人不仅仅是野兽,而且还是被追捕的野兽。我对于人性知之不多,尤其是在用法语讲人性的时候。但我知道,什么时候一件事情是意在诗人精神昂扬,什么时候是意在使人精神沮丧。我知道那部《嘻哈诺·德·贝尔热拉克》是意在鼓励人的勇气的。可我还知道这是使人丧失勇气的。""这些以情感和道德为准则的艺术观,"我朋友开口说道,但我立即打断了他的话,因为我心中突然闪过一道亮光。"让我来告诉你,"我说,"饶勒斯在社会党人会议上对李卟克内西说的话:'你没有死在路障上。'可你和我一样,是英国人,你应该像我一样和蔼。那些法国人有权在艺术中表现恐怖,因为他们已在政治生活中历经恐怖。他们可以忍受舞台上的嘲笑折磨,因为他们在大街上已经看到过实实在在的折磨。他们已为追求民主的理想受到过伤害,他们已为追求天主教的思想受到过伤害。所以对他们来说,再为文学的思想受点伤害也不是什么不寻常的事。但该死的是,这对我来说却是完完全全不寻常的事!而最糟糕的是,我,一个英国人,爱好舒适,在欣赏这种艺术时追求的是舒适。可法国人在这里寻求的不是舒适,倒不如说是心神不安。这个心神不安的民族,寻求的是使自己始终处于革命的痛苦中。最求革命的法国人也许会发觉鼓舞人性是不体面的。但愿上帝使两个寻求愉快的英国人永远不要从中找到乐趣!"

朱利安·巴恩斯

作家简介

朱利安·巴恩斯(Julian Barnes, 1946—)出生于英国的英格兰,1968年毕业于牛津大学玛格达林学院(Magdalen College, Oxford),专修现代语言。大学毕业后的三年里,参与《牛津大词典》(增补本)编纂工作,之后出任《新政治家》(*New Statesman*)和《新评论》(*New Review*)评论员和编辑。巴恩斯的长篇小说作品有11部,其中比较著名的有《福楼拜的鹦鹉》(*Flaubert's Parrot*, 1984)、《十又二分之一章世界史》(*A History of the World in 10 1/2 Chapters*, 1989)、《英格兰,英格兰》(*England, England*, 1998)等。2011年时,巴恩斯以《终结感》(*The Sense of an Ending*, 2011)获得大卫·科恩英国文学终身成就奖以及布克文学奖。此外,巴恩斯还有诸多短篇

小说和侦探小说作品,皆广受好评。

《英格兰,英格兰》内容提要

《英格兰,英格兰》这部小说由三个部分构成,第一个部分标题为"英格兰",主要描述了女主人公玛莎·柯克伦的童年。儿时的玛莎爱玩拼图游戏,玩得最熟的就是拼英格兰版图。玛莎的父亲时而故意将其中的一块藏起来,然后在出其不意的时候再还给她。这个父亲和孩子间的小把戏随着父亲离家而告终,拼图也永远少了一块。所以玛莎心里英格兰版图的完整与家庭的完整相关联。第二部分"英格兰,英格兰"是小说的主干。此时,玛莎已经40岁上下,为杰克爵士工作,她见证并参与了杰克爵士在怀特岛上兴建以英格兰为主题的大型度假公园的项目,并在大功告成时一举取代杰克爵士,成为怀特岛的负责人。主题公园囊括了英格兰的地标性建筑和文化符号,简直就是缩小版的英格兰。集锦式的景点分布,奢华的休闲设施很快就吸引了挥金如土、惜时如金的各路旅客,大家心目中的英格兰渐渐已被怀特岛上的这个"英格兰,英格兰"所取代。第三部分为"安格鲁亚",玛莎最终未能敌过杰克爵士,在生意红火确也危机四伏的时候,她被炒了鱿鱼。玛莎的晚年孤单而宁静。身处偏僻的村落,她的思绪并没有停滞,玛莎不停地反思生命的价值、历史的意义、救赎的力量。

选文赏析

英国,曾经的日不落帝国,现在日落西山,可是那段历史如今仍然唤起无尽的帝国想象,成为英国民族特性中的重要构成。历史对于朱利安·巴恩斯来说,是个严肃的题材。1998年,他的作品《英格兰,英格兰》问世,广受好评,入围布克奖提名,彰显其大师风范。小说讲了一个荒诞的故事,行文延续了巴恩斯黑色幽默的风格,带给读者多个层面的思考,比如:真实和虚构的关系,传统建构和历史记忆的关系,个人身份和民族身份的关系,现实和超现实的再现等等。回到文本中探寻这些哲思的源头,就会发现它们都源于这样一系列问题:英格兰意味着什么?对于英格兰来说,什么是必不可少的?人们脑海中的英格兰是怎样的?于是,当"地理的存在"交叠于"历史的存在",再与由此衍生出来的"文化的存在"相交叠时,出现了很多不确定性,而这种新历史主义语境下的"重影"在小说中反而构成了毫不含糊的"想象的存在"。小说除了描绘民族想象的不可靠,也观照个人记忆之不可靠。在此基础上,小说结尾部分显得分外重要,主人公的平和心境里笼罩着一丝惨淡的无奈,她内心萦绕不去的思绪也许就是作者的创作初衷吧。那就是,当记忆和想象难以区分的时候,当几千年的历史日益晦暗,只剩下零星几个光斑闪现的时候,人们还剩下什么可以信靠,什么才是最坚实的价值,一切哲思的意义在哪里。

第九章 英国特性：《安乐乡》、《法国人与英国人》和《英格兰，英格兰》

下文节选的部分描述了"英格兰，英格兰"主题公园的风貌，以及创建者杰克爵士为公园里没有真正的白金汉宫一事感到的懊恼。其实，复制品又何止白金汉宫呢？几乎所有的人和物在怀特岛上都是假冒的。这一点杰克爵士比谁都清楚，那又为何纠结于白金汉宫的缺失呢？哪怕像杰克爵士这样极度藐视英格兰，并孤注一掷地复制英格兰，戏谑英格兰，妄图取代英格兰的人都无法在白金汉宫这个问题上自欺欺人，因为在他们心里白金汉宫所象征的皇权，以及帝制所象征的辉煌历史，皇家所代表的一切典雅风范皆是无法复制和更替的。作者巴恩斯没有让步，他坚持要把荒诞进行到底，在他的笔下，英国的国王和皇后居然成了杰克爵士的签约嘉宾，为了高额报酬来到假冒的英格兰，在假冒的白金汉宫内作秀。试问，这样就圆满了吗？人们对英格兰的期待就被全部满足了吗？对于小说人物和读者来说，无论如何回答这两个问题，答案都指向恐怖。当人们拒绝看到"国王不成国王，英格兰不成英格兰"时，便会追问，什么是英格兰的本质，于是一切便回到叙事的原点重新来过，依然会步入戏谑历史的轨迹，这无疑是恐怖的。可是，当人们满足于英国民族特性被涂抹和改写的时候，则是更恐怖的。

大英帝国这一形象已成为历史，当下，这个形象是个空缺。怎么面对、接受、相信这个空缺呢？玛莎的个人经历告诉我们，空缺往往是不可替代、不可追述的，因为每当记忆开始搜索，那缺掉的一块拼图到哪里去了之时，无限的"重影"就会缓慢拉开帷幕。

《英格兰，英格兰》（节选）

"白金汉宫，"杰克爵士说，"没有白金汉宫我们就束手无策了。"

酒店里铺满了地毯，摆放着盆栽树木，温布利体育馆的双塔即将封顶完工，一个双立方体舒适办公室的复制品即将安放进二号皮特曼大厦，三个高尔夫球场已经把丁尼生大草坪装点起来了。购物广场和牧羊犬训练场已经投入使用。汉普顿宫苑迷宫已经设计完成，在白垩岩壁上雕刻着白马，朝西向的崖顶上，园艺工人们修剪出了英格兰历史上的宏大场面，在夕阳的映衬下像一条黑色的檐壁。他们有尺寸小了一半的大本钟；他们有莎士比亚及戴妃墓；他们有罗宾汉（和他的逍遥帮），多佛白崖，以及黑色甲壳虫出租车往返穿梭，从伦敦的大雾到克茨沃尔德乡村的茅屋村舍，那儿可以享用到德文郡奶茶；他们有不列颠战争、板球、酒吧九柱球、爱丽丝漫游奇境、《泰晤士报》和101忠狗。塔斯克普尔婚姻纪念潭已经开挖完成，并且栽上了垂柳。又经过训练的宫廷守卫侍奉大英格兰早餐；约翰逊博士正在斟词酌句地记录在柴郡干酪点的用餐经历；上千只知更鸟正在适应着永不融化的积雪。

曼联俱乐部的所有主场比赛都将首先在怀特岛上的温布利球场进行,然后再立即回到老特拉福德球场找一支替补队伍重赛,结果比分完全相同。他们没能找来国会成员;但是一支半职业化的老演员队伍将证明他们几可乱真。国家画廊已经粉刷装饰完毕。他们有勃朗特的乡村和简·奥斯丁的故居,原始森林和传统动物;他们有音乐厅、果子酱、木屐舞和莫里斯舞演员、皇家莎士比亚剧团、史前巨石柱、僵硬的上下唇、圆顶硬礼帽、经典电视情景剧、半木质结构的红色大巴、80个品牌的常温啤酒、夏洛克·福尔摩斯和尼尔·格温,她的体型有力驳斥了任何有关恋童癖的流言蜚语。但是他们没有白金汉宫。

当然在一定意义上,他们有一座。宫殿的前庭和栏杆已经完成;身着来卡利特熊皮装的卫兵们已经训练有素,绝不会向那些把冰激凌抹到他们的大鞋头上的可爱的小淘气动刺刀;各种缤纷的色彩应有尽有,等待列队出发。所有这些都安排在故意做得并不十分严密的新闻管制之前,这样自然引发了人们的猜测,认为皇室家庭已经同意迁址了。来自白金汉宫的常规否认只是让人们觉得流言更可信。但是,事实是,他们没有白金汉宫。

愿意为这事儿很容易。在本岛,皇室的较低声望已经维持了一段时间。伊丽莎白二世的去世以及随后在世袭原则方面的分裂都被广泛地看作传统的君主政体的终结。就继承权问题展开的公众磋商进程进一步淡化了皇室的神秘性。年轻的国王和王后已经尽了最大的努力,在谈话节目中抛头露面,雇佣最好的撰稿人,努力将他们夫妻的不忠多少作为私事处理。在《非凡》杂志上刊登的二十多页照片制造了感人的效果,尤其当读者了解到,在丹尼斯王后亲手设计的垫套上有她给丈夫起的绰号:至尊大王。但是总体上看,国民们变得牢骚满腹,要么对皇室的雷打不动的常态表示沮丧,对其开销感到愤愤不平,要么就是厌烦了向女王表达亘古不变的热爱。

这对杰克爵士的事业应该有所帮助,可是白金汉宫却表现得顽固不化。过往的顾问们最擅长因循妥协,并且公然暗示说温莎在国外银行的存款够皇室上百年的花销。在购物广场的尽头,一种碉堡心理正在形成,偶尔爆发出来的看似讽刺的东西可以带来一点生气。当首相一度过分频繁地重复"让皇室成员骑自行车"的时候,白金汉宫发言人回答说,虽然自行车不是,也永远不可能成为皇室交通工具,但是国王考虑到经济形势以及不断缩减的石油供应,因此愿意将温莎皇宫改造成为摩托车的王国。确实,时不时地,就会有一个戴着头盔穿着皮夹克,背后带有皇家徽章的人骑着摩托沿这购物广场轰鸣而过,仿佛消声器被特权拆除了似的;至于这个人是国王,还是那可恶的表弟里克,抑或一个替身或者宫廷小丑,谁也无从知晓。

第九章　英国特性:《安乐乡》、《法国人与英国人》和《英格兰,英格兰》

尽管由全体市民的觉醒,但是白金汉宫、旅游部和杰克爵士都知道皇室家庭是这个国家最大的一棵摇钱树。杰克爵士的谈判队伍努力强调迁址到怀特岛将会如何创造了财政方面的优势,又带来了皇室家庭的高品质休闲生活。一座完全现代化的白金汉宫将会出现在那里,此外,还可以在奥斯本宫度过怀旧的周末;既不会招来批评,也不会遭遇干涉,只有源源不断的赞扬和溢美之词;皇室不需要交税,枢密院将会有一个利润分成机构所取代;绝不会有媒体记者介入他们的私人生活,因为岛上只有一份报纸——《伦敦泰晤士报》——其总编辑是一位真正的爱国者;无聊的义务将被降低到最低限度;国外的行程完全用于娱乐消遣,对那些无聊的国家领导人,可以直接拒签他们的护照;白金汉宫可以授权在岛上发行各种钱币、纪念章和邮票,只要他们想,发行纪念贺卡也可以;最后,这里绝对不会再有自行车的问题——实际上,迁址动议的全部背后意图就在于恢复皇室的荣耀和激情,他们在过去的几十年里已经被傲慢无理地从皇室家庭中剔除殆尽了。足以令足球运动员晕厥的迁移费用也被提了出来,可是,白金汉宫就顽固不化,绝不松口。经过了无数的金钱利益贿赂之后,大家一致认为国王和王后会飞过去参加开幕典礼。但是这绝对不带有任何偏见,正如已经无数次指出的那样。

专职谏客努力寻求光明的一面。"听着,"她说,"我们岛上已经有了伊丽莎白一世,查尔斯一世和维多利亚女王。谁还需要那帮价格高昂、一无所长的要饭的家伙呢?"

"天哪,我们需要。"杰克爵士回答。

"那么好吧,要是这里的每个人——令我惊讶的是,甚至于马克斯博士也在其中——都更喜欢复制品胜过远见的话,搞一些复制品不就完了。"

"我想,"杰克爵士说,"如过我再听到这样的观点,我就要不客气了。当然,我们是有备份资源。'皇室成员'已经训练数月。他们可以做得很好,我相信他们。可是这完全不是一回事儿。"

……

白金汉宫外是古典的春日。天高云淡,威廉·华兹华斯的水仙花随风起舞。头戴"巴斯比"(熊皮高帽)的卫兵们笔直整齐地站在岗哨前。急切的人群争相挤到栏杆前,只为一睹皇室家庭的风采。

11点钟一到,阳台后面高高的双层窗敞开。一直倍受欢迎的国王和王后挥着手,微笑着出现了。十声皇家礼炮响彻天空。卫兵们举枪致敬,一台台相机像老式的旋转门般咔嚓咔嚓地响个不停。一刻钟过后,刚好在11点15分的时候,高窗再次关上,直到第二天再开。

但是，并非所有都如你所见。人群和相机是真实的，云也是真实的。但卫兵们是演员，所谓的白金汉宫是个只有一半大小的复制品。礼炮是电子模拟的。传闻称国王和王后本人也不是真的。两年前他们跟杰克·皮特曼博士的皮特科集团签订的合约是他们可以不用参加这种每日的仪式。内部人士证实，在皇室合约中确实存在退出条款，但是国王和王后陛下对每次阳台露面的出场费甚是喜欢。

这是表演，也是巨大的商机。伴随着第一批观光客（这是他们对这一带游客的称呼）到来的有"世界银行和国际货币基金组织"。他们的支持，再加上"波特兰第三千年智囊团"的热情支持，意味着这一开创性的事业会在未来的几年甚至几十年里被大量复制。怀特岛的经营是杰克·皮特曼的主意。他现在退居二线，但仍然在总督（这一历史头衔可追溯到几个世纪前）这一显赫的位置上密切关注着公司的各项事务。目前在皮特曼大厦当家做主的是其现任执行总裁玛莎·柯克伦。柯克伦女士大约 40 岁，身材修长，机智风趣，在牛津和剑桥受过教育，身穿名牌套装。她向《华尔街日报》解释说，旅游区一直以来的一个老大难问题就是距离较近的五星级酒店太少了。"还记得你自己吃力地从景点 A 挪到 B 再到 Z 时的烦恼吗？还记得那些首尾相接的旅游车吗？"到欧洲最好的地方旅游的美国观光客会看出这些基调：基础设施差，游客吞吐量不足，开放时间考虑不周——所有这些都是游客们不需要的。而在这里，在这个岛上，甚至连明信片都提前贴好了邮票。

这儿过去曾是怀特岛，但它目前的居住者偏爱更加简单、高贵的称呼——他们就叫它"岛"。自从两年前宣布独立以来，它的官方地址就带有典型的杰克·皮特曼爵士俏皮、投机的风格。杰克·皮特曼将其命名为"英格兰，英格兰"。歌曲的灵感。

同样也是源于他的纵横无忌、特立独行的灵感，在 155 平方英里的区域内呈现游客也许想看的、我们一向认为代表了英格兰的一切。在我们这个时间仓促的年代，能够在一个早上参观完巨石阵和安妮·哈瑟维的小屋，在多佛白崖上吃一顿"农夫的午餐"，在伦敦塔内的哈罗斯百货商场里度过一个有闲的下午（有伦敦塔卫兵为你推购物车！）是合情合理的。至于景点之间的交通运输：那些烧汽油的旅游公交车已经被对生态无害的马车代替。如果是在多雨的天气，你可以搭乘伦敦著名的黑色出租车，甚至是大的红色双层巴士。这两种交通工具都是清洁的，不会污染环境的，因为用的都是太阳能。

这一伟大的成功故事在开始的时候遭到过猛烈批评——现在这一切都很值得回味。有过一些抗议，因为有人认为怀特岛上的一切都遭到了彻底的毁坏。这显然是夸大其词。这里重要的传统建筑物、大部分的海岸线以及部分中央丘陵地都被保存了下来。但是几乎全部的住宅都被拆了。该项目的主要评论员,苏塞克斯大学的伊凡·费尔柴尔德教授称这些房屋是"两次大战期间和中世纪时期的整洁平房,起不同凡响的纯正性和穿越时代的家具弥补了其缺乏突出建筑价值的不足"。

……

※ 思考题

1. 《安乐乡》最后一句"那虚伪的泡菜贩子不过是虚假的咸肉贩子的后裔",是什么意思?

2. 是否可以梳理《安乐乡》中所描述的英国人的特点?

3. 作者在《法国人与英国人》最后一段,表达了对法国人性格怎样的情感?是鄙视、厌恶,还是理解?

4. 关于"英国仆人"这一形象,你能从读过的文学作品中列举一些例子并仔细分析其中主仆之间的关系吗?

5. 《英格兰,英格兰》文中提到英国首相让皇室成员骑自行车,请问和杰克爵士的冒牌白金汉宫相比,首相的做法性质有什么不同吗?这些做法试图改写的是什么?

6. 《英格兰,英格兰》文中最后提到怀特岛主题公园这个项目的主要评论员的观点,意味着什么?你觉得作者的用意是什么?

※ 网站链接

拉尔夫·沃尔多·艾默生的有关网站:
http://www.emersoncentral.com/
本网站提供了拉尔夫·沃尔多·艾默生主要作品的全文下载,并提供搜索引擎,可以按照关键字和语段快速检索到相关语篇。
https://www.poetryfoundation.org/poems-and-poets/poets/detail/ralph-waldo-emerson#poet
本网站提供了拉尔夫·沃尔多·艾默生的生平介绍,并列举了学界对艾默生研究的主要成果。
吉尔伯特·切斯特顿的有关网站:

http://www.online-literature.com/chesterton/
本网站提供切斯特顿所有作品全文在线阅读的链接。

http://www.ccel.org/ccel/chesterton
本网站提供切斯特顿的生平介绍、语录,并提供切斯特顿的传记和切斯特顿研究的重要资料。

朱利安·巴恩斯的有关网站:

http://www.julianbarnes.com/
本网站是巴恩斯官方网站。

https://literature.britishcouncil.org/writer/julian-barnes
本网站提供巴恩斯生平介绍、创作年表、巴恩斯作品研究主流视角。

第十章
清教主义：《普利茅斯开拓史》、《宗教情感》和《红字》

文化背景

  16世纪，英国出现了王权与天主教罗马教廷的冲突，英王亨利八世与罗马教廷划清界限，自立为英国国教领袖，清教主义精神便始于这场英国的宗教改革运动。英国国教属新教的一支。当时忠于罗马教廷的天主教徒称那些极度支持英国国教的人与新教徒中的狂热分子为"清教徒"。所以，"清教"是由其反对派创造出来的一个"诨名"。事实上，真正的清教徒对英国国教仍有不满：一来，英国国教保留了大量天主教的形式，如圣餐仪式、主教华美的圣袍等；二来，英国国教主张政教合一，教会主教由英国国王任命，英王亦是国教的最高领袖，这让主张彻底摆脱天主教繁文缛节、追求政教分离的新教徒不满，而他们当中态度激进的清教徒寻求着更彻底的宗教改革。之后，信奉天主教的玛丽女王登基，带来英国天主教复辟运动，大量清教徒和新教徒遭到迫害。

  1620年，一批清教徒乘坐"五月花号"帆船，从英国前往北美，到达新英格兰的普利茅斯，在那里建立了普利茅斯殖民地。早先的殖民者中，大多是单身汉、破落户，甚至还有契约奴。随后，更多的清教徒移民北美，他们当中越来越多的人举家搬迁，有经济保障的、文化程度较高的移民也日益增多。正是这些人及其后代反思、发展了当时盛行于北美殖民地的清教主义思想。时至今日，由于新教是英美的主流宗教派别之一，清教主义思想依然是人们在探讨英美问题时不可忽视的因素。

  清教主义的出现与社会、政治、经济等外因密不可分，它被民众接受的程度、其自身的发展和转变亦同社会、政治、经济形成交互关系，呈现出不停变化的态势。早在玛丽女王时期，民众不安于君主的频繁更替，更困惑于宗教复辟带来的信仰颠覆。在这种情况下，清教主义中的"福音派"渐入人心，因为他们信奉《圣

175

经》为至高无上的权威,认定是非对错一切应以《圣经》为依据,这种教义给人明确的方向。从经济发展的角度看,16世纪的教区牧师文化水平不高,没有稳定经济来源,常常出现一人兼顾多个教区的情况,无法满足当时力挺新教的乡间民众的精神需求。于是清教思想中人人有权并有能力作为个体与上帝沟通的想法浮现出来,明显区别于新教中英国国教一支最初的构想。到了伊丽莎白一世时期,一方面,羊毛及羊毛制品成为国家经济命脉之一,圈地运动导致人口迁徙;另一方面,社会风俗中长子继承制依然是主流,家庭中除了父亲和长子之外的男性人口外出赚钱养家,这样导致原先相对固定的教区概念受到威胁。经济发展如大浪淘沙,社会上渐渐出现大量以拾荒者、流浪汉为主的底层阶级,原来社会形态中,靠着慈善机构和有产阶级行善接济的资助再也不能负担如此庞大的底层阶级了,这一社会现实加深了民众对"社会责任"、"慈善"、"使命"和"救赎"的认知。

　　清教徒中的激进派即分离主义者们去往北美大陆,美国早期历史由此揭幕。在艰难的生活环境下,清教思想出现动荡,信徒们在两级间摇摆,一部分人相信靠个人的力量无法完成救赎,必须以《圣经》为最高权威并信赖牧师和神父,另一部分人则重视个人的动机和力量。这种思想的两极化又使得清教的宗教形式发生了改变,遵守"信约"者认定自己的新生儿要接受洗礼,才意味着他完全皈依,日后才能得救;后者则不让自己的孩子受洗,只领圣餐,属于"半途信约",也就是处于信与不信的边缘。在美国历史的早期阶段,清教思想在社会生活中曾成为主导,也曾遭受质疑。到了18世纪,清教主义已不再是人们精神世界的主导,但在清教主义的推动下,美国社会往世俗化方向发展,这依然是经济、政治、文化多元影响下的结果。

　　虽说在几个世纪的发展中,清教主义的精神不停变化,但是核心保持不变,其中最重要的包括"因信称义"和"人人得召唤"。因信称义,首先是指人因原罪远离理性,只有信靠上帝的恩典,才能得到救赎,成为正义的人。这并不是说,人要规范自己的行为,成为道德的人,再加上信仰上帝,就成为正义的人了。在清教思想中,人已万恶,靠自己的力量无论如何也不能脱离罪恶。上帝的恩典在于,上帝对其选民施恩,把他们从"恶"和"不义"中拯救出来,选民因全心信靠上帝的恩典而变得正义。"人人得召唤"是指,清教主义认为个体可以直接与上帝交流,无需神职人员作为中介,此外,所有宗教仪式上的腐败和繁文缛节都是可以省去的形式。这一点和"因信称义"紧密相关。上帝的选民是哪些人呢?哪些人可以得到上帝的恩典和救赎呢?人人都想成为上帝的选民,人人都愿意跟随"救赎"的召唤,在"召唤"面前人人平等。他们因"召唤"而反思自我,坚持克己勤劳,不懈创造并乐于施舍和分享。人们在自我规范的同时坚定地相信,自己的成功便是得到上帝恩典和远离邪恶的标志。马克思·韦伯的《新教伦理与资本主义精神》一书对"召唤"一说进行了富有洞见的阐释。清教主义思想在美国的现实生活中渐渐变为清教精神,人们认可勤俭持家,努力奋斗,鼓励物质积累的同时保持神圣的理想,那就是得到救赎。所以,以这种精神为主导的物质创造从理论上规避了拜金主义、金钱至上的精神腐败,而奋发创造又是物质和财富积累的源泉,恰好符合资本主义社会原始资本积累的需要。

近一百年来,美国经历了文化解放、各类平权运动、几次大规模海外战争、经济的膨胀和科技的腾飞,在这些因素的影响下,美国民众对清教思想的感知、认同和内化程度已大不如前。人们提到"清教主义"这个词一度是充满反感和嘲讽的,而"清教"也同死板、刻薄、自虐、守财奴等概念挂上钩。"9·11"事件让人们恐惧、愤怒,同时也使以美国为首的西方世界开始自我反思,将充斥于社会的拜金主义、物质至上、浅薄狂妄、盲目乐观放到清教主义思想这面镜子前一照,人们的内心开始颤抖。所以说,现在反观"清教主义",要从"变"与"不变"这两个角度去打量它,一是指考察在历史洪流中它的变化与本质,二是指要有意识地考察它与外因交互作用时所出现的变与不变的现象。

威廉·布拉福德

作家简介

威廉·布拉福德(William Bradford, 1590—1657)生于英国的约克郡。他的童年时代处于英国历史上最强盛的"伊丽莎白时代"。宗教改革后,宗教压迫并没有消除,布拉福德在英国宗教改革后归属新教分离宗,后来为了远离宗教压迫、追求信仰自由去了荷兰,于1608年到达莱顿(Leiden)。1619至1620年间,布拉福德回到伦敦。1620年,"五月花号"从普利茅斯出发,在船即将抵达美洲大陆时,船上的乘客签署了"五月花公约",布拉福德是公约的起草人之一,1621年他被推选为新普利茅斯殖民地的总督,之后连任30届。布拉福德没有接受过正规教育,但是坚持长期自学,又凭借过人的语言天赋,精通荷兰语、法语、拉丁语等语言,对神学、哲史都有很深的钻研。1657年5月9日,布拉福德在普利茅斯去世。

《普利茅斯开拓史》内容提要

威廉·布拉福德从 1630 年开始着手写作《普利茅斯开拓史》(*Of Plymouth Plantation*),一直写到1650 年。早在 17 世纪初期,作者就为这本书收集资料,保留了大量私人书信和公函,就是为了真实、详尽地记录英国殖民者为了逃避宗教迫害、追寻信仰自由和全新生活而去往荷兰、初次踏上美洲大陆定居的经历。本书的手稿是布拉福德记录在羊皮纸上流传下来的,但权威全稿完整版一直到 1912 年才出版。本书分上下两卷,共 36 章。上卷有 10 章,记录了"五月花号"抵达美洲科德角新普利茅斯之前,英国"天路客"的足迹,主要描述他们在荷兰莱顿和阿姆斯特丹的移民生活。下卷有 26 章,记载了这些移民达到美洲之后的经历,包括他们与自然气候、疾病、饥饿及死亡做斗争,与当地土著的交往,政治管理和选举,新英格兰殖民地联盟的过程等方面。这本书可以被算作美国历史上的第一部文学作品,亦是极其珍贵的史料。

选文赏析

本文选自《普利茅斯开拓史》下卷第一章,讲述了为寻求信仰自由的英国"天路客"们乘坐"五月花号"刚刚抵达美洲大陆的情形,文中也提到他们在船上遇到的疾病和挫折。这部分选文信息量大,素材丰富,包含了《五月花号公约》全文以及初到北美的殖民者们和土著印第安人签订的第一份合约的内容,可谓是将美国历史的源头和根本记录了下来。

这篇文章的开头就解释了《五月花号公约》的来历:在船未抵达美洲大陆时,就有乘客表示自己"上岸以后就可以行使个人的自由权,谁也无权控制他们"。为了统一大家的思想,防止骚乱和不安定因素,这第一批"天路客"才集体签署了"公约",选举出第一位总督。这看起来仿佛有违"自由、民主"的精神,但若回到历史情境中就很容易理解团结、有序、和谐的氛围对于这第一批拓荒者来说有多么重要。"五月花号"从英格兰普利茅斯启航时共有乘客一百余人,但是到达北美大陆科德角时只剩下五十来人,超过一半的人在途中由于疾病、天气等原因丧命,剩下的人之中有些年纪太大,不能生育。有限的人口在科德角艰苦的自然条件下就显得格外单薄无助,开垦土地、建立家园、面对野兽的攻击、寒冷严酷的天气、外敌的威胁等因素要求所有的拓荒者紧紧团结在一起,奋力劳作,相互帮助。《五月花号公约》成为众人行动的依据,为最初的移民营造公平、公正、民主、团结的政治氛围和精神支柱打下了基础。

"五月花号"的乘客为了寻求更自由、纯洁的信仰生活,为了传播基督的福音,为了让自己的后代不再经历他们在荷兰经历的文化焦虑,下定决心启程远航,在他们的心里,北美大陆是等待他们开拓的净土。明确的信仰目标使得这本书充满了宗教意味，布拉福德常常以小见大，从基督教信仰的角度评论一些事件。选文中将有信仰的乘客在危难时的互帮互助，和无信仰的船员于艰险中的自私自利作了鲜明对比，为读者展现了最初的拓荒者心中对上帝的"荣耀"，对教义的虔诚，对教友的无私之爱。《普利茅斯开拓史》中展现的清教精神为日后探究清教主义在美国的变化和发展等问题提供了重要依据。

布拉福德是莎士比亚同时代的人，他的散文语言流畅平实，准确生动。虽然这本书是作者的自传，但是通篇基本使用第三人称"他们"来指代拓荒者，只有很少的地方用第一人称"我"，提到自己时，作者更多用"布拉福德"，以保持书写的一致性和客观性。以本篇选文为例，作者夹叙夹议，以记叙为主，间或加进史料佐证，使得这部作品成为美国历史和文学源头的地标。

《普利茅斯开拓史》
（下卷第一章节选）

本书剩下的部分，如果上帝给我时间和机会，我要简明扼要地以编年史体例来完成，按照时间顺序，只记录重要事件。

首先，我要回过头说说他们上岸定居之前所拟定的一份协议（或说契约），也是他们建立政府的第一块基石。事情的缘由主要是因为船上有非莱顿教区的人，在情绪失控后发表不满的言论时，无意中说他们上岸以后就可以行使个人的自由权，谁也无权控制他们。那个特许状只适用于弗吉尼亚公司管辖地，不适用于新英格兰。这里归另一个公司管辖，与弗吉尼亚公司无关。另一个原因是：天路客的领袖相信订立这样的契约，能充分考虑当前所处的世纪境况，相当于一个特许的效力，甚至在某些方面更加有效。

这份契约内容如下：

以上帝的名起誓，阿门。大不列颠、法兰西、爱尔兰国王、信仰的捍卫者——詹姆士国王陛下的忠实臣民，暨在本公约上署名的众人，蒙上帝的恩典，为了上帝的荣耀并促进基督信仰及国王与国家的荣誉，远航至弗吉尼亚北部地区开辟首个殖民地。根据本公约一同在上帝面前庄严盟誓，彼此联合，共同组成公民政治体，为了保持良好秩序及推动实现前述的目标，需不时制定、颁布法案或拟定公正、公平的法律、法规、法令、宪法框架及设立管理机构，并对殖民地普遍适用，我们承诺将完全服从并遵守。11月11日，科得角，签名为证，时英格兰、法兰西及爱尔兰十八世国王、苏格兰五十四世国王詹姆士陛下在位。

公元1620年

他们随后举行选举,或更准确地说是行按手礼确认由约翰·卡弗先生担任总督,他是一个虔诚忠心的人,得到大家的高度认可。由于天气恶劣,船只不够,再加上疾病,他们用了很长时间才建起储存物资的公共仓库。接着又修建居住用的小房子,还要抽时间聚在一起商议法律、法规条文、用于民事和军事管理,有时还需要紧急增加内容以适应所处的环境。在初期的艰难时刻,有人开始不满和抱怨,有人散布激烈的不服从言论,总督和其他多数人精诚团结,凭借智慧、耐心和公正、公平的治理,很快平息、制服了这些人的言行。

但过了不久,他们收到了令人痛心的打击。一方面因为一二月份的寒冷气候和居住条件;另一方面因为长途远航和狭窄的船舱空间导致的坏血病,两三个月的时间里,有一半的同伴死去了,总共一百零几个人只剩下五十人,有时一天之内就有两三个人去世。在最紧张的时刻,只有六、七个身体还算健康的人不辞辛苦,夜以继日地操劳,实在令人钦佩。他们不但承担繁重劳动,自身健康也受到威胁,找木材生火,做饭给病人吃,铺床叠被,清洗病人衣物,给他们穿衣换衣,而这些事情平常听着都让人难以忍受。总之,所有的家务事和服侍人的事他们都做了,而且是心甘情愿,毫无怨言,充满了喜乐,显示了对朋友和弟兄那份真挚的爱心,这是难得的患难中的情感,值得永远铭记。七人中有两位,即威廉·布鲁斯特长老和迈尔斯·斯坦迪什船长,也是他们的军事指挥官,我本人和其他众人对他们二位在我们生病时所做的一切感激不尽,而上帝也在这样的重大灾难中保护他们,没有让所有人都染病。刚才所说的这些只是少数,我要说其他很多不幸去世的人和仍然在世的人,当他们身体健康、充满活力的时候,他们没有丢弃任何一位病人不管,我相信上帝会报答他们。

还有一件不寻常的事令人难忘,我必须要说说。当人们准备留下来定居时,却陷入了这场灾难,大家都急急忙忙上岸找饮用水,好给水手们留更多的啤酒。有一个人病了(指作者本人),只想要一小罐啤酒,水手却回答他说,就是自己的亲爹,也没有啤酒可喝。后来,疾病开始在水手中蔓延,到离开之前竟然有一半的人死去,其中包括他们的长官和健壮的水手,如水手长、枪手、三名舵手、厨师等等。船长有些震惊,让人把病人送上岸,告诉总督说可以给需要的病人啤酒,他们返航的时候喝淡水都行。

水手们在这场不幸的灾祸中却有完全不同的表现,先前都健康无恙的时候,大家都是好朋友,在一起喝酒嬉闹。但是灾祸来了,就开始彼此疏远,说是不能拿性命来冒险。他们生怕自己去住舱帮助照料病人会染上疾病,至于病人,要死就死吧。但此时船上的乘客们却向他们展示了慈悲和怜悯之心,并让一些人的心开始转变。例如一个水手长,本是个傲慢自负的年轻人,之前常常嘲笑辱骂乘客。但他生病以后,乘客们同情他,帮助照看他。他承认说自己不值得他们帮助,因为他曾辱骂虐待他们,他说道:"哦,我看见了,你们真是在用基督之爱彼此相待,而我们是彼此说谎,然后像狗一样死去。"另一个水手责骂他的妻子说,如果不是为了她,才不会跑这趟倒霉的远航。之后,又骂他的伙伴,说他为他们做了这样那样,为他们付出了太多太多,而现在他们却厌恶他,在他需要帮助的时候无动于衷。还有一个水手在生病快要死时把自己所有的东西都转让给一位大副,只要求他照料自己一下;大副去找了一点调料做了一两次饭给他,但那水手没有像他预料的那样很快咽气,于是他就到水手中间信誓旦旦地说那个无赖欺骗他,他再也不给他做饭了,要看到那水手咽气,那个可怜的水手不到第二天就死了。

  这期间,在岸上的人发现一直有印第安人偷偷出没,不是在远处探头探脑,但当我们的人想靠近他们时,他们就跑开了。有一次,趁我们的人去吃饭,印第安人还偷走了我们的劳动工具。大约是3月16日,有个印第安人大胆来到我们中间,并用英语断断续续地和大家说话,大家还听懂了,并感到十分惊奇。最后,通过交谈知道,他并不是本地区的人,而是来自东部地区。那里有英国渔船打鱼,他就和这些渔船上的人认识,还可以叫出一些人的名字,从英国人那里学会了一些英语。我们通过他了解了很多情况,包括她生活的东部地区的环境状况、那里的人、姓名、数量、居住位置、距离远近、首领是谁等。他叫萨默塞特,他提到另一个印第安人名叫斯昆托,是本地土著人,还去过英格兰,英语说得更好。我们款待了萨默塞特,临走的时候还给他送了礼物。过了一会儿,他领着五个人回来,还送还了所有被偷走的工具,他是为他们的酋长探路。大约四五天之后,他们的大酋长马萨索和他的朋友们及其随从来访,还有斯昆托。我们招待了他们一行人,并赠送礼物,然后大酋长缔结了和平协议,至今已经奉行 24 年,协议的条款如下:

  1. 他(指印第安酋长)及其部落居民,任何人不得伤害新移民;

  2. 如果有人伤害新移民中的任何人,酋长应把犯事者交给新移民处治;

  3. 如果拿走了新移民的任何物品,酋长应当促使归还;新移民对酋长一方亦然;

  4. 如果酋长被敌人攻击,新移民应给予援助;新移民遇到敌方攻击,酋长亦应援助;

  5. 酋长应把本协议告知周边的部落盟友,保证他们也不伤害新移民,而且他们也可以包括在和平协议方之内;

6. 酋长的人到新移民住处来，应把弓、箭背在身后。

签好协议后，酋长回了他的住处，在大约 40 英里以外一个叫索瓦姆的地方。斯昆托留下来做翻译，出乎人们意料的是，他成了上帝为了我们的益处而特别派来帮助我们的人。他叫我们如何种植印第安玉米，告诉我们哪里可以捕鱼，哪里可以找到日用品，还带我们去很多陌生的地方。他一直和我们在一起，直到去世。他是本地的土著，也是这一代暴发瘟疫过后少数的幸存者之一。他曾被一位叫亨特的船长带走，连同其他本地人一起，准备卖到西班牙做奴隶。但他逃到了英格兰，被伦敦的一个商人收留，又被雇佣到纽芬兰等地做工，最后被德莫尔船长带回到这里，而德莫尔先生则是受雇于费迪南德·郭杰斯爵士来探索此地区及执行其他计划。关于德莫尔船长，我要讲一些情况，因为新英格兰总督及议会于 1622 年出版的一本书中提到他，说他签署了英国人和本地印第安人之间的和平协议，本书所记述的普利茅斯农场即从该协议受益。但这是一份什么样的协议，对他和他的船员意味着什么？

"五月花"号抵达的那一年，德莫尔船长也在这里。他写的一份报告，一位赞助人朋友后来给了我，里面标注的日期是 1620 年 6 月 30 日，我们是当年 11 月来的，相差 4 个月。在这份他给赞助人提交的报告里，他对本地区作了如下介绍：

——我要先从这个地方讲起，也就是斯昆托被带走的那个地方。在史密斯船长的地图上叫"普利茅斯"，我像这个普利茅斯和英格兰的普利茅斯可能出产同样的产品，如果有 50 个或以上的人来这里，就可以在此地区建立第一处种植园。要不然就在查尔顿，因为那里的原始人没那么可怕。普利茅斯西边的博卡诺克人，对英国人的仇恨根深蒂固，从这儿到鹏诺斯考特一带，他们是最厉害的一群人。他们的复仇欲是因为一个英国人引起，那个人邀请他们一群人上船，却被枪手近距离射杀了，而据印第安人说，他们并未伤害对方。那些人是不是英国人，也许有疑问，但他们相信是，因为法国人对他们说是。所以斯昆托也不能否认，要不是他替我求情，我在拿马斯科特的时候就被他们杀了。这个巨大海湾周边的土地，可以和大多数我在弗吉尼亚见过的种植园土地相比，土地类型多样，帕图克赛一带土质虽然坚硬，但土壤肥沃；瑙赛和撒图科特大部分是黑土及厚实的肥土，很想弗吉尼亚上等烟叶种植区的土壤；大海湾本身出产大量的鱼类，如鳕鱼、鲈鱼和胭脂鱼等等。

他主要大加称赞了博卡诺克一带富饶的土地，那里有许多的开阔地带适宜种植英国的谷物。

"普利茅斯及相距 9 里格(译注:league,40 公里左右)的马萨诸塞,两地之间遍布岛屿和半岛,多半都是肥沃的土地。"

德莫尔船长曾被印第安人在马拿莫克抓做俘虏,那里离本地不远,现在已经众所周知。为了脱身,印第安人要的东西,他都给了,但是印第安人拿到了所要的东西,却仍然关押着他,还想要杀他的船员。但他后来逃跑并抓了一些印第安人做俘虏,他让印第安人把装满了一支小木舟的谷物交给他,才放了他们。这是 1619 年的事。

……

乔纳森·爱德华兹

作家简介

乔纳森·爱德兹(Jonathan Edwards,1703—1758)出生于美国东部康涅狄格州的一个牧师家庭,是 18 世纪美国大觉醒运动的领导者,被誉为美国历史上最出色的神学家,也同时被视为美国哲学思想的开拓者。爱德华兹于 1716 年进入耶鲁学院,接受严格的人文课程训练。他精通拉丁文、希腊文与希伯来文,对自然科学也有极大的钻研精神,有着超群的观察与分析能力。1727 年,他有过一次灵性的奇异经历,认识到上帝的绝对权威和人对

上帝的依靠。同年年底,应外祖父斯托达(Solomon Stoddard)牧师主理的教会之邀,在马萨诸塞州的北安普敦出任圣公会副牧师。他对上帝的侍奉从讲道开始,布道博学精深,受到信众们极大的尊重。1733 年,"圣灵将神超自然之光直接照彻人心"和"因信称义"这两则布道在信徒中引起极大震动,令他们反省自己的属灵光景。爱德华兹的讲道深深影响了大觉醒运动,但他也意识到这个运动在发展过程中出现了过激现象,并大加批评。爱德华兹于 1758 年去世,时任普林斯顿大学校长。

《宗教情感》内容提要

《宗教情感》文集由三大主题构成:情感的本质及其在宗教中的重要性、无法证明宗教情感是否出于恩典的一些现象、恩典情感和圣洁情感的明显标志。爱德华兹所处的时代正是 18 世纪美国复兴时期,乔治·怀特菲尔德(George

Whitefield)掀起了宗教大觉醒运动，人们以自己的宗教经验为其信仰真实性的依据，不少人称自己有过超自然的经历。另外，爱德华兹还观察到有些自称虔诚教徒的人并没有真实的信仰，只是把教会生活当作赶时髦的文化活动，教会生活越来越流于形式。正是基于这两点，他写了《宗教情感》，意在劝导人们宗教情感不是基于突发性宗教经验的狂悲狂喜，而是从内在心灵对上帝的尊敬、爱和向往，继而引导信众们不停反省、修过自己的罪恶。

选文赏析

选文聚焦于"恩典"、"属灵"、"信义"这三个清教教义中的重要概念，它们亦是构成"宗教情感"(affection)的基础。爱德华兹认为宗教情感是人完全信靠圣灵的善美之后与圣灵的心灵互动，这是一种人的心灵和良知被触动之后所体验到的情感，是不容易说出来，不需要感到狂喜和激动的。

爱德华兹认为真实的宗教情感是宗教行为的因由，祈祷、忏悔、行善、礼拜、圣餐、洗礼等等，不应该是理性的结果，而是意志的表达。此时的"意志"不是指坚毅的忍耐力，而是指在承认上帝之全能、至善的基础上，面向真理和敞开心扉和圣灵沟通的心意。什么是真理呢？这个概念也不同于现在日常语境下的意思，而是指"道德完美"。清教主义认为只有上帝才是道德完美的，因此上帝就是终极真理，作为被上帝创造的人，要无限感恩上帝，荣耀上帝，但凡不能做到这一点，便是"恶"，这是远甚于行为上的恶。

选文一开头提到的"属灵之光"也是基督教信仰的根本所在。所谓属灵，其实是指下定决心，绝不背信弃义地信仰上帝的大爱和全能，人有了信仰的那一刻，便是圣灵内住的一刻。这不是偶发的、暂时的，而是不可逆的、永久的皈依。信徒也将因此感受恩典的加赠，获得新的性格。所以爱德华兹心中的荣耀上帝，可谓是人重生的过程，这里的重生不是指肉体的重生，而是凭着完全不同的人生哲学所指引的人生道路，这个人生哲学不再是世俗的自我实现，而是至真至善的真理。

清教主义思想源远流长，在历史的演进下也在不断变化。现在重读爱德华兹，可以清楚了解到18世纪北美大陆的精神风貌，更进一步地理解所谓"原罪"、"因信称义"等清教主义的本质。

《宗教情感》(选段)

......

真恩典和真属灵之光的本质就在于他们会是圣徒看自己的恩典和良善

第十章 清教主义:《普利茅斯开拓史》、《宗教情感》和《红字》

是小的,看自己的罪确是大的。恩典和属灵之光越多的人越这样看。任何人只要清醒而彻底地权衡事物本质,并且仔细思考下列事实,就必然对此加以赞同。

这样的恩典和圣洁确实应该被称为小的,因为人里面的恩典和圣洁与他应有的样子相去甚远。一个真正有恩典的人就是这样看的。因为他把眼光放在自己的责任上。尽责是他的目标,是他灵魂的挣扎、内心的追求,他用它来评估和判断自己的所为和所有。在内心有恩典,尤其是有许多恩典的人看来,自己的圣洁很少,因为它与应有的样子相比显得微不足道,离上帝的标准和自己的责任还差得很远。因为她看到自己的圣洁还差得远,所以自然觉得它不值一提,甚至应该为此感到羞耻,自己里面根本谈不上有什么美好的可爱之处。这就像饥肠辘辘的人觉得面前的食物少得可怜,这点东西只够塞牙缝。又像一个嫉妒父亲地位的王子,认为人们对他显得不够尊重,因此比起父亲的得到的尊重,人们在他面前的礼貌实在算不得什么。

但真恩典和属灵之光的本质就在于此:它使人眼界开阔,看见自己里本应有的圣洁样式相差甚远。而且,他的恩典越多,他对此认识越清晰,他越能感受到上帝无限的荣美,基督无限尊贵的位格,基督对罪人的爱何等长阔高深。随着恩典加增,他的视野也越来越广阔,最后整个心灵都融化于其中,并且他惊讶地发现爱这位上帝,爱这位荣耀的救赎主是多么美好的事情:他爱我如此之多,我爱他却如此之少。于是,他对上帝的认识越多,他越是感到自己的恩典和爱心少得可怜,所以他会觉得别人都比自己强。因为他不理解自己的恩典怎么会这么少,所以他无法想象这样的怪事会发生在其他圣徒身上。自己真是上帝的儿女,并且真实地领受了基督说不出的爱和救赎的恩典,而自己却不能多爱上帝一些,他觉得这简直不可思议。他认为这种怪事只可能发生在自己身上,而且是一个特例。因为他只能看见其他基督徒的外表,却能看见自己的内心。

读者可能会反对说:人越认识上帝就越爱上帝,那么圣徒对上帝的认识增加,怎么会反而使爱心显得少了呢?我的回答是:虽然圣徒内心的恩典和对上帝的爱与他们认识上帝的程度成比例,但他们的恩典和爱与他们认识的对象并不成比例。圣徒见到神圣的事物以后,内心所信的远超过眼睛所见的。所见的固然奇妙,但这更让他坚信那看不见的上帝。于是,圣徒内心惊讶自己是何等无知,何等缺乏爱。正如内心具有属灵认识之后,会因此更加坚信不可兼得上帝,他也更加坚信只要消除内心的乌云和阴霾,自己必能更多地认识他。这使圣徒一面因自己的属灵认识而欣喜,一面抱怨自己在属灵上何等无知、内心何等缺乏爱,并渴求更多的知识和更大的爱。

而且,哪怕是世界上最伟大的圣徒,他内心的恩典和对上帝的爱,比其他的本分来,实在少得可怜。如果考虑到下面两个因素,我们就能明白,此生可能成就的最高的爱与我们的各种责任相比,是极其贫乏、冷淡、微弱、不值一提的。这两个因素是:第一,上帝已给我们充分理由爱他;他通过他的话语和工作,尤其是他儿子的福音和借着耶稣基督为罪人所成就的事,显明了他无限的荣耀。第二,上帝已经赋予人心各种能力,让人可以看见和理解这些理由,上帝给我们这些能力就是为了爱他。如果我们考虑到这两个因素,地上最伟大圣徒的爱与之相比显得多么贫瘠啊!恩典,尤其是显著的恩典更能使人相信这点,因为恩典具有光明的本质,可以让人看见真理。所以,越有恩典的人,越能看见自己的爱本应多么热烈,并且他比别人更加清楚,自己爱的程度与上帝对我们的要求相比,是多么的微不足道。只要他把自己的爱与自己的责任相比,就能看到自己的爱是何等的渺小。

当圣徒认识到自己远远没有尽到爱上帝的责任时,他不仅看到自己的恩典是何等的微不足道,而且认识到自己的败坏是何等严重。要衡量我们里面败坏的程度,就必须首先知道我们距离自己的责任还有多远。因为我们与我们的责任之间的距离就是我们的罪:罪就是未尽之责,并且我们亏欠越多,罪越大。最就是道德行为主体的行为与其责任不符。所以,我们需要用责任来判断罪的程度。凡是与责任不符的就是罪,不论是过多还是过少。如果人对上帝的爱达不到尽责的要求,那么内心的败坏就超过恩典,因为欠缺的恩典超过存在的恩典,而这种欠缺就是罪。所有圣徒都认为这种亏欠极其丑恶,特别是大圣徒。在他们眼里,我们爱基督这么少,我们如此不感激他牺牲的爱,这真是非常可憎的事情,是最可恨的忘恩负义。

恩典的加赠还会通过另一种方式使圣徒认识自己的罪(病态、不足、扭曲)远甚于认识自己的义。它不仅会使他们相信自己的败坏远大于他们的善良(这是事实),而且会使他们最小的罪当中的病态扭曲,或程度最轻的败坏显得很大,远远超过他们最大的圣洁(这也是事实)。因为得罪一位无限的上帝,哪怕是最小的罪,其可憎和病态的程度也是无限的;然而一个有限的被造物,不管圣洁的程度有多高,总是有限的;所以,被造物的美全部加起来,与最小的罪相比也是微不足道的。每种罪的病态和可憎程度都是无限的,这一点很明显,因为罪的邪恶可憎在于它背信弃义:它破坏了被造物的责任,或者说我们的所是和所为违反了本该有的样式。所以,我们没有尽到的责任越大,我们的罪就越邪恶可憎。显然,我们敬爱任何存在者的责任与他值得我们敬爱的程度成比例,所以,一个比较可爱的东西,我们爱他的责任当然应该超过我们爱一个不太可爱的东西。而如果某一位无限可爱、无限值得我们爱,那么我们爱他的责任当然是无限的,所以,只要我们的爱没有尽到这样的程度(无限的爱),那我们的罪(邪恶、病态、一文不值)就是无限的。而另一方面,我们自身的圣洁以及我们对上帝的爱里面并没有这样一种无限的价值。上帝和被造物之间的距离越远,被造物悖逆上帝就越可憎;上帝的伟大和我们的渺小都使我们罪加一等。被造物对上帝的尊重是没有价值的,因为被造物本身是无限渺小的。所以,上帝和被造物之间的差距越大,被造物对上帝的尊重也越不值得上帝关注。美善者的美善增加了低劣者尊重美善者的责任,进而使低劣者对美善者缺乏尊重显得更加可憎。低劣者的低劣程度使他对美善者的尊重变得没有价值,因为他越低劣,他越不值得美善者注意。他越低劣,他能够贡献的价值越少,因为他最多也只能奉献他自己。所以,他越渺小越没有价值,他的尊重也就越没有价值。一个人越具有真恩典和属灵之光,就越明白这个道理;越清楚自己因为犯罪多么畸形,就越小看自己的恩典和体验,因为这些恩典和体验与自己的罪相比实在不值一提。人里面的善良与罪恶相比,如同沧海一粟,因为有限与无限相比等于零。一个人越具有属灵之光,他越明白这些道理,因为这本来就是事实。因此,综上所述,真恩典的本质体现在:一个人拥有真恩典越多,他越小看自己的善良和贞洁,越重视他的畸形和病态。他不仅重视从前的畸形和病态,而且重视目前的畸形和病态。他更加清楚地看到内心的罪,更加清楚地认识自己最热烈忠诚的情感和最美好体验当中的那些恶劣的缺陷。

然而,我认识很多人的热烈宗教情感和所谓的伟大认识,其本质却是试图掩盖他们内心的败坏,让他们觉得好像自己的罪已经消失,让他们觉得不需要对付内心尚存的邪恶,虽然他们能勇敢承认以往的不足。这无疑证明他们所谓的认识是出于黑暗,而非出于光明。因为黑暗掩盖人的污秽和畸形,但照进人心的光能显出种种败坏,在最隐秘的角落搜出隐藏最深的罪,让它大白于天下。上帝圣洁荣耀之光更是如此,它能穿透一切,鉴察所有。确是,真正救赎性的认识在某种意义上可以掩盖败坏,因为她遏制人犯罪的积极欲望,诸如恶毒、妒忌、贪婪、淫荡、闲话等等,但它能显露那些隐藏的罪和那些亏欠的罪,就是缺乏爱、谦卑和感恩。

⋯⋯

纳撒尼尔·霍桑

作家简介

纳撒尼尔·霍桑（Nathaniel Hawthorne, 1804—1864）出生于美国马萨诸塞州萨勒姆，幼年丧父，同寡母一道寄居位于萨莱姆镇的外公家，自幼性格孤高，顾虑多疑。由于外公一家笃信清教，霍桑一生都是虔诚的清教徒。1839年，霍桑在波士顿海关工作了两年多，之后进入"布鲁克农庄"，接触超验主义思想，并结识了超验主义思想的代表人爱默生和梭罗等人。此后，霍桑又赴萨莱姆海关上任，萨莱姆海关的生活对他创作《红字》有着直接的影响。霍桑的代表作品有：短篇小说集《古宅青苔》、《重讲一遍的故事》等，长篇小说《红字》、《带七个尖顶的阁楼》、《福谷传奇》、《玉石人像》等。精于描写社会和人性的阴暗面是霍桑作品的突出特点，这与加尔文教关于人的"原罪"和"内在堕落"的理论影响是分不开的。霍桑是心理小说的开创者，擅长剖析人的"内心"。他着重探讨道德和罪恶的问题，主张通过善行和自忏来洗刷罪恶、净化心灵，从而得到拯救。1864年5月19日霍桑在新罕布什尔州的普利茅斯去世，5月23日葬入康考德的睡谷公墓。

《红字》内容提要

《红字》全文由前言"海关"和正文24章构成，出版于1850年。小说讲述了17世纪清教殖民在北美拓荒时期，在波士顿发生的一个悲剧。女主人公海丝特嫁给了医生奇灵渥斯，奇灵渥斯遭遇海难。海斯特与当地牧师丁梅斯代尔相恋并生下私生女珠儿，因此被当众审讯，戴上标志"通奸"的红色A字示众，海斯特拒不说出情人的身份。奇灵渥斯平安来到新英格兰，刚好目睹自己的妻子被示众，于是隐瞒了自己的身份，意欲报仇。当他查出珠儿的父亲是丁梅斯代尔时，奇灵渥斯便开始折磨这位愧疚不已的年轻牧师。最终，丁梅斯代尔不堪愧疚，身心俱毁，临终前在公开承认了通奸事实。面对未来，海丝特勇敢地挺起胸膛。

小说的前言"海关"，洋洋洒洒介绍了作者在海关任职的不快经历，看似和故事本身没有联系，其实是作品不可分割的一部分，它交代了作者创作这部小说时的心境、政治背景和社会现状，并且隐晦地交代了创作意图。霍桑的先祖威廉·

第十章 清教主义:《普利茅斯开拓史》《宗教情感》和《红字》

霍桑1630年来到美洲大陆,曾经担任过马萨诸塞殖民地的官员,当众驱逐鞭打过一位教友派的妇女,而霍桑的曾曾祖父约翰·霍桑则是臭名昭著的1692年萨莱姆女巫审判中的三位法官之一,根据他的裁决,数名女巫被送上了绞架。霍桑在前言中交代说《红字》的写作目的之一就是希望"替他们(祖先)蒙受耻辱,并祈求从今以后能洗刷掉由他们招致的一切诅咒"。

选文赏析

霍桑的《红字》在文学批评界曾遭遇单一化的阐释,即把海丝特视为勇敢追求个性解放、爱情自由的先锋,而将牧师丁梅斯代尔认作宗教的虚伪代表、宗教桎梏的牺牲品,并且把他二人的爱情悲剧看作是17世纪新英格兰地区的清教伦理对人性束缚的结果。后来人们慢慢注意到,相较于海丝特的坚毅、纯良和母爱,作者对丁梅斯代尔牧师的内心世界其实塑造地更为立体,对人性的复杂多变展现地更为精准。他的内心交织着渴望与恐惧、悔过与迷茫,正是在这样的心理机制下,他才表现为一个怯懦、虚伪、虔诚、单纯的复杂体。

选文源自《红字》的第二十章,故事已接近尾声,丁梅斯代尔难以忍受来自奇灵沃斯的威胁和自己内心的负罪感以及想同海丝特和珠儿团聚的渴望,他鼓起勇气与海丝特在林中密会深谈,两人暗暗约定要共同面对世人的责难,努力走向光明的生活。选文描述的是两人在林中约定之后,丁梅斯代尔独自返回时的所感所想。这位被"通奸"事实折磨得身心俱疲的牧师终于能够勇敢地卸下清教教条,去面对自己心中对世俗生活的渴望,在这样的时刻,人性的力量充斥在他心间,给他力量嘲弄清规戒律,以及去反抗惯于被这愚人的戒律捆绑的信众们。

值得注意的是,"顿悟"后的牧师恨不得将自己感受到的人性的力量讲给镇上的路人听,但是他那被教义塑形后的理性总是抑制讲述的冲动。从这一点看,霍桑笔下,清教仿佛一片树荫,给予新英格兰殖民地的教徒极大的安全感和整齐划一的行为规范。任何一束扰乱这片树荫的光线都被视为祸害和罪恶,只要任何谈论或回应的,都被视为"同恶毒的人们及堕落的灵魂的世界同流合污了"。那么,清教教义在霍桑笔下到底是值得信靠、源自上帝的力量,还是经不起言说和干扰的、不与人性合流的教条呢?

选文最后出现的西宾斯老太太是贯穿整个小说的人物,霍桑给了她含混不确定的身份——一位让百姓畏惧、不安、反感,如女巫般生活在小镇边缘的异教徒。她几乎是小说中唯一理解、尊重海丝特的人。西宾斯与顿悟后的牧师打了照面,还没等牧师开口就道明了他在密林中体会到的人性的复苏,而这正是牧师想在教徒面前畅谈却终究没敢吐露的。西宾斯太太的未卜先知是源自巫术,还是因为她同牧师之间人性的默契呢?此外,霍桑在描述西宾斯的衣着时特意提到"她神气十足地头戴高帽,身穿富丽的丝绒长袍,颈上围着用著名的黄浆浆得笔挺的皱领,那种黄浆是按她的挚友安·特纳因谋杀托马斯·奥弗白利爵士而被绞之前教给她的秘方配制的",正是这里呼应了小说的前言"海关"里说到的霍桑的曾祖父曾下令绞死女巫一事。

《红字》
第二十章(节选)

……

镇子还是原来的镇子,但从林中归来的牧师却不同了。他很可能对向他打招呼的朋友们说:"我不是你们心目中的那个人了!我把他留在那边那座林子里了,他退缩到一个秘密的山谷里,离一条忧郁的小溪不远,就在一棵长满青苔的树干旁边!去找找你们的牧师吧,看看他那憔悴的身形,他那消瘦的面颊,他那苍白、沉重、爬满痛苦皱纹的前额,是不是像一件扔掉的衣袍一样给遗弃在那里了!"而他的朋友们,不消说,还会继续坚持对他说:"你自己就是那个人!"——但弄错的恐怕是他们,而不是他。

在丁梅斯代尔先生到家之前,他内心的那个人又给了他一些别的证据,说明在他的思想感情领域中已发生了彻底的变革。的确,若不是他心内的王国已经改朝换代、纲常全非的话,实在无法解释如今支配着不幸而惊惧的牧师的种种冲动。他每走一步,心中都想做出这样那样的出奇的、狂野的、恶毒的事情,他感到这种念头既非心甘情愿,却又有意为之;一方面是不由自主,然而另一方面又是发自比反对这种冲动更深层的自我。比如说,他遇见了他的一名执事,那位好心肠的老人用一种父辈的慈爱和家长般的资格跟他打招呼,那老人是由于具备受人尊敬的高龄、正直圣洁的品性和在教会中的地位所赋予的权利才这么做的;而与此相应的是,牧师则应报以深切并近乎崇拜的敬意,这同样是出于他的职业和个人品德所要求的做法。像这样社会地位较低和天赋能力较劣的人对高于自己者的毕恭毕敬,是年高德重之人如何使自己既有尊严又有相应的礼敬的前所未有的绝好范例。此时,当丁梅斯代尔牧师先生和这位德高望重、须发灰白的执事谈话的片刻之间,牧师只是极其小心翼翼地控制自己,才不致把涌上心头的有关圣餐的某些亵渎神明的意思说出口来。他紧张得周身战抖,面色灰白,生怕他的舌头不经他的认可,就会自作主张地说出那些可怕的言辞。然而,尽管他内心如此惧怕,但一想到假若他当真说出那番大不敬的话来,那位圣洁的父辈老执事会吓得何等瞠目结舌,他还是禁不住要笑出声来!

第十章 清教主义:《普利茅斯开拓史》、《宗教情感》和《红字》

此外,还发生了另一件性质相同的事情。就在丁梅斯代尔先生匆匆沿街而行的时候,遇上了他的教堂中的一位最为年长的女教友,一位最虔诚和堪当楷模的老夫人;这位孤苦无依的寡妇的内心中,就像排满名人墓碑的茔地似的满怀对她已故的丈夫和子女,以及早已逝去的朋友的回忆。这一切本该成为深沉的悲哀的,但由于在长达三十余年的时间里,她不停地以宗教的慰藉和《圣经》的真理来充实自己,她在虔诚的年迈的心灵中,已经将这些回忆几乎视作一种肃穆的欢愉了。而由于丁梅斯代尔先生已经对她负起责任,这位好心的老太婆在世上的主要安慰——若不是这种今世的安慰也是一种天国的安慰,也就算不得数了——就是同她的牧师会面;不期而遇也罢,专程拜访也罢,只要能从他那可爱的双唇中说出片言只语的带有温馨的天国气息的福音真谛,送进她那虽已半聋却喜闻恭听的耳朵中,她就会精神焕然一新。然而,这一次,直到丁梅斯代尔先生把嘴唇凑近老妇人的耳畔之前,他竟如人类灵魂的大敌所愿,想不起《圣经》上的经文,也想不起别的,只是说了一句简练的反对人类灵魂不朽的话,他当时觉得这是无可辩驳的论点。这番话若是灌输到这位上了年纪的女教友的头脑之中,可能会像中了剧毒一样,让她立刻倒地死去。牧师到底耳语了些什么,他自己事后无论如何也追忆不起来了。或许,幸好他语无伦次,未能使那好心的寡妇听明白什么清晰的含义,或许是上天按照自己的方式做出了解释。反正,当牧师回头看去时,只见到一副感谢天恩的狂喜神情,似乎天国的光辉正映照在她那满是皱纹的灰白色面孔之上。

还有第三个例子。他在告别了那位老教友之后,便遇到了最年轻的一位女教友。她是新近才皈依的一位少女,而且就是在聆听了丁梅斯代尔牧师先生夜游后那个安息日所做的布道才皈依的,她要以世间的短暂欢乐来换取天国的希望,当她周围的人生变得黯淡时,这希望便会益发明亮,以最后的荣光包围四下的一片昏黑。她如同天堂中开放的百合一样姣好纯真。牧师深知,他本人就供奉在她心灵的无瑕的圣殿之中,并用她雪白的心灵的帷幔罩着他的肖像,将爱情的温暖融进宗教,并将宗教的纯洁融进爱情。那天下午,一定是撒旦把这可怜的少女从她母亲身旁引开,并将她抛到那个被诱惑得心荡神摇的,或者,——我们不妨这样说吧,——那个迷途和绝望的人的路上。就在她走近的时候,魔王便悄声要他缩小形体,并在她温柔的心胸中投入一颗邪恶的种子,很快便会阴暗地开花,到时一定会结出黑色的果实。牧师意识到自己有权左右这个十分信任他的少女的灵魂,他感到只消他不怀好意地一瞥,她那无邪的心田就会立即枯萎,只消他说一个字,她那纯洁的心灵就会走向反面。可是,在经历了一番前所未有的强有力的内心搏斗之后,他抬起他那黑色法衣的宽袖遮住面孔,匆匆向前走去,装出没有认出她的样子,任凭那年轻的女教友去随便解释他的无礼。她察遍她的良心——那是同她的衣袋或针线盒一样,满装着各种无害的小东西的——这可怜的姑娘,就用数以千计的想象中的错误来责备自己;次日天明,去干家务时,她两眼都哭得红肿了。

牧师还没来得及庆贺他刚刚战胜了诱惑,便又觉察到了一次冲动,这次冲动如前几次一样可怕,只是更加无稽。那是——我们说起来都脸红——那是,他想在路上停下来,对那些正在玩耍、刚刚开始学语的一伙清教徒小孩子们,教上几句极难听的话。只是由于与他身穿的法衣不相称,他才没有去做这反常之举。他又看到一个醉醺醺的水手,正是来自拉丁美洲北部海域的那艘船上的;此时,可怜的丁梅斯代尔先生既然已经勇敢地克制了前几次邪恶,却想至少要和这浑身沾满油污的粗人握一握手,并用几句水手们挂在嘴边的放荡下流的俏皮话,和一连串的十分圆滑、令人开心的亵渎神明的诅咒来寻寻开心!让他得以平安地度过这次危机的,倒不是因为他有什么更高的准则,而是因为他天生具有优雅的情趣,更主要的,是因为他那形成牢固习惯的教士礼仪。

"到底有什么东西如此纠缠和诱惑我啊?"最后,牧师停在街心,用手拍着前额,对自己这样喊着。"我是不是疯了?还是我让魔鬼完全控制了?我刚才在树林里是不是和魔鬼订了契约,并且用我的血签了字?现在他是不是传唤我按照他那最恶毒的想象力所设想出来的每一个恶行去履行契约呢?"

就在丁梅斯代尔牧师先生这样一边自言自语,一边用手拍着前额的时候,据说那有名的妖婆西宾斯老太太正好走过。她神气十足地头戴高帽,身穿富丽的丝绒长袍,颈上围着用著名的黄浆浆得笔挺的皱领,那种黄浆是按她的挚友安·特纳因谋杀托马斯·奥弗白利爵士而被绞之前教给她的秘方配制的。不管那妖婆是否看出了牧师的想法,反正她一下子停住了脚步,机灵地盯着他的面孔,狡黠地微笑着,并且开始同她从不打交道的牧师攀谈了起来。

"可敬的牧师先生,原来你去拜访了树林,"妖婆对他点点戴着高帽的头,开口说。"下一次,请你务必跟我打个招呼,我将十分自豪地陪你前往。不是我自吹,只消我说上一句好话,你知道的那位有权势的人,准会热情接待任何生客的!"

"老实讲,夫人,"牧师回答说,还郑重其事地鞠了一躬——这是那位夫人的地位所要求的,也是他的良好教养所必需的,"老实讲,以我的良心和人格担保,我对您这番话的含义实在莫名其妙!我到树林里去,绝不是去找什么有权势的人,而且在将来的任何时刻,我也没有去那儿拜访、谋求这样一个人欢心的意图。我唯一的目的是去问候我的一位虔诚的朋友,艾略特使徒,并和他一起欢庆他从邪教中争取过来的众多可贵的灵魂!"

"哈,哈,哈!"那老妖婆咯咯地笑着,还向牧师一劲儿点着戴高帽的头。"好啦,好啦,我们在这光天化日之下是得这么讲话!你倒像个深通此道的老手!不过,等到夜半时分,在树林里,我们再在一起谈些别的吧!"

她摆出一副德高年迈的姿态走开了,但仍不时回头朝他微笑,像是要一心看出他们之间不可告人的亲密关系似的。"这样看来,我是不是已经把自己出卖给那个恶魔啦?"牧师思忖着,"如果人们所说属实,这个浆着黄领、穿着绒袍的老妖婆,早就选了那恶魔做她的王子和主人啦!"

这个不幸的牧师!他所做的那笔交易与此极其相似!他受着幸福的梦境的诱惑,经过周密的选择,居然前所未有地屈从于明知是罪大恶极的行径。而那桩罪孽的传染性毒素已经就此迅速扩散到他的整个道德体系,愚弄了一切神圣的冲动,而将全部恶念唤醒,变成活跃的生命。轻蔑、狠毒、无缘无故的恶言秽行和歹意;对善良和神圣的事物妄加嘲弄,这一切全都给唤醒起来,虽说把他吓得要命,却仍在诱惑着他。而他和西宾斯老太太的不期而遇,如果当真只是巧合的话,也确实表明他已同恶毒的人们及堕落的灵魂的世界同流合污了。

……

※ 思考题

1. 通过《普利茅斯开拓史》中记载的拓荒者们和印第安人的交往经验,你对双方分别有什么认识?如何看待双方的关系?

2. 请问《普利茅斯开拓史》中记载的《五月花号公约》反映了怎样的清教主义精神?

3. 根据《宗教情感》选文上下文如何理解"一个人拥有真恩典越多,他越小看自己"?这里的"小看"是指什么?

4. 《宗教情感》选文中提到"罪的邪恶可憎在于它背信弃义",为什么?清教主义语境下"背信弃义"指的是什么,它有什么内在的含义?

5. 《红字》选文最后,西宾斯太太对丁梅斯代尔牧师说"等到夜半时分,在树林里,我们再在一起谈些别的吧";文章开头,牧师正是从密林中返回镇上。请问"密林"在这里有着怎样的寓意?是通往罪恶的道路,还是回归人性的起点?

6. 《红字》选文描述牧师从密林中回来时,"他每走一步,心中都想做出这样那样的出奇的、狂野的、恶毒的事情,他感到这种念头既非心甘情愿,却又有意为之;一方面是不由自主,然而另一方面又是发自比反对这种冲动更深层的自我。"根据上下文,请问"这样那样的出奇的、狂野的、恶毒的事情"是指什么?

※ 网站链接

威廉·布拉福德的有关网站:
http://www.history.com/topics/william-bradford
本网站介绍了布拉福德的生平、早期殖民者开拓者的相关文献、视频等资料。

http://faculty.georgetown.edu/bassr/heath/syllabuild/iguide/bradford.html
本网站列举了布拉德福研究的主要方向和理论视角。

乔纳森·爱德华兹的有关网站:
http://www.theopedia.com/jonathan-edwards
本网站提供爱德华兹的生平、多媒体资料、参考资料和重要网站的链接。

http://edwards.yale.edu/
本网站是耶鲁大学爱德华兹中心的官方网站,提供他的手稿影像等珍贵而全面的研究资料。

纳撒尼尔·霍桑的有关网站:
https://americanliterature.com/author/nathaniel-hawthorne/bio-books-stories
本网站介绍霍桑生平介绍、并提供所有霍桑作品的全文在线阅读。

https://www.poemhunter.com/nathaniel-hawthorne/
本网站着重介绍霍桑的诗歌,并列举霍桑重要语录。

第十一章
个人主义：《论自立》、《自我之歌》和《论公民的不服从义务》

文化背景

文艺复兴时期，西方世界意识到人之为"人"的存在，是为"人文主义"（humanism）。"个人主义"（individualism）这个概念在"后文艺复兴时期"（post-Renaissance）浮现出来，表现为人们从历史的、政治的、宗教的、伦理的、经济的范畴对"人"的反思——既然是对"人"的反思，就必然涉及反观自我、打量他人、从神的角度俯视众生等多重视角。

最初正式使用"个人主义"这个词的是法国保守派哲学家、政治家德梅斯特（Joseph de Maistre）。他部分继承了17世纪英国哲学家托马斯·霍布斯的思想，认为个人的理性对于任何集体来说都极具威胁，相对个人而言，政府才是真正的宗教。政府的律法如同教义，政府的公务员犹如教会的牧师，他们监护公民的日常，在他看来，政府本身就是古老的秩序，自成体统，不容置疑。可见，"个人主义"最初是特权阶级俯视无产阶级时给他们贴上的标签。有趣的是，这个充满敌意的标签反而暴露了特权阶级和保守派们对个人理性和个人批判性思维的怕与恨。19世纪的欧洲保守派对法国大革命心有余悸，圣西门的门徒成为一股批判"个人主义"的力量，他们也许忘记了圣西门本人曾经参加过法国大革命。他们认为，个人主义是与社会最高旨趣相违背的思潮和社会现象，它意味着无序、无信仰、自我中心；换言之，他们向往的是社会发生阶级动荡前那个看似稳定、虔诚、服从的社会状态。

这样的怀旧情绪其实经不起历史的拷问。一来，早在16世纪就风起云涌的宗教革命已然成就了"上帝的召唤面前人人平等"的观念。虽说，基督教将过分强调自我和自治视为罪恶，但如果是将人的意愿放到"回应上帝的召唤"这个前提下，则不仅无罪，而且赋予人性以神性。这便是根植于英国新教徒和北美清教徒所主张的"人人可以与神取得沟通"的信念。从这个角度看,重视个人已经成为宗教虔诚的前提。二来,自文艺复兴开始,西方人文主义思潮就开始展现其现代性(modernity),现代性本身就意味着打破传统,打破僵化的思想和形式,主张个人潜能的发展和以人为主体向未知领域的开拓,以及人口城市化和职业化。可以说,任何封建守旧的、依靠某单一信仰或某一种强权维持的制度和社会形态必将被历史否定。

早在17世纪,在英国哲学家约翰·洛克(John Locke)的《论宽容》和《政府论》中,已经看到尊重个人的迹象。在他的影响下,18世纪,让·雅克·卢梭的《社会契约论》可被视为民主概念的雏形。19世纪法国历史学家和政治家阿历克西·德·托克维尔(Alexis-Charles-Henri Clerel de Tocqueville)是现代民主论的集大成者,他的《论美国的民主》称美国的民主体现为人民之间的友爱之情(fraternity),而"友爱"的核心便是个人主义。到了20世纪,研究英国史的法国著名学者艾利·阿勒维(Elie Halevy)在《哲学激进主义的发展》(*The Growth of Philosophic Radicalism*,1928)中追溯到罗马律法和基督教伦理,这些古典文献中都提到今天被我们称为"个人主义"的要素。于是,他将"个人主义"理解为这样一种现象,即人有着自治意识,期望获得他人的尊重,在团体中将他人视为与自己平等的存在,也期望别人平等地对待自己。阿勒维认为这种现象才是"社会"的雏形,社会应基于个人对自己主体性的主动认知。这一看法沿袭了卢梭、康德和边沁等人的哲学态度,用积极的态度看待"个人主义"。总的说来,现代意义上的"个人主义"主要是指:独立的个人是社会的本源或基础;社会的终极价值是个人价值的实现,而不是任何权威或政体;个人与他人、社会之间应该存有界限,在社会之中所有的人都是平等的,于是更强调个人对自己的行为负责。

20世纪,在两次世界大战及美苏冷战的洗礼下,不少西方学者在消极的情绪下再度反思"人"的存在,"个人主义"这个概念既饱受诟病又被极大地复杂化。拉康、阿尔都塞、福柯等思想家从心理分析、认知学和哲学的角度挖掘和阐释人的主体性,认为人的意志才是"个人主义"这个概念的内核。值得注意的是,此时"人的意志"和"主体性"也不再是纯粹由个体决定和掌控的力量,而是多元力量交锋后的产物,拉康甚至认为人自出生就没有纯粹的个人意志,而是被动无奈地接受世界给予他的视角。冷战的两大阵营中,共产主义和社会主义意识形态将"个人主义"视为资本主义的东西,大加抨击;而资本主义国家,先是在经济膨胀中盲目自大,随后由于经济危机和越战、伊拉克战争的失败,也开始质疑自己文化中的"个人主义"。

20世纪下半叶,世界总体来说进入和平时期,各国都在努力发展经济和科技,此时的"个人主义"被赋予自我心理认知、伦理责任、公民身份和个人经济行为主体等意义。个人的宗教诉求、经济积累、政治权力、自我发展的权利再次得以重申,很大程度体现在民主制度的完善中。震惊全球的"9·11"事件、由此引发的大规模反恐运动,以及时至今日仍不时发生的恐怖袭击,让人反思生命,反思个人存在的价值,反思以人为主导的科技发展,促使人们探寻最和谐的人与社会的关系,个人主义思想中最原初的"自强"、"自立"、"自我荣耀"等意义又被重提。一次又一次的历史转折,提醒人们放慢脚步,凝视"人"之自我。

拉尔夫·沃尔多·艾默生

作家简介

拉尔夫·沃尔多·艾默生(Ralph Waldo Emerson,1803—1882),生于美国马萨诸塞州的波士顿,是著名的超验主义思想家、文学家、诗人。艾默生就读于波士顿拉丁语学校,1821年在哈佛大学神学院完成学业,1829年正式成为唯一神教派牧师。1831年至1832年间,艾默生游历欧洲,结识了托马斯·卡莱尔(Thomas Carlyle)、塞缪尔·柯勒律治(Samuel Taylor Coleridge)及威廉·华兹华斯(William Wordsworth)等文学巨匠。1833年回到美国后,他的传教开始涉及个人的精神体验和道德诉求,这些思想后来汇集于艾默生在19世纪30、40年代发表的散文中,这些文章有的以散文集的方式出版,有的散见于《日晷》杂志,其中最为人所熟知的作品包括《论自力》、《论超灵》、《美国学者》、《论补偿》、《论爱》、《论友谊》等。艾默生所信奉的超验主义强调个人获得真知的天性和能力,并认为超灵(over-soul)的存在极其引导人向善的力量。在美国文学史上,艾默生的杰出贡献在于,他提出美国文学应该体现美国的民族特性,强调自由和独立的思想以及每个人自我实现的权力。

《论自立》内容提要

《论自立》一文的思想火花最初闪现于艾默生在1830年9月间的布道,之后的数年间其布道和公开演说越来越频繁地遭遇审查,《论自立》一文直至1841年才得以正式发表于其散文集。这篇文章是艾默生最为著名的散文之一,它强调了个人的价值与责任,以及不盲从、不随大流的重要性。在文中,作者鼓励原创思想,并热情邀请那些有想法、有疑问的人大声说出自己的心声,而不是一味膜拜与推崇先贤、伟人、权势的论调。值得注意的是,艾默生并未全盘否定前人的智慧结晶,而是告诫读者不要让陈规陋习干扰了人们本来具有生命力的个性思维,因为彰显个人的智慧和魅力是每个人都应享受的、不可剥夺的权力。

选文赏析

"论自立"这个标题使得这篇文章看起来是要讨论白手起家讨生活的事,其实文章并非立足于生存的物质层面,而是聚焦于人的精神世界,探讨"人应当勇于面对自己的心声,牢牢把握自己的信念"这一主题。

文中提及"模仿无异于自杀",表达了作者对模仿和抄袭的憎恶。我们不难体会到,艾默生念及自己的同胞渐渐失去思维的活力,变得人云亦云、众口一词时将会多么心痛。在艾默生看来,导致思维钝化、心灵枯涸的原因包括:惰性、对前人先哲的过度崇拜、羞于表达自我、循规蹈矩的惯性等等,而这些原因都可以归结为漠视自己的内心冲动,懒于发展自身天性。他试图唤起人们内心的活力,鼓励大家呵护内心的念想,哪怕这些念想是一闪而过的、尚未成熟的,甚至是叛逆激进的。为了说明这一点,艾默生提到众所周知的摩西、柏拉图和米尔顿等人,并指出他们超越常人的地方正是在于反叛思维和对盲从的蔑视。所以,不妨把"自力"(self-reliance)理解为发掘自己天性的力量,用这力量点燃内心的冲动,开启个性化的批判式思维。

《论自力》一文中对"个体"的珍视明确阐释了美国文化中"个人主义"的源头。那么,艾默生的思想中,珍视个体的源头在哪里?艾默生并不是政治写手,不是为了宣传"自由民主"的政治口号而撰文。他出身于宗教氛围浓郁的牧师家庭,自小就笃信上帝,经历了哈佛大学神学院的教育及丰富的个人游历,他开始相信超灵(over-soul)这一说法,所以艾默生对个体的重视不仅仅源于基督教中"上帝的召唤面前人人平等"这一信条。他坚信每个人都有超灵,或称为"超灵的能力",这种能力使人有着向善的天性和追逐真理的动力,因此,每个人都应该正视自己的内心冲动,如若盲从于社会教条或者人云亦云随大流,则无异于荒废了超灵的做功,白白丧失了趋向真理和至善的机会。艾默生的超验主义思想中,追求自我实现、宣扬人人平等、重视个人立场等既是美国式自由民主的内核,为美国的政治话语打下铺垫,又是虔诚的基督教信仰的结果;既表现出追求真理的理性主义,又杂糅着感性的宗教情绪。

论自力(节选)

就在几天前,我读了一位杰出画家写的几篇诗作,作品新颖独到而不流

第十一章 个人主义:《论自立》、《自我之歌》和《论公民的不服从义务》

于俗套。这样的诗作,无论主题怎样,总是能给人以教诲。作品中融入的情感要比其中蕴含的思想更有价值。相信自己的思想,相信自己心灵深处真实的东西同样适用于大家——这即是天赋。你心中潜藏的信念一经说出,便会成为普遍的道理;因为内心最深处的东西,会在适当的时候,转变成最外在的东西——世界末日的号角会将我们带回到思维的初始刹那。每个人都熟悉那些心灵之声,我们完全可以将摩西、柏拉图,以及弥尔顿最大的优点归结为他们对书本和传统的蔑视,他们不是人云亦云,而是言己心声。人应当学会去发现,去关注自己心灵深处划过的智慧微光,而不是诗人、圣贤天空中的绚丽虹彩。然而,人常常在不经意间忽略了自己的思想,仅仅就因为那些思想是自己的。在天才们的每一部作品中,我们总会发现一些我们曾摒弃的想法:再次相会,它们显得疏远而又威严。那些伟大的艺术作品对我们的教益仅此而已。它们让我们认识到:众口一词,与我们意见相左时,要以愉悦的心态坚持我们自发的观念,毫不动摇。否则,明天就会有个新面孔,高明而又有见地地准确说出我们长久以来的所思所感,而自己的见解却要从他人那里获取,定会使我们羞愧难当。

每个人在求知的过程中,都会经历这样一个时期,坚信这样一个道理:嫉妒是无知的表现,模仿无异于自杀;人必须能屈能伸,这才是命运;尽管广阔的宇宙不乏善举,但不通过辛勤劳作,不去在自己的土地上耕耘,香喷喷的玉米粒决不会自动送上门来。自然界中,蕴藏在一个人身上的力量是全新的,除了本人,谁也不知道自己能做些什么,而且,不经过尝试,甚至他本人也弄不清自己有什么本事。一张面孔、一个人物、一件事实会在他的脑海里留下深刻印象,而在别人那里却什么也不会留下。雕刻在记忆中的东西定是蕴含着预先设定的和谐,置于亮光下的眼睛才有可能察觉那缕光线。我们只是不能充分地表达自己的思想,而且常常对自己提出的圣理哲言羞于开口。其实,我们自己的观点完全合理,完全切实中肯,我们应当一字不差地直抒胸臆,不过,上帝可不愿意让懦夫来表述自己的意旨。一个人若能竭尽所能,全心投入,就能获得宽慰和愉悦,否则,他将永无宁日,无法从拯救中获得拯救。最终,他的天才会弃他而去,他会失去灵感的眷顾,失去创造力,失去希望。

……

小孩子们从不为吃饭问题发愁,贵族老爷们不屑于以言行去劝慰别人,他们所表现出的若无其事才是人性当中健康的心态。客厅里的孩子就像剧院里楼下正厅后座的那位观众,他无拘无束,无需操心,从自己的角度去观赏眼前形形色色的人物和事件,以孩子般迅速而简洁的方式,根据表演者的优点长处为他们做出审定和评判：好的、差的、有趣的、无聊的、能言善辩的以及招人讨厌的。他从不考虑后果，不计得失，所以他能做出独立而真实的裁定。你得去讨好他，他才不会来讨好你呢。但是成年人早已被自己的意识紧紧地禁锢起来了。一旦有什么出色的言行举动，他便会成为千人万人关注的对象，有人表示同情，有人表示憎恶，而此时此刻大家的情感必定会左右他的表现。根本没有那忘川之水来改变这种局面。啊，他还能重返过去那种不偏不倚的状态中吗？能够摆脱这种种承诺的人，或者即便曾受此约束，还能再次回归真挚自然、不偏不倚、不加威逼利诱的单纯境界的人，一定会博得敬畏。他会发表对各种时事的看法，这些看法决非一己之见，而是客观必要，他的话语尖锐刺耳，令人闻之生畏。这些是我们遁世独处时听到的声音，可是一旦我们回归尘世，这些声音便日渐微弱、悄无声息了。社会中充斥着针对每一个成员阳刚之气的阴谋诡计。它就像是一家股份公司，当中的每一个成员为了确保每个股东都有饭吃，都必须答应交出自己的自由和劳作。这当中最需要具备的美德就是顺从。而自立却是顺从所深恶痛绝的东西。因此说社会钟爱的不是现实和创新者，而是虚名和陋俗。

  要做真正的好汉就决不能做循规蹈矩的顺从者。想得到流芳百世的荣耀就不能止步于表面的善举，而一定要深入探究，看它是否确实如此。再神圣的东西说到底也比不上你刚正不阿的头脑。将自己解脱出来，回归自我，你定会赢得世人的认可。我记得自己很小的时候，有一位良友总是用那些陈旧的教会学说来纠缠我，我曾这样不假思索地应对他的一个问题：要是我能完全依靠自我来生存，那些神圣的传统习俗又与我何干呢？对此我的朋友说："可这些生命的原动力或许是来自于魔鬼，而非上帝。"我回答道："在我看来未必如此；不过，倘若我是魔鬼之子，就让我靠魔鬼来生活好了。"在我眼中，除了我本性的法则外没有什么法则是神圣的。所谓好与坏不过是外在的虚名而已，并且会随时相互转化；符合我意志的才是唯一正确的，违背我意志的就是绝对错误的。面对所有的反对我依然能坚持自我，仿佛除了自己世间的一切都是徒有虚名、昙花一现而已。一想到我们那么轻而易举地便为虚名薄利所左右，屈从于空洞的社会和僵死的制度，就让人羞愧难当。善于谈吐的体面人比起真理来更能左右和摆布我们。我们应当昂首挺胸、充满活力地做人，千方百计地直言不讳。假使恶毒和虚荣披上了慈善的外衣，还会不会从我们眼前通过呢？假如一位愤怒而又执拗的人承担了此项恢宏的废奴事业，并且带着来自巴巴多斯的最新消息来找我，我又有什么理由不对他说："去心疼你的孩子吧，去心疼为你伐木头的人；要和善谦让，要有风度；决没有必要借对远在千里之外的黑人表现出无限仁爱，来掩盖自

第十一章 个人主义：《论自立》、《自我之歌》和《论公民的不服从义务》

己冷酷无情的野心。施爱于远方无异于记恨于家人。"这样的致辞当然会显得粗俗无礼，然而真理要比个人的情感更可贵。你的善举必须要有界限——否则就算不得什么善举。我的天才向我发出召唤，这时，我便会对父母、妻子、兄弟避而不见，并且在门楣上写上"想入非非"。我还是盼着结果能比想入非非要好些，可是我们不可能去花整天的时间对此做出解释。为什么我会追求个人独处，为什么会排斥与他人为伴，别指望我会对这些加以说明。其次，也不要像眼下的那些善人那样，要求我来改变所有穷人的处境。难道那些穷人属于我吗？听我说，你们这些愚蠢的慈善家，我吝惜自己的每一块钱，每一毛钱，每一分钱，不会将钱交给那些与我不相干的人，也不会交给我与他们不相干的人。可是有一类人，出于种种精神上的共鸣，我愿为他们不惜一切代价，必要时甚至赴汤蹈火；但是我不会去捐助那些名目繁多而又时髦的慈善事业和那些愚人学校的教育，不会毫无目的地去建造那些宗教会所，不去施舍那些酒鬼，也不会去参与那些数以千万计的救济团体——当然，我不得不心怀愧疚地承认有时我也曾被迫或主动地拿出钱来，但那样的捐助算不得什么善举，以后，我会拿出男子汉的勇气来加以拒绝。

……

之所以要摒弃你眼中的那些陈规陋习，是因为它们会分散你的精力，浪费你的时间，模糊你的人格。要是你去维护一座僵死的教堂，去为一个行将枯朽的圣经社会卖命，跟着一大群人去投票支持或者反对政府，像低级管家那样去摆弄桌子——在所有这些面具的遮掩下，很难让人真切地认清你是什么样的人。当然，不少精力也会从你正常有序的生活中溜掉。但是，去干属于你自己的工作，我就会了解你。去干属于自己的工作，就能树立自己。人必须明白：一味的顺从无异于捉迷藏的游戏。只要我弄清了你的派别，我就能预料你的论调。我曾听说一位牧师把自己教会的一项规章制度宣布为自己的布道题目，但他绝不可能讲出什么新鲜自然的字眼儿来，而且尽管他对该项制度的存在依据夸夸其谈，他也决不会去照章办事，对此我还能不清楚吗？他肯定只从一个方面——教会所允许的方面去看问题，不是作为独立的个人，而是作为教区的牧师。他只不过是一个受聘检察官，法庭上的言谈举止不过是装腔作势罢了。其实，大多数人都是用这样或那样的手段蒙蔽了自己的眼睛，将自己束缚在某种通行的观念上面。此种顺从不仅使得人们在几件事情上弄虚作假、编造谎言，而且在所有的事情上都华而不实。他们的每一条真理实在算不得什么真理。他们说二，事实却不是二，四又不是四。这样一来，他们的每句话都让人懊恼，我们也知道该从哪里着手去纠正他们的言行。与此同时，我们的本性也在蠢蠢欲动，为我们穿上我们所追随的党派的囚服。我们开始拥有同一张面孔,同一种身材,逐渐学会了那种极其温顺而又愚蠢的表情。某个特别的经历会使人感到难为情,这种感觉同样地体现在一般的往事当中,我的意思是指"赞扬他人时虚伪的面孔",就是与人相处时讨论一个我们并不感兴趣的话题,虽然感到很不自在,却要强装笑脸。脸部肌肉并非自发地运动,而是受到某种低俗、霸道力量的驱使,完全违背个人心意,沿着脸部轮廓拉紧。

……

另一个使我们感到恐惧并让我们缺乏自信的因素就是:我们总在遵循始终如一的原则,即遵从我们过去的言行方式,因为我们过去的行为是别人眼中判定我们为人处事的唯一数据,而且我们从不愿意带给他们失望。

可是,我们又为什么要长头脑呢?为什么要拖着腐朽的记忆前行,难道就为了避免在哪些方面与我们先前在某个公共场合发表的言论自相矛盾吗?就算自相矛盾,又有什么大不了呢?智慧的一项规则似乎告诉我们:决不能单单依赖记忆,而应当把过去带进现实,让成千上万双眼睛来做出评判,并且永远生活在新的一天中。在形而上学中,我们拒绝将上帝人格化;然而,人们以虔诚的行动,全心全意地来信奉上帝时,却赋予他形形色色的外表。就像约瑟夫将衣裳丢在娼妓的手里那样,还是丢掉那些道理逃跑吧。

盲目地追求始终如一就是没头脑的表现,让人讨厌,而这却为小政客、名不见经传的哲学家以及牧师们所推崇。墨守成规能让一个了不起的人一事无成。那还不如去专注于自己墙上的影子。此时此刻想到什么,就直言不讳吧,明天再将明天的想法讲出来,哪怕是跟今天所言自相矛盾。——"哈,那你肯定会遭人误解。"——这么说来,遭人误解真有那么可怕吗?毕达格拉斯曾遭人误解,苏格拉底、耶稣、路德、哥白尼、伽利略以及牛顿,凡是至诚至圣的血肉之躯都曾被人误解过。想流芳百世就难免遭人误解。

我认为,没有谁可以违背自己的天性。意志的迸发源于自身的存在法则,就像安第斯山与喜马拉雅山虽然高低起伏,但相对地球的球面来说却显得微不足道一样。我们怎么去衡量、揣测一个人都无关紧要,因为人的个性就像一首藏头诗或亚历山大体诗节;——不管将它顺着读,倒着读,还是斜着读,拼出来的词都一样。上帝赐给我们这种令人愉悦的田园生活,让我们表示悔悟,让我们将我们每天的想法忠实地记录下来,既不瞻前,也不顾后。毫无疑问,尽管我没有期许也没有发现,这种生活却是完整而和谐的。我的书本应当散发着松柏的清香,回响着昆虫的嗡鸣。窗前的燕子应当用它衔来的线头、柴草为我筑巢搭窝。人过留名,个性最能体现人的意志。人们总以为外部行为会展示出自己的美德或恶行,殊不知美德与恶行本身每时每

第十一章 个人主义:《论自立》、《自我之歌》和《论公民的不服从义务》

刻都在散发着气息。

沃尔特·惠特曼

作家简介

美国诗人沃尔特·惠特曼(Walt Whitman, 1819—1892),出生于长岛,幼年时只在布鲁克林上过五年学,12岁就在排字车间学习排字和印刷。在这期间,惠特曼对语言文字产生了兴趣,广泛阅读荷马、但丁、莎士比亚等文学巨匠的作品,自学成才。1836年的一场火灾吞灭了印刷厂,惠特曼就在乡间简陋的学校教书。从1841年起,他开始为报纸杂志撰文。1848年,惠特曼成为新奥尔良报刊《新月》的编辑,自此开始认真进行诗歌创作。1855年,他最重要的诗集《草叶集》出版,开创了美国诗歌的新风格,对美国诗坛有着划时代的影响。

美国内战期间,他作为报纸的自由投稿人去纽约走访了在医院接受治疗的伤员,深为动容。之后,他留在华盛顿长达11年,常去医院做义工照顾伤员。惠特曼终身清贫,晚年在新泽西州的卡姆登市度过,住在两层楼的陋室之中,直到弥留之际都笔耕不辍,修改诗稿。

《自我之歌》内容提要

《自我之歌》最早被收录在第一版《草叶集》(1855)中发表,这个版本的《自我之歌》和以后的版本大为不同,它没有分诗篇和诗节,篇幅相当短。在1856年第二版诗集中,《自我之歌》的标题是《沃尔特·惠特曼,一个美国人的诗》("Poem of Walt Whitman, an American")。在接下来的第三至第六版中,此诗的标题又变为《沃尔特·惠特曼》("Walt Whitman"),直至1881年的第七版中,《自我之歌》("Song of Myself")这个标题才被确定下来。

正如标题所示,这首长诗的主题是"自我"(Self)。诗人热烈地歌颂人的自我意识,他描绘自我最本真的一面,又不忘将自我放入群体之中。在多年的创作和修改中,诗人把自我嵌入更辉煌多姿的背景中,让自我见证历史的演进。诗人立足于自身对生命的感悟,在诗中记载了他对美利坚的观察和思考,展现了祖国的风土人情,浓厚的爱国之情一览无遗。在这洋洋洒洒的长诗里,诗人的生命已和其祖国的历史交融在一起,而美利坚的生命力则因汇聚了人类磅礴的生命力而愈加彰显。

选文赏析

《自我之歌》一共由52个诗篇构成，各诗篇长短不一，看似拼贴画集锦，其实主题鲜明统一。惠特曼歌颂自我，他赞美自己独立、善良、敏感、诚实的灵魂；诗人歌唱自己的祖国，他赞美美利坚多姿多彩、既野性又诗意；诗人歌唱人世间，他赞美大地之广博、海洋之深邃，亦赞美时间之无垠、智慧之玄妙；诗人崇拜人性，赞美人之生生不息；诗人体悟神性，赞美神之真意在于爱。

自1855年《自我之歌》初次问世，就成为评论界热议的对象，广受好评。随着惠特曼不断地对这首诗进行修改和增补，社会上保守的读者开始不满起来，他们认为诗中有关性爱和生殖的部分过于露骨。1882年时波士顿有律师公开起诉这首诗，说是违反了马萨诸塞州反淫秽法，要求诗人改写。当然，自我、自信如惠特曼，对这样的诟病一向充耳不闻。散文家拉尔夫·艾默生则认为《自我之歌》汇集了诗人的智慧和才华，他特意去信，称"阅读您的诗让我快乐，就像所有强大的力量使人感到的快乐那样"。

试问一首"赞美自己，歌唱自己"的诗，会有什么强大的魅力呢？"自我"在诗中其实既是指惠特曼自己，又绝不局限于诗人自己。从最早收录在《草叶集》中的诗篇中就可以找到"属于我的每一个原子同样属于你"这样的诗句。在诗人看来，"我"是千千万万的人，是构成美利坚的力量，是生命繁衍的必经一环，是世界前进的每一股力量。"我"于是变成了形形色色的人，变成了山川河流，意味着不可一世的傲慢，又意味着包容一切的爱意。有论者说惠特曼的诗有着唯我独尊的力量，这也许不同于艾默生所理解的"强大的力量"。惠特曼一向贴近生活，绝非傲慢自大之人，这在英国散文家埃德蒙·戈斯爵士的《惠特曼访问记》可以得到证明，但是如何理解《自我之歌》中"今日今夜和我待在一起，你将会拥有一切诗歌的源泉"诸如此类"夸夸其谈"的诗句呢？诗人将"我"比喻为人类对真知的热望和探索真知的坦诚之心，并劝读者不要止步于已经得到的知识，因为什么都比不上每个人内心对未知和未来的期盼。惠特曼对"个人"和"自我"的理解大大丰富了美国文化中"个人主义"的内涵。

自我之歌（节选）

1

我赞美自己，歌唱自己，
我拥有的一切你也会拥有，

第十一章　个人主义:《论自立》、《自我之歌》和《论公民的不服从义务》

因为属于我的每一个原子同样属于你。

我优哉游哉邀请我的灵魂,
弯腰闲看一片夏天的草叶。

我的话,我血液中的每一个原子,成自这泥土、这空气,
我出生在这里,我的父母,父母的父母也出生在这里,
我,今年37岁,身强力壮,开始歌唱,
打算就这么唱下去直到死。

把教条和学校的教条撂在一边,
退一步讲我觉得他们已经足够了,我永不会忘记,
无论我心怀善意或恶意,我要求自己迎着风险,
以原始的活力毫无顾忌地大讲自然。

2

屋子里充满香气,架子上也放满香水,
我吸着自己的芳香,懂得它,喜欢它
蒸馏的味道也会使我迷醉,可我不让它这样。

狂野的空气不是香水,它没有蒸馏的味道,它是没味儿的,
它永远对我的口味,我爱它,
我要到森林边的河岸上,脱掉伪装,赤身裸体,
我发疯似的想着它,要它接触我。

我自己呼出的热气,
回声、波浪、飒飒的低语,爱的根茎和丝须、分叉的枝干和藤蔓,
我的呼气和吸气,心脏的跳动,血液和空气穿过肺,
我嗅着绿叶和枯叶,海滩和黑色的礁石,仓房里的干草,
我嗓子里迸出的字眼飘进风的漩涡,
几次轻吻,几次拥抱,伸出的胳膊合成一圈,
柔软的纸条摇摆,光和影子在树上戏耍,
独处的快乐,走在闹市、走在田野和山坡的快乐,
健康的感觉,响午的颤抖,我起床迎接太阳唱的歌。

你认为一千英亩地就多吗？你认为地球很大吗？
你用功了好久学习读书吗？
你为自己懂得了诗就特别骄傲吗？
今日今夜和我待在一起，你将会拥有一切诗歌的源泉，
你就会拥有地球和太阳的精华，(还有百万个太阳等着呢)，
你将不再接受二手、三手货，
不再通过死人的眼睛观看，
不再用书里的幽灵填充自己，
你也不会通过我的眼睛观看，
或从我这里接受事物，
你会耳听八方，用自己的心过滤它们。
……

5

我相信你，我的灵魂，但是另一个我不必屈从你，
你也不必屈从另一个。

和我一起在草地上打发时光吧，放松你的喉咙吧，
我不要听说话、音乐和诗歌，不要俗套和慷慨陈词，最好的也不要，
我只喜欢你喃喃的声音，催人入睡。

我记得有一回我们躺在一个那么清纯的夏天早晨，
你把头枕在我的腿上，轻轻滚来滚去，
你解开我胸前的衬衣，将舌头伸向我裸露的心口，
直到你触到我的胡须，直到你握住我的双脚。
安宁和感悟迅速在我周围升腾蔓延，超越了世上一切争论，
于是我知道上帝的手便是我自己的允诺，
于是我知道上帝的灵便是我自己的兄弟，
所有来到这世上的男人都是我兄弟，女人都是我的姐妹和爱人，
造化的主心骨是爱，
无穷无尽的是田野里坚挺或蔫萎的叶子，
是叶子下洞穴中褐色的蚂蚁，
是虫蛀的栅栏上一片片的苔藓、石头堆、接骨木、毛蕊花和牛蒡草。

第十一章 个人主义:《论自立》《自我之歌》和《论公民的不服从义务》

……

10

我独自在远山荒野打猎,
游荡着,为自己的轻松舒坦惊喜,
傍晚挑了个安全地方过夜,
点起一堆火,烤着刚猎到的野味,
和我的狗一起睡在集拢的树叶上,猎枪靠在身边。

美国式的快船张开三层白帆,乘风破浪,
我在船头弓着腰眼望陆地,在甲板欢呼。

船夫和挖蛤蜊的一早起来等我,
我把裤脚塞进靴子,去玩个痛快,
那天你真该和我们在一块儿,围着那锅海鲜杂烩。

我在西部见过猎人的露天婚礼,新娘是个红种姑娘,
她父亲和朋友们盘腿坐在附近,静静抽烟,他们脚蹬鹿皮靴,肩批又大又厚的毛毡,
猎人牵着新娘在河岸溜达,他穿兽皮,浓密的胡须和卷发遮住了脖子,
新娘长着长长的睫毛,没戴头巾,粗直的头发垂下圆滚滚的腿,直到脚面。

一个逃跑的奴隶来到我屋子外面,
我听见他碰着柴堆的声音,
透过厨房半开的门我看见他一瘸一拐的很虚弱,
我走到他坐着的木头边,领他进屋,叫他别慌,
然后打来水倒进盆里,叫他洗汗湿的身子和受伤的脚,
我把我房子的套间给他住,还给了他干净的粗布衣服,
我清楚记得他转动的眼珠和不安的神情,
记得把药膏涂在他脖子和脚腕的伤口上,
他在我这里呆了一个星期,伤好了就去了北方,
我曾让他挨着我坐在桌旁吃饭,我的火枪靠在墙角。

……

21

我是肉体的诗人,我是灵魂的诗人,
天堂的欢乐和我在一起,地狱的痛苦和我在一起,
我把欢乐根植于我并发扬滋长,我把痛苦转化为一种新的语言。

我是女人的诗人如同是男人的诗人,
做个女人和做个男人同样伟大,
没有什么比人们的母亲更加伟大。

我歌唱扩展和自豪,
我们对此已经太多地逃避和抵制,
我显示只有发展才能壮大。

你超越了其他人吗?你是总统吗?
那不足为奇,他们每个人都会不止于此,还要继续向前。

我是那与温馨的、越加深沉的夜一同行走的人,
呼唤被夜半拥半抱的大地和海洋。

紧紧压住吧,袒露胸膛的夜——
紧紧压住吧,魅力十足的滋润的夜!
南风浩荡的夜——疏星明朗的夜!
安静入睡的夜——疯狂的赤裸的夏天的夜!

啊,微笑吧,妖冶的气息平和的大地!
大地上清新的树木正在沉睡!
大地上夕阳已经西下,云雾缭绕山峰!
大地上淡蓝色圆月倾洒清辉!
大地上河水陡涨,闪动明明暗暗地光芒!
大地上灰色的云因我而更加明亮清澈!
大地无垠扩展,大地开满了苹果花!
微笑吧,你的爱人来了。

浪子呀,你给了我爱——所以我要给你我的爱!

啊,不可言说的炽热的爱。
……

23

世世代代的语言无穷无尽地呈现!
而我的只是一个现代的词——全体。

这个词代表永不动摇的信仰,
现在或将来它对于我意义完全相同,我完全接受时间的考验。

唯独它没有瑕疵,唯独它是一切圆满完成,
唯独那神秘的令人迷惑的奇迹是一切完成。

我接受现实,不敢向它质问,
唯物主义始终渗透一切。

为实证科学欢呼吧! 精确地证明万岁!
把红景天、杉树和丁香树枝一起取来吧,
这位是化学家,这位编纂辞典,这位编了一本古埃及装饰艺术入门,
这些水手驾船穿过未知的险恶海洋,
这位是地址学家,这位操解剖刀,这位是数学家。

先生们,最高荣誉永远属于你们!
你们提供的事实很有用,可我并不钻研它们,
我只是经由它们进入我关注的领域。

我很少啰嗦那些被人说过的东西,
而是畅谈无人说过的生命、自由和解放,
我瞧不起中性的和被阉割的家伙,喜欢体格健全的男男女女,
我敲响叛逆的大锣,和逃亡者、和图谋造反的人患难与共。
……

(以上片段节选自《草叶集》,邹仲之译,上海译文出版社,2015 年)

亨利·大卫·梭罗

作家简介

亨利·大卫·梭罗（Henry David Thoreau, 1817—1862），出生于美国马萨诸塞州的康考德，他于1833到1837年间在哈佛大学修读修辞学、经典文学、哲学、科学和数学等科目，但是并未取得学位。之后几年，他任教于不同的学校，皆不得志，和兄弟约翰·梭罗合办的康考德学院也因约翰的病逝而歇业。梭罗一生除了教书、写作之外，还在工厂做过工，之后担任过政府土地测量员。

超验主义领头人拉尔夫·艾默生结识梭罗之后，带他涉足当地的文学圈，将他引荐给玛格丽特·富勒、布朗森·阿尔考特和纳桑尼尔·霍桑等作家，并在自己主持的《日晷》杂志上发表梭罗的文章，这大大促进了梭罗思想的成熟、鼓舞他从事文学创作。

1845年7月4日，梭罗移居至离康考德不远的瓦尔登湖边，过起了隐居生活，为期两年有余，这段经历孕育了梭罗最著名的散文集《瓦尔登湖》。书中记载了他在湖畔密林中开荒种地，自己搭建木屋栖身的经历，以及两年间目睹四时景物交替，鸟兽鱼虫的生息带给他的所思所想。

《论公民的不服从》内容提要

梭罗在1848年时做了次演讲，题为"个人于政府的权利和义务"（The Rights and Duties of the Individual in relation to Government）。这便是《论公民的不服从》一文的雏形，该文于1849年发表，收入《美学论文》（Aesthetic Papers）杂志。19世纪四五十年代的新英格兰地区经历着废奴斗争，这篇文章以此为背景，探讨了公民的良心、义务和责任，同时强烈批判了当时政府所扮演的角色。他认为，政府披着"民主"的外衣，干着残酷的事情；政府并没有代表所有公民的利益，只为有权势者代言；政府无视个人的价值和权力，只强调公民的义务，将其变为领土扩张的武器。

在这篇长文中，梭罗还提到了1846至1848年间爆发的美墨战争。这场战争使美国夺得了原本属于墨西哥的230万平方公里土地，梭罗将其视为赤裸裸的剥削战争。此外，他还讽刺了当时的美国政府赫然违背早年开国元勋们倡导的立国之本，成为虚伪、贪婪、冷酷的剥削者的事实。

第十一章　个人主义:《论自立》、《自我之歌》和《论公民的不服从义务》

选文赏析

　　梭罗的《瓦尔登湖》行文以纯净柔美而著名,作者在书中缓缓叙述自己对自然、心灵、生活本质、人性与神性的思考,可谓超然哲思流淌于湖光山色、晨露清风之中。但是,如果因此把梭罗视为不食烟火的世外之人则是不准确的。1845年,梭罗决定去湖边开荒独居,他认为这是一次探究生活与物质、人与自然、心灵与物质等关系的实验。梭罗从瓦尔登湖重返尘嚣后不久,开始撰写《瓦尔登湖》,其时正值美墨战争酣处,废奴问题、领土扩张问题、民权民主等问题成为全社会关注的焦点。《论公民的不服从义务》一文是在这个背景下完成的,流露了作者不吐不快的感情足已,更说明超验主义者梭罗也是挂怀政治、民生、社会道德的批判者。

　　那么这篇文章主要批判了什么呢? 梭罗从批判政府开始,他认为美墨战争证明美国政府已然变为专制、残忍、狡猾又贪婪的政府:它不顾人民的心声,执意强取墨西哥的大片领土;它无视人权,无视百姓心中的畏惧,将青年公民强制编为常备军,充当国家机器的组成部分。此外,梭罗批判法律之不完善以及立法和选举之不公正。但是最让梭罗骨鲠在喉的却是人之麻木和盲从。他将被迫从军的人视为行尸走肉,他质问:如果畏惧战争,你为何上战场;如果厌恶战争,你为何甘愿去做常备军。人应当首先尊重自己的价值和权力,而不是一味投身于那"爱国"的口号。他批判人之自私狭隘,他指出:阻碍废奴改革进程的与其说是执政者,不如说是只在乎眼前利益的农场主和奴隶贩子。人应当尊重他人的价值和权力,否则休谈自由和民主。所以,"公民的不服从"可以理解为,当任何人或权威无视公民个人的价值时,公民应不服从并勇于反抗;同时,当任何局势引导公民无视他人价值时,公民当警醒、当不服从。

　　可是,不服从政治或权威,各说各话,岂不是无政府主义吗? 梭罗明言,自己并不推崇无政府主义。那么应当以什么为价值标准呢? 他认为,应该是良心,个人当尊崇个人的良心,政府当尊崇政府的良心,"对道德的漠视即是不道德"。

　　时至今日,我们阅读此文,深感历史之不可逆。德克萨斯州在1845年被纳入美国版图后,美国政府立刻着手对付墨西哥,侵占了其大幅疆土,一切都没有因为这篇文章而改变。但是,这篇文章也成为历史的一部分,它告诉我们,在一个政府"意气风发"的时刻,曾有一个声音质疑和批判它的道德准绳;在人民一味服从的时候,曾有人站出来提醒他们要先作为"人"而存在,因为人不是"一块泥巴",有思考有意志的"人"才是立国之本。

论公民的不服从(节选)

我衷心接受这句名言:"管得越少的政府,就越是好政府。"我也十分希望看到这句话被迅速、系统地实施。如果该思想被彻底实施,最终将会得到大约这样一个结果:"什么都不管的政府,便是最好的政府。"这也是我坚信的。当人们准备好接受它时,这便会成为人们将拥有的那种社会管理模式。政府至多算某种权宜,可带来方便,但大部分政府通常、所有的政府有时都不带来方便。我们一直以来谴责常备军。常备军人数众多,机构繁冗,好采用暴力,所以反对声此起彼伏本为理所应当。到最后,我们也许会发现这些谴责会指向常设政府,常备军只是政府的一条手臂而已。政府本身是一种形式,一种人民选举出来执行自己意志的形式,但当人民需要它执行民意时,它却像常备军一样可能被人利用,甚至滥用。看看现在正在进行的美墨战争吧,它正是相对少数人利用政府工具的杰作,因为从一开始,人民就不同意这种做法。

现在的美国政府是过去留下来的,但是历史不长。它始终在努力要把自己完整地传递给下一代,但实际上每一刻它都在丢失一些东西,不能让自己完好无损。它本身不像一个活人那样充满生机和力量,因为一个人可以用自己的意志来控制自己。对人民来说,政府倒更像是一杆木枪。虽然如此,它却并非完全不必要,人民总是需要这样一种复杂的大机器,听一听它的噪音,以此满足他们对"社会管理秩序"的想法。这样一来,政府们的优势便显露出来,展示出它们是多么有能力去指挥国民,欺骗自己,只为了一己私利。这样当然很好,我们也必须接受。但是,这个政府却从未想过促进任何事业的发展,而是身手敏捷地走偏了。它不去促进国家的自由,也不去稳定西部的骚乱,更不好好以身作则教化国民。美国人天生自带的性格,创造了美国人现在所有的成就,但如果没有政府干扰,他们还会做得更多。政府作为表达人民意愿的一种工具,是一种可提供便利的权宜工具,人们非常乐意通过它保持彼此独立。但正如我从前所说,当政府最大限度地行使权宜时,它就最大限度地独立了。贸易和商业若不是像印度橡胶一样有足够的弹性,就无法跳过立法者们不断设下的一道道障碍。如果我们根据立法者给我们带来的后果进行判断,而不是根据他们的意图,那他们真应当同那些把障碍物放到铁轨上的调皮捣蛋者一样,受到同样的惩罚。

但是,作为一个公民,如实地讲,我并不完全赞同那些自称无政府主义者的人,比起无政府,我更赞同有一个好政府。让每个人都说明什么样的政

第十一章 个人主义:《论自立》、《自我之歌》和《论公民的不服从义务》

府会赢得他们的尊重,这将是政府走向成功的第一步。

毕竟存在现实原因。为什么人民一旦掌握权力,便会立刻同意由多数人来进行统治,并持续统治很长时间?多数人进行统治,并不是因为他们喜欢权力,也不是因为这对少数群体来说似乎最公平,而是因为,他们是最强大的。但是,在诸多政府形式中,由多数人进行管理的政府在很多时候也是有失公平的,甚至超乎理解地不公。那么,能不能有这样一种政府,对于一件事情的对错,不是完全由强势多数的意志决定的,而是以道德为标准去评判?能不能有这样一种政府,强势多数只决定那些可以根据权宜原则进行管理的问题?难道公民在某个时刻必须让良心在立法者面前止步?良心是一丝一毫都不得违反的啊!如果可以违反,人们还要良心做什么!我想,我们首先要明确:我们首先是"个人",然后才是"臣民"。遵守法律就是对正义的尊敬,这种思想并不值得大力提倡。但是,无论何时,只要是我认为是正义的事情,我都有义务去做。群体是没有道德的,这话说得贴切,但若群体由道德高尚的人组成,群体便有了道德。法律并不让人正义,一丝一毫都不会,法律只是让人服从自己,所以,一个最善良的人,也可能因为严格遵守法律而成为不公的代言人。那么,对法律的绝对遵守一般会得到何种自然结果呢?你也许看见过一队士兵,上校、上尉、班长、士兵、军火搬运工……所有人整齐划一地行军,跨过高山,穿过溪流,奔向战场。这其实并不是他们内心的意愿,甚至有悖常识和道德,所以,这是一种相当危险的行军,让他们每个人都心惊肉跳。对于他们来说,自己的行动只是一纸军令,是该死的公事,他们在内心深处都是渴望和平的。那么,他们算什么,还是人吗?或许他们只是移动的堡垒、弹盒,在为某些不择手段的掌权者效劳?参观一下海军造船厂,盯着某个水兵,你就知道,这正是美国政府的产物,或者说只有美国政府可以施这妖术把一个人变成这样。我们在这个海军身上看不到一点点人性的影子或记忆。他只是被安排在外面站岗的人,活着。而有人说得好:他其实早就带着陪葬物,埋在武器堆里了,不过也可能是:没有一声送别的锣鼓,没有讣告,当他的尸体被草草埋进"堡垒",没有一个士兵为他鸣枪送别,在我们的英雄埋葬的坟前。

大批的人不是作为"人"在为这个国家尽忠,而是作为肉体机器。这就是常备军、民兵、狱卒、警察、临时兵团等。在多数情况下,他们根本无法运用自己的道德感和判断力,他们把自己降格成为木头、泥土或石头。也许可以大批量制造木头人,来达到同样的目的。如此,这些人就像卑微的稻草或是一块肮脏的烂泥,还需要什么尊严呢?他们的价值充其量就是一匹马或是一条狗。然而,正是他们这样的人被普遍认为是良民。其他的那些议员、政客、律师、外交官、高官,用他们的头脑服务国家,却毫无道德观念,可能为魔鬼服务却浑然不知,就好像魔鬼才是他们的上帝。还有另外一小部分人——英雄、爱国者、烈士、广义上的改革家和其他用良知为这个国家服务的人——往往都在抵制这些行径,所以统统被它视为敌人。智慧的人要有所作为,必须首先作为"人"存在,不应被降低成一块"泥巴",只为"挡住墙上的风洞"。当他脱离世俗、尘归尘土归土时可以说:我生来高贵,故受不得奴役,我不比任何人低也不受制于任何人,我不是有用的仆人和工具,不为世界上任何一个帝国服务。

有的人把自己的一切全部奉献给了他的同胞,却仿佛被人们认为无用、自私;有的人只奉献了一点点,却被高歌为恩人、慈善家。

对待当今的美国政府,我们应该采取什么样的态度才算正直之人呢?我回答:和它有任何关系都使人蒙羞。如果它同时是奴隶们的政府,我怎能承认这个政治机构是我的政府?要我成为这样的政府的臣民,我一秒钟都不愿意。所有人都承认革命权的存在,即当暴政或无能甚巨,超出人们的忍耐极限时,人们有权拒绝效忠并抵制政府。但几乎所有人都认为至少现在的情形还不致如此,而 1775 年的那场革命才适用。有人可能会告诉我说:政府对运进本国港口的特定进口商品征税所以它是个坏政府,如果问题那么简单,我就不会无事生非、大惊小怪了,因为不用进口商品我也照样活得挺好。

……

说实话,反对马萨诸塞州改革的,并不是成千上万的南方政治家们,而是千千万万的奴隶贩子和农场主们,他们对商业和农业的兴趣远大于对人性的关注,准备付出任何代价都要死守阵地,继续非正义地对待奴隶和墨西哥。我的论战对象不是遥远的敌人,而是那些在家里穿戴整齐、和远处的敌人合作或指挥他们的人,若没有这些人的存在,我远处的那些敌人本是无害的。我们习惯地认为,改革发展得这么慢,是因为大多数人还没有准备好,而且统治阶层那一小部分人,并不比被统治的民众有实质上的智慧优势或别的优势。很多人是不是像你一样优秀没那么重要,重要的是,世界的某个地方一定存在着某种绝对的善,这种善会让整个面团发酵成功。

有成千上万的人一边反对奴隶制、反对战争,一边几乎不做任何事情去结束它们;他们以华盛顿和富兰克林的子孙自居,却稳稳地坐着,双手插兜,说不知道该做什么,所以什么也不做;他们甚至先谈自由贸易的问题,而把自由本身推后;在茶余饭后,他们一边阅读行市价格表,一边看着从墨西哥传来的最新建议,然后,可能就进入了梦乡,枕着价格表和那些建议。那么

第十一章 个人主义:《论自立》、《自我之歌》和《论公民的不服从义务》

今天,正直之人和爱国者的市价又是多少呢?面对这个问题,他们迟疑了,后悔了,有时也请愿,但他们总不愿积极地做些什么,做了也没啥效果。他们会等待,端庄地坐着等待,等待有一天别人消除邪恶,这样他们就不用继续后悔了。而现在,他们顶多会上交一张廉价的选票以示微乎其微的抗议,或对正义表示微弱的支持与良好的祝愿,他们也就这样了。当一个道德完善的人出现,就会出现 999 个人拥护美德。但是,和一件东西的真正主人打交道,比起和它的暂时保管者打交道来说,要容易得多。

……

自然,为了消除任何恶——甚至大恶——奉献自己,不是个人的职责,或许他还有其他正经事忙着去做。但是,他至少应当完全和它划清界限,这便是他的职责,根本不去思考它,因为思考它就是给了它实际上的支持。如果让我投身于某种追求或某种思想,我首先要确定自己不是在跟随别人的意志,不是坐在别人的肩膀上进行思考。我必须离开这个人,这样他也能自己追求自己的思考。让我们看看多大的不协调同时共存吧。我曾听一位同乡说:"我倒想让人们命令我去镇压一场奴隶暴乱,或是加入到对墨西哥的战争中去,等着看,看我会不会去!"这些人反对奴隶制和墨西哥战争,但正是这些人,直接用他们的效忠、间接用他们的税钱,找了别人代替自己去镇压奴隶、去向墨西哥开火。有一种士兵是我们大加赞赏的,他们拒绝参战任何一场非正义的战争,鼓掌的正是那些从不拒绝供养挑起不正义战争的政府的人们,正是那些行为上和权威上都被这个士兵漠视甚至蔑视的人们。好像这个国家会悔过当初,所以雇了一个人,当它一做错就鞭打它,但它却从未有一刻让悔恨阻止自己犯罪。这样,在秩序和国民政府的名义下,我们最终等于被迫尊敬并支持了自己的卑贱。羞愧之色一闪而过,无动于衷立刻取而代之;从对道德的漠视,变成了不道德,道德对我们已经过成这样的生活来说,本就不那么必需。

最盛行的错误影响也最广泛,只有最无私的美德才能支持它的传播。爱国主义美德常引起轻声的责备,越高尚的人们越容易这样做。有些人不赞成政府的品德和策略,却依旧效忠并支持它,所以无疑是它最忠实的支持者,所以是改革最大的障碍。一些人向州政府请愿,请求解散联邦政府,请求不遵从总统的意志。为什么他们不自己解散自己和州的关系,拒绝向州库交纳钱财?他们和州政府的关系,不正像州与联邦的关系吗?州不能抵制联邦的理由,不正是他们不能抵制州的理由吗?

懂了这些就满足了吗,还蛮开心的?他明知自己受到了侵害,那还有任何开心可言?如果你被邻居骗了一美元,知道你被骗了就够了,不用行动了？或是到处去说你被骗了，或反复请求他把钱还给你，这就算完了？你会尽全力讨回你的一切，并保证永远不会再次上当。正确地认识和行使正义，并按原则行动，会大大改变事物和事物间的关系。行动本身，从本质上讲就是革命性的，把任何旧事物抛诸脑后。行动，不仅将各州分开，将教会分开，也分离家庭；它也分离个人，把恶魔从他的身体中驱逐，只留下真善美。

  存在不公正的法律，那么，我们应当去遵守它们，还是努力去完善它们，等它们成功完善后才遵守？或者干脆现在就对它们置之不理？一般人在这个政府体制下，通常认为应该先等一等，等到说服大多数人投票修改法律。他们还认为，如果抵抗，那药方就比恶疾本身更邪恶了。但导致药方比恶疾更邪恶的，正是这个政府本身的错，是它把一切搞得更糟了。为什么它不能有点预见性，并为改革提供帮助呢？它为什么不能珍惜智慧的少数人呢？它为什么还没受到伤害就开始大叫并反抗？它为什么不鼓励它的臣民纠正它的缺点，既然自己没有纠正好？它为什么总是把基督钉在十字架上，把哥白尼和伽利略驱逐出教会，宣布华盛顿和富兰克林为叛徒？

  人们可能会想到，故意挑衅权威的行为，是政府唯一没有明确定罪的罪行。但是，为什么没有明确而适当的相应处罚呢？如果一个人分文未有，并拒绝向本州交纳9先令的税款，据我所知的法律，他就要被关进大牢，时间多久就不好说了，这要由把他送进大牢的那伙人决定。但是如果他在州里交高于9先令90倍的钱，他很快就会被释放，不管这钱是偷来的还是抢来的。

  如果不正义是政府机器必定要产生的摩擦，无法避免，那么，随它去吧，不管了；可能有一天它会磨合好的——当然，也可能有一天它终会磨坏。如果不公正不是机器的摩擦，而是专门配有弹簧、滑轮、绳子或曲柄，这时，你就要考虑是否药方并不比恶疾更糟了。但是，如果性质变成这样，就需要你不公正地对待别人，这可如何是好？我说：不遵守那法律就好了。让你的生命成为反摩擦力，停止机器的运转。不管怎样，我要保证自己不会随波逐流，不会把力气用在助长自己所唾弃的不公正上。

  ……

  我有时想：这个民族，心地善良却很无知，如果人们知道怎么做，也许会更好一些。为什么让你的邻居受苦，然后不情愿地反过来折磨你？但我又想：我没有理由像别人一样行动，去允许别人承受另一种更大的痛苦。有时我又会对自己说：当成千上万的人，他们没有热情也没有恶意，总之没有任何个人情感，他们就是想管你要几先令——这就是那个制度——他们不可能撤回或改变要求，你也不可能向另外成千上万的人求情撤回或改变要求，

第十一章 个人主义:《论自立》《自我之歌》和《论公民的不服从义务》

那么,为什么要让自己暴露在这种自然蛮力之中呢?你不需要执拗地去抵御饥寒、风浪,数千种其他自然力也都被你默默地接受了,但你不会把头伸进火里。我不认为组织完全是一种自然蛮力,部分是人力。它不只是冷酷的非生命,它包括成千上万的人,我想我和他们都是彼此联系的,所以我想现在立刻祈祷是可能的,首先向上帝祈祷,其次是向自己祈祷。但如果我故意把头伸入火中,那我就不应当祈求火或生火者不要烧我,那是我自己的错。假使我能说服自己应当满意地接受他们本来的样子,并以其人之道还治其人之身,我就应该像一个异教徒或宿命论者一样,努力接受事实,认为那就是上帝的旨意。但我不能,我觉得在某些方面,我对人、对自己的期望和要求是另外一个样子的。最重要的,抗拒这种力和抗拒自然的无情之力,是有区别的:我可以抵抗住这种力,会有效果,而无法像奥菲士一样改变石头、树木与野兽的性质。

……

但政府和我的关系并不大,我也尽量不去理它。甚至在这个世界上,我和政府打交道的机会也不多。如果一个人能自由思考,自由幻想,自由想象,那些愚蠢的统治者或改革家对他就没什么影响,那些对他来说本就不存在的东西,从不会长久地出现在他的脑海中或眼前。我知道大多数人和我想的不一样,但那些专门研究该类或类似问题的专家们很少让我满意。政治家和立法者完全立足于制度内,故从未真正把它看透看清。他们总说要促进社会发展,但除了"说说要促进社会发展"也没别的可干了。也许,他们都经验丰富、智慧过人,毫无疑问创建了天才的实用体系,对此我们必须衷心感谢。但他们的智慧与能力只局限在一个非常小的范围内。他们总愿忘记这个事实,即世界并非仅由政策和权宜之计统治。韦伯斯特从没有深入研究过政府,自然对它的理论也不具权威性。对于那些没有打算对政府进行必要改革的立法者们来说,他的话是十分有用的;在思想家们看来,在那些从永恒角度考虑立法的人们看来,他则从未正视过这一问题。我认识一些人对这个主题进行过冷静和智慧的思考,不久即将揭示韦伯斯特的思想广度有局限性,且偏袒一方。比起大部分低贱的职业改革家,比起所有智慧与口才都更低贱的政客,韦伯斯特的言论还是强大有力并有开创性的,而且讲究实际,我们感谢上苍将他赐予我们。但智慧并不是他的本质,而是谨慎小心。

律师口中的真理并不是真正意义上的真理,它只是一种协调,或者某种协调的权宜。真理本身是和谐的,它最关心的不是去揭露恶行中的正义。韦伯斯特被称为"宪法的保卫者",这是名副其实的。他没有任何可指责的地方,有也是情有可原的。他不是个领导者,而是追随者,领袖是1787年宪法的制定者们。他说:"我从未做出过任何努力,也不建议别人去努力,我没有支持过任何努力,也不打算去支持任何努力,去打乱最初的决定,宪法的安排使我们各个州组成了一个国家。"当提到宪法支持奴隶制时,他说:"既然这是最初契约的一部分,那就让它继续存在吧。"虽然他有敏锐的洞察力和过人的能力,却无法把一个事实从繁杂的政治联系中剥离,把它视作只能靠理智解决的问题。例如,当今的美国人对于奴隶制这一问题应该尽一些什么样的义务?他只是冒险,或者被迫说出了让人这样沮丧的话,还坚定地宣称这样说是把你当成了私底下的朋友。他说这样的话,到底想让人该承担什么样的新颖而特殊的社会义务呢?他说:"存在奴隶制的各州政府,治理本州的方式是它们自己的事情,由他们自己考虑,因为它们对自己的选民负责,对适当、人性、公正及上帝的普遍律法负责。""非政府组织,无论生发自共同的人类情感或其他什么原因,都与之无关,我从未鼓励过他们,永远也不会。"

有些人不知真理之源要更加纯洁得多,他们从未沿着真理的溪流走得更高,只是聪明地守在圣经和宪法旁边,尊敬地、谦恭地掬水解渴;但有些人发现,这只是一个湖或池塘,注入其中的水自有他处来源,于是他们再次抖擞精神,继续他们寻找真理水源的朝圣之旅。

……

我愿服从某些政府权威,因为我会欣然服从那些知道得比我多、做得比我好的人,甚至在许多事情上愿意服从那些懂得和做得都不如我的人,但现在这个权威是不纯洁的。严格地讲,它必须得到被统治者的赞同。政府无权干涉我的人身自由和财产,除非我承认它。从绝对的君主制到受限君主制,从受限君主制到民主制,每一步都是对人的尊重的进步。一位睿智的中国哲学家甚至说过这样的话:人民才是国家的基础。那么,我们所了解的这个民主制,是不是政府的终极发展形式呢?是否可能在人权的认知和组织上更进一步呢?直到国家把个人作为更高而独立的力量,认为个人的这种力量是国家力量和权威的来源,并能正确地对待每个人,才会出现真正自由和文明的国家。我还很开心地描绘出这样一幅画面:最后,国家可以公正地对待每个人,国家对待个人就像邻里之间那样相互尊敬。如果有人愿意离群索居,不愿隶属于它,只要他尽到邻居和国民的责任,不干涉它,那它就可以处之泰然,任其自由。如果一个国家可以结出这样的果实,直到它成熟落地,那么,一条通往我所设想的、更加辉煌的完美国家的道路就修好了,尽管现在任何地方还见不到这样一个理想的州。

第十一章 个人主义：《论自立》、《自我之歌》和《论公民的不服从义务》

※ 思考题

1. 《论自立》中，作者鼓励读者大胆质疑前人的论调，展开自己的思考，在几百年后的今天，艾默生的这篇文章对于我们来说也变成了"前人的论调"，请问你怎么看待这个问题？

2. 《论自立》文中暗示我们不应该"拖着腐朽的记忆前行"，是否传统、文化、民族精神都可以被视为"腐朽的记忆"呢？在当下，瞬息万变、信息爆炸的社会中，请问你如何理解"腐朽的记忆"？

3. 《自我之歌》中，"一个逃跑的奴隶来到我屋子外面/……他在我这里呆了一个星期，伤好了就去了北方，/我曾让他挨着我坐在桌旁吃饭，我的火枪靠在墙角。"这一个诗节是在描写什么？请问你是如何理解的？为何说"伤好了就去了北方"？"我的火枪靠在墙角"是指什么？

4. "我相信你，我的灵魂，但是另一个我不必屈从你，/你也不必屈从另一个。"这句是诗人在描写肉体和灵魂的关系，请问你是怎么理解这个诗篇的？

5. 《论公民的不服从》中有这样一句话"法律并不让人正义，一丝一毫都不会，法律只是让人服从自己，所以，一个最善良的人，也可能因为严格遵守法律而成为不公的代言人"，请问你同意这样的说法吗？

6. 梭罗在《论公民的不服从》中批判了美国政府正在慢慢丢失自己的传统，慢慢背离民主制度。在你看来，在历史的演进中，制度是否可以微调？你如何理解文中所探讨的美国民主制的变质？

※ 网站链接

沃尔特·惠特曼的有关网站：

http://whitmanarchive.org/

本网站是惠特曼档案的官方网站，汇集了惠特曼出版的所有作品、惠特曼手稿展示、生平信息等重要一手资料。

https://www.loc.gov/rr/program/bib/whitman/

本网站是美国国会图书馆官方网站中对惠特曼的介绍，包括最新的惠特曼研究动态。

亨利·大卫·梭罗的有关网站：

http://www.thoreausociety.org/life-legacy

本网站是梭罗学会的官方网站，提供梭罗的生平、梭罗研究的前沿信息等资料。

http://thoreau.library.ucsb.edu/writings_main.html

本网站比较全面地收录了梭罗的作品、手稿、通信等一手资料,并提供梭罗研究的大量外延链接。

第十二章
美国特性:《美国特性》、《美国印象》和《易受攻击时代的"美国信念"》

文化背景

一般来说,国家特性成形于历史,并处于持续微调的状态。想要详尽又不带任何偏私地提炼出某个国家的特性,无异于去给一个尚未完成或者永远不会完工的大型雕塑画素描,虽然无法精雕细琢,但尚可概览其风貌,勾勒其轮廓。

1917年,美国参加第一次世界大战前夕,提出了"美国信念"[1](American Creed)这一爱国口号和政治宣言,其中提到美国是"一个建立在无数爱国者为之牺牲生命和幸福的国家,是建立在自由、平等、公正和博爱原则之上的国家"。当时的美国已经是一个移民国家,被称为民族大熔炉;而现在,人们提到美国,往往有以下印象:自由民主、经济大国、军事强国、好战、创造力强等等。这些是美国特性(Americanness)吗?所谓特性,是只有美国独有的吗?既然是民族大熔炉,不同肤色的美国人对美国特性又是否有统一的认识呢?

塞缪尔·亨廷顿(Samuel Huntington)在他的《谁是美国人?——美国国民

---

[1] "美国信念"(American Creed)由威廉·泰勒·佩奇(William Tyler Page, 1868—1942)提出,全文如下:I believe in the United States of America, as a government of the people, by the people, for the people; whose just powers are derived from the consent of the governed; a democracy in a republic; a sovereign Nation of many sovereign States; a perfect union, one and inseparable; established upon these principles of freedom, equality, justice, and humanity for which American patriots sacrificed their lives and fortunes. I therefore believe it is my duty to my country to love it, to support its Constitution, to obey its laws, to respect its flag, and to defend it against all enemies. 我坚信美利坚合众国政府是一个民有、民治、民享的政府,其正当权力由人民所授予;我坚信美利坚合众国是一个建立在共和政体上的民主国家,一个由众多主权州组成的主权国家,一个单一不可分离的完美联合,一个建立在无数爱国者为之牺牲生命和幸福的自由、平等、公正和博爱原则之上的国家。因此,我相信热爱祖国、拥护国宪、遵守国法、尊重国旗、保卫祖国和反抗敌人是我的天职。

特性面临的挑战》(Who Are We? The Challenges to America's National Identity，2010)一书中重新拷问"美国到底是一个移民国家还是一个定居者创立的国家?"，这个问题提醒人们回到历史的源头找寻依据，甄别哪些特性才是美国的立国之本。

17世纪初，英国清教徒乘坐"五月花号"来到北美大陆，他们以族群(ethnic group)的形式从自己熟知的社会迁徙到一个陌生地域，非但没有被新的环境同化，反而在这片土地上有选择地部分再现了自己原先熟知并认同的那个社会。亨廷顿认为这有别于移民，所谓移民是指从一个社会转移到另一个不同的社会，继而被其同化。第一批来自英国的拓荒先驱有着相似的语言、信仰、价值观、理想、生活模式和族群意识，那就是：以英国文化为积淀的基督教清教主义意识。清教主义思想中"因信称义"、"上帝的召唤面前人人平等"、"勤奋自强，积累财富，财产私有"等精神影响了一代又一代美国人，美国信念中的"自由、平等、公正、博爱"可以在这里找到依据。同时，拓荒先驱们认为新英格兰殖民地是"山巅之城"(A City on A Hill)，是"上帝的新以色列"(God's New Israel)，是上帝为他们选中的至真至善的土地，所以他们认定自己应当在这片土地上繁衍、开拓，同时感化并救赎异教徒于水火。在这个前提下，他们驱逐或杀戮土著印第安人，因为土著没有相同的信仰，并且不具有被同化的潜力，若想保持这片土地的纯洁和神圣，则必须扫清异教的、不洁的民族。

17世纪至18世纪，移民陆续登陆北美大陆并不断扩张疆域，在这个过程中，只有那些能够认同拓荒先驱从英国带来的文化体系和宗教信仰的人们才能被"熔入"民族大熔炉。19世纪初，大批黑人被贩卖至北美大陆，沦为白人的奴隶，这些人从未享受到平等和自由。在美国内战(1861—1865年)之前，开国元勋们沿袭了拓荒先驱时代"保持种族和信仰的单一性"这一理念。由此可见，回到美国历史的源头，我们并没有看到"民族熔炉"的烙印，反可窥见日后"将美国式民主带到全世界"这等"使命感"的因由；"自由平等"并非人人平等，而是只有遵从英国传统和基督教清教主义信仰的白人才能享受的权力。

一战期间才提出来的"美国信念"并非北美殖民地自然生成的属性，而是在18、19世纪这动荡不安又飞速发展的两百年中沉淀下来的、被主流群体认可、又为其服务的意识形态。1776年《独立宣言》的发表以及1775年至1783年的美国独立战争大大促进了美国国民意识的发展。19世纪的美国内战虽然未能使有色人种获得平等权益，但是它消除了奴隶制度，巩固了美国多民族多人种的特性，同时也是美国在一战中投入多种族兵力的先决条件。19世纪末20世纪初转折中的二三十年是美国的"进步时期"(Progressive Era)，期间不下两百万的东欧犹太人涌向北美大陆；美国境内的黑人也大规模地从南部往北部城市迁移。

第十二章 美国特性:《美国特性》、《美国印象》和《易受攻击时代的"美国信念"》

这时,"鼓励自我实现、将个人财富积累视为公民权益"等传统价值观遭遇了多重挑战:一方面,白人主流群体排斥有色人种大规模移民,尤其反感亚非移民,为此他们甚至成立了移民限制协会(Immigration Restriction League),当时以哈佛大学校长为代表的知识精英竭力声援该协会的立场;另一方面,进步时期的经济增长要求地方政府享有更大的自治权,并给予社会各界更宽泛的平等和自由;再者,1914年开始的第一次世界大战意味着新的世界格局。威尔逊总统认为美国若想在战后成为世界的领袖就必须参战,借助一战的东风展现美国当时业已领先的工业实力、科技水平、财富积累和军事潜力;然而,国内主和。在这种情况下,威尔逊总统于1917年4月2日宣读了战争咨文,提到"为了民主制度,世界必须和平……为了这个目标,我们可以牺牲我们的生命、财富,我们可以舍我根本,弃我所有……"[1]这种心系全球、英雄主义、放眼未来的视野丰富了"美国信念"的含义,也使人们对美国民族性有了新的理解和认同。

一战后的经济重建和1929年的经济大萧条使罗斯福总统意识到以改革为核心的复苏和安抚迫在眉睫。他的新政(New Deal)强调"普通人"(common people)特别是扎根于这片土地的本土美国人的价值和利益,借此提出"美国性"(Americanness)这一概念,他认为理想的美国性应当展现超越阶级的价值,弱化敌对阶级之间的利益冲突,缓和权势阶级的内部矛盾。值得注意的是,为了使"新政"顺利推行,罗斯福敦促文化界、文艺界大量发掘民间传说,利用草根叙事为少数群体的文化、传说、传统发声。这是美国历史上第一次由官方组织,超越种族、语言、民族习俗,将扎根于美国的各色人等全部强调为"美国人"。

通过对美国历史的简单梳理,不难看出"美国特性"可以追溯到北美殖民地建立之初,它是人为建构的意识形态,在历史的演进中不停修正、发展。美国特性的核心是"美国信念",而美国信念源于英国传统价值观和清教主义思想,它的内核是自由、平等、公正、博爱、爱国、个人主义、维护世界和平等等。到了21世纪,"9·11"事件、大数据的实现、黑人总统的当选等事件必将继续给"美国特性"增加新的标注。目前,"美国特性"已经是一个文化显学,一个美国国内的主流价值标准。同时,它还是国际视野下的一个众说纷纭的政治意象,随时准备为各种"好的目标"服务,也随时准备为各种"坏的影响"负责。

---

[1] 这句话的原文:"The world must be made safe for democracy ... To such a task we can dedicate our lives and our fortunes, everything that we are and everything that we have ... "

亨利·亚当斯

作家简介

亨利·亚当斯（Henry Adams，1838—1918）出生于美国马萨诸塞州的波士顿，世代名门，曾祖父和祖父都担任过美国总统，父亲亦为外交家、政治家、历史学家。亚当斯1854年进入哈佛大学读书，能言善辩，酷爱写作和演讲，却未选择追逐

仕途功名，而一生致力于史学研究和历史、时事评论。1858年毕业之后他游学欧洲，在柏林大学进修法律。美国内战期间，亚当斯随父亲出使到英国，游历欧洲，直到1868年才回美国，这些年的经历使亚当斯对欧洲有了深刻的认识。

亚当斯是个具有历史眼光的思想家，敢于批判、勇于改革。19世纪70年代他产出了大量文章，既有揭露政坛腐败的，又有呼吁政治改革的，既有抨击国会不当行为的，又有剑指金融集团的。1876年起他在哈佛大学任教，回归历史学研究，之后产出大量史学巨作，1919年其自传《亨利·亚当斯的教育》获普利策奖。

《美国特性》内容提要

在《美国特性》这篇文章中，亨利·亚当斯提及美国独立和民族统一之前人们心中的疑虑和憧憬，描绘了美国建国初期人们就"美利坚需要怎样的政体"这一问题所展开的争论和猜想。亚当斯在思考美国道路之时不忘把欧洲作为参照物，他对比了民主在欧洲和在美国的不同表达，以及民主制度在大洋两岸的不同可能性。在亚当斯看来，美国的独立和统一是这个国家最好的归宿，在达到这个目标之前，混乱、迷茫、斗争都将是改革的必经之路。在这条道路上，人民才是最主要的力量。

选文赏析

亨利·亚当斯出生于美国政坛望族，这个家族为美国的奠基立下了汗马功

第十二章　美国特性:《美国特性》、《美国印象》和《易受攻击时代的"美国信念"》

劳。他的曾祖父和祖父都曾任美国总统,他的父亲亦是政坛老将,著名的外交家、政治家。亨利·亚当斯资质聪慧,从小接受精英教育,口才极佳,但是恰恰没有从政,反而选择从事历史研究。他的文字严肃、冷峻,是多重视角交汇后的结晶。这种独特的视角如何而来呢?由于家族原因,亚当斯得以接触美国权力机制的核心;在哈佛大学求学期间,他接受史学理论训练,随后又在柏林研究法律;在随其父驻欧洲的十年间,他跳出美国的"新民主"话语圈,浸润于欧洲文化,目睹欧美政治在美国建国初期的交锋,继而反思美国的方方面面。也许,正是这种在政治的中心"跳进跳出"的自由、接地气的视角和深厚的学养,赋予了亚当斯史学研究的便利,给了他观察时事的角度和俯视历史的高度。

《美国特性》这篇文章并非泛泛而谈美国文化或美国个性,而是作者对美利坚独立初期直至各州统一期间国内阵痛的反思,亦像是对各种民间言论的解读和反馈。不同于其他国家,美利坚是独立于英国的前英属殖民地,它的一切都可以追溯到英国,所以建国初期,独立是有争议的。又因为美国是移民国家,各方来客及北美大陆的土著居民构成了多种族多民族的人口特征,政体问题于是凸显出来。亚当斯在这篇文章中总结道,"美国特性",即民主自由的特性,恰恰是将美利坚推向独立统一的核心力量。

这篇文章在强调美国特性和政体与欧洲存在区别的同时,还突出了美国人民的力量和价值,如他所说,"各色人等较之各个社会有趣得多"。可是,亚当斯仿佛给美利坚的"新民主新政体"涂抹了理想化的光晕,在他看来欧洲大陆历来被"帝王、贵族、军阀,没有教会、传统、偏见"捆住手脚,而美国没有这些束缚,美国享受着"众多人口稳定增长而不存在困扰着别国历史的社会差别"。如今,我们显然很难把这一点视为"美国特征"。这也许就是史家身陷历史之中时所难以逃脱的"视觉"盲点。

值得注意的是,在文章最后亚当斯不忘提及他对史学研究的看法。在他看来历史研究时而需要带着精准的、宛如科学研究时的严谨态度,时而又需有点"人情味",这种方法论与现代的史学研究大相径庭。此外,他认为对待美国历史的时候,科学的趣味要多于人情味,无论用哪种研究视角去对待美国的历史,目的都应回归于梳理民族特性。

美国特性

直至1815年,美利坚统一的前途还看不出已成定局的眉目。迟至1815年1月,人们依然认为分裂为若干民族国家是可行之举。这种命运,重复着常见的历史经验,所以未必就比走向一个完全美国人的单一民族的道路更加不幸;因为如果分裂的民族的后果肯定是不幸的,那么一个单一社会的后果同样肯定是经不起经验的考验或合理的思考。一个统一和谐的政体吸引着人们的想象力,因为它是人类进步的一次胜利,呈现出世人前所未见的和平与安适、满足与慈善的前景;不过它也招致危险,由于不同寻常或完全不为人知而令人生畏。这样一个政体的腐败程度结果可能与它的规模相等,统一性可能导致的祸害之严重相当于人们一般归之于多样性的祸害。

人类进步的规律不是教条式信仰的内容,而是供人研究的内容;尽管社会本能地把各个小国家——由于存在冲突的利益和不断的战争——看作是改良的主要障碍,而世人所知道的那种进步则是和那些欠缺相关联的。一些政治昌明的社会的历史所提供的少数范例,由于摆脱了外部竞争或抗衡,所以通常人们认为不足为训。战争是对政治和社会特性最严峻的考验,凡是软弱的揭露出来,凡是坚强的引发出来;取消这样一种考验的后果是一个未经尝试的问题。

1815年美国人第一次不再怀疑他们要走的道路。不仅他们民族的统一已经确立,而且可能偏离比较古老的社会的趋势也明确显露出来。1817年时欧洲与美国之间的差异已是确定无疑的了。政治上的差别比起社会、宗教、文学或科学方面更为显豁;结果便是举世无双。英法侵略一度迫使美国走向看来会导致欧洲治国方法的道路;但是民众的反抗,或者说惰性,实力十分强大,以至多数民众的政党领袖克服不了这种势力,外来危险刚刚消失,美国政体又回到美国实践中来;国民联合政府争取弃置夺得的权力。麦迪逊投票赞成内政改革的时候,他可能抱有的唯一动机无非是尽最大可能地恢复政府原来的美国特性。

这种努力的结果在理论上难以理解,在实践上也难以奏效;但是舆论向背,更大程度上还是处于实际的必要性,把政府慢慢引向享有真正政治主权的欧洲标准,而同时没有任何迹象表明,可能会适用于公共目的的妥协方案,在形式或情感上会具有欧洲色彩。政治主张提供了一次考验,就此而论,美国的民族特性已经偏离了任何外国类型。舆论在政治运动是进步的还是倒退的这一问题上可能产生分歧,但是无论如何,美国人就其政治特性而论,是人类的一个新型变种。

当时的社会运动也是确定无疑的。美英战争对英国圣公会的社会共鸣态度产生了猛烈的冲击,和平似乎又扩大了欧洲与美国趣味之间的裂缝。拿破仑被推翻后人们已对欧洲意兴阑珊。法国再也影响不了美国的舆论。英国也变成了一个不太令人惊恐的对象。和平在美利坚合众国产生了一场

第十二章 美国特性:《美国特性》、《美国印象》和《易受攻击时代的"美国信念"》

社会和经济革命,它大大削减了新英格兰的影响,以及伴随着的大不列颠的社会威信。汽船的发明对海上贸易起了平衡作用。南方和西部使社会具有一种前所未闻的更加咄咄逼人的美国特性。欧洲有可能会在一定限度内倾向于美国思想,但是人们可能从此认为没有可能的是,美国在任何情况下应该遵守欧洲发展的经验。美国特性已经成形,即便说尚未固定下来。

对美国历史的科学兴趣集中于民族特性,集中于一个注定要壮大起来的社会的运转,在这社会中个人的重要性主要体现为类型。尽管这类兴趣不同于对欧洲历史的兴趣,至少它对与世界来说同样重要。有朝一日历史成为一门真正的科学的话,它必定有待建立自己的规律,不是从旗鼓相当的欧洲民族的复杂史话中,而是从一个伟大的民主国家的经济演变中,北美是全球最适宜的园地,一个如此博大、统一而又与世隔离的社会可以在此拓展,从而适应科学的目的。那里的一个同质社会能够毫不困难地达到三四亿人口,只要具备不受干扰的增长条件。

在欧洲或亚洲,或许除了中国,不受干扰的社会进化过去是前所未闻的。没有干扰,进化似乎就停止了。凡是出现干扰的地方,永恒不变又是不可能的。各族人民都相继适应了必然规律。类似美利坚合众国这样一种政体,除非受到另一个强国的保护,否则就很难在欧洲存在半个世纪。在具有欧洲社会特点的尖锐斗争中,各种政体仅存与一般规律之中,此外谈不上永恒不变,这个规律就是:不论他们可能具有什么其他特性,肯定永远是以军事为主。

缺乏永恒不变这个因素不是把欧洲历史作为一门科学来对待的唯一或最令人头疼的障碍。斗争之激烈使得个人显得突出,直至英雄好像万能,社会好像无能;而且对于科学来说更糟的是,各色人等较之各个社会有趣得多。用戏剧般的历史观来看,英雄比起他所属的群体更加值得研究;其实他就是社会,社会之存在只是为了造就他并且与之共消亡。反对这种观点的历史学家属于最不愿意提出异议的人,当他们果真提出异议时,声音也是微弱的。他们和读者一样强烈地感觉到,不论在历史上或者艺术上,登峰造极的成就才是唯一值得记忆的,重叙平庸事物是平庸表现。欧洲历史波澜起伏五彩缤纷,虽然存在这些有利条件,却没有几位历史学家以生动或庄严的笔调记载动机、才智、道德规范方面的欠缺,记载面临压倒一切的问题时带有遥遥无期的特点的那种无奈,记载人类为了逃脱各种宗教、政治、社会困境而作的努力的无效。在延伸了四五千年的这段时期内,历史学家们或多或少能够运用历史方法去对待,却满足于零散地以例证晓示最引人注目的群体的最有戏剧性的片刻。英雄是他们的宠儿。战争是英雄活动的主要场所,即使英格兰的历史也主要是战争史话。

美利坚合众国的历史有望摆脱这类干扰。战争作用不大,英雄作用更小;只有在人民身上史家眼光是可以永远注目的。众多人口稳定增长而不存在困扰着别国历史的社会差别——没有帝王、贵族、军阀,没有教会、传统、偏见——似乎是从事科学的人而非戏剧家或是人的课题。在以科学态度处理历史时只有一大障碍存在。和欧洲人一样,美国人并不乐意把本国的历史当作一部机械的演变史来对待。他们感到自己甚至比其他民族更需要英雄气质,因为他们呼吸着和平勤劳的气氛,而英雄气概很难从中表现出来;在不满于自身社会条件的无意识抗议中,他们用想象的品质美化许许多多假想中的领袖人物,这些人物唯一的长处就是其反映民众特点的能力。他们本能地念念不忘西方古代史,仿佛意识到可能降临于本国民族特性的所有不幸之中,最大的不幸莫过于丧失唯一能够使得人类弱点变得崇高起来的确定思想。没有英雄的话,美利坚合众国的民族特性即便对于美国人来说也没有多少可供想象的魅力。

历史学家和读者维持旧世界的标准。当人以研究水晶的形成的相同态度和相同方法去研究自身历史的时候,没有历史学家愿意加速一个新纪元的到来。不过历史具有其科学方面以及人情味的一面,在美国历史中科学的兴趣甚于人情味。在其他地方学生可以在较好的条件下研究个人的演变,但是他在任何地方都不可能如此透彻地研究一个种族的演变。对于这样一个课题的兴趣超过了对其他任何科学分支的兴趣,因为对美国历史的兴趣促使人类看得到自身的目的。

去瑞士的游客迈过从冰川流淌而来的莱茵河时,可以沿其航道凭吊中古城邑和封建遗迹,直到莱茵河成为现代工业的路径,最后抵达大洋中永久的平衡点。美国历史沿循着相同的路线。美国史话与史前冰川和中古封建主义关系不大;但是从它看得见大洋那一刻起,美国历史便具有了几乎是痛苦的兴趣。一个孩子能够在一个河谷找到出口,一条单桅舟能够在荷兰的水面漂浮;可是科学只能探测海洋的深度,测量它的水流,预报它的风暴,或确定它与大自然体系的关系。在一个民主政体的海洋中,科学能够看到某种终极意义的东西。人无法走得更远。原子可能移动,可是一般均势则无法改变。

不论采取科学观还是英雄观,在两种情况下起点都是相同的,兴趣的主要目标在于界说民族特性。不论历史上的人物作为英雄或是典型来看待,都必须把他们看作是代表着人民。美国典型尤其值得研究,只要他们能够代表世人迄今所知道的最伟大的民主政体的演化。读者或许自己能够评判在创建或形成我们这个民族国家时个人参与的程度;但是不论大小,只有通过研究个人才可能理解这个国家……

奥斯卡·王尔德

作家简介

奥斯卡·王尔德(Oscar Wilde,1854—1900),爱尔兰作家,以其剧作、诗歌、童话和小说的成就闻名于世界文坛。唯美主义代表人物,19世纪80年代美学运动的主力和90年代颓废派运动的先驱。1890年间王尔德在报纸上连载长篇小说《道林·格雷的画像》,引起轩然大波。王尔德在前言里写道:"不存在什么道德的或不道德的书。书要么写得好,要么写的坏,仅此而已。"人们由此将他称为"颓废艺术家"。王尔德创作了大量风俗喜剧,他诙谐睿智的语言揭示了上层社会的腐朽与混乱,大量的反讽交织在风趣幽默的人物对话中。这些戏剧中,最为人熟知的包括《无足轻重的女人》、《理想的丈夫》、《温德密尔夫人的扇子》和《认真的重要性》等。

《美国印象》内容提要

本文是王尔德在1882年访美讲学期间写的随笔。文章笔触轻松、文字简洁,不似他的剧本或小说那般字字珠玑,但是仍可感受到作者的幽默和他那标志性的反讽。作者的足迹远至美国东部的纽约,然后往西部进发,最后到访了美国西部主要的几个城市。显然,他对美国的人情世故、自然景观充满好奇,这好奇多半演变成失望,落实到文字上便成了半玩笑半讥讽的批判。王尔德虽然没有走遍美国,也没有深入了解美国文化,但是这篇"印象"随笔像是速写一般用粗线条勾勒出当年的美国。既然是"印象",那就不求其客观、全面,更何况寥寥数语就表现出一个国家的面貌实属不易。王尔德带给读者的是一个带有优越心态的英国文艺精英所能理解和"欣赏"的新兴国家图像。

选文赏析

在探讨美国特性的时候,除了谈及自由、民主、清教精神、个人主义这些之外,还有些什么?王尔德的这篇随笔提供了另一种声音。王尔德的作品唯美之中透着尖牙利嘴之气,优雅之中暗藏欲望的险恶,他会用怎样的笔触描绘美国风貌呢？首先作者注意到美国人衣着的特点，衣着的舒适充分表现了他们实用主义的生活态度。美国忙碌嘈杂的生活日常也让作者印象深刻，这个年轻的民族既勤快又充满生机。美国的城市景观在王尔德看来则显得大而不当，财大气粗。举世闻名的尼亚加拉大瀑布也让他失望无比，其原因竟也归结于着装的不讲究——穿着油布雨衣去瀑布赏景是不符合英国的审美标准的。

其实，不光衣着审美以英国为标准，王尔德笔下关于城市景观的描摹也不知不觉以英国为参照："美国城市没有牛津、剑桥、索尔兹伯里和温切斯特那么美丽"。此外，虽然王尔德到美国时，这个国家已经独立一百多年了，但他仿佛无法摆脱"美国是英国殖民地"这样一个观念，比如他谈到清教主义时写道："一个国家过去的生活真正地存在于它的殖民地里，而不是在母国中"，意思是说，清教主义虽然在英国历史上有着浓墨重彩的一笔，可是现在已经不时兴了，然而美国人还在热烈地谈论它。

王尔德嘲讽美国人的无知，在文学和艺术方面，大多数美国人，特别是他在西部遇到的那些尤其让他记忆深刻。他的笔触在勾勒这些人的无知时还故意描绘了他们的淳朴，于是，明明锋芒毕露的嘲讽和鄙视被包裹在作者的诙谐和世故之中，宛如一个博雅贵族在描述老实巴交的庄稼汉时流露出的大度、不屑和打趣。

王尔德瞧不上美国的火车，憎恶人们不重视版权，他鄙视美国娱乐休闲场所的俗丽，又讽刺美国老者的教条。也许这些批评非常露骨，但是它们和文章尾声的隐喻相比，温和的简直算不上是批判。作者在评论美国的青年时，突然提到了儿童教育，即："我们对儿童的教育完全基于书本，但我们必须允许儿童有自己的头脑，然后才能教育这个头脑。"他非常隐晦地将美国比为儿童，这个儿童需要得到英国的教诲，但是英国目前没有"教育"它，因为美利坚太年轻，简直像一个没头脑的孩子。

我们以现代视角反观王尔德的这篇随笔，不难察觉其文字的傲慢和世故，但是无法轻易地给予反驳和批判。他匆匆和美国打了个照面，为19世纪尾声的美国拍了个快照，照片也许模糊，视野也许狭隘，但是我们却无法否认，王尔德准确表达了自己的观点和立场，他以极富素养的文字提炼了他所看到的美国特性。

美国印象

我恐怕不能把美国描绘成十足的天堂——从一般的角度来说，也许我对这个国家所知甚少。我说不出它的经、纬度；我算不来它出产谷物的价值；我对它的政治也不十分熟悉。这些东西可能不会使你们感兴趣，它们当然也不会让我感兴趣。

第十二章　美国特性:《美国特性》、《美国印象》和《易受攻击时代的"美国信念"》

在美国上岸后得到的第一个深刻印象,就是美国人可能算不上是世界上穿得最漂亮的,但却是穿得最舒服的民族。那里看得到头顶不堪入目的烟囱式高顶礼帽的男人,但很少有不戴帽子的男人;还看到穿着难看至极的燕尾服的男人,但很少有不穿外套的男人。美国人的穿戴透露着舒适,这和在我国常可以看到的人们衣衫褴褛的情形形成了鲜明的对比。

我特别注意到的第二个特点,是似乎每个人都在急着赶火车。这种情形对诗歌和浪漫爱情是不利的。要是罗密欧和朱丽叶老是为乘火车而担心,或是在为返程车票而烦恼,莎士比亚就不可能写出那几幕如此富有诗意与伤感情调的阳台戏了。

美国是世界上最嘈杂的国家。在早晨,不是夜莺的歌唱,而是汽笛的鸣叫把人们叫醒。美国人讲求实际的头脑这么健全;却没有想到要降低这种令人难以忍受的噪音,真叫人吃惊。所有艺术都依赖于精细微妙的敏锐感觉,这样持续不断的喧嚣,最终一定会损害人的音乐天赋。

美国城市没有牛津、剑桥、索尔兹伯里和温切斯特那么美丽,那些地方有优雅的时代的美好遗迹;虽然不时还是可以看到许多美的东西,但只能在美国人没有存心创造美的地方。在美国人有意创造美的地方,他们显然遭到了惨败。美国人的突出特点,便是他们把科学应用于现代生活的那种态度。

在纽约走马观花地一走,这一点就一目了然了。在英国人们常把发明家视作狂人,发明带来的是失望与穷困的例子简直不胜枚举。在美国发明家受到尊重,他随时可以得到人们的帮助。在那里心灵手巧,把科技应用于人类的劳动,是致富的捷径。没有一个国家比美国更爱机器的了。

我一直期望相信,力的线条也是美的线条。在我注视着美国的机器的时候,这一期望得到了实现。直到我见识了芝加哥的供水系统,我才意识到机器的奇妙;钢铁连杆的起落,巨大轮子的对称运动,是我见过的节奏最美的东西。美国的所有东西都大得过分,这给人以深刻的却不是好的印象。这个国家似乎想以其令人敬畏的巨大,来胁迫别人认可其力量。

我对尼亚加拉大瀑布感到失望——多数人都会对尼亚加拉大瀑布感到失望。所有美国新娘都被带到那里,所以这一大而无当的瀑布景观,即便不是美国人婚姻生活中最刻骨铭心的失望,也是最早的失望之一。人们总是从远处,在不利的条件下看到这一瀑布,从这一角度看不到水流的壮观。要真正地欣赏到它,人们必须从瀑布的下面去看,要这样做的话就必须穿上一件和马金托什雨衣一样难看的黄色油布雨衣——我希望你们永远不要穿它。但是,像贝尔娜尔女士这样的艺术家不仅穿过这种黄颜色的丑陋衣服,还穿着它拍过照,知道这一点对人实在是一种慰藉。

美国最美丽的地方也许是西部,但去那里要坐六天火车,被如同一只丑陋的马口铁水壶的蒸汽引擎牵引着飞驰。这次旅行令我不快,因为那些出没于车厢中兜售各种可以吃——或是不能吃——的东西的男孩们在卖我的诗集,它们被糟糕地印在像灰色的吸水纸那样的纸上、每份只卖十便士的低价。我把这些男孩叫到一边,告诉他们说尽管诗人喜欢出名,但也想拿到钱。出售我的诗集却不分给我一份利润,这是对文学的打击,对有抱负成为诗人的人会有灾难性的后果。他们的答复千篇一律:他们自己能从这桩生意上有利可图,别的也就管不了这么多了。

人们普遍错误地以为,在美国来访者总是被称作"陌生人"。我从来没有被人称作过"陌生人"。我在得克萨斯时被人称作"上尉";在这个国家的中部地区时被称作"上校",而当我到达墨西哥边境时,又被称作"将军"了。但总的来说,英国人以前对人的称呼"先生"是最常用的。

也许,值得指出的是,被许多人指为美国式英语的其实是老的英国式表达,它们在我国已经消失,却在我们的殖民地里留存下来。许多人以为美国人常说的"我猜"纯粹是一种美国式表达,但约翰·洛克在他的《理解论》中就用过这种说法,就像我们现在用"我想"一样。

一个国家过去的生活真正地存在于它的殖民地里,而不是在母国中。如果人们想了解什么是英国清教主义——不是它最糟的形态(这时它确实很糟糕),而是它最佳的形态,但这时它也好不到哪里去——我觉得在英国找不到多少清教主义,在波士顿和马萨诸塞州却可以找到许多。美国人仍保留着它,但我希望不过是把它当作一件短命的古董。

旧金山是一座真正美丽的城市。聚居着中国劳工的唐人街是我见过的最富有艺术韵味的街区。这些古怪、忧郁的东方人,许多人会说他们下贱,他们肯定也很穷,但他们打定主意,身边不能有任何不美的东西。在那些苦工们晚上聚集在一起吃饭的中国餐馆里,我发现他们用如同玫瑰花瓣一样纤巧的瓷杯喝茶,而那些俗丽的宾馆给我用的陶杯足有一英寸半厚。中国人的菜单拿上来的时候是写在宣纸上的,账目是用墨汁写出来的,漂亮得就像艺术家在扇面上蚀刻的小鸟一样。

盐湖城只有两座值得一看的建筑,主要是那座外形像一只汤锅的礼拜堂。当地仅有的一位艺术家装饰了这座礼拜堂,而他是用早期佛罗伦萨画家的那种天真精神来处理宗教主题的,把穿着当代服装的当代人物和穿着出于想象的服装的(圣经)历史人物并列。其次的建筑被称作阿米利亚宫,是为纪念布赖汉姆·扬的一个妻妾而建造的。扬一死,摩门教徒的现任会

第十二章　美国特性:《美国特性》《美国印象》和《易受攻击时代的"美国信念"》

长在礼拜堂里站起来说,上帝启示他说他应拥有阿米利亚宫,而且关于这一问题不会再有其他神示了!

从盐湖城我们穿过科罗拉多大平原,爬上落基山脉,上面有一座世上最富有的城市里德维尔。它还以世上最野蛮的城市闻名,那里每个人随身带着一支左轮手枪。有人对我说,如果我去那里的话,他们一定会把我或是我的随行经纪人打死。我写信告诉他们,不论他们对我的随行经纪人干出什么来,都不会把我吓倒。他们都是矿工,与金属打交道的人,于是我跟他们谈了艺术道德。我从本韦努托·切利尼的自传中选了一些段落都给他们听,他们似乎很欣赏。我的听众责备我为什么不和他一起来。我解释说他死了有些时候了,这时有人发问:"是谁打死他的?"随后他们带我去舞厅,在那里我看到了我所见过的唯一合理的艺术批评方法。在钢琴上方写着这样一条告示:

> 请别打死钢琴师。
> 他已竭尽所能。

那里钢琴师的死亡率真是高得惊人。随后他们请我吃晚饭。接受邀请之后,我只得站在一只摇摇晃晃的筐子里被放下矿井,在这只筐子里人不可能显得优雅。进入山的中心后我进了晚餐,第一道菜是威士忌,第二道菜又是威士忌,第三道还是威士忌。

我去剧院讲演的时候,有人告诉我说就在我去之前,有两个人因为谋杀被抓了起来。就在那座剧院里,他们在晚上八点被带到舞台上,在拥挤的观众前当场受到审判并被处决。但我觉得这些矿工十分可爱,一点也不野蛮。

我发现南方的那些年纪较大的居民,有把所有重要的事和最近的那场战争联系起来的可悲习惯。有次我对一个站在我身边的绅士感慨道:"今晚的月亮多美啊。""是啊,"他说,"可惜你没能在战前看见它。"

我发现在落基山脉以西,人们关于艺术的知识是如此贫乏,以至一位艺术爱好者——他在年轻时也做过矿工——竟然起诉铁路公司要求赔偿,因为他从巴黎进口的米洛的维纳斯石膏像运来时没有了双臂。但更叫人吃惊的是,他打赢了官司,获得了赔偿。

宾夕法尼亚州有多岩的山谷和茂密的森林,令我想起了瑞士。那儿的草原我觉得像一张吸水纸。

西班牙人和法国人以他们所起的美丽地名,使自己常受后人的纪念。那些有漂亮名字的城市都是西班牙人或法国人创建的。英国人老是起极难听的地名。有一个地方的地名实在太难听,结果我拒绝去那里演讲。它的名字叫格里格兹维尔。万一我在那里开创了一个艺术流派——真难想象"早期格里格兹维尔时代"这样一个名词。很难想象艺术学校会讲授"格里格兹维尔艺术复兴"。

至于俚语我听到的倒是不多,只是有一位在参加了下午的舞会后换了衣服的年轻女士确实说过"在蹦了一阵之后她换了行头"。

美国的年轻男子不是面色苍白发育得早,就是肤色灰黄而态度倨傲,但美国的姑娘是美丽而迷人的——就像注重实际的广阔沙漠中有一块块任性的美丽绿洲。

每个美国姑娘都配有 12 个年轻男子迷恋她,他们一直做她的奴仆,而她则以迷人的满不在乎的态度驱使着他们。

男人都只关心生意;用他们的话来说,他们确实是精明过人。他们还特别容易接受新思想。他们接受的教育是实用的。我们对儿童的教育完全基于书本,但我们必须允许儿童有自己的头脑,然后才能教育这个头脑。儿童天生反感书本——手工艺应该成为教育的基础。我们应该教育男孩子和女孩子如何用他们的手来制作某样东西,这样他们就不会这么好破坏,好调皮了。

只要去过美国,人们就会意识到,贫困未必伴随着文明。这个国家至少没有豪华的服饰、盛大的游行和壮观的仪式。我只见过两次游行,一次是警察走在消防队的前面,还有一次是消防队走在警察的前面。

每个男人到了 21 岁就有权投票,由此马上获得了他的政治教育。美国人是世界上受到最好的政治教育的人民。这个国家实在值得一去,它可以使我们懂得"自由"这个词的美丽和"开放"这样东西的价值。

塞缪尔·菲利普斯·亨廷顿

作家简介

塞缪尔·菲利普斯·亨廷顿(Samuel. P. Huntington,1927—2008),美国当代极负盛名却又颇有争议的保守派政治学家。他 16 岁考入耶鲁大学,18 岁便毕业,随即参军入伍。之后他申请到芝加哥大学的研究生项目,在那里取得硕士学位。随后,亨廷顿在哈佛大学完成博士论文。自他 23 岁取得博士学位以后,

便留在哈佛任教,教龄58年,曾任哈佛国际和地区问题研究所所长,约翰·奥林战略研究所主任。亨廷顿还曾任卡特政府国家安全委员会的安全计划顾问,是《外交政策》杂志发起人与两大主编之一,美国政治学会会长。亨廷顿的著作包括:《文明的冲突与世界秩序的重建》、《变化社会中的政治秩序》、《第三波:20世纪末的民主化》和《谁是美国人?"美国国民特性面临的挑战"》等。他的研究主要聚焦于美国政治和比较政治学、美国国内的文化、政治与军事关系、国际关系和欠发达国家的政治以及全球民主化进程等等。亨廷顿学术视野宽广,在以上几个方面都有高水准的学术成果产出,是驰骋在文化研究、政治研究和国际关系领域的大师级学者。

《谁是美国人?"美国国民特性面临时挑战"》内容提要

《谁是美国人?"美国国民特性面临的挑战"》是作者对美国遭受的"9·11"事件的深切反思。全书分四大部分:首先界定了"民族特性"这一概念,然后探讨美国特性的渊源、核心及组成部分,接着提出美国民族特性遇到的挑战及新时期下出现的问题。最后作者讨论重振美国特性的必要性与可能性。美国一直以来个性鲜明,但是要总结归纳美国特性又是最不容易的,因为它是移民国家,最近几十年来,美国国内的民族多样化又出现了一系列新的态势。亨廷顿正是基于此,谈论美国国民特性的重要性、本质等都发生了哪些变化。

作者以一个公共知识分子的姿态指出,在美国,多民族这一特性不会改变,只会加剧;但是人种的差异会逐渐模糊和淡化。于是,再被白人本土文化保护主义这种过时、狭隘却又根深蒂固的思想牵着鼻子走,无疑会带来越来越多的冲突。在21世纪,人们对宗教信仰渐渐漠视,但是清教思想其实是美国的根本,亨廷顿注意到在"9·11"之后,美国人开始转向宗教,与此同时,宗教在全球范围内都呈现出复兴的势头。

选文赏析

选文篇幅不长,信息量却不少,作者主要提出:美国在各个领域几乎都独占鳌头,已经渐渐习惯以傲视群雄的姿态,凭借所谓"自由、平等、民主、民权、无歧视、法治的美国信念",要求世界按照美国的步伐前进,美国民众亦盲目坚信美国本土既安全又自由。但是"9·11"事件对美国的打击证明美国和美国信念都已成为被攻击的对象,美国再难仅凭"信念"安稳立足。所谓美国信念,理应是绝大多数美国人认同的民族特性,这些特性在危难时能够支撑民众紧密团结,渡过难关。在多种族、多人种、多语言、多信仰的国家,在非裔、亚裔、拉丁裔从未真正与白人主流相融的社会现实下,在高效率高竞争的文化氛围中,"美国信念"本来就是一个岌岌可危的概念。于是,作者建议人们应该从文化和宗教信仰的双重角度来重新界定自己,弄清自己的位置。

这是一篇充满忧患意识的文章,不仅将"美国特性"遇到的挑战和危机揭示出来,还从历史的角度纵向梳理了美国人自我认知的变化,并且将美国放入整个世界格局进行横向比对,并将苏联、中国、法国等国家作为参照物,说明任何一个国家,单凭"信念"或者"意识形态"立足是站不稳的。

从这篇短文中我们可以管窥亨廷顿对于各国政治史的研究积淀,以及他既兼顾历史又放眼当下的学术眼光;亦可以了解美国的知识精英对"美国特性"的反思,和对"美国信念"的重新认识,正是这些构成了意识形态在历史进程中的演变和发展。

易受攻击时代的"美国信念"(节选)

……

随着新的世纪到来,美国的特性开始了一个新的阶段。对它的重要性和实质起作用的因素,一是美国遇到易受外来攻击的新形势,一是美国出现了朝向宗教信仰的新转折,这是与宗教信仰在世界多数地方的再兴相平行的美国的一次伟大觉醒。

苏联解体以后,美国成为世界上唯一的超级大国,在全球力量的几乎每一个领域都居于支配性的领先地位。但是"9·11"事件证明,美国也比将近200年来的任何时候更易于遭受外来的攻击。从前,在美国本土发生的类似于"9·11"的最后一次时间是1814年8月25日英军火烧白宫。而1815年以后,美国人慢慢形成一种观念,觉得安全和不受攻击是自己国土的一个固有的和持久的特点。20世纪的几次战争都是在远隔重洋的万里之外进行的,美国人在自己国内既安全又自由。在地理环境安全的背景之下,美国人对自己国家缺少了忧患意识。

"9·11"事件让美国人猛醒,明白了距离不再提供安全这一新的现实。美国人发现自己是在许多战线上进行一场新的战争,其中最重要的战线就在自己国内。"9·11"后,布什总统说"我们拒绝生活于恐惧之中"。可是这一新的世界是一个恐惧的世界,如果说美国人不要生活于恐惧之中,那么也还是不得不与恐惧生活在一起。要应付这些新的威胁,美国人不能不做出困难的交易:要放弃某些习以为常的自由,来换取自己原先以为是不成问题的做重要的自由,即确保在国内的安全,防止外敌对自己生命、财产和制度的暴力袭击。

在美国人对自己国家特性和国民身份的认识的演变过程中,现今出现了一个新的阶段,其中一个重要原因就在于美国易受攻击的新局面。过去,美国人谈到"祖国"时通常是指其祖籍,即自己的祖辈所来自之国。现今美国易受攻击的形势……使美国人明白了美国就是自己的祖国,保障这一祖国的安全就是政府首要职责之所在。国家易受攻击,是国家特性有了新的重要性,但仅此一点仍不足以结束此前半个世纪以来的趋势和冲突。

因此,在20世纪结束时,大多数美国人认为"美国信念"是国家特性的主要源泉。有两个因素增强了它的重要性。第一,随着种族属性不再重要,盎格鲁—新教文化又受到严重攻击,在美国特性的历史性四大组成部分中,只有"美国信念"是唯一未受挑战的幸存者。第二,与独立战争时相比,"美国信念"由于从意识形态上使美国在20世纪区别于它的德国、日本和苏联敌人,因而获得了新的意义。正因为如此,许多美国人认为美国可以是多种族的,可以没有任何文化核心,只要有"美国信念"界定其特性,就可以依然是一个有紧凑聚合力的国家。然而,情况果真如此吗?一个国家仅靠政治上的意识形态就可以立住吗?

从几个方面考虑,答案都是否定的。仅靠信念是无法立国的。

从历史上看,除了"美国信念"以外,美国特性有另外三个重要组成部分。如果仅以信念这一条界定美国特性,那将是严重背离历史。此外,没有什么国家能仅靠意识形态过一套政治原则立国。当代最明显的例子是共产党国家,他们用意识形态把不同文化和不同民族的人联合在一起,苏联、南斯拉夫和捷克斯洛伐克均是如此;或者,他们用意识形态把统一民族的人分割开来,东德和朝鲜即是如此。当共产主义对人们的吸引力消退,冷战结束使这些国家维系其实体的刺激力亦随之结束时,除了朝鲜以外,上述的国家均已消失,取而代之的是一些按照民族和文化立国的国家。共产主义意识形态在中国也减弱了,但对中国未形成威胁,因为中国有几千年之久的捍卫话作为核心维持团结,它已激起了新的中国民族主义。法国也有一套政治原则构成国家特性的组成部分,但绝非唯一的组成部分。法国有悠久的历史,人们常说到"我们的祖先高卢人"。他们的国家特性还包含宗教组成部分,它通过历史上的历次法英战争而得到巩固。意识形态组成部分是法国大革命时才产生的,法国人自己对此还曾争论不休,一直吵到了20世纪。

人们要改变自己的政治意识形态并不难。有一些共产主义者变成了狂热的反共分子;有一些民主自由派人士转变成了马克思主义者;社会主义者则可能风行资本主义。以德国的德累斯顿为例,那里有一些现今80多岁的老人在年轻时曾笃信纳粹主义,中年时曾笃信共产主义,1989年以后又变成了真诚的民主派。在一些前共产主义国家,不少共产主义精英人士到了

20世纪90年代变成了自由派民主人士、自由市场人士或狂热民族主义分子。可是他们依然是匈牙利人、波兰人或乌克兰人等,这一点没有改变。一个国家若仅靠政治意识形态立国,那会是脆弱的。

"美国信念"的原则——自由、平等、民主、民权、无歧视、法治——是如何组建一个社会的标志,但它们并不能界定这个社会的范围、疆界或成分。有些强调美国靠信念立国的人就说这些政治原则从理论上说适用于任何地方。若果真如此,那就不可能以它们作为基础来区分美国人和别的人。民主已以各种不同的形式推广到许多国家,而别的原则并未成为重要的世俗意识形态。俄国人、华人、印度人和印尼人可以接受信念的原则,与美国人有共同之处,但他们不会因此而成为美国人。只有当他们移居美国,参加美国社会的生活,学习美国的语言、历史和习俗,吸收美国的盎格鲁—新教文化,主要认同于美国而不再是认同于原籍之国,他们才会成为美国人。

政治原则大概不会像亲缘和亲情、血缘和族情、文化和民族属性那样,在人们心中激起那么深厚的情感。人们认同于亲缘、血缘、民族属性等,产生归属感,也许不一定真有什么根据,但却会在情感上得到满足。说"我们都是美国信念的自由民主信仰者"恐怕不会满足情感上同样的需求。欧内斯特·勒南说:"一个国家可以说是天天在举行公民投票。"这公民投票的问题就是现有的继承物是否值得保存。这继承物就是勒南所说的"人们长期以来所付出的努力、牺牲和忠心的结晶"。如果没有这样的继承物,任何国家都不会生存;如果"公民投票"拒绝了这一继承物,国家就宣告完结。美国是"一个有着教会灵魂的国家",但这教会灵魂不仅是,甚至不主要是在于教会的教义,而是在于教会的仪式、赞美诗、习俗、戒律、祈祷书、先知和圣人以及善与恶。所以一个国家,恰如美国,可以有自己一套信念,但其灵魂则是界定与共同的历史、传统、文化、英雄与恶人以及胜败荣辱,这一切都是珍藏于"神秘的记忆心弦"。

"美国信念"是独特的盎格鲁—新教文化之人的产物。虽然别国的人也采纳了这一信念的某些成分,但"信念"本身,正如米达尔所说,是18世纪定居者的英国传统、持异议的新教及启蒙运动思想形成的结果。托克维尔说过:"正是合众国的这些美利坚人的习俗,使得他们成为美洲唯一的能支持一个民主政体的民族。"他们的民主体制是来源于"美国人的实际经历、习惯和见解,总之是他们的习俗"。我们美国人当年必须先有共同的民族和种族属性、文化、语言和宗教信仰,才能制定出美利坚合众国的宪法。"美国信念"植根于盎格鲁—新教文化,如果美国人放弃盎格鲁—新教文化,"美国信念"也就不大可能保持它的突出地位。若出现多文化的美国,到时候就会出现多信念的美国,不同文化的群体会宣扬他们植根于自己特有文化的独特政治价值观和原则。

"9·11"事件引人注目地象征着20世纪作为意识形态世纪和意识形态冲突世纪的结束以及一个新的时代的开始,在这一时代,人们主要是从文化和宗教信仰的角度界定自己。美国现在的实际敌人和潜在敌人是宗教驱动的伊斯兰好斗分子和完全非意识形态的中国民族主义。在这一环境中,对于美国人来说,美国特性的宗教组成部分具有新的意义。

……

※ 思考题

1. 亚当斯在《美国特性》中说"1815年美国人第一次不再怀疑他们要走的道路",指的是什么?为什么?

2. 《美国特性》中提到"美国典型尤其值得研究,只要他们能够代表世人迄今所知道的最伟大的民主政体的演化",你同意这种说法吗?你认为"民主政体的演化"是美国特性之一吗?

3. 《美国印象》选文中,结合上文,"这个国家实在值得一去,它可以使我们懂得'自由'这个词的美丽和'开放'这样东西的价值"这句话应该怎样理解?

4. 论及美国人注重创新和机械制造,王尔德说"没有一个国家比美国更爱机器的了",你能结合第一次工业革命前后英国的变化来反驳这一说法吗?试着分析作者在讨论美国的机械生产和创造力时,会是怎样的心态。

5. 《易受攻击时代的美国信念》中说"美国是一个有着教会灵魂的国家,但这教会灵魂不仅是,甚至不主要是在于教会的教义,而是在于教会的仪式、赞美诗、习俗、戒律、祈祷书、先知和圣人以及善与恶",你同意吗?

※ 网站链接

亨利·亚当斯的有关网站:
http://www.masshist.org/collection-guides/view/fa0295
本网站列举了亨利·亚当斯研究的相关成果,并收录了亚当斯的书信、手稿。

http://www.online-literature.com/henry-adams/
本网站提供亨利·亚当斯作品的全文在线阅读。

奥斯卡·王尔德的有关网站：
http://www.cmgww.com/historic/wilde/
本网站是王尔德官方网站，提供作家生平、创作年表等信息。
http://www.wilde-online.info/
本网站提供王尔德绝大多数作品的全文在线阅读。
塞缪尔·菲利普斯·亨廷顿的有关网站：
https://en.wikipedia.org/wiki/Samuel_P._Huntington?Lang=En
本网页介绍了亨廷顿的生平和主要著作、言论，并列举相关参考文献。
https://en.wikiquote.org/wiki/Samuel_P._Huntington
本网页列举了亨廷顿的主要言论和语录。

第十三章
社会转型与道德重构:《街头女郎玛吉》和《嘉莉妹妹》

文化背景

19世纪末20世纪初,进入先进资本主义国家前列的美国,逐步从生产为主的社会转变为消费为主的社会。由于科技进步,生产效率大大提高,资本主义生产迅速增长,美国工业总产量跃居世界第一位,首次出现了生产能力增长超过市场需求增长的现象。有人在1898年指出,"美国社会生活的主导力量不在于政治,而在于商业"。产品极大丰富之后,要想进一步发展,只有刺激消费。为了鼓励民众消费,美国社会开始盛行消费文化,消费行为逐渐稳步进入人们生活的认知和道德核心,个人的主要身份也从生产者变为消费者,人们对商品的购买力决定了各自的身份与地位。这种张扬物欲、崇尚享受的消费伦理与传统道德的基石、主张禁欲和克勤克俭的新教伦理精神发生了深刻冲突,成为整个社会传统道德危机的重要根源。斯蒂芬·克莱恩笔下的玛吉·约翰逊和德莱塞笔下的嘉莉妹妹虽然都以劳动者的身份在故事中出现,但都更愿意以消费者的身份去享受大都市的喧嚣繁华,她们不同程度地受到商品社会的物质诱惑,前者从一个酒吧男招待身上窥见了文明时尚的生活方式,后者被百货商场里五光十色的商品吸引得不能自已。面对物质生活的召唤,她们的传统道德观步步失守,最终走上了背离伦理规范的不归路。

玛吉和嘉莉绝非是这个物欲横流的社会中道德"失范"的个例。这些物质女孩的出现有其特殊的社会思想背景。随着宗教世俗化的进程,美国创立之初欧洲移民们的宗教使命感和坚定信念已渐行渐远。伦理学中的功利主义思想开始深入人心,功利主义的经典代表人物之一英国哲学家、法理学家边沁(Jeremy Bentham)提出,道德不是要取悦上帝,也不是要忠诚于抽象的规范,道德旨在使世界拥有最大可能的幸福。由于判断、衡量幸福程度的权力往往最终归于独立的个体,崇尚利益最大化的道德观因而在某种意义上变成了个人主义的护身符。在个人欲望的推动下,人们为了达到目的,可以不择手段,正直、诚实、善良等传统美德遭遇了严峻的现实挑战。在这种社会主导心理的影响下,玛吉、嘉莉的行为不端也就不足为奇了,只是前者遇人不淑,最终遭遇背叛,后者得到贵人相助,闯出了自己的一片天地。

然而,社会道德伦常的松动还有更为深刻的经济原因。工业革命带来的社会财富总量的增加并没有给人们带来普遍的幸福感,实际上反而进一步加剧了贫富分化的社会痼疾。血汗工厂里,工人们高强度、长时间地工作在生产流水线上,却往往无力购买自己的劳动成果;采矿业事故频发,矿工生命朝不保夕,矿主却大发横财;高楼林立的繁华大城市被截然分割为泾渭分明的富人区和贫民窟。社会矛盾的严重加剧终于引发了1877年美国第一次全国性罢工,工人们为了改善工作和生活条件、争取八小时工作制,停止劳作,走上街头。在此之后的几十年间,各地不同规模的罢工斗争时有发生。面对尖锐的阶级矛盾和贫富差距的鸿沟,社会弱势群体不由产生了道德的无力感和虚幻感:既然脆弱的道德不能满足他们对正义与公平的诉求,那不如成为道德的嘲弄者和践踏者。于是,一场全方位的道德地震撼动了19世纪末到20世纪初的美国社会。

斯蒂芬·克莱恩

作家简介

斯蒂芬·克莱恩(Stephen Crane,1871—1900)出生于新泽西州纽瓦克(Newark)的牧师家庭,曾在两所大学中肄业,1891年辍学去纽约从事记者。1893年写了一部中篇小说《街头女郎玛吉》(*Maggie: A Girl of the Streets*,1893),取材于纽约贫民窟的生活。1894年开始分期发表长篇小说《红色英勇勋章》(*The Red Badge of Courage*),这部小说采用印象主义的手法,通过美国内战期间北方联军中一个乡村青年战士的视角和内心世界表现了想象和现实的冲突,该作奠定了他在美国文坛上不可动摇的地位。这部小说获得欧美各国重视后,《街头女郎玛吉》遂得以重新出版。1896年,他去古巴采访,途中轮船遇到风暴。他根据这次经历写成短篇小说《海上扁舟》(*The Open Boat*,1898),细致描写了四个人怎样在茫茫大海中挣扎与战斗,是美国短篇小说中的一个名篇。1898年他再次去古巴采访美西战争,1900年因肺病死于欧洲,去世时尚不满29周岁。克莱恩也是一位诗人,曾发表过两部诗集。他的诗写法自由,不顾传统的音节和韵律,风格朴质简洁,常常通过寓言式的意象揭示生活的某个真理。

《街头女郎玛吉》内容提要

《街头女郎玛吉》被视为美国自然主义文字创作的第一部惊艳世人之作。它客观描写了美国贫民窟的生活,主人公玛吉·约翰逊是贫民窟朗姆巷里的一朵"泥潭里的花"。她出生于一个父母酗酒的家庭,在家中得不到任何安慰和温暖,动辄被父母破口大骂,拳脚相加。长大后,出落得楚楚动人的玛吉进了一家衬衫厂工作,认识了哥哥吉米的朋友,酒吧间伙计皮特。皮特看中了玛吉的美貌,玛吉则迷上了皮特时髦的衣着和与众不同的举止。皮特带玛吉一起吃饭、看戏、参观博物馆,让对生活充满失望的玛吉开始憧憬能否过上高雅的文明生活。怀揣着爱情梦想的玛吉不堪忍受母亲的暴虐和令人绝望的生存环境,跟随皮特离开家门,却遭诱奸。两人同居后不久,玛吉便遭对方抛弃。母亲因嫌她"败坏门庭",立即把回家求助的玛吉撵出家门。走投无路的玛吉做了妓女,几个月后便投河自杀。

选文赏析

这段选文记叙了玛吉下定决心跟随皮特离开从而导致母子反目、家庭破裂的全部过程。酗酒成性的母亲因过度赊账被酒店老板赶出店铺,她一边诅咒、反击跟在身后的街头顽童,一边跟跟跄跄地朝贫民窟里的住所公寓楼走去。进入公寓楼后,她又试图跟邻居寻衅滋事,被儿子吉米强行阻拦,两人的怒火终于在家中升级为一场不堪入目的恶斗。战斗的硝烟尚未散尽,适逢皮特前来邀请玛吉出去玩,因打斗处于下风、愤愤不平的母亲因而迁怒于女儿,用恶毒的语言攻击玛吉,最终迫使女儿离开了家门。而玛吉的离去与其说是奔向了光明,不如说是加速了无情的命运之轮转动。

小说第九章以玛吉的母亲约翰逊夫人为叙事的中心人物,通过追踪她的日常活动路径,展现了贫民窟的典型生活画面。作家用不加任何评论和说教的自然主义手法,描绘出玛吉所处的恶劣生存空间,暗示了导致她堕落的深刻外部原因,揭露了她不幸命运的必然性。作为克莱恩的短暂文学生涯的起点,这部作品涉及作家着力挖掘的两大主题——环境对人的影响和人性固有的弱点,不愧为代表克莱恩自然主义观的最优秀作品之一。

《街头女郎玛吉》
第九章

　　一帮顽童目不转睛地盯着一家酒吧间的边门,一双双眼睛射出期待的目光。激动之中,一个个扭动手指头。"她来了!"一个孩子突然喊道。霎时,孩子们一哄而散,在看热闹的地方围成了宽大的半圆形。砰的一声,酒吧间的门撞开了,一个女人跨出门槛。她灰白色的头发乱成一团团的,披在肩膀上。她的脸上红扑扑、汗淋淋的。她瞪着眼睛,眼珠骨碌骨碌直转。"我的钱啊,你甭想再赚到一分——甭想再赚到一个子儿!我在这儿买了三年酒,如今可好,你说再不卖我了!去你娘的,约翰尼·莫克!'捣乱?'捣乱个屁!去你娘的,约翰尼——"

　　屋内,有人气势汹汹地踢了一脚门,那女人跌跌撞撞地冲到人行道上。围成半圈的顽童顿时激动起来。他们跳跃、跺脚、喊叫、嬉笑。每张邋遢的小脸上,都咧着一只笑哈哈的大嘴。

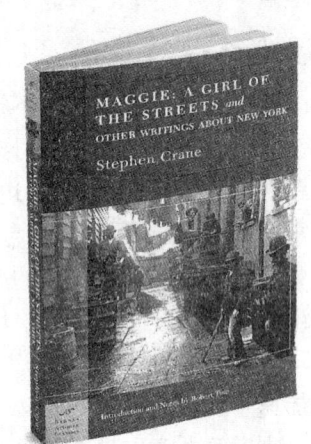

　　女人朝一拨特别令她恼火的小孩猛冲过去。他们开心地笑着,逃了一小段距离,边跑边回头向她喊叫。她摇摇晃晃地站在路牙子上,冲他们大声吼叫。"你们这些鬼崽子!"她边叫边挥动拳头。小男孩们乐得狂呼乱叫。当她顺着大街走过去时,他们排着队,闹哄哄地跟在后面。她偶尔转过身,向他们冲去。他们敏捷地溜出去好远,然后回头继续嘲弄她。

　　她在一家寒碜的门道口伫立了一会,咒骂那些孩子。她披散的头发使她通红的面孔更增添了疯疯癫癫的神色。她疯狂地挥舞两只大拳头,拳头在空中颤抖。顽童们吵得不可开交,直到她转身走进门口内,方才罢休。然后,他们顺着来时的路,一声不响地鱼贯而去。

　　女人在公寓楼下的走廊里踉踉跄跄地走了半天,后来终于跌跌撞撞地摸上楼梯。在楼上走廊里,有人打开一扇门,探出几个脑袋,好奇地张望着。女人气呼呼地将鼻子一哼,人往门前一站,那些人赶忙砰的一声关上门,拧上了锁。

　　她站了几分钟,对着门板疯狂挑衅。"玛丽·莫菲,你要是想打架,就走

第十三章 社会转型与道德重构:《街头女郎玛吉》和《嘉莉妹妹》

出来!快出来!你这头肥猪,快出来!"她抬脚踢门,尖声吆喝着天下人都来跟她交战。她的厉声叫骂引得每家门口都有人探头张望,唯独受到她威胁的那家门口例外。她四下张望。拳头在空中到处挥舞。"来吧,你们合伙来吧,快呀!"她向众人吼叫道。人们做出种种回应,有的诅咒一两声,有的吹起口哨,有的嘲笑一番,有的诙谐地劝阻几句。她的脚边乒乒乓乓地飞来各种东西。

"怎么搞的?"昏暗中,只听有人问道。循声望去,吉米走了出来。他手里抓着一只铁饭盒,一条马车夫穿的灰色围裙被卷成一捆夹在腋下。"怎么搞的?"他又问。

"出来!你们统统出来,"他母亲吆喝道,"快出来,看我不把你们的脸踹进地板缝里去。"

"闭上你的臭嘴,滚回家去,老蠢货!"吉米向她吼道。女人大步冲到他跟前,在他面前摇晃手指头,两眼射出无名怒火,浑身上下抖抖索索,摆出一副跃跃欲试的架势。

"你算老几?我的手指还不稀罕碰你哪!"她冲吉米喊道。然后带着极为轻蔑的神态,扭转她肥硕的身躯,沿着楼梯向上爬去。

吉米跟在后面。到了楼梯顶段,他一把抓住母亲的胳膊,朝自家门口拽去。"回家去!"他咬着牙说。

"你放开我!放开我!"母亲尖声喊道。她举起胳膊,一只大拳头朝儿子脸部飞来。吉米一闪脑袋,拳头击在他的颈脖上。"回家去!"他又咬牙说道。他伸出左手,指头在她小臂中部扭来扭去。母子俩像两位斗士,扭打起来。

"好哇!"朗姆巷公寓里的房客叫道。楼道里挤满了兴致勃勃的观众。"嘿,老嫂子,还真行啊!""脸红的准赢!""哎,别打啦!"

约翰逊家的门打开了,玛吉伸出头来。吉米使出浑身力气,一把将母亲掼进屋里。他迅速跟进去,就势关上门。朗姆巷的房客失望地骂了一阵,然后各自回屋去了。

母亲慢慢从地板上爬起来,两眼凶神恶煞地瞅着两个孩子。

"好了,"吉米说,"你已经折腾够了。现在,你给我坐下,老老实实地呆着。"

他抓住母亲的胳膊,使劲一拧,把她按在一张吱吱嘎嘎的椅子上。

"你放开手!"母亲又大声吼道。

"喂,你这个老婊子!住嘴!"吉米发狂似地喊道。玛吉尖叫一声,跑进另一个房间。她听到一阵凶猛的摔打和咒骂声。最后,只听"嗵"的一声,吉米随即喊道:"好了,乖乖呆着。"玛吉推开门,小心翼翼地走了出来。"啊,吉米!"

吉米靠墙站着,嘴里骂不绝口。他那肌肉发达的前臂,由于撞到地板、墙上,多处擦伤,搞得鲜血淋淋。母亲躺在地板上,一个劲地尖叫,满是皱纹的脸上,老泪纵横。

玛吉站在屋子中间,环视四周。跟通常一样,桌椅搞得乱七八糟。坛坛罐罐被摔成碎片,撒得满地狼藉。火炉也遭了殃,傻乎乎地歪向一边。一只水桶被打翻,水流得满地都是。

门开了,皮特走了进来。他耸耸肩膀,说了声:"哎哟,天哪!"他走到玛吉面前,附在她的耳朵边轻声说:"嗨,到底是怎么回事,麦格?走,出去开开心。"

角落里的母亲抬起脑袋,甩了甩乱糟糟的头发。"哼,你们两个,没一个好货,"她一面说,一面怒视着忧心忡忡的女儿。她的眼睛好像在燃烧,射出凶恶的火焰。"你成了下流坏了,麦格·约翰逊,你成了下流坏了。你给家里人丢人现眼啊。好吧,你走,跟着那个尖嘴猴腮的家伙走吧。跟他走吧,你这个该死的,走了我们倒也清闲。走吧,看你能有多开心!"

玛吉久久地望着母亲。

"走吧,看你能有多开心!滚出去。我屋里容不得你这个贱货!听见没有?滚出去!该死的东西,滚出去!"

姑娘颤抖起来。

这时,皮特走上前来。"哎,怎么啦,麦格?"他附在她耳朵上悄声说道:"事情都过去了。你瞧,老婆子明天早上就好了。跟我走吧!咱们去痛痛快快地玩一阵。"

躺在地板上的女人依然骂个不停。吉米只顾料理他那擦伤的前臂。姑娘环视一下乱糟糟的屋子,再看看母亲扭曲的身体。

"滚出去!"

玛吉走了。

西奥多·德莱塞

作家简介

西奥多·德莱塞(Theodore Dreiser,1871—1945)是美国20世纪第一位重要的小说家。他出生于印第安纳州一个家道中落的德裔移民家庭,在公立学校接受了早期教育。16岁辍学后,他只身来到芝加哥寻找出人头地的机会。一番漂泊尝试之后,走投无路的德莱塞决定在报界一试身手。他走遍芝加哥、匹兹堡、纽约等大城市,广泛深入地观察了解社会,为日后的文学创作积累了丰富的素材。1895年德莱塞寓居纽约,正式开始文学创作,同时编辑杂志。他创作的第一部小说便是引发争议的《嘉莉妹妹》(Sister Carrie, 1900)。1911年,他的《珍妮姑娘》(Jennie Gerhardt)问世,接着又发表了《欲望三部曲》的前两部《金融家》(Financier, 1912)和《巨人》(The Titan, 1914),奠定了德莱塞在美国文学界的地位。《天才》(The "Genius", 1915)是德莱塞自己最满意的一部长篇小说。它通过一位青年画家的堕

落,控诉了资本主义社会对艺术的摧残。以真实犯罪案件为题材的《美国的悲剧》(An American Tragedy, 1925)是德莱塞的代表作。他的艺术特色——广阔的社会画面、丰富曲折的情节、深入细致的心理描述、不同情景的对比手法及独具个性的语言——统统体现在这部杰作中。1944年,德莱塞被美国文学艺术学会授予荣誉奖。《堡垒》(The Bulwark, 1946)和《斯多噶》(The Stoic, 1947)两部长篇小说是在作家死后出版的。这两本书都反映了德莱塞晚年对宗教哲学的兴趣。1945年,他加入美国共产党,同年12月28日逝世。

《嘉莉妹妹》内容提要

　　1889年18岁的卡罗琳·米贝独自从家乡哥伦比亚城乘上开往芝加哥的火车,决心到大都市寻找出路。她在火车上偶遇风流倜傥的推销员查尔斯·德鲁埃,双方都给彼此留下了美好印象。在姐姐和姐夫家落脚之后的嘉莉妹妹很快遭遇了求职的一系列打击,最终在一家鞋店找到一份薪酬微薄的工作。冬季来临,由于长时间的工作,加上艰苦的环境和难以御寒的衣服,嘉莉病倒并失去了工作。姐夫和姐姐谈论要把她送回老家,但嘉莉决心继续呆在芝加哥。与德鲁埃的偶遇让嘉莉看到了在大都市衣食无忧的一条捷径。她离开了姐姐家,半推半就地接受了德鲁埃租赁的套房,两人同居起来。随着时间推移,嘉莉看到了德鲁埃的弱点,转而被他的朋友高级酒吧经理乔治·赫斯特伍德强烈地吸引了。赫斯特伍德虽有一个看似幸福的家庭,但他与妻子、儿女的关系十分疏远,自遇到嘉莉之后,他禁不住对方青春美貌的诱惑,和凶悍的妻子闹起了离婚。

一天晚上，赫斯特伍德偶然发现酒吧保险柜的门没有关，他几经内心纠结、鬼使神差地拿走一万多元钱，带着嘉莉私奔到加拿大，但很快就被追踪而至的侦探发现。赫斯特伍德只好将偷来的大部分钱款返还给老板，然后同嘉莉移居纽约。赫斯特伍德在纽约先是投资了一家二手酒吧，但一年多后酒吧便关门大吉。之后赫斯特伍德在四处求职无果中逐渐意志消沉，直至彻底耗尽积蓄。嘉莉则在危机中主动出击，寻找工作机会，后来在百老汇的一个歌剧院里担任了合唱演员。随着嘉莉的事业蒸蒸日上，她越来越觉得赫斯特伍德是个累赘，终于在某天偷偷搬出了出租屋。几年后，嘉莉声名鹊起，成为一名著名的喜剧演员，而赫斯特伍德则沦为乞丐，自杀身亡。获得了物质上极大满足的嘉莉却在这个时候感到了精神上莫名的空虚，她坐在摇椅中，又开始了新的梦想。

选文赏析

　　小说第七章讲述了嘉莉妹妹经历的一次关键性转折。对于刚刚失业又求职无门的嘉莉来说，她正挣扎于去留芝加哥的严峻问题。姐姐和姐夫不愿白白养活毫无进项的嘉莉，委婉地劝她回家；嘉莉却深感都市生活的强大吸引力和故乡的闭塞落后，不愿尚未开始征程便铩羽而归。在两难之际，嘉莉偶然遇见了火车上结识的推销员德鲁埃。他慷慨地邀请嘉莉共进午餐，分别时还给了她 20 美元。嘉莉拿着 20 美元，禁不住开心地盘算该如何用这笔钱打扮自己。然而传统的道德观念又提醒她不该随便接受他人钱财。第二天，她犹豫着是否该把钱送还给德鲁埃，但经后者一番劝说，便很快屈服于自己对物质的强烈需求。德鲁埃进一步提出为嘉莉租一套公寓，供她在芝加哥安身。嘉莉稍做犹豫，给姐姐留下一张字条，当晚就偷偷离开了姐姐的家。

　　嘉莉的离家出走是道德意义上的一次决定性的背离和抉择。如果说，嘉莉离开哥伦比亚城的父母意味着从传统乡村生活向现代工业文明的迁徙，那么她从芝加哥贫民区的姐姐姐夫家突然离去，则代表着她对传统伦理道德的离弃和对消费社会物质主义的拥抱。而在此之后，她还将离开德鲁埃、离开赫斯特伍德。但值得玩味的是，她的每一次离开虽是对传统道德基石的猛烈冲击，却总能助她平步青云，无形中体现了作家在美国从工业社会向消费社会转型时期所持的暧昧道德观。德莱塞把人喻为"风中一束草"，受到理性和本能的双重控制；在这里，嘉莉面对物质诱惑时摇摆不定的心情，精彩地诠释了现代人内心深处理智与欲望的冲突。

《嘉莉妹妹》
第七章

物质诱惑难抵御　少女美貌生魔力

　　金钱的真正意义还有待于大众的诠释和理解。假如人人都意识到,金钱首先代表的是正当的报酬,不劳而获是不应该的——我们所付出的金钱,应该从我们诚实的储蓄中来,而不是非法掠夺的——那么,我们的许多社会问题、宗教问题以及政治问题,便会永远成为历史。而嘉莉呢,她所理解的金钱的道德意义,与普通人没有什么两样。那个古老的定义是:"金钱:一种人人都有而我也一定要得到的东西。"她对金钱就是这样理解的。现在,她手里就攥着钱——两张柔软的十美元的绿票子——有了这两张票子,她觉得自己顿时富有了许多。金钱本身就是力量。在她看来,即使自己被丢在一个荒岛上,只要身边有一大捆钱,她也会心满意足的。只有漫长的饥饿才能让她明白,在某些时候,金钱不过是废纸一堆。不过,即便如此,她也不会明白,金钱的价值是相对的。她心里必然只会惋惜,自己拥有如此巨大的力量,却无法施展出来。

　　这个可怜的姑娘,就这样激动万分地离开了德鲁埃。她有些羞愧,因为自己软弱得无法拒绝这笔馈赠。可是,她太需要钱了。所以,她羞愧之余仍然十分高兴。现在,她就要有一件漂亮的上衣了! 现在,她可以买一双好看的系扣皮鞋了。她还要买长筒袜、裙子,还要、还要——就像当初还没拿到工资就想好了怎么花一样,这次,她想买的东西也两倍于这两张票子的购买力了。

　　在她心中,已经形成了对德鲁埃的基本看法。和所有人一样,她觉得他是个可爱的、心地善良的人,没有一点坏心眼儿。他给她钱完全是出于好心——知道她缺钱。若是换了一个缺钱的年轻男人,他是不会给他这么多钱的。不过,别忘了,处在这种情况下的年轻男人对他的吸引力怎能比得上一个贫苦无助的女孩呢? 是女性的柔弱打动了他的心。他这人有一种与生俱来的欲望。不过,假如有个乞丐引起了他的注意,对他说:"我的天,先生,我快要饿死了。"他也会爽快地掏出一点小钱来给他,随后就忘得一干二净,从不会费脑筋去思考什么大道理。他的所思所想,也从来称不上什么思考、推理。他是一只无忧无虑、没有思想的扑灯飞蛾,华丽的衣衫和健壮的身躯只不过是漂亮的外壳。若是失掉了工作,再碰上几件棘手的麻烦事——要知道麻烦可是任谁都免不了的——那他就会像嘉莉一样绝望无助——像她一样束手无策,昏头昏脑,可怜巴巴。

可话又说回来,他追女人也并非存心想伤害她们。他认为,自己只是希望与她们建立一种关系,而这并不会伤害她们。他喜欢向女人献殷勤,让她们屈服于自己的魅力。他这样做也并非出于冷酷、邪恶而狡诈的心思,而是受了自己天生的欲望的驱使,把追求女人当作一种乐趣。他虚荣心重,爱自我吹嘘,会像没头脑的傻女孩一样被华衣美服蒙住眼睛。一个老奸巨猾的恶棍能轻而易举地钓他上钩,就像他几句甜言蜜语就哄得了一个漂亮女工一样。他做推销做得很出色,这要得益于他亲切热情的待人方式和他那声誉很好的公司。穿梭于人群中的他,热情十足——称不上有智慧,无法用高尚来形容,没有持久的感情。情操高雅的人会管他叫猪猡,幽默睿智的人会将他称作"我快乐而无忧的孩子",老酒鬼卡里欧认为他是个聪明能干的生意人——总而言之,就他自己的理解,他是个正人君子。

嘉莉拿了钱,这最能证明他这人慷慨大方,值得称赞。若是换了一个奸诈狡猾的人,即使他做出一副友好相处的面孔,他也不会给她哪怕是一毛五分钱的。凡事缺心眼儿的人不一定倒霉。大自然已经教会大地上的动物在意外的危险到来之前迅速逃开。花鼠的小脑瓜儿虽然蠢笨,但对毒药却有着天生的恐惧。"上帝保全他所创造的万物",这并不是单指动物而言的。嘉莉像一只小绵羊,脑筋糊涂,但感觉敏锐。她那原本十分强烈的自我保护的本能,在德鲁埃的主动进攻下,即便有所戒备,也已经十分微弱了。

嘉莉走了。德鲁埃见她对自己印象不错,有些沾沾自喜。唉,年纪轻轻的姑娘,为生活所迫,四处奔波,也真是可怜哪。天就快转冷了,却连件外衣都没有,一个劲儿地咳嗽。他要去菲茨杰拉德-墨伊酒吧买支雪茄。一想起嘉莉,他的脚步便轻快起来。

嘉莉带着一脸掩饰不住的兴奋回到家。有了这笔钱,难题也出现了。明妮知道她没钱的,这样她怎么能买衣服呢?她刚一进门,就决定了,她不能买衣服,因为她不知该怎样解释。

"有结果吗?"明妮问。

嘉莉不会撒谎,总是心里怎么想嘴上就怎么说。含糊其辞地搪塞倒是可以,但总不会与自己的真实情绪相差太远。现在心情这么好,她当然不会假装抱怨。于是便说:

"有点希望。"

第十三章 社会转型与道德重构:《街头女郎玛吉》和《嘉莉妹妹》

"是在哪儿?"

"在波士顿商店。"

"确实有希望吗?"明妮问。

"嗯,明天就知道了。"嘉莉不想把谎扯得太远,只好这样回答。

明妮见嘉莉心情这样好,便觉得该向她坦白地说说汉森对她在芝加哥打工的看法了。

"如果这个工作你再得不到——"她停住了,不知该怎样说才好。

"我想,如果我不能很快找到事做,就该回家去了。"

明妮不失时机地接口说:"斯万认为,不管怎么说,你最好先回去过了这个冬天再说。"

嘉莉立刻明白了,他们不愿再养活她这个吃闲饭的人了。她不怪明妮,也不怎么怪汉森。她坐在那儿,一边咀嚼明妮的话,一边庆幸自己有了德鲁埃给的钱。

"不错,"过了几分钟,她说,"我也是这样想的。"

然而,明妮夫妇的这种想法已经激起了嘉莉极大的敌意。她暗暗咽下了这口气,没有说出来。在哥伦比亚城,她能干什么呢?那个单调而狭窄的生活圈子,她是再了解不过了。而这座神秘的大城市,仍然像磁石一样吸引着她。她所见到的一切,才仅仅向她展示了数不尽的机会。如今,要她放弃这一切,回去过那种闭塞的老日子——一想到这儿,她就难受得简直要叫出来了。

今天她回来得早,便到客厅里来想心事。该怎么办呢?她不可能买来新鞋子在这儿穿。说不定,她还得从这20块钱里省下一些做路费。她不想跟明妮借。可是,她又该怎样解释这笔钱的来路呢?要是她能挣到一点钱,够她轻松地掩饰过去,就好了。

她把这个难题翻来覆去地想了一遍又一遍。喏,明天一早,德鲁埃还等着看她穿上新衣服呢,可那不可能。汉森夫妇想让她回家去,她也巴不得早早离开他们,可是却不愿意回家。而且,以他们的看法,自己不劳而获,白拿人家的钱,似乎是件很可怕的事。她不禁羞愧起来,心情也变得沉重了。和德鲁埃在一起的时候,一切都那么简单明了。而现在呢,却变得这么复杂棘手——比原先还要复杂得多,因为自己手里空攥着这点资助,根本没法使用。

吃晚饭的时候,明妮见她垂头丧气的,以为她今天一定是累坏了。嘉莉最后终于决定,要把钱还回去。这钱自己不该要。明天一早,她要到市中心去,继续找工作。中午如约去见德鲁埃,把自己的决定告诉他。这样决定了

251

之后，她一颗心便沉了下来，又变成忧郁苦恼的嘉莉了。

奇怪的是，只要把这钱握在手里，她就觉得轻松了一些。即便是已经作了那个沉重的决定，她也会把它完全忘记。于是，这 20 块钱便显得既美妙又可爱了。啊，钱，钱，钱哪！有钱多好啊。得有多少钱，才能将这一切烦恼扫得一干二净啊！

第二天一大早，她就起床了，早早地出了门。找工作的决心还不是十分坚决。口袋里那 20 块钱，虽然让她头疼得很，而工作的问题也好不了多少。她来到了商品批发区，可每经过一家公司，一想到要进去申请工作，一颗心便收缩了起来。她真是个胆小鬼啊，她想。可她毕竟已经申请过好多次工作了，再申请一次也没什么大不了的。她走啊走啊，终于进了一家公司，可还是一无所获。她走出来，觉得自己真倒霉。这样跑来跑去，根本找不到工作。不知不觉，她来到第尔伯恩街。集贸大商场就在这条街上，四周停着好多运货马车，有长长的一排橱窗，里面顾客云集、熙熙攘攘。一看到这幅景象，本来困扰得她焦头烂额的想法立刻改变了。本来她是打算来这儿买新装的，现在也该让自己轻松轻松了。她决定进去看看——她想看看衣服。

有时，我们的头脑处于一种中间状态，既有钱，心里也想买，可同时又觉得不应该买，或者是犹豫不决，不知该买还是不该买。这便是世上最快乐的时刻了。嘉莉漫步在商店里，走在精致的商品中间时，就是这种心情。当初，她头一次来的时候，就喜欢上这个地方了。那些精美的商品，那次她只来得及匆匆一瞥，这次却可以一个挨一个地驻足观赏了。她那女人的虚荣心，强烈地渴望着这一切。她若是穿上这件衣服，会多么美、多么迷人哪！她来到卖胸衣的柜台，停下脚步，满心赞叹地望着那五颜六色的蕾丝组成的精美的胸衣。只要她一下决心，那现在就可以拥有一件了。她在珠宝部里徘徊，看到那些耳环、手镯、胸针、项链。只要能拥有这一切，她宁愿付出任何代价！戴上这些首饰，她不也是一个优雅迷人的淑女吗！最吸引她的是服装部。一进商店，她就迷上了带珍珠色大纽扣的棕色短上衣。这是今年秋天最流行的衣服。不过，她还得向自己证明，哪件衣服也不如这一件。这是自己最喜欢的。她在挂满衣服的玻璃橱和货架中间走来走去，觉得自己看上的那件确实不错，心里十分得意。可她一直拿不定主意，一会儿劝自己，既然挑好了就立刻买，一会儿又想起了自己的真正处境。最后，眼看就到中午了，她却什么也没买。现在，她必须离开商店了，去把钱退还给德鲁埃。

她到的时候，德鲁埃正站在街角等她。

"你好啊，"他说，"新上衣呢，还有——"他低头看了看——"新鞋子呢？"

嘉莉本想用一种聪明的方式把自己的决定告诉他,可被他这么一问,自己事先计划好的步骤就全乱套了。

"我来是想告诉你,我——我不能要你的钱。"

"噢,是这样,是吗?"他说,"好吧,你跟我来。咱们到山鹑百货商店去。"

嘉莉乖乖地跟着他走。瞧,所有的疑惑,所有她本以为不可能的事,统统从她心里溜掉了。本来准备对他说明的严肃的事,她现在却无法开口了。

"你吃过午饭了吗?当然没有。咱们到这儿来。"德鲁埃说着,从州街拐进门罗街一家装饰优雅的餐馆。

两人找到一个舒适的角落,坐了下来。德鲁埃点了菜。嘉莉这才开口,说:"这钱我不能要。就是买了衣服,我也没法在那边穿。他们——他们会想,我这钱是从哪儿来的。"

"那你想怎么办呢?"他微笑着说,"挨饿受冻吗?"

"我想,我会回家去。"她没精打采地说。

"噢,别这么想。"他说,"你老想着回家回家的。我告诉你怎么办。你说新衣服不能在那边穿,那何不租一间家具齐全的房子,离开他们,自己住一个星期呢?"

嘉莉摇了摇头。像所有的女人一样,这表示她在等着人家来说服她。而他要做的,是打消她的疑虑,为她开辟道路,如果他有这个本事的话。

"为什么要回家呢?"他问。

"噢,在这儿我一无所获。"

"他们不愿留你了吗?"他直觉地问。

"他们留不起我了。"嘉莉说。

"听我说,"他说,"你跟我来好了。我会照顾你的。"

嘉莉只是听着。德鲁埃的话,在困境中的嘉莉听来无疑像是一扇敞开的大门在欢迎她。德鲁埃和她脾气相投,又讨人喜欢,他诚实、英俊、衣着体面,又富有同情心。他说话的口气像朋友一般,亲切而友好。

"回哥伦比亚城你能干什么呢?"他接着说。嘉莉脑海中又出现了那个沉闷而乏味的世界。"那儿什么都没有。芝加哥才是你该呆的地方。你可以租一间像样的房子,买几件衣服,还可以做点事。"

嘉莉透过窗子,望着外面车水马龙的街道。看,这就是那座令人倾心不已的大城市。只要有钱,就能过上好日子。两匹枣红色的快马,拉着一辆铺了软垫、挂着帘子的漂亮马车,飞驰而过。马车里坐着一位年轻的小姐。

"你回去能有什么好处呢?"德鲁埃问。他的问题坦率而直接。他想象得出,他认为是有价值的东西,嘉莉在哥伦比亚城是一点儿也享受不到的。

嘉莉静静地坐着,两眼望着窗外。她不知自己能做什么。没准儿他们正巴不得她这个星期就回去呢。

德鲁埃把话题转到嘉莉买衣服的事儿上。

"为什么不买件漂亮的小上衣呢?你需要件上衣。钱不够我借给你。你就别客气了。你可以租间舒适的房子自己住,我不会伤害你的。"

嘉莉明白他话里的意思,却无法向他表明自己的想法。她愈发感到自己孤苦无助。

"要是我能找到事做就好了。"她说。

"如果你留下来,或许能找得到。"德鲁埃不失时机地接口说,"要是你走了,那还有什么希望呢?他们不会愿意再留你住下去了。为什么不让我帮你找一间舒适的房子住呢?我不会打搅你的——你不用怕。喏,你住下来之后,也许就会找到工作的。"

他望着她俏丽的面孔。这张俏脸激活了他的智力。毫无疑问,在他眼里,她是个可爱的小妞。她的一举一动都有一种分量,不像一般的售货员。她有脑子。

实际上,嘉莉比德鲁埃更富有幻想——更有趣味。正因为她敏感而细心,才会这样孤独忧郁。她身上的衣服虽旧,却干净整齐。她不经意间做出的头部姿势十分优美。

"你真相信我能找到工作吗?"她问。

"当然啦。"他边说边伸手在她的杯子里倒满了茶。"我会帮你的。"

她看着他。他鼓励地笑了笑。

"现在,我来说咱们该做什么。先到那边的山鹑商店去,挑件你喜欢的衣服,然后给你找个住的地方。你可以把买来的东西放在那儿,晚上我们去看戏。"

嘉莉摇摇头。

"那么,你可以回单元房去住,不必非得住租来的房子,只要把你的东西放在那儿就行了。"

她还是犹豫不定。吃完饭,德鲁埃说:

"咱们去看看衣服吧。"

两人进了商店。店里闪闪发亮、作响的崭新的商品立刻攫住了嘉莉的心。此时的她,肚里装着那顿丰盛的午饭,身边伴着热情开朗的德鲁埃,觉得他提出的计划似乎并不算离谱。她在店里转了转,挑了一件上衣,和她在集贸商场看中的那件一模一样。衣服的手感似乎比看上去要精致得多。售货员帮她穿上。碰巧,这件衣服穿在她身上效果极佳。德鲁埃见嘉莉一下子漂亮了许多,高兴得眉飞色舞。她整个人精神极了。

"就买这件啦。"他说。

嘉莉在镜子前转了两转,看着镜子里的自己,心里喜滋滋的,脸颊泛起了红晕。

"就买它了,"德鲁埃说,"付钱吧。"

"九块钱哪。"嘉莉说。

"没问题——买下了。"德鲁埃说。

她从钱包里掏出德鲁埃给的一张十元钞票。售货员问要不要现在就穿,然后走开了。几分钟后,她回来了,于是衣服就这样买好了。

两人出了山鹑商店,又进了一家鞋店,要为嘉莉买双鞋。德鲁埃站在一边,见这儿的鞋都漂亮大方,便说:"穿上试试。"可嘉莉却摇了摇头,心想自己该回姐姐家了。他给她买了钱包、手套,又给她买了长筒袜。

"明天你再来买条裙子吧。"他说。

嘉莉人在买东西,心里却有一丝惶恐。整件事就像一团乱麻,她陷得越深,就越以为问题的关键在自己还没做的事情上。既然自己还没有做,那就有办法抽身。

德鲁埃知道一个租房子的地方,在韦贝什大街。他带嘉莉在那片房子周围看了看,然后说:"现在,你就装作是我妹妹。"他挑起房间来十分老练,一边东看西瞧,一边发表评论,不久就顺顺当当地安排妥了。"她的箱子一两天后就到。"他对高兴得眉开眼笑的房东太太说。房东太太出去了,把他俩单独留在房间里。德鲁埃对她说话的态度并没有变,仍然像在外面大街上一样。嘉莉把买来的东西放下了。

"喏,"德鲁埃说,"今晚就搬过来好了。"

"噢,那不行。"嘉莉说。

"为什么?"

"我不想这样子离开他们家。"

走在大街上,德鲁埃又提起了这件事。那是个暖和的下午,天晴了,风也停了。与嘉莉谈话的过程中,他已经完全了解了那单元房里的情况。

"搬出来吧,"他说,"他们才不会管你住哪儿呢。有我帮你嘛。"

听了他的话,她心里的惶惑渐渐消失了。他会带她四处走走,然后帮她找份工作。他也确实是这么想的。以后,他出外做推销,她在芝加哥上班。

"喏,你听我说,"他说,"你去拿要带的东西,然后再出来。"

她考虑了很久,终于答应了。他到保利亚街等她,她八点半来跟他会合。五点半,嘉莉回到家,只过了半个小时,她离开这地方的决心就更坚定了。

"这么说,人家不要你了?"明妮说。她以为嘉莉到昨天说的那家波士顿商店去了。

嘉莉侧眼看了她一眼,回答说:"是的。"

"我想你今年秋天就别再找工作了吧。"明妮说。

嘉莉没吭声。

汉森回来了,脸上的表情同明妮一样难以捉摸。他默默地洗过脸,坐到一边看报纸去了。晚饭时,嘉莉有些紧张不安。她的计划时时刻刻都在牵扯着她的神经。不仅如此,她还强烈地感觉到,自己在这个家里已经不受欢迎了。

"你没找到工作,嗯?"汉森说。

"没有。"

他继续吃饭,心想,留嘉莉在这儿真是个负担。得把她打发回去,就这么定了。这一走,明年春天她也别想再来了。

嘉莉虽然很为自己以后的境遇担忧,但一想到要离开这儿,心里便轻松了许多。他们不会关心她去哪儿的。尤其是汉森,她这一走,他心里不知多高兴呢。至于她以后是好是歹,他们才不在乎呢。

吃完晚饭,她进了卫生间。在这儿不会受他们打扰。她写了一张字条。

"再见了,明妮,"她写道,"我不准备回家。我会在芝加哥再住一段时间,找个工作。别担心,我不会有事的。"

汉森正在客厅里看报纸。嘉莉像往常一样,帮明妮收拾碗碟,整理桌椅。做完这些之后,她说:

"我想到门口去站一会儿。"她的声音不由自主地有些发抖。

明妮想起了汉森的告诫。

"斯万觉得你在楼下站着人家看了不好。"她说。

"是吗?"嘉莉说,"这是最后一次。"

她戴上帽子,在自己的小卧室里围着桌子乱转,不知该把纸条塞在哪儿。最后,她把纸条压在明妮的发刷下面。

她走出客厅,关上门,在门口站了一会儿,心想,不知他俩会怎么看。自己这件事也做得太离谱了。她缓缓地下了楼,回头望望亮着灯的楼梯,然后便装作散步的样子走上了大街。一到拐角,她便加快了脚步。

嘉莉匆匆出门后,汉森来到妻子身旁。

"嘉莉又到楼下门口去了吗?"他问。

"是的,"明妮说,"她说这是最后一次。"

孩子正在地板上玩耍,汉森走过去,用手指轻轻地戳了戳他。

德鲁埃就站在拐角处等她,一脸兴奋的表情。

他看到一个姑娘的身影轻快地向他走来。"嗨,嘉莉,"他说,"平安到达,是吗?好啦,我们去坐车。"

※ 思考题

1. 朗姆巷贫民公寓楼里的住户们对酒后丑态百出的母亲反应不一,为什么会有这些反应?

2. 吉米与母亲的紧张关系反映了19世纪末美国底层社会什么样的家庭伦理状况?

3. 玛吉通常被认为是在虚荣心的蛊惑下,与皮特同居,走上了堕落的不归路。从节选的段落来看,你认为玛吉为何离开自己的家?她的堕落有无必然性?

4. 德鲁埃虽然以物质享受引诱嘉莉,却并没有被塑造为玩弄女性的恶棍。你如何看待他的形象,以及他在嘉莉决定离开姐姐家中所起的作用?

5. 在嘉莉打算还钱给德鲁埃的路上,她不愿走进公司去求职,却不知不觉走进百货公司欣赏琳琅满目的珠宝服饰。请分析嘉莉的矛盾心态和从中折射出的人物个性。

6. 从《嘉莉妹妹》的节选章节来看,你认为作家对嘉莉持何种态度?这反映出作家什么样的道德立场?你是否赞同这样的立场?

※ 网站链接

斯蒂芬·克莱恩的有关网站:
http://www.gutenberg.org/browse/authors/c#a55
本网站提供了斯蒂芬·克莱恩主要作品的全文下载和代表作品MP3格式的全本录音。

http://www.wsu.edu/~campbelld/crane/
本网站为斯蒂芬·克莱恩学会的网页,提供作家的生平介绍、作品在线阅读、研究性著作和论文列表,以及课堂教学建设。

西奥多·德莱塞的有关网站:
http://www.uncwil.edu/dreiser/
本网站为西奥多·德莱塞国际学会的官方网页,对目前德莱塞研究的主要网页进行了汇总、分类和介绍。

http://www.library.upenn.edu/collections/rbm/dreiser/

　　本网站提供了西奥多·德莱塞主要作品的下载、评论文章、私人信函和日记、作家相册等重要资料。

第十四章
美国梦：菲茨杰拉德的《了不起的盖茨比》

文化背景

20世纪20年代是美国社会发生巨大变化的时代。一方面社会经济得到巨大发展,整个20世纪20年代,除了1921年短暂的经济低迷外,全国整体的GNP从1921年的695亿美元增长到1929年的1 031亿美元。与此同时,国民失业率不断下降,从1921年的11.7%下降到1929年的3.2%。1919年到1929年间,美国社会个人的可支配收入上升了30%,因此国民消费水平也上升迅速。汽车消费尤其令人瞩目,美国家庭拥有汽车的百分比从1920年的26%快速上升到1930年的60%。在20世纪20年代,美国的汽车数量超过了世界其他地方的总和。汽车的影响不仅体现在经济领域,而且也成为影响美国社会文化的最重要元素。在菲茨杰拉德的《了不起的盖茨比》中,汽车不仅是主要人物的主要交通工具,更发挥着推动情节发展的重要作用。

虽然20世纪20年代美国经济大为繁荣,劳动生产力和效率都得到了极大的提高,但经济的发展并没有能让所有的家庭都受益。即使在60%拥有汽车的家庭中,也并不都意味着生活富足。《了不起的盖茨比》中修车为生的威尔逊一家就是这样的中下阶层的代表。在工业化的冲击之下,一些传统产业,如农业、矿业、纺织和铁路等都纷纷面临破产的命运。农场的破产比例在整个20年代都接近10%,几乎是1920年的10倍。不断扩大的贫富差距导致社会阶层之间冲突频发,也成为社会不安的主要根源。1922年,40万铁路工人举行大罢工;1924年通过的民族始籍法(National Origins Act)限制了移民,造成了种族间的对立;三K党的兴起和广泛活动体现出种族间冲突的深入;新女性文化与传统的宗教文化之间也具有尖锐的矛盾。

美国梦来源于美国《独立宣言》中关于生命、自由和追求幸福的权利,这一说法从美国建国之后就开始流传,直到1931年詹姆斯·川斯洛·亚当斯在《美国史诗》中将美国梦这一概念发扬光大。亚当斯将美国梦界定为每个人依靠自己的能力在这片土地上生活得更好、更富裕、更充实的愿景。成功来自于个人奋斗,而不是由种族、性别和阶层等因素。这一点在《了不起的盖茨比》中得到了很好的体现,但盖茨比最终的命运也促使人们思考美国梦的局限性。

F. 司各特·菲茨杰拉德

作家简介

弗朗西斯·司各特·基·菲茨杰拉德(1896—1940)出生于明尼苏达州圣保罗市的中产之家,中学时便开始诗歌创作,表现出对文学的浓厚兴趣。进入普林斯顿大学之后,他在学生社团活动中十分活跃,同时也开始小说创作。一战爆发后,菲茨杰拉德从军,在驻扎阿拉巴马期间,结识了当地法官的女儿泽尔达,两人一见钟情,陷入热恋之中。1920年,菲茨杰拉德的第一部小说《尘世天堂》(This Side of Paradise)出版,大受欢迎,一举成名。同年四月,他与泽尔达在纽约举
行了盛大的婚礼。菲茨杰拉德之后陆续发表长篇小说《美丽与毁灭》(Beautiful and Damned 1922)、《了不起的盖茨比》(The Great Gatsby 1925)、《夜色温柔》(Tender Is the Night 1934)以及几部短篇小说集。他的作品生动地再现了美国20世纪20年代的社会文化,描绘了一幅他称之为"爵士年代"的美国镀金时代纸醉金迷下的社会各阶层风貌。菲茨杰拉德的小说不仅展现了当时社会中消费文化的兴盛、禁酒令引发的社会冲突和社会不同阶层之间的深刻矛盾,更反思了由于社会繁荣和工业化带来的思想冲击,作品中生动的描摹和独到的思考是其创作特色。20世纪30年代后期,菲茨杰拉德移居好莱坞,以为电影公司创作剧本来维持生计,但他并没有写出一部受欢迎的电影剧本。1940年,菲茨杰拉德由于长期酗酒引发心脏病而英年早逝。

《了不起的盖茨比》内容提要

《了不起的盖茨比》是菲茨杰拉德的代表作,也是美国小说中最受欢迎的作品之一。小说以来自中西部、在纽约工作的股票经纪人尼克·卡罗威的视角来展开。尼克一战之后来到纽约做股票经纪,居住在长岛。他的邻居盖茨比几乎每个周末都举行奢华的宴会,尼克也由此与盖茨比结识。盖茨比曾在一战初期跟尼克的表妹黛西有过一段恋情,但黛西因盖茨比贫穷而抛弃了他。在盖茨比

第十四章 美国梦:菲茨杰拉德的《了不起的盖茨比》

赴欧洲作战期间,黛西与门当户对但用情不专的汤姆·布坎南结婚,并来到纽约定居。盖茨比回到美国后经过一番奋斗,积聚了财富,在与黛西相邻的地方买下豪宅。他举办这些奢华宴会的唯一目的就是想吸引黛西来参加。在尼克的帮助下,盖茨比终于同黛西见面。盖茨比想让黛西离开汤姆与他生活,而黛西不过是将盖茨比作为报复有外遇的丈夫汤姆的工具。当汤姆发现盖茨比的财富来自非法经营后,黛西决定与盖茨比分手。情绪激动之下,黛西开车撞死了汤姆的情人。之后汤姆和黛西联手嫁祸盖茨比,诱使死者的丈夫威尔逊以为盖茨比是死者的情人和凶手,从而将盖茨比射杀。盖茨比死后,汤姆与黛西离开纽约,只留下尼克为盖茨比处理他的身后事。

选文赏析

选文节选自《了不起的盖茨比》的第三章,描写的是尼克初次参加盖茨比家的宴会,以及与盖茨比见面的情节。

菲茨杰拉德在创作《了不起的盖茨比》时,接受了不少欧洲现代主义文学的观念,并将其融入创作之中,使得这部小说具有了独特的艺术魅力,因而被艾略特称赞为"自亨利·詹姆斯之后美国小说迈出的第一步"。小说在叙述视角方面的开拓最为人称道,菲茨杰拉德创造了被称为"双重视角"的叙述方式,即尼克既是小说中的人物,同时也是抽离当前事件的小说叙述者,这两种叙述在同一场景中往往同时存在,赋予了小说独特的叙述活力,带给读者不同于传统小说的阅读体验。在人物的描写上,菲茨杰拉德也有别具匠心。小说中尼克第一次看到盖茨比时,只能见到他在傍晚的光线中模糊的侧影,以及他向对面水上的绿灯伸出双臂,这一带有神秘气息的描写激发了读者的兴趣与好奇心。在第三章描写盖茨比的正式出场时,也首先通过大段对盖茨比奢华宴会的描写来铺垫,尤其是通过人们口中关于盖茨比的种种流言,使得读者和尼克一样,对这宴会的主人充满期待。尼克与盖茨比的简短会面被神秘电话打断,也为他们的再次见面和盖茨比的生意埋下伏笔。在对宴会的描写中,菲茨杰拉德从声、形、色、味等各个方面加以描绘,将整个宴会生动地呈现在读者面前,同时也给了读者广阔的想象空间。正是这种对文字和叙述技巧的出色把握,《了不起的盖茨比》因此成为一部优秀的小说。

《了不起的盖茨比》
第三章

整个夏天的夜晚都有音乐声从我邻居家传过来。在他蔚蓝的花园里,男男女女像飞蛾一般在笑语、香槟和繁星中间来来往往。下午涨潮的时候,我看着他的客人从他的木筏的跳台上跳水,或是躺在他私人海滩的热沙上晒太阳,同时他的两艘小汽艇破浪前进,拖着滑水板驶过翻腾的浪花。每逢周末,他的罗尔斯—罗伊斯轿车就成了公共汽车,从早晨九点到深更半夜往来城里接送客人,同时他的旅行车也像一只轻捷的黄硬壳虫那样去火车站接所有的班车。每星期一,八个仆人,包括一个临时园丁,整整苦干一天,用许多拖把、板刷、榔头、修枝剪来收拾前一晚的残局。

每星期五,五箱橙子和柠檬从纽约一家水果行送到。每星期一,这些橙子和柠檬变成一座半拉半拉的果皮堆成的小金字塔从他的后门运出去。他厨房里有一架榨果汁机,半小时之内可以榨两百只橙子,只要男管家用大拇指把一个按钮按两百次就行了。

至少每两周一次,大批包办筵席的人从城里下来,带来好几百英尺帆布帐篷和无数的彩色电灯,足以把盖茨比巨大的花园布置得像一棵圣诞树。自助餐桌上各色冷盘琳琅满目,一只只五香火腿周围摆满了五花八门的色拉、烤得金黄的乳猪和火鸡。大厅里面,设起了一个装着一根真的铜杆的酒吧,备有各种杜松子酒和烈性酒,还有各种早已罕见的甘露酒,大多数女客年纪太轻,根本分不清哪个是哪个。

七点以前乐队到达,绝不是什么五人小乐队,而是配备齐全的整班人马,双簧管、长号、萨克斯管、大小提琴、短号、短笛、高低音铜鼓,应有尽有。最后一批游泳的客人已经从海滩上进来,现在正在楼上换衣服。纽约来的轿车五辆一排停在车道上,同时所有的厅堂、客室、阳台已经都是五彩缤纷,女客们的发型争奇斗艳,披的纱巾是卡斯蒂尔〔1〕人做梦也想不到的。酒吧那边生意兴隆,同时一盘盘鸡尾酒传送到外面花园里的每个角落,到后来整个空气里充满了欢声笑语,充满了脱口而出、转眼就忘的打趣和介绍,充满了彼此始终不知姓名的太太们之间亲热无比的会见。

大地蹒跚着离开太阳,电灯显得更亮,此刻乐队正在奏黄色鸡尾酒会音乐,于是大合唱般的人声又提高了一个音调。笑声每时每刻都变得越来越容易,毫无节制地倾泻出来,只要一句笑话就会引起哄然大笑。人群的变化越来越快,忽而随着新来的客人而增大,忽而分散后又立即重新组合。已经有一些人在东飘西荡——脸皮厚的年轻姑娘在比较稳定的人群中间钻进钻出,一会儿在片刻的欢腾中成为一群人注意的中心,一会儿又得意扬扬在不断变化的灯光下穿过变幻不定的面孔、声音和色彩扬长而去。

---

〔1〕 西班牙一地区,以产头巾出名。

第十四章 美国梦:菲茨杰拉德的《了不起的盖茨比》

忽然间,这些吉卜赛人式的姑娘中有一个,满身珠光宝气,一伸手就抓来一杯鸡尾酒,一口干下去壮壮胆子,然后手舞足蹈,一个人跳到篷布舞池中间去表演。片刻的寂静,乐队指挥殷勤地为她改变了拍子,随后突然响起了一阵叽叽喳喳的说话声,因为有谣言传开,说她是速演剧团的吉尔德·格雷[1]的替角。晚会正式开始了。

我相信那天晚上我第一次到盖茨比家去时,我是少数几个真正接到请帖的客人之一。人们并不是邀请来的——他们是自己来的。他们坐上汽车,车子把他们送到长岛,后来也不知怎么的他们总是出现在盖茨比的门口。一到之后总会有什么认识盖茨比的人给他们介绍一下,从此他们的言谈行事就像在娱乐场所一样了。有时候他们从来到走根本没见过盖茨比,他们怀着一片至诚前来赴会,这一点就可以算一张入场券了。

我确实是受到邀请的。那个星期六一清早,一个身穿蓝绿色制服的司机穿过我的草地,为他主人送来一封措辞非常客气的请柬,上面写道:如蒙我光临当晚他的"小小聚会",盖茨比当感到不胜荣幸。他已经看到我几次,并且早就打算造访,但由于种种特殊原因未能如愿——杰伊·盖茨比签名,笔迹很神气。

晚上七点一过,我身穿一套白法兰绒便装走过去到他的草坪上,很不自在地在一群群我不认识的人中间晃来晃去——虽然偶尔也有一个我在区间火车上见过的面孔。我马上注意到客人中夹着不少年轻的英国人:个个衣着整齐,个个面有饥色,个个都在低声下气地跟殷实的美国人谈话。我敢说他们都在推销什么——或是债券。或是保险,或是汽车。他们最起码都揪心地意识到,近在眼前就有唾手可得的钱,并且相信,只要几句话说得投机,钱就到手了。

我一到之后就设法去找主人,可是问了两三个人他在哪里,他们都大为惊异地瞪着我,同时矢口否认知道他的行踪,我只好悄悄地向供应鸡尾酒的桌子溜过去——整个花园里只有这个地方,一个单身汉可以留连一下而不显得无聊和孤独。

我百无聊赖,正准备喝个酩酊大醉,这时乔丹·贝克从屋里走了出来,站在大理石台阶的最上一级,身体微向后仰,用轻貌的神气俯瞰着花园。

不管人家欢迎不欢迎,我觉得实在非依附一个人不可,不然的话,我恐怕要跟过往的客人寒暄起来了。

"哈罗!"我大喊一声,朝她走去。我的声音在花园里听上去似乎响得很

---

[1] 吉尔德·格雷(Gilda Gray),名噪一时的纽约舞星。

不自然。

"我猜你也许会来的,"等我走到跟前,她心不在焉地答道,"我记得你住在隔壁……"

她不带感情地拉拉我的手,作为她答应马上再来理会我的表示,同时去听在台阶下面站住的两个穿着一样的黄色连衣裙的姑娘讲话。

"哈罗!"她们同声喊道,"可惜你没赢。"

这说的是高尔夫球比赛。她在上星期的决赛中输掉了。

"你不知道我们是谁,"两个穿黄衣的姑娘中的一个说,"可是大约一个月以前我们在这儿见过面。"

"你们后来染过头发了。"乔丹说,我听了一惊,但两个姑娘却已经漫不经心地走开了,因此她这句话说给早升的月亮听了,月亮和晚餐的酒菜一样,无疑也是从包办酒席的人的篮子里拿出来的。乔丹用她那纤细的、金黄色的手臂挽着我的手臂,我们走下了台阶,在花园里闲逛。一盘鸡尾酒在暮色苍茫中飘到我们面前,我们就在一张桌子旁坐下,同座的还有那两个穿黄衣的姑娘和三个男的,介绍给我们的时候名字全含含糊糊一带而过。

"你常来参加这些晚会吗?"乔丹问她旁边的那个姑娘。

"我上次来就是见到你的那一次,"姑娘回答,声音是机灵而自信的。她又转身问她的朋友,"你是不是也一样,露西尔?"

露西尔也是一样。

"我喜欢来,"露西尔说,"我从来不在乎干什么,只要我玩得痛快就行。上次我来这里,我把衣服在椅子上撕破了,他就问了我的姓名住址——不出一个星期我收到克罗里公司送来一个包裹,里面是一件新的晚礼服。"

"你收下了吗?"乔丹问。

"我当然收下了。我本来今晚准备穿的,可是它胸口太大,非改不可。衣服是淡蓝色的,镶着淡紫色的珠子。265美元。"

"一个人肯干这样的事真有点古怪,"另外那个姑娘热切地说,"他不愿意得罪任何人。"

"谁不愿意?"我问。

"盖茨比。有人告诉我……"

两个姑娘和乔丹诡秘地把头靠到一起。

"有人告诉我,人家认为他杀过一个人。"

我们大家都感到十分惊异,三位先生也把头伸到前面,竖起耳朵来听。

"我想并不是那回事,"露西尔不以为然地分辩道,"多半是因为在大战时他当过德国间谍。"

第十四章 美国梦:菲茨杰拉德的《了不起的盖茨比》

三个男的当中有一个点头表示赞同。

"我也听过一个人这样说,这人对他一清二楚,是从小和他一起在德国长大的。"他肯定无疑地告诉我们。

"噢,不对,"第一个姑娘又说,"不可能是那样,因为大战期间他是在美国军队里。"由于我们又倾向于听信她的话,她又兴致勃勃地把头伸到侧面。"你只要趁他以为没有人看他的时候看他一眼。我敢打赌他杀过一个人。"

她眯起眼睛,哆嗦了起来。露西尔也在哆嗦。我们大家掉转身来,四面张望去找盖茨比。有些人早就认为这个世界上没有什么需要避讳的事情,现在谈起他来却这样窃窃私语,这一点也足以证明他引起了人们何等浪漫的遐想了。

第一顿晚饭——午夜后还有一顿——此刻开出来了,乔丹邀我去和花园那边围着一张桌子坐的她的一伙朋友坐在一起。一共有三对夫妇,外加一个陪同乔丹来的男大学生,此人死乞白赖,说起话来老是旁敲侧击,并且显然认为乔丹早晚会或多或少委身于他的。这伙人不到处转悠,而是正襟危坐,自成一体,并且俨然自封为庄重的农村贵族的代表——东部屈尊光临西部,而又小心翼翼提防它那灯红酒绿的欢乐。

"咱们走开吧,"乔丹低声地讲,这时已经莫名其妙地浪费了半个钟头,"这里对我来说是太斯文了。"

我们站了起来,她解释说我们要去找主人。她说她还从来没见过他,这使她颇感局促不安。那位大学生点点头,神情既玩世不恭,又闷闷不乐。

我们先到酒吧间去张望了一下,那儿挤满了人,可盖茨比并不在那里。她从台阶上头向下看,找不到他,他也不在阳台上。我们怀着希望推开一扇很神气的门,走进了一间高高的哥特式图书室,四壁镶的是英国雕花橡木,大有可能是从海外某处古迹原封不动地拆过来的。

一个矮矮胖胖的中年男人,戴着老大的一副猫头鹰式眼镜,正醉醺醺地坐在一张大桌子的边上,迷迷糊糊目不转睛地看着书架上一排排的书。我们一走进去他就兴奋地转过身来,把乔丹从头到脚打量了一番。

"你觉得怎么样?"他冒冒失失地问道。

"关于什么?"

他把手向书架一扬。

"关于那个。其实你也不必仔细看了,我已经仔细看过。它们都是真的。"

"这些书吗?"

他点点头。

"绝对是真的——一页一页的,什么都有。我起先还以为大概是好看的空书壳子。事实上,它们绝对是真的。一页一页的什么——等等!我拿给你们瞧。"

他想当然地认为我们不相信,急忙跑到书橱前面,拿回来一本《斯托达德演说集》卷一[1]。

"瞧!"他得意扬扬地嚷道,"这是一本地地道道的印刷品。它真把我蒙住了。这家伙简直是个贝拉斯科[2]。真是巧夺天工。多么一丝不苟!多么逼真!而且知道见好就收——并没裁开纸页。你还要怎样?你还指望什么?"

他从我手里把那本书一把夺走,急急忙忙把它放回书架的原处,一面叽咕着说什么假使一块砖头被挪开,整个图书室就有可能塌掉。

"谁带你们来的?"他问道,"还是不请自到的?我是有人带我来的。人多数客人都是别人带来的。"

乔丹很机灵,很高兴地看着他,但并没有答话。

"我是一位姓罗斯福的太太带来的,"他接着说,"克劳德·罗斯福太太。你们认识她吗?我昨天晚上不知在什么地方碰上她的。我已经醉了个把星期了,我以为在图书室里坐一会儿可以醒醒酒的。"

"有没有醒?"

"醒了一点,我想。我还不敢说。我在这儿刚待了一个钟头。我跟你们讲过这些书吗?它们都是真的。它们是……"

"你告诉过我们了。"

我们庄重地和他握握手,随即回到外边去。

此刻花园里篷布上有人在跳舞。有老头子推着年轻姑娘向后倒退,无止无休地绕着难看的圈子;有高傲的男女抱在一起按时髦的舞步扭来扭去,守在一个角落里跳——还有许许多多单身姑娘在跳单人舞,或者帮乐队弹一会儿班卓琴或者敲一会儿打击乐器。到了午夜欢闹更甚。一位有名的男高音唱了意大利文歌曲,还有一位声名狼藉的女低音唱了爵士乐曲,还有人在两个节目之间在花园里到处表演"绝技",同时一阵阵欢乐而空洞的笑声响彻夏夜的天空。一对双胞胎——原来就是那两个黄衣姑娘——演了一出化装的娃娃戏,同时香槟一杯杯地端出来,杯子比洗手指用的小碗还要大。

---

[1] 约翰·斯托达德(John Stoddard,1850—1931),美国演说家,著有《演说集》十卷。
[2] 大卫·贝拉斯科(David Belasco,1850—1931),美国舞台监督,以布景逼真闻名。

第十四章 美国梦:菲茨杰拉德的《了不起的盖茨比》

月亮升得更高了,海湾里飘着一副三角形的银色天秤[1],随着草坪上班卓琴铿锵的琴声微微颤动。

我仍然和乔丹·贝克在一起。我们坐的一张桌上还有一位跟我年纪差不多男子和一个吵吵闹闹的小姑娘,她动不动就忍不住要放声大笑。我现在玩得也挺开心了。我已经喝了两大碗香槟,因此这片景色在我眼前变成了一种意味深长的、根本性的、奥妙的东西。

在文娱节目中间休息的时候,那个男的看着我微笑。

"您很面熟,"他很客气地说,"战争期间您不是在第一师吗?"

"正是啊。我在步兵28连。"

"我在16连,直到1918年6月,我刚才就知道我以前在哪儿见过您的。"

我们谈了一会儿法国的一些阴雨、灰暗的小村庄,显而易见他就住在附近,因为他告诉我他刚买了一架水上飞机,并且准备明天早晨去试飞一下。

"愿意跟我一块去吗,老兄?就在海湾沿着岸边转转。"

"什么时候?"

"随便什么时候,对你合适就行。"

我已经话到了嘴边想问他的名字,这时乔丹掉转头水朝我一笑。

"现在玩得快活吧?"她问。

"好多了。"我又掉转脸对着我的新交,"这对我来说是个奇特的晚会。我连主人都还没见到哩。我就住在那边……"我朝着远处看不见的的篱笆把一挥。"这位姓盖茨比的派他的他司机过来送了一份请帖。"

他朝我望了一会儿,似乎没听懂我的话。

"我就是盖茨比。"他突然说。

"什么!"我叫了一声,"噢,真对不起。"

"我还以为你知道哩,老兄。我恐怕不是个很好的上人。"

他心领神会地一笑——还不止心领神会。这是极为罕见的笑容,其中含有永久的善意的表情,这你一辈子也不过能遇见第二次。它面对——或者似乎面对——整个永恒的世界一刹那,然后就凝注在你身上,对你表现出不可抗拒的偏爱。他了解你恰恰到你本人希望被了解的程度,相信你如同你乐于相信你自己那样,并且教你放心他对你的印象正是你最得意时希望给予别人的印象。恰好在这一刻他的笑容消失了——于是我看着的不过是一个风度翩翩的年轻汉子,三十一二岁年纪,说起话来文质彬彬,几乎有点

---

[1] 指大杯座星斗。

可笑。在他作自我介绍之前不久,我有一个强烈的印象,觉得他说话字斟句酌。

差不多在盖茨比先生说明自己身份的那一刻,一个男管家急急忙忙跑到他跟前报告他芝加哥有长途电话找他。他微微欠身道歉,把我们大家一一包括在内。

"你想要什么尽管开口,老兄,"他恳切地对我说,"对不起,过会儿再来奉陪。"

他走开之后,我马上转向乔丹——迫不及待地要告诉她我感到的惊异。我本来以为盖茨比先生是个红光满面、肥头大耳的中年人。

"他是谁?"我急切地问,"你可知道?"

"他就是一个姓盖茨比的人呗。"

"我是问他是哪儿来的?他又是干什么的?"

"现在你也琢磨起这个题目来了,"她厌倦地笑道,"唔,他告诉过我他上过牛津大学。"

关于他的模糊的背景开始显现出来,但是随着她的下一句话又立即消失了。

"可是,我并不相信。"

"为什么不信?"

"我不知道,"她固执地说,"我就是不相信他上过牛津。"

她的语气之中有点什么使我想起另外那个姑娘说的"我想他杀过一个人",其结果是打动了我的好奇心。随便说盖茨比出身于路易斯安那州的沼泽地区也好,出身于纽约东城南区[1]也好,我都可以毫无疑问地接受。那是可以理解的。但是年纪轻的人不可能——至少我这个孤陋寡闻的多余人认为他们不可能——不知从什么地方悄悄地出现,在长岛海湾买下一座宫殿式的别墅。

"不管怎样,他举行大型宴会,"乔丹像一般城里人一样不屑于谈具体细节,所以改换了话题,"而我也喜欢大型宴会。这样亲热得很。在小的聚会上,三三两两谈心倒不可能。"

大鼓轰隆隆一阵响,接着突然传来乐队指挥的声音,盖过了花园里嘈杂的人声。

"女士们,先生们,"他大声说,"应盖茨比先生的要求,我们现在为各位演奏弗拉迪米尔·托斯托夫先生的最新作品,这部作品五月里在卡内基音

---

[1] 贫民窟。

第十四章 美国梦:菲茨杰拉德的《了不起的盖茨比》

乐厅曾经引起许多人的注意。各位看报就知道那是轰动一时的事件。"他带着轻松而居高临下的神气微微一笑,又说:"可真叫轰动!"这句话引得大家都放声大笑。

"这支乐曲,"他最后用洪亮的声音说,"叫作《弗拉迪米尔·托斯托夫的爵士音乐世界史》。"

托斯托夫先生这个乐曲是怎么回事,我没有注意到,因为演奏一开始,我就一眼看到了盖茨比单独一个人站在大理石台阶上面,用满意的目光从这一群人看到那一群人。他那晒得黑黑的皮肤很漂亮地紧绷在脸上,他那短短的头发看上去好像是每天都修剪似的。我看不出他身上有什么诡秘的迹象。我纳闷是否他不喝酒这个事实有助于把他跟他的客人们截然分开,因为我觉得随着沆瀣一气的欢闹的高涨,他却变得越发端庄了。等到《爵士音乐世界史》演奏完毕,有的姑娘像小哈巴狗一样乐滋滋地靠在男人肩膀上,有的姑娘开玩笑地向后晕倒在男人怀抱里,甚至倒进人群里,明知反正有人会把她们托住——可是没有人晕倒在盖茨比身上,也没有法国式的短发碰到盖茨比的肩头,也没有人组织四人合唱团来拉盖茨比加入。

"对不起。"

盖茨比的男管家忽然站在我们身旁。

"贝克小姐?"他问道,"对不起,盖茨比先生想单独跟您谈谈。"

"跟我谈?"她惊奇地大声说。

"是的,小姐。"

她慢慢地站了起来,惊愕地对我扬了扬眉毛,然后跟着男管家向房子走去。我注意到她穿晚礼服,穿所有的衣服,都像穿运动服一样——她的动作有一种矫健的姿势,仿佛她当初就是在空气清新的早晨在高尔夫球场上学走路的。

我独自一人,时间已快两点了。有好一会儿,从阳台上面一间长长的、有许多窗户的房间里传来了一阵阵杂乱而引人入胜的声音。乔丹的那位大学生此刻正在和两个歌舞团的舞女大谈助产术,央求我去加入,可是我溜掉了,走到室内去。

大房间里挤满了人。穿黄衣的姑娘有一个在弹钢琴,她身旁站着一个高高的红发少妇,是从一个有名的歌舞团来的,正在那里唱歌。她已经喝了大量的香槟,在她唱歌的过程中她又不合时宜地认定一切都非常非常悲惨——她不仅在唱,而且还在哭。每逢曲中有停顿的地方,她就用抽抽噎噎的哭声来填补,然后又用震颤的女高音继续去唱歌词。眼泪沿着她的面颊往下流——可不是畅通无阻地流,因为眼泪一碰到画得浓浓的睫毛之后就变成了黑墨水,像两条黑色的小河似的慢慢地继续往下流。有人开玩笑,建议她唱脸上的那些音符,她听了这话把两手向上一甩,倒在一张椅子上,醉醺醺地呼呼大睡起来。

"她刚才跟一个自称是她丈夫的人打过一架。"我身旁一个姑娘解释说。

我向四周看看,剩下的女客现在多半都在跟她们所谓的丈夫吵架。连乔丹的那一伙,从东部来的那四位,也由于意见不合而四分五裂了。男的当中有一个正在劲头十足地跟一个年轻的女演员交谈,他的妻子起先还保持尊严,装得满不在乎,想一笑置之,到后来完全垮了,就采取侧面攻击——不时突然出现在他身边,像一条袖珍蛇愤怒时口腔里发出嘶嘶声一般,对着他的耳朵从牙缝里挤出一句话:"你答应过的!"

舍不得回家的并不限于任性的男客。穿堂里此刻有两个毫无醉意的男客和他们怒气冲天的太太。两位太太略微提高了嗓子在互相表示同情。

"每次他一看见我玩得开心他就要回家。"

"我这辈子从来没见过有谁像他这么自私。"

"我们总是第一个走。"

"我们也是一样。"

"不过,今晚我们几乎是最后的了,"两个男的中的一个怯生生地说,"乐队半个钟头以前就走了。"

尽管两位太太一致认为这种恶毒心肠简直叫人难以置信,这场纠纷终于在一阵短短的揪斗中结束,两位太太都被抱了起来,两腿乱踢,消失在黑夜里。

我在穿堂里等我帽子的时候,图书室的门开了,乔丹·贝克和盖茨比一同走了出来。他还在跟她说最后一句话,可是这时有几个人走过来和他告别,他原先热切的态度陡然收敛,变成了拘谨。

乔丹那一伙人从阳台上不耐烦地喊她,可是她还逗留了片刻和我握手。

"我刚才听到一件最惊人的事情,"她出神地小声说,"我们在那里边待了多久?"

"哦,个把钟头。"

"这事……太惊人了,"她出神地重复说,"可是我发过誓不告诉别人,而我现在已经在逗你了。"她对着我的脸轻轻打了个呵欠,"有空请过来看我……电话簿……西古奈·霍华德太太名下……我的姑妈……"她一边说一边匆匆离去——她活泼地挥了一下那只晒得黑黑的手表示告别,然后就消失在门口她的那一伙人当中了。

我觉得怪难为情的,第一次来就待得这么晚,于是走到包围着盖茨比的

第十四章 美国梦:菲茨杰拉德的《了不起的盖茨比》

最后几位客人那边去。我想要解释一下我一来就到处找过他,同时为刚才在花园里与他面对面却不知道他是何许人向他道歉。

"没有关系,"他恳切地嘱咐我。"别放在心上,老兄。"这个亲热的称呼还比不上非常友好地拍拍我肩膀的那只手所表示的亲热。"别忘了明天早上九点我们要乘水上飞机上人哩。"

接着男管家来了,站在他背后。

"先生,有一个找您的来自费城的长途电话。"

"好,就来。告诉他们我就来。晚安。"

"晚安。"

"晚安。"他微微一笑。突然之间,我待到最后才走,这其中好像含有愉快的深意,仿佛他是一直希望如此的。"晚安,老兄……晚安。"

可是,当我走下台阶时,我看到晚会还没有完全结束。离大门五十英尺,十几辆汽车的前灯照亮了一个不寻常的、闹哄哄的场面。在路旁的小沟里,右边向上,躺着一辆新的小轿车,可是一只轮子撞掉了。这辆车离开盖茨比的车道还不到两分钟,一堵墙的突出部分是造成车轮脱落的原因。现在有五六个好奇的司机在围观,可是,由于他们让自己的车子挡住了路,后面车子上的司机已经按了好久喇叭,一片刺耳的噪音更增添了整个场面本来就很严重的混乱。

一个穿着长风衣的男人已经从撞坏的车子里出来,此刻站在大路中间,从车子看到轮胎,又从轮胎看到旁观的人,脸上带着愉快而迷惑不解的表情。

"请看!"他解释道,"车子开到沟里去了。"

这个事实使他感到不胜惊奇。我先听出了那不平常的惊奇的口吻,然后认出了这个人——就是早先光顾盖茨比图书室的那一位。

"怎么搞的?"

他耸了耸肩膀。

"我对机械一窍不通。"他肯定地说。

"到底怎么搞的?你撞到墙上去了吗?"

"别问我,""猫头鹰眼"说,把事情推脱得一干二净,"我不大懂开车——几乎一无所知。事情发生了,我就知道这一点。"

"既然你车子开得不好,那么你晚上就不应当试着开车嘛。"

"可是我连试也没试,"他气愤地解释,"我连试也没试啊。"

旁观的人听了都惊愕得说不出话来。

"你想自杀吗?"

"幸亏只是一只轮子！开车开得不好，还连试都不试！"

"你们不明白，"罪人解释说，"我没有开车。车子里还有一个人。"

这句声明所引起的震惊表现为一连声的"噢……啊……啊！"同时那辆小轿车的门也慢慢开了。人群——此刻已经是一大群了——不由得向后一退，等到车门敞开以后，又有片刻阴森可怕的停顿。然后，逐渐逐渐地，一部分一部分地，一个脸色煞白、摇来晃去的人从搞坏了的汽车里跨了出来，光伸出一只大舞鞋在地面上试探了几下。

这位幽灵被汽车前灯的亮光照得睁不开眼，又被一片汽车喇叭声吵得糊里糊涂，站在那里摇晃了一会儿才认出那个穿风衣的人。

"怎么啦？"他镇静地问道，"咱们没汽油了吗？"

"你瞧！"

五六个人用手指指向那脱落下来的车轮——他朝它瞪了一眼，然后抬头向上看，仿佛他怀疑轮子是从天上掉下来的。

"轮子掉下来了。"有一个人解释说。

他点点头。

"起先我还没发现咱们停下来了。"

过了一会儿，他深深吸了一口气，又挺起胸膛，用坚决的声音说：

"不知可不可以告诉我哪儿有加油站？"

至少有五六个人，其中有的比他稍微清醒一点，解释给他听，轮子和车子之间已经没有任何实质性的联系了。

"倒车，"过了一会儿他又出点子，"用倒车档。"

"但是轮子掉啦！"

他迟疑了一会儿。

"试试也无妨嘛。"他说。

汽车喇叭的尖声怪叫达到了高潮，于是我掉转身，穿过草地回家。我回头望了一眼。一轮明月正照在盖茨比别墅的上面，使夜色跟先前一样美好。明月依旧，而欢声笑语已经从仍然光辉灿烂的花园里消失了。一股突然的空虚此刻好像从那些窗户和巨大的门里流出来，使主人的形象处于完全的孤立之中，他这时站在阳台上，举起一只手做出正式的告别姿势。

重读一遍以上所写的，我觉得我已经给人一种印象，好像相隔好几个星期的三个晚上所发生的事情就是我所关注的一切。恰恰相反，它们只不过是一个繁忙的夏天当中的一些小事，而且直到很久以后，我对它们还远远不如对待我自己的私事那样关心。

大部分时间我都在工作。每天清早太阳把我的影子投向西边时，我沿

第十四章 美国梦:菲茨杰拉德的《了不起的盖茨比》

着纽约南部摩天大楼之间的白色裂口匆匆走向正诚信托公司。我跟其他的办事员和年轻的债券推销员混得很熟,和他们一起在阴暗拥挤的饭馆里吃午饭,吃点小猪肉香肠加土豆泥,喝杯咖啡。我甚至和一个姑娘发生过短期的关系,她住在泽西城[1],在会计处工作。可是她哥哥开始给我眼色看,因此她七月里出去度假的时候,我就让这事悄悄地吹了。

我一般在耶鲁俱乐部吃晚饭——不知为了什么缘故这是我一天中最凄凉的事情——饭后我上楼到图书室去花一个钟头认真学习各种投资和证券的知识。同学会里往往有几个爱玩爱闹的人光临,但他们从来不进图书室,所以那里倒是个做工作的好地方。在那以后,如果天气宜人,我就沿着麦迪逊路溜达,经过那座古老的默里山饭店,再穿过 33 号街走到宾夕法尼亚车站。

我开始喜欢纽约了,喜欢夜晚那种奔放冒险的情调,喜欢那川流不息的男男女女和往来车辆给应接不暇的眼睛带来的满足。我喜欢在五号路上溜达,从人群中挑出风流的女人,幻想几分钟之内我就要进入她们的生活,而永远也不会有人知道或者非难这件事。有时,在我脑海里,我跟着她们走到神秘的街道拐角上她们所住的公寓,到了门口她们回眸一笑,然后走进一扇门消失在温暖的黑暗之中。在大都市迷人的黄昏时刻,我有时感到一种难以排遣的寂寞,同时也觉得别人有同感——那些在橱窗面前踟蹰的穷困的青年小职员,等到了时候独个儿上小饭馆去吃一顿晚饭——黄昏中的青年小职员,虚度着夜晚和生活中最令人陶醉的时光。

有时晚上八点钟,四十几号街那一带阴暗的街巷挤满了出租汽车,五辆一排,热闹非凡,都是前往戏院区的,这时我心中就感到一种无名的怅惘。出租汽车在路口暂停的时候,车里边的人身子偎在一起,说话的声音传了出来,听不见的笑话引起了欢笑,点燃的香烟在里面造成一个个模糊的光圈。幻想着我也在匆匆赶去寻欢作乐,分享他们内心的激动,于是我暗自为他们祝福。

有好久我没有见过乔丹·贝克,后来在仲夏时节我又找到了她。起初我对陪她到各处去感到很荣幸,因为她是个高尔夫球冠军,所有的人都知道她的大名。后来却有了另一种感情。我并没有真的爱上她,但我产生了一种温柔的好奇心。她对世人摆出的那副厌烦而高傲的面孔掩盖了点什么——大多数装模作样的言行到后来总是在掩盖点什么,虽然起初并不如此——有一天我发现了那是什么。当时我们两人一同到沃维克去参加一次

---

[1] 在纽约市附近。

273

别墅聚会。她把一辆借来的车子车篷不拉上就停在雨里,然后扯了个谎——突然之间我记起了那天晚上我在黛西家里想不起来的那件关于她的事。在她参加的第一个重要的高尔夫锦标赛上,发生了一场风波,差一点闹到登报——有人说在半决赛那一局她把球从一个不利的位置上移动过。事情几乎要成为一桩丑闻——后来平息了下去。一个球童收回了他的话,唯一的另一个见证人也承认他可能搞错了。这个事件和她的名字却留在我脑子里。

乔丹·贝克本能地回避聪明机警的男人,现在我明白了这是因为她认为,在对越轨的行动不以为然的社会圈子里活动比较保险。她不诚实到了不可救药的地步。她不能忍受处于不利的地位,既然这样不甘心,因此我想她从很年轻的时候就开始耍各种花招,为了对世人保持那个傲慢的冷笑,而同时又能满足她那硬硬的、矫健的肉体的要求。

这对我完全无所谓。女人不诚实,这是人们司空见惯的事——我微微感到遗憾,过后就忘了。也是在参加那次别墅聚会的时候,我们俩有过一次关于开车的奇怪的谈话。因为她从几个工人身旁开过去,挨得太近,结果挡泥板擦着一个工人上衣的纽扣。

"你是个粗心的驾驶员,"我提出了抗议,"你该再小心点儿,要不就干脆别开车。"

"我很小心。"

"不对,你不小心。"

"不要紧,反正别人很小心。"她轻巧地说。

"这跟你开车有什么关系?"

"他们会躲开我的,"她固执地说,"要双方不小心才能造成一次车祸嘛。"

"假定你碰到一个像你一样不小心的人呢?"

"我希望永远不会碰到,"她答道,"我顶讨厌不小心的人。这也是我喜欢你的原因。"

她那双灰色的、被太阳照得眯紧的眼睛笔直地盯着前方,但她故意地改变了我们的关系,因而有片刻工夫我以为我爱上了她。但是我思想迟钝,而且满脑袋清规戒律,这都对我的情欲起着刹车的作用,同时我也知道首先我得完全摆脱家乡的那段纠葛。我一直每星期写一封信并且签上"爱你,尼克",而我能想到的只是每次那位小姐一打网球,她的上唇上边总出现像小胡子一样的一溜汗珠。不过确实有过一种含糊的默契,这必须先委婉地解除,然后我才可以自由。

每个人都以为他自己至少有一种主要的美德,而这就是我的:我所认识的诚实的人并不多,而我自己恰好就是其中的一个。

※ 思考题

1. 晚会上人们传说中的盖茨比与尼克见到的盖茨比有何不同?
2. 你如何看待盖茨比的晚会?
3. 菲茨杰拉德笔下的盖茨比凭借个人奋斗跻身社会上层。你如何看待他的成功与失败?联系当今美国社会的发展,请谈一谈你对美国梦的看法。

※ 网站链接

菲茨杰拉德的有关网站:
http://www.fscottfitzgeraldsociety.org/
提供菲茨杰拉德的相关研究信息,包括菲茨杰拉德的生平、网上的菲茨杰拉德作品、相关评论和有关学术会议的链接。

http://www.online-literature.com/fitzgerald/
提供菲茨杰拉德的主要作品的全文、背景介绍、小测验和网上讨论等学习资料。

第十五章
多元文化:托妮·莫里森

文化背景

作为一种政治哲学思想,今天美国的"多元文化主义"(multiculturalism)溯源于19世纪末20世纪初的"文化复数主义"(cultural pluralism)。杜威、杜波依斯等理论家和思想家提出"文化复数"观点,来展现各民族、各种族人群一起建设更美好、更平等的社会的愿景。但实际上那个时代在美国流行的是"大熔炉"(the melting pot)理论,就是说,所有的移民文化进入美国后都得被混合、冶炼,移民的个体、群体都需用自己的速度同化到美国社会中去;如果不能"美国化"(Americanized),即与盎格鲁撒克逊文化同化,那就会被视为异类而受到歧视和排斥。

第二次世界大战后西方社会的变迁,特别是各种"权利话语"的盛行,让越来越多的人开始拥护"多元文化"理论。20世纪60年代,美国国内各种权利运动兴起,妇女运动批判性别歧视,工人运动批判阶级鸿沟,民权运动反对种族歧视,各个弱势群体对平等和公正的诉求形成了各种"身份的政治"、"差异的政治"、"认可的政治",涉及经济利益和政治权力的重新分配问题,也让学者、社会活动家和普通大众深入思考如何应对人类群体的多样性。自20世纪70年代起,"多元文化主义"在美国等多个西方国家成为"政治正确"的官方政策,被视为可以对抗种族主义、保障西方世界各类人等拥有自由和平等之机会的良方,其内涵也从当初的民族、种族相处之道,扩展到对各类弱势群体的包容和保护,用以表达对种族或宗教上的少数群组、来自小国的移民、美国印第安人,乃至同性恋/双性恋/变性恋的性取向问题的态度。

如今,多元文化主义给美国社会打上了深深的烙印。从启蒙时代开始,自由主义承诺的自由和平等就是西方社会的标志,而多元文化现在已成为自由和平等的代名词。多元文化的盛行使得美国文化的"大熔炉"比喻过时,被文化"色拉碗、马赛克、百衲衣"等取而代之。西方世界的许多大都市变得越来越由马赛克文化构成,在美国城市和乡村,种族多样性和文化多样性都十分显著。多元文化也鲜明地体现在美国的教育体系中,小学的课本中大量出现少数族裔的相关内容。大学的教育也由多元文化主导,亨廷顿在《我们是谁》一书中指出,由于高校贬低了美国历史和西方历史,常春藤大学百分之九十的学生知道引发上世纪五六十年代的美国黑人民权运动的黑人妇女罗莎·帕克斯,却不知道"民有、民治、民享"这句名言出自何人之口。

由于多元文化思想拒绝把任一具体的族群、宗教,或者文化社群价值观放在中心位置,它对美国文学的走向产生了深远影响,越来越多的少数族裔作家在这个背景下受到关注,美国文学创作以白人男性主导的局面发生了巨大变化,特别是非裔美国文学在今日美国文坛表现突出。经历了20世纪20年代以"哈莱姆文艺复兴运动"为标志的美国黑人文学的崛起期,四五十年代以"社会抗议"为主题的黑人文学的成长发展期,20世纪70年代以来,美国黑人文学出现"第三次高潮",以莫里森、沃克等黑人女作家为代表的黑人作家群体创作了一大批优秀作品,为美国文学的繁荣发展做出了重要贡献。

托尼·莫里森

作者简介

1993年诺贝尔文学奖得主托妮·莫里森(Toni Morrison, 1931—)是首位获此殊荣的美国黑人女作家,也是迄今为止唯一一位获得诺贝尔奖的美国黑人作家。莫里森出生在俄亥俄州的洛雷恩,从小受到黑人音乐、神话、民间传说的熏陶。莫里森17岁时入读黑人名校霍华德大学,后去康奈尔大学深造,受过西方经典文学的专业训练,硕士学位论文研究福克纳和伍尔夫的小说创作。莫里森先后在德克萨斯南方大学、霍华德大学任教,年近40才出版第一部小说,成名后她还曾任普林斯顿大学教授、兰登书屋的资深编辑。莫里森被誉为"最著名的在世美国小说家,有巨大影响的公共知识分子",其作品既为"畅销书",又被列入大学课程的"必读书目"。

莫里森把写作视为一种思考方式,始终关注黑人历史和现实生活,以充满诗意的文笔描绘白人主流文化与黑人文化的对立与错位、排斥与融合、冲突与影响的复杂关系。她的创作横跨小说、戏剧剧本、歌剧唱词、文学评论、儿童文学等多样体裁,其中备受关注的是她的 11 部中长篇小说:《最蓝的眼睛》(1970)、《秀拉》(1973)、《所罗门之歌》(1977)、《柏油娃》(1981)、《宠儿》(1987)、《爵士乐》(1992)、《乐园》(1997)、《爱》(2003)、《慈悲》(2008)、《家》(2012)、《上帝保佑小孩》(2015)。

《宠儿》内容提要

　　1873 年,从南方奴隶种植园出逃的黑人女奴赛丝居住在辛辛那提市郊外布卢斯通路 124 号一个频频闹鬼的农舍里,和女儿丹芙离群索居,刻意要忘却从前的岁月。曾在同一种植园劳作的奴隶保罗·D 来到赛丝家表达爱意,还帮她吓走了婴儿小鬼,但几天后一位年轻女子自称"宠儿"来到赛丝家门口要求收留。保罗·D 和宠儿的到来揭开了赛丝不堪回首的过去:肯塔基州名为"甜蜜之家"的奴隶种植园里,随着那个"善良的"奴隶主去世,奴隶主与奴隶和谐相处的假象被继任奴隶主"学校教师"彻底打破,面对接踵而来的肉体折磨、精神凌辱,赛丝他们不堪重负,纷纷冒死出逃。赛丝在奴隶主追来之际,杀死了尚在襁褓中的女儿,宁愿其死去也不愿其受奴役之苦。如今蓄奴制废除十年后,看似那个婴儿的幽魂化成肉身来索爱或讨债来了。赛丝怀着歉疚,也带着欣喜,日夜服侍这个和死去女儿同名的"宠儿",直至足不出户,精神萎靡,濒临绝境。后来丹芙请来社区众人帮助驱鬼,宠儿消失,赛丝和保罗·D 最终决定走出过去,开始新生。

选文赏析

　　《宠儿》(*Beloved*)被视为是莫里森最难读的作品,也被认为是其最好的作品,曾入围美国图书奖(1988),获得普利策小说奖(1988),被改编为奥普拉·温弗瑞主演的电影(1988)。《宠儿》的"难读"和其"成就"是密不可分的两个侧面:小说从普通奴隶的视角,"欲说还休"、"碎片式"地展示了蓄奴制下和废奴后的个体、群体生活,需要读者"思考"才能"整合"出各种真相,所以读来费力;然而,小说精巧的叙事促成了大众对弱势群体经历和历史的研读,使人反思官方的历史书写,重审自己对黑人形象和生活的种种错误想象。

　　《宠儿》所描摹的蓄奴制下黑人对自己遭遇的感受非常复杂、细腻,深刻还原了被奴役者的"人性"。赛丝、赛丝丈夫、赛丝婆婆巴比·萨格斯等一众奴隶,不似《汤姆叔叔的小屋》中的汤姆那样逆来顺受,不似《飘》中的保姆那样暖心愚忠,也不像《哈克贝利芬的历险记》中的吉姆那般淳朴傻愣,《宠儿》中奴隶的形象极其真切,就像是活生生的普通人在我们耳边轻声细语:如果你是奴隶,他们如何对待你的身体、思想、精神、灵魂、记忆;他们那样处置你的父母、朋友、孩子,你会挺身而出还是不得已沉默无言;你挺过自身苦难的代价是什么;你对亲人的磨难无能为力的后果是什么;你苦熬日子的时候,是否还能思量尊严、纯真、爱的感情,抑或是发现色彩之美,或许就此失去了对事情进行逻辑关联的能力;要是他们突然给了你自由,你是否还能四处走动,做回真正的自己,抑或是你已经被折磨得根本不知道自我在何处;什么是自由,那些颐指气使的他们又是谁……奴隶各自有着辛酸故事,我们听到的是只言片语,"除非迫不得已,没有人肯开口讲述自己的故事。他们不想谈论,他们不想记得,他们不想提及,因为他们害怕。"但是,"碎片"式的回忆足以组成一幅惨烈的拼图,读者感同身受之时,绝不会把赛丝"杀女"事件想成是"黑人奴隶天性野蛮"的例证,而是得出"蓄奴制度可恶可恨"的结论,从而摈弃种族优劣的观念,铭记美国那段蓄奴的历史污点。

  《宠儿》将不少笔墨放在奴隶自由后的生活描写上,凸显"社区"对黑人"自我价值、群体价值"重建的作用,这与白人认为"黑人无法自我管理"的刻板形象大相径庭。在白人的世界里,黑人作为奴隶被明码标价,但没有"人"的能力和价值,赛丝杀女后坐牢的罪名是"盗窃财物",也就是说,她的女儿是白人的财产,被她毁坏了。但是人没有"价值",人生也就缺乏意义,于是解放之后黑人开始亲手创造出人生"价值",自己决定"什么有价值"。《宠儿》中的黑人,如巴比·萨格斯等人,想的根本上是他或她的社区,专注于邻里的安全,老者和残者的健康,年轻人的福祉,让大家正视"这个国家没有一个屋子不是从地上到房梁都塞满了死去黑人的悲伤"的历史,学会"自爱"、交流、沟通。一开始赛丝无法走出过去的阴影,在自我关注、自恋、自私中过活,最后是社区的众人前来相助才让她获得新生。这种对社区功能的强调在莫里森后来的小说《家》等中重现,此类关于如何在灾难后消化痛苦、正视历史、进行将来的探索等经历,给经常蒙冤受屈的少数族群以启示,也让大众了解黑人文化的积极向上和价值所在。

  多元文化教育语境下的"认可政治"要求认可少数族裔的文化现实,而且要求认可群体被压抑的历史、整个反抗经历的合法性。可以说,《宠儿》重温、重写了美国人不忍面对的历史,对白人来说是污点,对黑人来说是伤疤。莫里森在《宠儿》扉页将此小说献给"六千万及更多",以此书纪念在整个奴隶贩运历史中死掉或被卖为奴隶的人,"鬼魂"的出没也是现实生活中种族主义"阴魂不散"的最好隐喻。美国的黑人问题始终没有得到根本解决,在一定程度上,这与人们逃避蓄奴制这段黑暗历史有关。诺贝尔授奖词说莫里森"在富于想象力和诗意的小说中,生动地再现了美国现实的一个极为重要的方面",《宠儿》把艺术和政治、被剥夺的历史与需要被认可的现实结合起来,重新想象、记忆黑人那些业已被遗忘的历史和误记的侧面,对美国文学和非裔美国文学、对美国社会的发展、对人类纠正自己的偏见具有相当重要的意义。

《宠儿》(1987)

124号怨气冲天。满是娃娃的怨恨。对此屋子里的女人晓得,孩子们也晓得。多年来,家里每个人都以自己的方式忍受这怨恨,但是到了1873年,只剩下赛丝和她的女儿丹芙两人继续受它摆布。奶奶巴比·萨格斯死了。两个儿子,霍华德与布格勒,13岁时就离家出走——一个是在只是往镜中一瞧,镜子就破碎(布格勒看到的征兆)以后立刻就跑的,另一个是在两个小手印出现在蛋糕上(霍华德看到的征兆)以后立刻就跑的。两个男孩都没有等到有更多的怪事发生;又一锅鹰嘴豆从地板上的豆角堆里冒起烟来了;苏打饼干给弄成了碎片,沿一条线撒在门槛附近。他俩也没有再等一个解脱时期的到来;有好几个星期,甚至好几个月,会相安无事。没有。屋子对他们的侮辱令人难以忍受,或者说是无法第二次目睹,他们当即就跑。前后仅在两个月时间内,深冬之际,他们把奶奶巴比·萨格斯,母亲赛丝,以及小妹妹丹芙三个人孤零零地丢在布卢斯通路上那座灰白的房子里。那时候房子还没有门牌号,因为辛辛那提城市还没有扩展到那么远。事实上,当兄弟俩将被絮塞进帽子,抓起鞋子,悄悄躲离屋子对他们强烈的怨恨时,俄亥俄称其为州才有70年的历史。

巴比·萨格斯连头都没抬一下。她躺在病床上,听到他们离去,但那不是她躺着不动的原因。令她感到惊讶的是她孙子等了这么长时间才意识到每一所房子并不都像布卢斯通路上的那一所。处于生的恶劣与死的刻薄之间,她对离开人间或活下去都没有兴趣,更不要说对那两个悄然离去的男孩子的惊恐了。她的过去曾跟现在一样——不堪忍受。她知道死亡绝非遗忘,使用所剩无几的能量思索色彩。

"如果你有的话,弄一点淡紫色来。如果没有,那就粉红色。"

赛丝总是设法——从布条到言语——来满足她。对于有色彩需求的人来说,俄亥俄州的冬天是严峻的。天空提供了唯一的戏剧,但是生活的主要乐趣都要指望辛辛那提的地平线,那确实是草率的。因此,赛丝和小女孩丹芙尽自己能力,尽家中所有,去帮助她。她们一起与屋子愤怒的行为进行一场敷衍了事的战斗,对付那翻倒的污水桶,背后的拍打,阵阵的酸风。因为她们知道愤怒的来源就跟知道光明的来源一样清楚。

巴比·萨格斯对兄弟俩的离家出走或自己撒手归天都不在乎。她是在他们俩走后不久死的,紧接着赛丝和丹芙决定要通过召唤那个折磨她们的鬼魂来结束其迫害。她们想:谈一次话,交换一下看法之类,或许可以解决

第十五章 多元文化:托妮·莫里森

问题。她们举起手,说道:"来吧。来吧。你不妨就来吧。"

餐具柜向前移动了一步,但再没有别的事发生。

"准是巴比奶奶制止了它,"丹芙说道。她那时十岁,对巴比·萨格斯要去死很恼火。

赛丝睁开了双眼。"我很怀疑,"她说。

"那它为什么不来呢?"

"你别忘了它有多小,"她母亲说。"她死的时候还不到两岁。太小,不理解。太小,甚至话也说不多。"

"也许她就不想理解,"丹芙说。

"也许吧。不过,只要她能来,我会向她解释清楚的。"赛丝松开她女儿的手。两人一起把餐具柜推回到靠墙的原处。屋子外面,一个马车夫用鞭子猛抽着马奔驰而过,当地人路过 124 号觉得非要这样做不可。

"她只是个娃娃,魔力可真大,"丹芙说。

"再大也超不过像我爱她的方式那样大,"赛丝答道,往事又浮现眼前。没有刻过字的墓碑的阴凉;她选择的那块,踮着脚仰靠在上,双腿像墓穴那样分开。颜色是像手指甲颜色一样的粉红色,撒满闪闪发光的碎片。十分钟,他说。只要十分钟,我免费给你做。

十分钟刻她的名字。再有十分钟她可以把"亲爱的"也刻上?她起先没有想那么多,这原本是有可能的——20 分钟,就说半小时吧,她本可以把这事做完整了,把她在葬礼上听到牧师说的每一个字(当然,这概括了一切)都篆刻在她孩子的墓碑上:亲爱的宠儿。对此她心里一直感到不安。但是,她所得到的,谈妥的,是最重要的字。她认为是足够了:跟那石匠在墓碑中间交媾,他儿子在旁边看着,脸上的愤怒是旧的,那饥渴却是新的。这肯定应该说是足够了。再面对一个牧师,一个废奴主义者,一个充满憎恶的小镇,是足够多了。

她完全倚仗自己灵魂的平静,却忘了另一个灵魂:她那个小女孩的灵魂。有谁能料到这么小的娃娃竟然会怀有这么大的怒火?跟那石匠当着他儿子的面在石头堆中间交媾还不够。那娃娃因为被割断脖子怒气冲天,使她的屋子陷于瘫痪状态。她不仅必须在那屋子里栖身度日,而且,她被压在那块撒满星星般碎片、曙光颜色的石头上,两腿像是墓穴一样张开,那上面的十分钟比生命还长久,比那像油一样粘在手指上的婴孩鲜血还更有生气,更震撼人心。

"我们可以搬家,"她有一次向婆婆建议。

"搬家有什么意义?"巴比·萨格斯问道。"这个国家没有一个屋子不是从地上到房梁都塞满了死去黑人的悲伤。我们运气算好,这鬼是个娃娃。我丈夫的灵魂要是回来呢?或者说你丈夫的灵魂回来呢?别跟我提这事。你算是幸运的。你还有三个人活下来。三个人围着你的裙子转,只有一个从那边给你捣蛋。要知足感恩,为什么不呢?我曾经有八个孩子。每一个都从我身边跑了。四个被抓走,四个被通缉,我料想,他们都在把人家的屋子搅得鸡犬不宁。"巴比·萨格斯用手擦了擦眉头。"我的头胎女儿。我所能记得就是她喜欢面包烤焦的下面部分。你能比过我吗?八个孩子,我能记得的仅此而已。"

"那是你只让自己记得这么多,"赛丝告诉她,但是她自己的减少到了一个——那就是,活着的一个——两个男孩子让死去的那位赶跑了,关于布格勒的记忆消失得非常快。霍华德至少有一个没人能忘记的头形。至于其他方面,她努力地不去记几乎任何的事,这样安全。不幸的是,她头脑会捣鬼。她可能正在急急地越过一块田地,实际上是一路奔跑,为的是迅速来到水泵站,用水把粘在脚上的黄春菊汁冲洗掉。她心里别的什么也不想。男人们照顾她的情景就跟她背上皮肤鼓成洗衣板的地方的神经一样没有生命。也没有一丝墨水,或是做墨水用的樱桃树胶和橡树皮的气味。什么都没有。只有当她向水泵奔去时吹拂着面孔的微风,清凉清凉。她用水泵的水和破布洗擦黄春菊汁,一心只想着把最后每一点叶汁清除掉,只想着自己粗心,为了节省半英里的路,走捷径穿过那块田地时,没有注意到野草长了出来,一路过来,直痒到膝盖地方。随后,有一桩事发生了。水发出哗哗的声响,她的鞋子和袜子斜扔在小路旁的景象;或者是海尔·博伊在她脚附近处水坑里拍打。突然,"甜蜜之家"在她眼前铺展开来。尽管那儿没有一片树叶不让她要失声尖叫,奴隶种植园却在她面前毫不羞耻地展示它的美丽。"甜蜜之家"看上去一点也不像过去那样可怕。她不由想象:地狱或许也是一个美丽的地方。当然有烈火与硫黄,但被掩盖在花边叶灌木丛后面。黑奴吊在世界上最美丽的梧桐树上。让她感到羞愧的是——她只记得喃喃细语的梧桐,却怎么也想不起那些黑奴。她努力去回忆人,但每当孩子们刚要露脸,就被梧桐的沙沙树声赶跑了。她不能原谅自己的记忆力。

她把最后一点黄春菊汁冲洗掉,捡起鞋子和袜子,绕路来到屋子前面。似乎是要惩罚她可怕的记忆,离她不到四十英尺以远的地方,"甜蜜之家"的最后一个男人保罗·D正在门廊上坐着。尽管她决不会把他跟别人的面孔弄错,她还是说:"是你吗?"

"剩下来的。"他站立起来,微微一笑。"你怎么样,姑娘,赤了双脚?"

她大笑起来,声音轻快而年轻。"在那儿把腿弄脏了。黄春菊。"

他脸上的表情像是尝了一汤勺苦涩的东西。"我连听都不要听。我一直恨那玩意儿。"

赛丝把袜子揉成一团,塞进口袋。"进来吧。"

"门廊挺好的,赛丝。这儿凉快。"他又坐了下去,望着路对面的草地,知道眼睛里有他所感觉到的那份急切。

"18年了,"她柔声说道。

"18年了,"他重复道。"我敢说,我每一年都是在路上度过的。可以跟你一样吗?"他朝她的脚点点头,开始松鞋带。

"你想泡泡脚?我来给你端盆水。"她朝他身边走近,要进屋去。

"不,喔,喔。不能把脚宠了。它们还有许多路要走呢。"

"保罗·D,你不能就这样马上就走。你得待一阵。"

"好吧,那就待到能见上巴比·萨格斯。她在哪儿?"

"死了。"

"嗨,怎么回事?什么时候?"

"现在已八年了。差不多九年了。"

"死的时候痛苦吗?我希望她死时不痛苦。"

赛丝摇摇头。"像奶油一样柔和。活着才痛苦。对不起,你没能见上她。你是否就是为看她来的?"

"部分是为了她,其余就是为了你。不过,如果真相都搞清楚了,这几天我就上别的地方——任何让我歇脚的地方。"

"你气色不错。"

"魔鬼制造的混乱。我感觉不好时,他让我看上去很好。"他瞧了瞧她,"不好"这个词带上另一层意思。

赛丝微笑起来。这是他们的方式——他们过去的方式。"甜蜜之家"所有的男人,在哈利之前或在他之后,都像兄长一样温和地挑逗她,非常微妙,你得刮擦一番才能得到它。

除了头上多了一堆头发,眼神里等待的表情,他看上去跟在肯塔基时一个样。桃石一般的皮肤;背很直。有一张表情呆板的面孔,却能随和你一起微笑、生气、悲伤,这叫人感到惊奇。好像你所要做的就是让他注意,立刻他就会生出你有的感情。眨眼之间,他的面孔就有变化——面孔背后是很活跃的。

《诺贝尔文学奖获奖演讲》内容提要

演讲的第一部分是个故事:一位双目失明的老婆婆被来访的一帮年轻人捉

弄,他们问她,他们手里的鸟是活的还是死的。老婆婆回答是:不知道鸟的死活,只知道鸟在他们手里。她是盲人,无法看见,鸟可能本来就是死的,也可能是在活着的情况下被来访者弄死,她说什么都可能被证明她判断错误。第二、三部分是莫里森对这个故事的解读。她把手中之鸟比喻成语言,而把那老婆婆比喻成作家,作家深知语言的能量,对语言被滥用、误用、别有用心的使用怀着天然的忧虑。莫里森把来访者诠释成诚心的求助者,在"问题多多、答案渺渺"面前渴望真相的年轻人,老婆婆把历史,特别是"在边缘游走"的黑人历史传递给他们。最后,通过讲述和倾听,睿智的老婆婆和年轻人共同完成赋予语言生命活力的任务。

选文赏析

莫里森的《诺贝尔文学奖获奖演讲》凸显了她在写作中特别关注的几个要点:

其一,边缘人的身份。讲述故事时,莫里森强调在自己这个版本中,睿智的老婆婆的身份是一位女性、黑人、奴隶的女儿、独身、盲人。这几点集中了美国社会中性别、种族、历史、婚姻、身体上的非主流的多种弱势状态,但通过说老婆婆"名声远扬"并展现她面对嘲弄时的沉着应对,莫里森表达了多元文化意义上对边缘人的敬意。

其二,语言/文学("手中之鸟")是死还是活的状况。演讲中的"作家"强调,语言在不同的人手中会造成不一样的景观:能压迫人,也能解放人;能再现暴力,也能成为暴力;能禁锢知识,也能创造知识。语言因其"生发性"特点,成为构建自我的媒介和衡量生命的"尺度"。无论主流人群还是少数族裔都能通过语言/文学来"建构"、"重写"历史和现实,所以需要我们对各种论调保持警惕之心,同时也要珍惜自己独立思考和表达的能力。

其三,人际、群体间的互动和交流。多元文化保护个人、民族或区域的独特性,但不是让大家孤立自体、画地为牢。莫里森演讲中用较多篇幅说的其实就是交流如何具有减少敌意、促人成长的功能;黑人被押送场景中特别写到两个白人男女小孩带来的灯光和面包,跨种族的同情心所带来的温暖。演讲结尾部分,老婆婆和来访的年轻人和解,达成了"一起"呵护"手中之鸟"的理想。

可以说,莫里森的诺贝尔文学奖获奖演讲集中反映了她对语言、文学、社会和历史的思考,堪称充满诗意的"思想自白"。

诺贝尔文学奖获奖演讲
（1993年12月7日）

"从前有一个老婆婆,她双目失明,却无所不晓。"或许是从前有一个老头子,一位智叟? 或是一位能让坐立不安的孩子安静下来的说书人。我从不止一种文化中听说过这样一个故事,或与此相仿的故事。

"从前有一个老婆婆,她双目失明,却无所不晓。"

在我所知道的那个故事里,老婆婆是一个奴隶的女儿,是个黑人,美国人,她孑身一人住在城外的一所小房子里。她智慧过人,闻名遐迩,在她周围的那些人,她说是就是,她说非就非,什么都由她说了算。她的声望,以及人们对她的敬畏,一直流传到很远很远的地方;一直流传到民间智慧和预言被当作种种笑话的城里头。

有一天,老婆婆的门下来了一帮年轻人,他们似乎决意要证明她并没有那种神力,他们相信她是在行骗,要让她的骗局大白于天下。他们的计划很简单:他们走进她的屋子,只想问一个问题,问题的答案完全建立在她和他们的区别之上,即她是一个瞎子。他们认为这是她最根本的缺陷。他们站在她面前,其中一人说道:"老婆婆,我手里有一只鸟,你能告诉我它是活的还是死的吗?"

她没有回答。于是他又问:"我手里这只鸟是活的还是死的?"

她还是没有回答。她双目失明,看不见来人,更别说他们手里拿的是什么。他们皮肤的颜色,是男是女,来自何方,她都一无所知,她只知道他们的动机。

老婆婆的沉默实在是太久了,年轻人忍不住笑出声来。

她终于说话,声音轻轻的,却很严厉。"我不知道,"她说,"我不知道你手中的鸟是死还是活,但我知道它在你的手中。"

她的回答可以这样理解:如果它是死的,它要么原来就是死的,或是你们杀死的。如果它是活的,你还可以把它杀死。它究竟是死是活,则由你们决定。无论哪种情况,都是你们的责任。

年轻人想要显示他们的能力和她的可怜,结果反受到一顿训斥,她教训他们说,他们不仅要为嘲弄别人的行为负责,而且要为他们所用心计而白白浪费的那点生命负责。这样,失明的老婆婆把注意力从力量的体现转移到了行使力量的工具上。

＊

  关于手中之鸟(除了它自己软弱的身体之外)象征着什么的遐想总是吸引着我,而现在尤其如此,因为我一直在思考着我所从事的工作,这工作把我带到这个场合。因此,我选择将故事中的鸟看作是语言,而那位老婆婆是名训练有素的作家。她总是担心,她自呱呱坠地之日起就获得的、用于幻想的语言,究竟应该如何摆弄,如何让它好好的服务,而避免用于某些邪恶的目的。作为一个作家,她一方面把语言看成是一个系统,另一方面又把它看成是为人所控制的一个活物,但绝大多数情况下是一种动力——一种产生后果的行为。因此,孩子们向她提出的问题——"它是活是死?"——就不再是一个不现实的问题,因为她把语言看成是会死亡、会被抹去的;它是死是活,完全取决于人的意志。她相信,如果来访者手中的鸟是死的,那么持鸟人应该负责。对她来说,死去的语言不仅仅是一种不再被人说写的语言,它再也不会产生任何语言内容来赞许其自身的僵死状态,诸如统计学所用语言,锋芒和棱角全无,却专门吹毛求疵。它在履行监督职责方面铁面无私,除了在维护其麻木不仁的自我观照、绝对的排他性和垄断性方面没有限制以外,再无其他的愿望和目的。但是,说它是僵死的,它却还将产生影响,它将阻塞人的心智,扼杀人的良知,压制人的潜能。由于它不受质询,所以它不能形成新的思想,不能容忍新的思想,不能与别的思想相互砥砺,不能讲述另一个故事,不能填充令人困惑的沉默。那久经锤炼的、用以鼓励愚昧和维护特权的官方语言,是一具铠甲,被打磨得光可鉴人,然而,骑士早已离去,只留下一具空壳。就这样,它搁在那里,默默的,虎视眈眈,充满感伤色彩。它让学童们肃然起敬,它为暴君强人提供庇护,它在公众中能唤起对稳定和谐的虚假回忆。

  她坚信,当语言由于疏忽、搁置、缺乏尊重、淡忘,或被强令扼杀而死亡时,不仅她本人,而且所有的语言的使用者和创造者都负有责任。在她的国家里,孩子们将舌头咬去,代之以子弹发出无语之声,发出那完全失效并造成混乱的语言的声音,那种语言是成人们在把握意义、提供咨询指导或表达爱情时根本不用的。然而她知道,言语器官的自戕不仅仅是孩子们的选择,在那些头脑幼稚的国家首脑和商贾巨子们当中,也比比皆是,徒有空壳的语言不给他们留下任何诉诸其仅剩的人类本性的可能,因为他们只要对俯首听命者说话,或只要强迫别人服从就行。

第十五章 多元文化:托妮·莫里森

语言被系统地剥夺还可以从这样一个倾向中看出:使用者为了威胁,为了使对方就范而往往放弃语言多层次的、复杂性的、生发性的特性。压制性的语言远不止于再现暴力;它本身就是暴力;它远不止于再现知识的界限;它本身就是知识的界限。无论是模棱两可的官方语言,还是虚假的、没有主心骨的媒体语言;无论是盛气凌人却又僵化不堪的学界语言,还是商品化的科学语言;无论是只言法律不谈道德的恶毒语言,还是那种将种族主义的用心隐藏在文学修辞的背后、旨在使少数民族疏离的语言,都必须统统摒弃、改变和揭露。这种语言是吸吮人血的语言,给人伤口上抹盐的语言,它将其法西斯的大皮靴藏在体面和爱国主义的饰壳背后,然后便毫不留情地踏向思想的不设防的腹地。性别歧视的语言,种族主义的语言,有神论者的语言——所有这些都是典型的附有控制和监督使命的语言,它们不允许,也不可能允许新的知识,它们也不会鼓励思想的交流。

这位老婆婆也清醒地知道,凡是受雇于人的知识分子,贪得无厌的独裁者、被人豢养的政客、蛊惑人心的煽动家,或冒牌的记者报人,没有一个人会同意她的想法。现在和将来都有煽动民众的语言,不断将他们武装起来,让他们在购物中心,在法院,在邮局,在操场,在卧室,在林荫道上被屠杀,让他们相互屠杀;有令人激动、充满缅怀情思的语言,将无谓牺牲的伤感和污秽遮掩起来。将有更多的外交辞令把强奸、刑罚和暗杀包裹起来。将有更多变着花样的、充满诱惑力的语言把女人们制服,按照他们自己说不出口的罪名,把她们的喉咙码齐,就像那一溜等待宰杀取肝的鹅一样。将有更多以科研名目出现的监督性的语言,更多的政治性的语言,历史性的语言,目的则是为了遏止千百万人痛苦的呻吟;更多的具有迷惑性的语言,让心怀不满者,被人剥夺者都向他们的邻居发起反攻击;更多傲慢的、貌似经验之谈的语言,把充满创造性的人们困锁在自卑无望的囚笼中。

然而,在雄辩、魅力、学术气的背后,激动人心也好,充满诱惑也好,这种语言的核心仍是消沉懈怠,甚至可以说,一丁点活力都没有——如果说那只小鸟已经死去了的话。

她曾想到过如果任何科学的历史不被迫为那些一统天下的思想而浪费时间去进行辩护和说教,那么这些绝对有害的说教对排他者和被排斥者来说都同样堵塞了理性认识的渠道。

传统的观点认为巴比塔的倒塌是一个不幸,认为这是由于人们的多种语言混杂使这座建筑物突然陷入崩溃。假如有一种统一的语言,这座通天塔便能建成,人们也就可以到达天堂。那么是谁的天堂呢?她惊讶地想是什么样子的天堂呢?或许现在到达天堂的时机还不成熟,要是没有一个人肯花时间了解其他语言、其他观念、其他时代故事的话。假如他们能够做到,那想象中的天堂也许已在他们脚下。这是复杂的,要求太高,是的,然而这是一个有生命的天堂,而不是死后的天堂。

她不想让这帮来访的年轻人留下这样的印象,以为语言非得勉强维持一点生气。语言的活力,其实就在于为说它、写它、读它的人鲜明地刻画出实际的,或是想象的却又可能存在的生活。虽说它有时偏向于取代实际经验,然而它又不能当作实际经验的替代物于是它向可能产生意义的地方倾斜。当一位美国总统想到他的国家已变成了墓地,并说道:"世界对于我们此时此刻说过些什么将不太注意,也不会长久地记住,但它永远不会忘记他们在这里曾经做过些什么,"这番话言词简单,却含义隽永、令人振奋,因为它拒绝把死去60万人这一事实归纳到灾难性的种族战争。他的这番话,无意树碑立传,亦鄙视作"盖棺定论",即所谓精确的"总结",它承认了言词"极其有限地增减其意义的能力",因此表达了一种对于所追悼生命不可捕捉表达的敬重。正是这份敬重令她感动,使她认识到语言永远无法与生命相提并论并且不应该相提并论。语言永远不能将奴隶制、各族灭绝的大屠杀和战争"说透"。而且也不应该有这样的奢望。语言的力量,措辞的得体,仅在于指向那不可言说之意。

斟酌再三的词语,有意的沉默,不受任何干扰的语言等,无论粗犷还是婉约;无论深处求意,渲染夸张,还是拒绝认可;无论放声大笑,还是无言的哭泣,它总要涌向知识,而不是向知识的毁灭推进,可谁人不知文学因其散布疑问而遭禁,因其批判时政而遭贬,因风气的轮转而遭废呢?——多少人一想到这自我诋毁的声音不就暴跳如雷吗?

她觉得,文字工作是崇高的,因为它具有再生性;它产生意义,使我们的差异,我们之所以为人的差异得以确定——使我们与任何其他的生命不同。

我们总是要死的。这也许就是生命的意义。但我们用语言——这也许就是衡量我们的生命的尺度。

*

"从前……"来访者问了老婆婆一个问题。这些年轻人他们是谁?他们怎么理解这次相逢?他们从最后一句话"这只鸟在你的手中"听出了什么?这句话是指示一种可能性呢,还是表示要闭门谢客呢?也许孩子们听见的意思是:"这不关我的事。我是老人,是女人,是黑人,是盲人。我现有的智慧就是我知道我不能帮助你们。语言的未来是你们的。"

他们站在那里。假设他们手中什么也没有呢？假设这次来访只是一个策略，一个把戏呢，为的是让人跟他们讲讲话？为的是得到他们从未有过的认真对待？或者是为了一个机会，以打断、扰乱成人的世界，打断、扰乱成人世界里关于他们、针对他们却从不跟他们直接谈的种种陈腐有害的言辞？紧迫的问题有争议了，包括他们问过的那个问题："我们手里抓的鸟是活的还是死的？"也许这问题意味着，"是否有人能告诉我们生活是什么，死亡是什么。"这绝不是什么诡计，也不是犯傻了。这个问题直截了当，值得一位智者注意。一位长者。如果这位年老而睿智，已经历过人生，面对过死亡的人也不能描述的话，还有谁能够呢？

她却没有说，她保守着她的秘密，保持着她良好的自我感觉，守护着她秘而不宣的誓言，维护着她事不关己、高高挂起的艺术。她与他们保持着距离，强化着这距离，并退守到拒人千里的独一无二中，置身于老道深奥、享有特权的空间里。

宣布了问题的转移后，她就再没说什么了。沉默是深沉的，比从她已说出的话可获得的意义还要深沉。这沉默，它颤抖了，而孩子们恼火了，用当场想出的语言来填充它。

他们问她，"你就不能给我们什么言语，什么说法，好让我们从你失败的档案中挣脱出来？好让我们从你刚刚给我们的绝不是教育的教育中挣脱出来？因为我们密切地注意着你做的一切和你说的一切，注意着你在慷慨和智慧之间设立的障碍。

"我们手里没抓着鸟，不管是死的还是活的都没有。我们只有你，只有我们重要的问题。我们手里一无所有，这一点难道就是你不能够深思一番，甚至猜测一下的某种东西吗？你不记得自己年轻时，语言曾经是没有意义的魔术吗？你不记得那时说话会词不达意吗？你不记得那时一门心思要探索看不见的事物吗？你不记得那时问题多多、答案渺渺，因无知而心焦似焚、愤愤发抖吗？

"像你一样的男女英雄们在战斗中已奋争过，失败过，结果除了你想象的东西以外，我们手中什么也没有。我们是否还得以这样一场战斗来开始觉悟？你的回答很有技巧，但它的技巧性使我们难堪，也应该使你难堪。你的回答自鸣得意，不够体面。如果我们手中一无所有，你的回答就像废话连篇的电视剧脚本。

"为什么你不先伸出你温柔的手指来触摸我们，等知道我们是谁后再说那些很刻薄的话，再来教训我们呢？你就那么鄙视我们的把戏、我们的做法吗？你看不出我们为了引起你注意有多么不知所措吗？我们年轻，不成熟。

在我们短暂的人生里,我们老听人说我们得负起责任。在这个满目疮痍的世界上,在这个被诗人称为'业已赤裸,无法再暴露得更多'的世界上,我们可能负什么责任呢?我们继承的是侮辱。你想要我们和你一样长着双老瞎眼,看见的只能是残忍和平庸。你以为我们会那么傻,一而再、再而三地以虚构的民族性来作伪证吗?当我们深陷在你们过去的余毒里,你还好意思给我们谈什么责任吗?

"你认为我们无足轻重,你认为那并不在我们手中的鸟无足轻重。我们的生活就没有前后背景吗?就没有歌曲,没有文学,没有生机勃勃的诗歌吗?就没有与你能传授给我们的经验相关的历史,能使我们在涉世之初便很坚强吗?你是成人,是上了岁数的人,睿智的人。不要总想着要面子吧。想想我们的生活,告诉我们你独特的世界。编个故事吧。叙事是激进的,在它被创造的那一刻它创造了我们。如果你力不从心,如果你的话被爱点燃,烧出了滚滚烈焰,除了伤痕什么也没剩下,或者如果你的话像外科医生默然的手那样只缝合可能流血的地方,我们不会责怪你的。我们知道你不可能一劳永逸地做得恰如其分。激情永远是不会够的,技巧也永远不会够。但试一试吧。为了你自己和我们,忘掉你在外头的名声吧;告诉我们你在暗处和明处对世界的感受。不要对我们讲你相信什么,惧怕什么。让我们瞧瞧信念那宽广的裙摆以及能拆开恐惧那头巾的线头。你,老婆婆,由于是盲人,能有幸说出只有语言能告诉我们的一切:如何不见自明。语言本身可以保护我们,使我们不再畏惧那些无名的事物。语言本身就是思索。

"告诉我们做女人是怎么回事,我们便可能了解做男人将是什么样子。告诉我们什么是在边缘行走。在此处没有家会怎么样。被迫离开熟悉的人会怎么样。住在小镇的边上,小镇又容不得你与之为伴,又会怎么样。

"告诉我们,复活节时轮船怎样离开了海岸,胎盘还留在田间。给我们讲讲那载满奴隶的马车,讲讲他们怎么样温柔地歌唱,他们的声息和落雪融成一片。他们又怎么样从最靠近的肩膀弓起的姿态知道下一站将会是他们的最后一站。他们又如何由信誓中祈祷的双手,想到了热气,然后又想到了太阳。仰起脸,仿佛就是在那儿等人带走。转过身,仿佛就是在那儿等人带走。他们在一家小客栈前停下,马车夫和他的同伴提着灯进去了,把他们留在黑暗中哼哼。马粪热腾腾地落在马蹄下的雪地里,粪嗞嗞作响、被雪融化的样子让冻僵的奴隶们羡慕不已。

"小客栈的门开了,一个小女孩和一个小男孩从那光晕中走了出来,爬上马车。三年后这男孩子会拥有一支枪,但现在他提着的是一盏灯和一罐温暖的苹果酒。他们一人一口地传着喝。女孩除了发面包和肉块外,还送了更多的东西：她看了看每一个接受她服务的人的眼睛。男人一人一份，女人一人两份。还有一瞥。他们回望过去。下一站是最后一站，但不是这一站，这一站是温暖的。"

*

孩子们说完后又是一片寂静，老婆婆最后打破了沉默。

"现在，"她说，"我终于相信你们了。我把不在你们手上的鸟拜托给你们了，因为你们确实已抓住了它。瞧，它是多么可爱，这事我们已经做到了——一块儿做的。"

※ 思考题

1. 《宠儿》中黑人"碎片式"的回忆和表达，也是与现实生活中黑人等少数族裔的"失语"情况相互呼应的。多元文化对少数族裔的自我表述有多大帮助？这种表达对主流文化的冲击有多大？你觉得白人会感到压力并加以反驳吗？

2. 莫里森的《诺贝尔文学奖获奖演讲》像是寓言故事，有高度的象征性，表达文学与政治、与历史、与现实的密切关联。你如何看待莫里森的这种文学观？

※ 网站链接

http://www.tonimorrisonsociety.org/
莫里森协会官网，有莫里森活动动态，研究资料目录汇编，年会通知等。
https://www.homework-online.com/beloved/index.html
《宠儿》相关介绍和研究资料。
http://www.nobelprize.org/nobel_prizes/literature/laureates/1993/morrison-lecture.html
莫里森诺贝尔文学奖获奖演讲英文全文。

参考文献

(美)沃尔特·惠特曼. 草叶集. 邹仲之,译. 上海:上海译文出版社,2015.
(英)E. M. 福斯特. 霍华德庄园. 苏福忠,译. 北京:人民文学出版社,2009.
(美)西奥多·德莱塞. 嘉莉妹妹. 方华文,译. 南京:译林出版社,2016.
(英)夏洛蒂·勃朗特. 简·爱. 黄源深,译. 南京:译林出版社,2010.
(美)斯蒂芬·克莱恩. 街头女郎玛吉. 孙致礼,译. 沈阳:辽宁教育出版社,2000.
(美)弗朗西斯·斯科特·基·菲茨杰拉德. 了不起的盖茨比. 巫宁坤,译. 南京:译林出版社,2005.
(英)丹尼尔·笛福. 鲁滨逊漂流记. 郭建中,译. 南京:译林出版社,2010.
(英)简·奥斯丁. 曼斯菲尔德庄园. 孙致礼,译. 南京:译林出版社,2009.
(美)威廉·布拉福德. 普利茅斯开拓史. 吴丹青,译. 南昌:江西人民出版社,2010.
(英)威廉·莎士比亚. 莎士比亚全集. 朱生豪,等,译. 南京:译林出版社,2007.
(美)塞缪尔·菲利普斯·亨廷顿. 谁是美国人?美国国民特性面临的挑战. 程克雄,译. 北京:新华出版社,2010.
(英)多丽斯·莱辛. 屋顶丽人. 吴煜幽,译. 当代外国文学,1995(3).
(英)托马斯·莫尔. 乌托邦. 戴镏龄,译. 北京:商务印书馆,2008.
(英)弗吉尼亚·伍尔夫. 一间自己的房间. 贾辉丰,译. 北京:人民文学出版社,2003.
(英)朱利安·巴恩斯. 英格兰,英格兰. 马红旗,译. 南京:译林出版社,2015.
(美)拉尔夫·沃尔多·艾默生. 英国人的特性. 张其贵,等,译. 北京:中国社会科学出版社,2008.
杨自伍. 英国散文名篇欣赏. 上海:上海外语教育出版社,2015.
屠岸,选译. 英国历代诗歌选. 南京:译林出版社,2007.
(英)查尔斯·狄更斯. 远大前程. 罗志野,译. 南京:译林出版社,1996.
(美)乔纳森·爱德华兹. 宗教情感. 杨基,译. 北京:生活·读书·新知三联书店,2013.

图书在版编目(CIP)数据

英美文学文化读本 / 何宁,王守仁主编. — 南京:
南京大学出版社,2017.10
 ISBN 978-7-305-19032-2

Ⅰ. ①英… Ⅱ. ①何… ②王… Ⅲ. ①英国文学—文学欣赏②文学欣赏—美国 Ⅳ. ①I561.06②I712.06

中国版本图书馆 CIP 数据核字(2017)第 179305 号

出版发行	南京大学出版社
社　　址	南京市汉口路 22 号　　邮　编　210093
出 版 人	金鑫荣

书　　名	**英美文学文化读本**
作　　者	何　宁　王守仁
责任编辑	钱　辛　董　颖　　　编辑热线　025-83592655
照　　排	南京南琳图文制作有限公司
印　　刷	南京京新印刷有限公司
开　　本	787×960　1/16　印张 18.75　字数 347 千
版　　次	2017 年 10 月第 1 版　2017 年 10 月第 1 次印刷
ISBN 978-7-305-19032-2
定　　价	42.00 元

网址:http://www.njupco.com
官方微博:http://weibo.com/njupco
官方微信号:njupress
销售咨询热线:(025) 83594756

扫一扫,获相关资源

* 版权所有,侵权必究
* 凡购买南大版图书,如有印装质量问题,请与所购
　图书销售部门联系调换